ハントケ・コレクション 2

ペーター・ハントケ
阿部卓也 訳

法政大学出版局

ハントケ・コレクション 2

ペーター・ハントケ

反復

作家の午後

阿部卓也 訳

法政大学出版局

目次

反復

Die Wiederholung

阿部卓也 訳

「太古の王たちは死せり。おのが糧を求め得ざりければ。」

「余はあるときはあなたの人々のもとに、あるときはこなたの人々のもとにありき。」

「……イザ働カム」

『ゾーハル』[1]

エピカルモス[2]

コルメッラ[3]

1 「輝きの書」の意で、ユダヤ神秘主義カバラの根本教典。旧約聖書のカバラ的解釈が中心。

2 前五世紀初頭のシチリアの喜劇詩人。アイスキュロスに影響を与えたとも言われるが、作品はわずかな断片しか伝わっていない。

3 一世紀のローマ帝政期に、『農業論』を全十二巻を著した著作家。その内容は一般農耕、果樹栽培、牧畜、養蜂、農場経営、酒造などに及び、農業を人間の誠実な営利活動として高く評価するものであるという。ちなみにこれらの内容項目はほとんどすべて何らかの形で本書『反復』の中に登場する。

1　盲窓

前頁写真＝ミットラーンの駅舎

行方の知れない兄の跡を求めてイェセニツェ[4]に着いたときから、四半世紀が経った――あるいは一日が経っていた。僕はまだ二十歳にもなる前で、学校の最終試験を終えたばかりだった。何週間もの勉強のあとで夏がやってくるのだから、解放感を味わっていてもよかったはずだ。それなのに、後ろ髪を引かれるような出発だった。リンケンベルクの家には初老の父、病気の母、頭のおかしい姉。そのうえ前の年、僕は宗教系の寄宿学校から救い出されてクラーゲンフルトの学校に移ったばかりで、女の子のほうが多いそのクラスにやっと慣れたところだった。それが突然一人になった。他の連中がギリシャ行きのバスに乗り込んだのに、僕は一人ユーゴスラヴィアに行くほうを選ぶ一匹狼を演じていた（実は修学旅行に加わる金がなかっただけだ）。おまけに外国も初めて、そして南ケルンテン[5]の村の住民には外国語とは言えないはずのスロヴェニア語[6]も、ほとんど話せなかった。

4　フィラッハ（註11参照）からの列車は全長八キロのカラヴァンケ・トンネルでほぼ真南に向かってカラヴァンケ山脈をくぐり、スロヴェニアに出る。その最初の駅がイェセニツェ。オーストリア側最後の駅がローゼンバッハ（後出）。なおケルンテンからスロヴェニアへの鉄道ルートはこのほかにクラーゲンフルトからほぼ真東に向かい、ブライブルクを通って国境を越え、マリボルに向かうものがある。

5　ケルンテンはオーストリア南部の州。旧ユーゴスラヴィアに属していたスロヴェニアとの国境に接する。州都はクラーゲンフルト。ドラウ川水系にあたり、各地に水力発電所がある。湖沼に恵まれ、現在は夏のリゾート地として有名。

6　ケルンテンは八世紀以降のゲルマン化以前からスロヴェニア人が住み、現在でも公式に二言語使用地域である。一九八一年の数字では、ケルンテンの人口五十三万人のうち、自らスロヴェニア系と認める者は一万六千五百人、つまり三・一パーセント。一九一〇年には、南ケルンテンの住民の七割近くがスロヴェニア系だった。

イェセニツェの国境警備兵は、僕の真新しい、オーストリアのパスポートを一目見て、当然のことに自分の言葉で話しかけてきた。僕に通じないとみると、コバルといえばスラヴ系[7]の名前じゃないか、»kobal«ってのは踏ん張った両足の間とか「歩幅」って意味だぞ、とドイツ語で言った。そうやって脚を開いて立ってる人間のこともそう言うんだけどな。だからあんたの名前は俺にぴったりってわけだ、と兵士は言った。その隣にいた、白髪で縁なしの丸眼鏡をかけた私服の役人は微笑みながら、その「コバル」を主語にすると、ふさわしい動詞は「よじ登る」とか「馬に乗る」だ、だから君のフィリップという名前はコバルという名字にはぴったりだ、「馬好き」という意味なのだから、と講釈した。とにかくいい名前なんだから大事にすることだな（かつて大帝国[8]の一部であったこのいわゆる進歩的な国の役人が、驚くような教養を示す場面には、このあと何度も出会った）。役人は不意に真面目な顔になり、一歩近づくと改まった様子で僕の目をのぞき込みながら言った。二五〇年前、この国にコバルという名前の英雄がいたことは知っておいてよかろう。ずっと下流のイタリアではイゾンツォ川と呼ばれている川の上流、トルミン地方[9]の出身のグレーゴル・コバルという男だ。一七一三年のトルミン農民大一揆[10]の指導者の一人だったが、翌年仲間たちとともに処刑された。今でもスロヴェニア共和国ではこの男の「生意気さ」と「大胆さ」が語り継がれている。「皇帝は〈召使い〉にすぎん、ものごとを決めるのは俺たちなんだ」という名台詞を吐いたというんだな。——こう教えられたあとで——そのいくらかはすでに知っていることだったが——僕は海員用ザックを肩に、いくらかの現金をつかませる必要もなく、陰鬱な国境の駅からユーゴスラヴィア北部の町に踏み出すことを許された。当時、学校の地図ではまだイェセニツェと並べて、括弧付きでアスリングという旧オーストリア名が書かれていたこの町へ。

　僕は長いあいだ駅前に立っていた。それまでいつもはるか遠くに眺めていたカラヴァンケ山脈はすぐ背後にあった。町はトンネルの出口からすぐに始まり、狭い谷に沿って延びている。谷の上の狭い空は南に向かって広がりながら、しだいに製鉄所の煙に覆われていく。細長い集落で、そこをかなり騒々しい道路が貫いている。左右に出ている小道は急坂ばかりだ。それは一九六〇年六月末のあたたかい夕方のこと、道路の舗装は眩《まぶ》しいような光を放っていた。駅の切符売り場のホールは薄暗い。しかしそれは、次々にスイングドアの前に止まっては走り去っていくバスのせいだった。家々の、道路の、車の灰色――スロヴェニアの十九世紀の歌の文句に「麗しき」ケルンテンと呼ばれている国境の向こう側の町々の色彩の豊かさとは反対の、こちら側のこの一面の灰色が、夕暮れの光の中で、不思議と

7　ユーゴスラヴィアとは南スラヴの国の意であり、スロヴェニア語もまたスラヴ語族に属する。

8　スロヴェニアは、第一次世界大戦まで、六世紀にわたってオーストリア・ハプスブルク帝国の支配下にあった。同様にトルコ帝国の支配下にあったセルビアなどと合してユーゴスラヴィアの原型が作られたのは第一次大戦後のことである（註43参照）。

9　ユリスケ（ジュリアン）・アルプスに発し、イタリアとの国境近くを南に向かって流れ下るイゾンツォ（ソチャ）川の谷を中心とした地方。註27も参照。

10　トルミンの一揆としては、一五一五年や一六二七年のものも知られているが、一七一三年の一揆は特に大規模で、ハプスブルク軍によって徹底的に弾圧され、指導者十四名が処刑された。グレーゴル・コバルはイヴァン・グラトニクと並ぶ指導者の一人。

眼に快かった。僕が乗ってきたオーストリアの二、三両編成の列車、すぐにまたトンネルを抜けて戻っていくはずの列車は、まだ後ろのホームに停まっていた。埃をかぶってどっしりとしたユーゴスラヴィアの列車の間にはさまって、それは玩具の列車のように小ぎれいで色鮮やかで、ホームで声高に喋っている乗務員たちの青い制服も、一面の灰色の中にそこだけ注入された異国の色彩だった。他にもすぐに感じたのは、このどちらかといえば小さな町を行き来している人々が、僕の郷里の田舎町とはまったくちがって、たまにこちらに気づくことはあるにしても、人のことをじっと見つめたりは決してしないということだった。そこに長く立っているほどに、自分は大きなくににいるのだ、という気がしてきた。

ほんの数時間前のことなのに、フィラッハ[11]に歴史と地理の教師を訪ねた午後がずいぶん昔のような気がした。秋からどうするべきかを相談しに行ったのだ。すぐに兵役[12]を果たしてしまうべきか、それとも兵役は後回しにしてもらって大学での勉強を始めるべきか、それにしてもどの学科で？——とある公園の中で、それからその教師は自分で書いたメルヘンを読んで聞かせ、僕に批評を求め、そしてこちらの言うことに度はずれに真剣に耳を傾けた。彼は独身で、母親と二人暮らしをしていた。その母親は、僕が彼の家にいる間じゅう、閉じた扉の向こうから、具合はどうか、何かほしいものはないか、と何度も息子にたずねていた。教師は僕を駅まで送ってくれて、人に見られているとでも思っているみたいにこっそりと、一枚の紙幣を握らせた。僕の感謝の気持ちはとても大きかったが、それを言葉に表すことはできなかった。そして今、国境の向こう側の教師のことを思ってみても、思い出せるのはただ青白い額のあざだけ、そこにあるべき顔として浮かんでくるのは、国境警備兵の顔なのだった。僕とたいして歳のちがわないあの兵士は、しかし態度にも声にもまなざしにも、もう自分の場所を見つけたといった様子がはっきり見てとれた。だが教師も彼の住まいもあの町全体も、なんのイメージも残っていなかった。ただ公園の灌木の蔭でチェスを指していた二人の老人と、中央広場のマリア像[13]の頭の光輪の輝き以外は。

これに対してこのときはっきりと思い浮かべられたし、そして二十五年たった今でも完全に思い出せるのは、その日の朝のこと、リンケンベルク[14]の名のおこりとなった木立に覆われた丘での父親との別れのことだ。初老の、やつれて僕よりずっと小柄な父は、がに股で、腕を両脇に垂らし、痛風に歪んだ指を激情にかられて握りしめながら、路傍の十字架像の横に立っていた。父は僕に向かって叫んだ。「落ちるところまで落ちてしまえ！　お前の兄貴みたいにな。うちのもんはみんな落ちぶれるんだ！

11　ケルンテン州第二の都市。人口五万。クラーゲンフルトからヴェルター湖をはさんで西に約三〇キロのところにある。市中をドラウ川が貫流する。「麗し」く「こぎれい」なケルンテンを代表する町と言える。
12　第二次大戦後もヨーロッパの多くの国では一年前後の兵役義務があった。西欧諸国ではしだいに廃止され、ドイツでは二〇一一年に廃されたが、オーストリアは二〇二四年現在も兵役義務がある。
13　中央広場はパステルカラーの三階建ての商店の連なる中心街。マリア像とはその道の真ん中に立つペスト記念柱のことだと思われる。同様の塔はブライブルクやマリボルの町にも、またウィーンのグラーベンにも見られる。なお、公園とはおそらく市中のシラー公園のこと。
14　ブライブルク（次註参照）から北西約五キロの小村。「ベルク」は「山」の意。同名のかなり大きな丘の東麓に沿って広がっている。ハントケ自身はリンケンベルクではなくドラウ川の北のグリッフェンの出身。

ひとかどのものになったものなど一人もおらん。お前もどうせろくなものにはなりゃせん！　お前はまともな博打うちにもなれんだろうよ、わしみたいな博打うちにもな！」とは言いながら、そう叫ぶほんのわずか前、父は僕のことを、生まれて初めて、抱きしめてくれたばかりだった。そのとき、僕は肩ごしに露に濡れた父のズボンを見ながら、父は僕をというよりは僕の中の父自身を抱きしめているのではないかという気がした。しかしそのときのことを思い返すたび、浮かんでくるのは自分が父の抱擁に支えられていたようなイメージだった。あのイェセニツェの駅前にいた夕方だけでなく、その後何年ものあいだずっと。そしてあの罵りも祝福の言葉に聞こえた。実際には父はまったく本気で言ったのだが、想像の中の父はにやりと笑っていた。この物語のあいだもずっと、父の抱擁が僕を支え続けてくれるといいのだが。

僕は夕闇の中、通過列車のごとごとという音の中に立っていた。それにしても今まで女たちとの抱擁では自分が抱きしめられているという感じがしたことはなかったな、と考えていた。僕には恋人はいなかった。ただ一人、僕が識っていたと言える女の子に抱きしめられるたび、僕にはそれが悪ふざけか賭けか何かのような気がした。とはいえ、彼女と一緒に、ちょっと距離を置きながら、通りを歩くのはなんとも誇らしかった。向こうからやってくる人たちにとっては、われわれはどう見てもそれぞれがお互いのものなのだ。ひと群れのまだ子どもじみたチンピラの中から「おまえ、いい彼女連れてるじゃん！」と声をかけられたこともあった。年配の女が立ち止まり、彼女のほうを見て僕を見、「あなた、幸せねえ」と言葉に出して言ったこともあった。そういう瞬間には、憧れがすでに満たされているような気がした。そして無上の喜びは、映画館のちらちらする光の中で自分の隣にぼんやりと浮かび上がる横顔を見ることだった。口を、頬を、目を。いちばんすばらしいのは、時折自然に体がかすかに触れ合うことだった。ほんの偶然に触れただけでも何か一線を越えたような気がした。してみるとやっぱり僕には恋人がいたことになるのか。なんというか、僕は女のことを考えることはあっても、それは欲望とか欲求とかいったものではなくて、ただ自分と向かいあっている女の姿を思い描くだけだったのだ。向かいあう相手がいるということはすばらしいことにちがいない——その相手に向かって、僕はようやく語りかけることができるわけだ。何を話すのかって？　とにかく、ただ、語るだけ。二十歳の男にとって、たがいの腕の中に飛びこむとか、好きであるとか、愛するとかいうことは、優しくまた仮借なく語ること、穏やかにまた悲鳴じみて語ること、浄化し啓発しながら絶え間なく語ることと同じだった。それで思い出したのは自分の母親のことだった。町へ長時間出かけて帰ってくるたび、あるいは森や野に行っただけでも、母は「どうだった、話してごらん」と要求した。そういうとき、いつもあらかじめ話の心づもりをしていたのに、少なくとも母が病気になる前は、決してうまく話せたためしがなかった。だいたい、うまく話せるとすれば、話せと言われないときだったし、もちろんそれも話の途中で上手に問いをはさんでもらえればのことだ。

そして今、駅の前に立って、自分がすでに到着以来、心の中で、ずっと女友達に向かってその日のことを語りかけていたことに気づいた。それで何を語っていたというのか。事件とも出来事とも言えないただの成りゆき、あるいはまたたんなる景色、物音、匂いのことを、そして道路の向こうの小さな噴水の反射する光、新聞売店の赤、トラックが吐き出すガソリンの濛気《もうき》。そういう一つ一つが、心の中で語るうち、たがいに混じりあっていった。そしてそれを語っているのは僕などではなかった。体験そのものが語っているのだった。そしてこのひそやかな語り手は、僕の内部深くにあって、僕以上のなにものかだった。そしてこの語り手が語りかけていた女の子は歳をとらないまま若い女に姿を変え、また自分の中に語り手を感じとった二十歳の男も、年齢を持たない大人となっていた。そして僕たちはたがいに向かいあって立っていた。正確に目の高さで。そして目の高さこそが物語の尺度なのだった。僕は自分の中の最高に繊細な力を感じていた。その力は、僕に「跳べ！」とうながしていた。

イェセニツェの工場の上の黄ばんだ空に星が一つ光り出した。星一つだけの星座。そして地上には道路の濛気の中を蛍が一匹飛んでいた。二両の客車がぶつかりあって音を立てた。スーパーマーケットの中ではレジ係が掃除婦たちと交代した。あるアパートの窓辺には肌着姿の男が煙草をふかしながら立っていた。

当時のユーゴスラヴィアでコカコーラ代わりだった黒っぽく甘い飲み物のビンを前に、僕は重労働でもしたようにくたびれ切って、真夜中近くまで駅の食堂にすわっていた。だが眠気はまったくなかった。国内では村でも寄宿学校でも町でも、晩になるとすぐ眠くなって、どんな付き合いにも人の荷物になるだけだったのだが。連れられて出たただ一回のダンスパーティでは目を開けたまま眠り込んでしまったし、大晦日の夜にトランプをして僕を寝かせまいとする父の努力もいつも無駄に終わったものだ。それがこのときこんなにも目が冴えていたのは、異郷に来ていたからというだけではなく、食堂にいたせいもあったように思う。駅の待合室のほうだったら多分とっくに眠くなっていたことだろう。

僕は茶色い板張りの、どこか教会の聖歌隊席を思わせるボックスの一つにすわっていた。目の前には駅のプラットホームが明るく、はるか向こうまで、いくつも並んでいた。背後には、同様に明るい幹線道路と明かりの灯《とも》るアパート群があった。相変わらず、こちらでは満員のバス、あちらでは満員の列車が行きかっていた。乗客たちの顔は見えず、見えるのはその輪郭だけ。でも僕がそういう輪郭を眺めていたのは、ガラスの仕切りに映る一つの顔越しにだった。つまりは僕自身の顔越しに。特に僕のものとも言えないその映像――ただの額、眼窩《がんか》、唇――のおかげで、僕は乗り物の乗客たちのシルエットから夢をつむぐことができた。乗客たちだけではなく、アパートの住人たちが部屋の中を横切ったり、あちこちのベランダにすわっている姿も夢みた。それは軽やかで明るく鮮明な夢で、登場する黒い人物像にはみな何か親しみが感じられた。だれも悪人はいなかった。年寄りは歳をとっており、カップルはカップルであり、家族は家族であり、子どもは子どもであり、孤独な者は孤独であり、ペットはペットで、そのどれもが全体の一部になっていて、そして僕もまたガラスに映った顔を通してこの人々につながっているのだった。その人々が、夜通し休みなく、静かに、穏やかに、大胆に、落ち着いて歩いていく姿が浮かんだ。その遍歴には、眠っている者、病気の者、死に瀕している者や死せる者まで一緒だった。身を起こしてこの夢を見続けようとする僕を邪魔したのは、食堂のちょうど真ん中、カウンターの上に掛けられた等身大以上の大きな大統領の肖像だった。金モールと勲章に飾られた制服に身を包んだティトー元帥が、くっきりとそこにいた。ティトーは机の上に拳を置いて前かがみに立ち、色の薄い据わった眼で僕を見下ろしていた。「私はお前を知っている」、そう言うのが聞こえたように思い、「でも僕は僕を知らないけどね」と答えようかと思った。

ようやく夢の続きを見ることができたのは、カウンターの後ろ、薄暗い照明の中にウェイトレスが姿を現したときだった。その顔は翳になっていて、その中で、まっすぐ前を見ているときでさえほとんど閉じているように見える瞼だけがくっきりと際立っていた。その瞼を見ていると、不意に、不気味なぐらいありありと、母が目の前にいた。彼女はグラス類を流しに入れ、伝票を伝票刺しに突き刺し、真鍮のカウンターの上を拭った。一瞬、彼女の、嘲笑うような、奥に何があるのかわからないまなざしがこちらに向けられたとき、僕は何とも言えずどきりとした。それは驚きというよりも衝撃のようなもので、この衝撃のおかげで僕はもっと大きな夢の中に放り込まれた。夢の中で、病気のはずの母は健康を取り戻していた。ウェイトレスの扮装をした母は、入り組んだ食堂の中を弾むように生き生きと歩き回り、後ろのあいた靴の高いヒールからは彼女の丸い踵《かかと》がほの白い光を放っていた。なんとがっしりした脚に母はなったのだろう。なんという尻の丸み、結い上げた髪の高さ。しかも村の大部分の女たちとはちがってスロヴェニア語はほんの片言しか知らなかったはずの母が、ここでは隣のボックスにいる姿の見えぬ男たちと、当たり前のように、ほとんど横柄な口を利いているのだ。とすると母は、いつもそう見せかけていたような捨て子でも逃亡者でもドイツ人でも外国人でもなかったわけだ。この身ごなし、歌うような喋りかた、大きな笑い声、さっと人を見るまなざしのこの人物が自分の母だなんて、と二十歳の男は一瞬きまり悪く思ったものの、それからこの見知らぬ女の姿に自分の母がかつてなかったほどに正確に見えた。そう、母もまた少し前まではこんな歌うような声で喋った。そして母が本当に歌を歌いはじめると、息子は耳を塞ぎたくなったものだ。かなりの人数の合唱団の中にいてさえ、母の声はすぐに聞き分けられた。その震わせかた、熱烈な感情の込められた響き。歌っている本人は、聞いているほうとは大ちがいで、すっかり陶酔しているのだった。母の笑い声も、たんに大きいだけではなくて、それこそ野性の叫びであり、喜びの、怒りの、苦渋の、軽蔑の爆発であり、さらには判決ですらあった。病気になった頃の、痛みに上げるうめき声もまだ人に驚かされて半ば楽しみ半ば怒って笑い出すときの声のように聞こえた。母はそのうめきを、トリルをかけた声で歌を歌ってごまかそうとしていたけれども、それもだんだんおぼつかなくなっていった。僕は家の中のさまざまな声を思い浮かべ、父が罵る声、姉がくすくす笑いながらか泣きながら独り言をつぶやく声、村の端から端まで――リンケンベルクというのは細長い村だった――響きわたるような母の笑い声を聞いた（この想像の中の自分はというと押し黙ったままだった）。そして母の立ち居は今のウェイトレスのように横柄なだけではなく君主のようだったことに気づいた。使用人を臣下のように従えて、大きな食堂兼宿屋《ガストホーフ》を経営するのがいつも母の夢だった。うちの家屋敷は小さく、彼女の要求は大きかった。僕の兄も、母の話の中では、王座を騙し取られた王様だった。

そして僕は母にとっては正当な王位継承者なのだった。それでいて母は最初から僕にはそれは無理だと思っていた。母はときおり同情深げに僕をじっと見つめていることがあったが、そこには温かみといったものはかけらもなかった。僕は自分がどういう人間か、これまでいろいろな人から聞かされてきた。神父からも、教師からも、女の子からも、同級生の男からも。そして黙って僕を見つめる母のあのまなざしにも、自分のことが語られているような感じがしたのだが、しかしそれはただ自分の存在が認められているというよりは、有罪宣告されているように見えた。母が僕をそういうふうに見るようになったのは、時とともにいろいろ事情があってということではなくて、僕が生まれた瞬間からのことだったことはまちがいない。母は僕を抱き上げ、明かりにかざし、脇を向いて笑い、そして有罪判決を下したのだ。少し後にも念のためまた同じように、草の中で転げ回って生の喜びにきいきいいっている小さな子どもの僕を抱き上げ、太陽にかざし、笑いかけ、再び判決を下したのだ。僕は、以前には兄や姉も同じような目にあったのだと考えようとしたが無理だった。そういう冷酷なまなざしに続いて、きまって「ああ、あたしたち二人ときたら!」という台詞を吐かせたのは僕だけだ。その台詞を母は時として屠殺場に送られる家畜に対しても発した。僕は小さい頃から人に見てもらうこと、自分に気づいてもらうこと、どんな人間だか言ってもらうこと、存在を認めてもらうことを必要としてはいた――でもそんなふうにではなかった! 自分の存在が認められたように感じたのは、たとえば、母ではなくあの女の子が「あたしたち二人」と言ったときだ。そして宗教系の寄宿学校で何年ものあいだ名字でばかり呼ばれてきたあとで、公立学校で隣の席の女の子がまったくことのついでに僕の名前のほうを口にするのを初めて聞いたとき、僕はそれを無罪判決を言い渡す言葉のように、ほっと息をつかせる愛撫のように感じたものだ。今でもあの同級生の女の子の髪が放つ光が目に浮かぶ――いや、母親のまなざしの意味がわかってからというもの、僕にはわかっているのだ、僕の居場所はないと。

とはいえ、二十年のあいだにもう二回も、母は僕のことを文字通り救ってくれていた。僕がブライブルク[15]の基幹学校をやめてギムナジウム[16]に行ったのは、息子をひとかどのものにしたいという両親の野心などからでは断じてなかった（父にせよ母にせよ、僕はどう転んでも何にもなれないか、「何か特別なもの」になるかのどちらかだと確信していたのだと思う。「何か特別なもの」というのはあまりありがたくないもののことだ）。転校の本当の理由は、僕が十二歳にして敵というものを持ってしまったからだ。まさに不倶戴天の敵を。

　子ども同士のいさかいなどというものは村ではよくあることだった。みなが近所同士で、それだけ近ければおたがいの性格特徴のちがいが耐えがたくなることもありふれていた。大人たちのあいだでも事情は変わらない。老人たちのあいだでも。そうなるとある期間、たがいに挨拶もせずにすれちがい、一方が家の前庭でさも忙しげなふりをすると、もう一方はもう一方で、すぐ目の前の自分の家の前で忙しげに立ち働いてみせるといった具合だった。垣根もないのに、敷地の境界が突然越えられないものになるのだ。一つ家の中でも、家族からの扱いに拗《す》ねた子どもは壁に向かって黙り込む。いわば昔ながらのしきたり通りに、居間の隅に突っ立っているのだ。村の家々のすべての部屋が集まって、一

15　クラーゲンフルトから三十六キロ東、ヤウンフェルト平野の東端に位置する小さな町。その中心街は奥行き二百メートル程度。二階建てだが小綺麗な商店街は、周囲の鉛鉱山、亜鉛鉱山によるかつての繁栄を物語る。ここからユーゴスラヴィア（現スロヴェニア）国境までは約五キロしかない。

16　既出の「宗教系の寄宿学校」のこと。本作中ではこの学校だけ場所が明示されていない。ハントケ自身は一九五四年からタンツェンベルクの同種の学校に行き、五九年に主人公同様、クラーゲンフルトの共学のギムナジウムに転校している。

つの、多角形の大きな部屋となり、そのどの隅にもたがいに背を向け、けんか別れして、ふくれ面をした村の子どもが一人ずつ占領している、といった図を想像してしまう。最後はその子どもたちの一人が、あるいは（実際によくあったように）みんないっせいに、呪縛を破る言葉を吐くなり笑い出すなりするのだ。村では誰もおたがいのことを友達ということはなかったにせよ――そのかわりに「お隣さん」と呼んだ――、少なくとも子どもたちのあいだでは、いつまでも続く敵対関係に至るような喧嘩はなかった。

僕は最初の敵にぶつかる以前にも、追い回された経験はもちろんあった。その経験が、僕のその後の生活の成りゆきのいくらかを決めもした。とは言っても、僕個人が追い回されたわけではない。リンケンベルクの村の子どもということで、他の村の子どもたちの一団に追い回されたのだ。その村の子どもたちは僕らよりも遠くから学校に通ってきていて、道も悪くて深い「堀」と呼ばれる谷を渡らなければならず、それだけでもう僕らよりも強いことになっていた。下校の道が、途中まで彼らと一緒で、「リンケンベルクのもん」は「フムチャッハのもん」たちに決まって追いかけられるのだった。連中は僕らよりも年長というわけでもなかったのに、僕には彼らが子どもに見えたためしはなかった（今になってようやく、早死にした者たちの墓に焼き付けられた肖像写真を見ながら、彼らがみな、青年になっても、なんと若かった、いや、幼かったことかと思う）。相当な時間、僕らは街道を走った。そういう時間帯、車は決して通らなかった。ゴリラみたいに長い腕を棍棒のように振り回し、通学鞄を奇襲攻撃用の背嚢のように背負って、顔を持たず、脚の太い、無骨な足をした一団が、脅しの叫び声を上げながら追いかけてくるのだ。学校があったのはブライブルクという田舎町。そこにいると普段はいつも家が恋しいのだが、こんなときはそこでじっとしているほうがよかった。太古の森での危険が去る時間まで、空きっ腹をかかえながら、安全な小さな町を出ずに待っていることもよくあった。だがやがて言わば転機がやってきた。激変、急転と言ってもいい。そのときも、町の境界を出たとたんから、何を言っているのだかわからないだけに一層恐ろしげな叫び声が、後ろから追いかけてきていた。僕は同じ村の子どもたちを先に行かせると、二股になって街道に合流する枝道が形作る三角形の草地にすわり込んだ。連中がこちらめがけて追ってくるというのに、その瞬間にはもう、自分の身には何事も起こらないと確信していた。わが三角形の中で脚を伸ばすと、南のほう、頂上台地にユーゴスラヴィアとの国境が走るペッツェン山塊[17]を眺め、自分の身は安全だと感じていた。自分が見ているもののことを同時に考えてもいるということが、ちょうど体を護る胸当てのような気がした。そして実際、何事もなかったばかりか、追っ手たちは近づくにつれて歩みをゆるめ、一人二人、僕の視線をたどって山々を見やった。「あの山の上はすごいんだぜ！」という声が聞こえた。「おれ、父さんと登ったことがあるんだ」。見ると、群れだったものは一人一人ばらばらになっていた。連中は僕の横をぶらぶらと通り過ぎながら、まるで僕が彼らのゲームを見透かしてしまい、彼らもまたそれで気が楽になったとでもいうように、僕に笑いかけてきた。言葉はまったく交わさなかった。でもこの瞬間で追いかけっこは全部終わったということははっきりしていた。彼らの後ろ姿を見やりながら、そのが

17　カラヴァンケ山脈の一部で、ブライブルクの真南に当たり、オーストリアとスロヴェニアの国境をなす。スロヴェニア名ペツァ。最高峰は標高二一二六メートル。

に股の、引きずるような歩みのことを考えていた。自分に比べて、連中はまだどれだけ遠くまで行かなければならないことだろう。すると親近感、距離を置いた一種の連帯感が生まれてきた――それは自分の村の近所の子どもたちには決して感じなかったものだ。フムチャッハ村の一団が土埃を舞い上げ、めちゃくちゃによろめき走ってくるあの様子、そして喉を鳴らして発するあの恐ろしげな叫び声が、そんな感情を通して、また時のへだたりを介して、踊り、跳ねながら進んでいく行列のイメージに変わっていった。行列は今でも、どこかの部族のように、あの少年時代の街道を、ただこのイメージの中で生き続けていくために、歩み続けている（もちろん、あのあと、僕は全身ががたがたと震え出し、三角形の草地から長いこと動けなかった。そこの木製の牛乳集荷台によりかかって、頭の中で数をかぞえていた）。

これとはちがって、僕の最初の敵に対しては何も打つ手はなかった。奴はすぐ近くの家の息子で、昼間は母親に、夜は父親に、殴られてばかりいた（うちで僕が殴られたことはなかった。代わりに、父は僕に腹を立てると、僕の目の前でわれとわが胸や顔を打った。特に拳で額をしたたかに打ってよろめいたり膝から崩折れたりした。もっとも、兄のほうは、片目しか利かなかったのに、ぶたれたばかりかジャガイモの貯蔵に使われていた家の裏の斜面の地下倉に半日閉じ込められていたものだそうだ。あの暗闇の中では、片方だけの目も閉じたほうが開けているよりも多くのものが見えたにちがいない）。僕の「小さな敵」――今では後の「大きな」敵と区別してそう呼んでいる――はしかし暴力を振るうわけではなかった。にもかかわらず、奴は即座に敵になった。最初に一目会ったときから。一目会っただけでだ。それからしばらくはまた会いもしなかった。舌を出すとか唾を吐きかけるとか足払いをかけるとかありふれた攻撃があったわけでもない。その子ども、僕の敵は、はっきり敵意を表明したわけではない。ただ敵意を持って存在しているだけだった。そしてその敵意は突然の不意打ちとなって現れた。

ある日、教会で、福音書の朗読でみなが立っていたとき、背後から膝の後ろを軽く突かれるのを感じた。突くというよりはほとんどそっと押すといった感じだったが、僕の膝が崩れるには十分だった。振り返ると、そいつがあさってのほうを向いて立っていた。それ以来、奴は僕を決してそっとしておいてはくれなくなった。奴は僕を殴るでもなく、石を投げるでもなく、悪口を吐きかけるでもなく――ただただどこへ行くにしても僕の邪魔をしてくるのだった。家から出たとたん、奴は必ず横にいた。それどころか家にまで入り込んできて――子どもが近所の家に入り込むのは村では当たり前のことだったが――そして僕の体をぐっと押す。他の誰も気づかないくらいそっと。手は決して使わなかった。奴がやったことと言えば、ほんのちょっと僕の肩を押すだけのことで（サッカーで言うショルダーチャージというほどのものですらない）、傍目には何か親切に教えてくれているように見え、その実、僕をひと隅に押さえ込んでしまうのだった。だがたいていは触れることすらなく、ただひとの真似をした。どこかへ行こうとすれば、たとえば藪の中から飛び出してきて、僕と同じ格好で、同じ歩調をとり、同じリズムで腕を振って、ひとの横に並んで歩く。こちらが走り出せば奴も走り出す。こちらが立ち止まれば奴も止まる。こちらが瞬きすれば奴も瞬きをする。そういうときでも僕と目を合わせることはなく、目であれ体の他の部分であれ、ただ観察していて、僕が少しでも動けばすぐにそれと察して同じことを反復するのだ。僕は何度も、次の一歩をだまそうとしたり、本当とは違う方向に行くと見せかけようとしたり、不意をついて走り出したりした。しかし奴は決してだまされなかった。こんなふうにして、奴は僕を真似するというか、文字通り影のように付きまとい、僕は自分の影の捕虜となった。

まともに考えるなら、奴はただ鬱陶しい奴だったというだけのことかもしれない。その鬱陶しさが、当然ながら、時とともに敵意に変わった。生涯にわたる敵意に。奴はどこにでも出てくるようになった――奴本人がそばにいないときですら。何かうれしいことがあるときでも、あの敵が僕の喜びようを真似してケチをつけるのを想像したとたん、うれしさもどこかに消えてしまう。他の気持ちでも同じことだった。誇り、悲しみ、怒り、好意――奴の影絵芝居のおかげでそんな感情もたちどころに真実味を失ってしまうのだった。そして僕がこの上なく生き生きした気分で、本であれ水場であれ野良小屋であれ誰かの眼であれ、なにかに関心を奪われ、それに向かって少しでも動けば、もうこの敵は間に割り込み、僕を世界から遮断した。こう絶え間なく付きまとってこられるのは、音もなく鞭打たれているようで、これほど凶悪な憎しみの表現というものもなかった。僕はなぜこうも憎まれるのか理解できず、仲直りを試みもした。でも相手は取り付く島もなかった。奴はそれではっとするでもなく、ただギロチンの刃が落ちるような速さで、即座に僕の和解の身振りを真似するだけだった。もはやこの見張り番の奴なしでは一日たりとも過ごされず、それどころか夢を見ることもかなわなかった。そしてとうとう僕が奴に向かって怒鳴りつけたとき、奴はひるむどころか、僕のわめき声にじっと聴き入ったのだ。わめき声こそは奴が待ち望んでいたしるしだったのだ。そして結局暴力を振るったのは僕のほうだった。僕は十二歳にして、相手ともみ合うなか、もう自分が何なのかわからなくなっていた。ということはつまり僕はもう何者でもなかった。ということはつまり僕は悪人になっていた。子ども時代のこの敵は、僕が悪人であるということ、奴よりも悪い人間、悪者であるということを僕に思い知らせたのだ（そうなることを奴が最初からはっきり予期していたことはまちがいない）。

初めのうち、僕の防御といえばやたらに腕を振り回すだけのものだった。それはどちらかというと溺れかけた人間がまわりの水をばちゃばちゃと叩いているような感じだった。だが相手はそんなことでは離れず、かえって挑発的に、まともに顔を向けてきた。奴の顔が目の前に近づく。その近さは、墜落の夢の中で地面に激突する直前、地面が近づいてくるさまのようだったとでも言えようか。だがそこで僕が相手に手をかけてしまったことは、防御のための反射的な身振りということでは済まなかった。それは誰もが待ち受けていた表明、告白、自白というもの、つまり僕がこいつと同じような人間であることを自分で認めてしまったようなものだったからだ。僕は、手を上げたことで、僕のほうがずっと悪いのだ、悪意を持っているのだと、敵についに認めてしまったのだ。そして実際、他人の涎と鼻水に触ることで、自分は暴力をふるい不当なことをしているのだと感じさせられていた。二度と味わいたくはないような感覚だった。目の前には「お前はもうもとには帰れないのだぞ」と勝ち誇る顔があった。僕は奴の尻を蹴りつけた。力いっぱい。奴は身を守ろうともせず、だがよろけもせず、しぶとくにやにや笑っていた。奴は自分の目的を達したのだ。この日以来、僕は誰の目にも、「あの子をいじめる子」になった。奴は僕にちょっかいを出す理由と権利を手に入れたわけだ。僕と奴との、それまでのひそかな敵対関係は、公然の戦争に変わり、そしてこの争いには奴も僕ももろともに地獄に落ちるほか出口はなかった。あるとき奴の父親は、僕が息子を殴るところを見て駆けつけてきた。われわれを引き離し、僕を投げ倒すと、家畜小屋用の靴で僕を踏みつけた（裏返った大声で僕を散々罵りながら。その罵言は、僕の父なら、もっぱら土砂崩れや落雷火災や雹など、家や畑の災害に対して吐きかける呪いの言葉だった）。それは僕にとって幸せなことだった――ちなみに、これは、当時のみならず以後十年ほども、僕の知るただ一種類の幸福だった。

　この虐待をきっかけに、僕は口に出して訴えることができるようになった。母親に（そう、彼女にだ）あの敵について語って聞かせることができた。その物語は、「聞いて！」という命令で始まり、「何とかしてよ！」というもう一つの命令で終わった。そして家族の中でのいつものならい通り、行動を起こしたのは母親だった。その行動とは、神父さんも先生もそのほうがいいと言ったから、という口実で、十二歳の僕を連れて、寄宿学校の入学試験に行くことだった。

　試験からの帰り道、母と僕はクラーゲンフルトでブライブルク行きの最終列車に乗り遅れた。二人で町を出て、町から出てくる道路のわきに立っていた。暗くて、雨が降っていた。ただこのとき、雨に濡れたという記憶はない。しばらくして一台の車が停まってくれた。ユーゴスラヴィアに行くところで、下ドラウ谷[18]のマリボル（マールブルク）に行くのだと言い、われわれを乗せてくれた。車に後部座席はなく、僕らは後ろの床の上にすわった。母が最初にスロヴェニア語で行き先を告げたもので、運転手の男は母とお喋りをしようとしたものの、母が決まり文句や民謡の数節以外スロヴェニア語は何もわからないことに気づくと、黙ってしまった。車の後部のブリキの床にすわって押し黙っていたこの夜のドライブで印象に残ったのは、母親との一体感のイメージだ。そしてこのイメージは、少なくともその後寄宿学校にいた数年のあいだ、いつでも効き目を発揮した。母はこの旅のためにパーマをかけ、めずらしくスカーフもかぶらず、そしてその顔は五十歳の体の辛《つら》さが表れていたにもかかわらず、時折さっと過ぎていく光のすじのなかで、若々しく見えた。彼女はハンドバッグを横に置いて、膝を抱えてすわっていた。窓ガラスの外には雨滴が斜めに走り、雨の当たらぬ内側では、カーブのたびに何かの工具や釘の入ったケースや空の缶が滑り寄ってきた。生まれて初めて、僕は自分の中に何か始末に負えないもの、奇怪なもの、何か確信のようなものを味わっていた。母が僕を、僕にとって正しい道に連れてきてくれたのだ。それ以前もまたそれ以後も、僕にはこの女がよそよそしく思われて、文字通り知らんぷりをすることも珍しくなかった——お母さん、という言葉はどうしても出てこなかった。——だが一九五二年のあの夏の雨の晩には、自分に母親というものがあるということ、自分がその息子であるということが当たり前のことに思われた。彼女もまたこのときには、村で装っていたような農婦でも百姓女でも家畜番でも教会通いの信徒でもなく、その背後にあった姿、主婦というよりは家政を司る者、土地の者というよりは世界を知った者、観客であるよりは行動する者、そういう姿を明らかにしていた。

僕らはリンケンベルクへの分かれ道で降ろしてもらった。母が一度くるりと旋回するまで、僕は腕を

18　ドラウ川はオーストリア最高峰のグロースグロックナー山付近を源流とし、フィラッハからケルンテン地方を貫流してスロヴェニアに入り、マリボル（ドイツ名マールブルク）を通る。さらにクロアチアを通ってドナウ川に合流する。

組まされていることにまったく気づいていなかった。雨はもう上がっていて、平原の果てには月に照らされてペッツェン山塊がそびえていた。一つ一つのものが絵文字のように鮮明だった。渓谷も、岩壁も、森林限界も、カール谷も、頂稜も。「うちの山よ！」母は言って、戦争のずっと前、あの山にそって僕の兄が、「私たちの運転手さん」が今走って行ったのと同じ方角、南東方向に向かって国境を越え、マリボルの農業学校に行ったのだ、と言った。

寄宿学校にいた五年間については語るようなことは何もない。ホームシック、抑圧、冷たさ、集団拘束あたりの言葉だけで足りる。われわれ全員が目指していることになっていた僧職が自分の天職だと思えたことは一度もなかったし、他のどの少年も、それに向いているとはまず思えなかった。村の教会では、司祭に叙階されるという秘蹟はまだ神秘性を放っていたが、それもこの学校の中では朝な夕な魔力を削がれていった。われわれの相手をしている聖職者たちの一人として、司牧者——魂に配慮する者——には見えなかった。彼らはたいてい自分の暖かい私室に引きこもっていて、誰かを自分のところに呼び寄せるとすれば、せいぜい訓戒を垂れたり脅したり何かかまをかけて聞き出すためだった。それでなければ、いつもの黒い、裾を床まで引いた法衣という名の制服を身にまとって、見張りや監督のため建物を見回るだけだった。いろいろいたとはいえ、見張りや監督者であったことにかわりはない。曲がりなりにもかつて聖別を受けて司祭というものになったのだろうに、日々のミサで祭壇に立っているときですら司祭らしく見えたためしはなく、ただ儀式の一つ一つの段取りを汲々として守っているだけのことだった。こちらに背を向け、黙って天に腕を差しのべて立っている彼らは、自分の背後で何が起こっているか聞き耳を立てているようで、それから全員に祝福を与えるためにこちらを向くのも、ただ僕を取り押さえるためにそうするかに見えた。村の司祭はどれほどちがっていたことだろう。ついさっき、目の前で、リンゴの入った木箱を地下室に運びこんだり、ラジオのニュースを聞いたり、耳から出た毛を切ったりしていたのが、一瞬のうちに祭服に身を包んで教会堂の中に立ち、そしてひざまづく。そのとき、彼の膝が神のみ前でコキコキ音を立てようと、われわれ他の者の心は拉《らっ》し去られ、そうしてわれわれは一つの会衆となるのだった。

　これに対して、この寄宿学校、この僧侶たちの兵舎で、僕が唯一楽しいと思えたのは、勉強しているときだった。一人で勉強しているとき、自分の覚えた単語の一つ一つ、正しく使うことのできる言い回しの一つ一つ、そらで地図に描き出せる川の一本一本、それらはみな当時僕が強く求めていた唯一の目標を先取りするものだった。外へ、戸外＝自由の中へ、出ていくという目標を。あの頃、「国《ライヒ》」[19]という言葉でどんなものを考えるかと訊かれたら、どこか特定の国ではなく、「自由の国」と答えたことだろう。

　そしてそれまで勉強の中でのみ予感することのできた「国」を体現しているように思える人物がいた。ところがまさにその人物が、寄宿学校での最後の年、僕の「大きな敵」となった。今度は同年輩

19　「ライヒ」は慣習的に「帝国」と訳されることが多いが、「カイザーライヒ」（本書で「帝国」と訳）と違って、もともと「帝」の意味を含むわけではない。ナチスのいわゆる「第三帝国」ももちろん「帝」国ではない。ちなみに、現在でもドイツ語でフランスは「フランクライヒ」、オーストリアは「エスタライヒ」と呼ばれるし、一般的に領域の意味でも「ライヒ」の語は用いられる。

ではなく大人だった。僧侶でもなく、外から、俗世から来る者、世俗の人物、つまり一人の教師だった。彼はまだ非常に若く、大学を出たばかりで、いわゆる教員宿舎に住んでいた。宿舎は、寮と学校のある城と斜面の司教墓所とともに、人里離れたはだかの丘の上に建っていて、あたり一帯で建物といえばこれだけだった。僕は誰が見ても目立つ存在ではなかった（何十年も経ってなお、当時の同級生に会うたび、僕が「もの静かで、人から離れ、何かに没頭しているようだった」と聞かされた。それが自分のことだとは思えなかったが）のに、彼はすぐに僕に目をつけた。授業のとき、まるで個人教授をしているかのように、僕に向けて喋った。それは何か教えるという口調ではなく、むしろ一言いうたび、この内容の扱い方はこれでいいだろうかと僕に尋ねているようだった。そう、彼はまるで僕が授業内容などとっくに知りつくしているかのように振る舞い、いちいち僕が、他の連中に別にまちがったことを教えてはいないよ、とうなずいてやることを期待していた。そしてあるとき僕が実際に彼の言ったことを訂正したとき、彼はうやむやに片づけるどころか、生徒がどんな教師よりもできることがやっぱりあるんだよ、僕はいつでもそういうのを願っていたんだ、と嬉しそうに言った。僕にとって、それは自尊心をくすぐられたというようなこととはまったく違った——それはまったく別のこと、自分の存在に気づいてもらえたと感じたのだ。長年にわたって見過ごされてきたあとで、ようやくひとが自分に気づいてくれたという感じ。それは、それこそ目覚めというべきものだった。そして僕はこの目覚めに酔った。しばらくのあいだ、すべてはうまくいった。僕、同級生、そして何よりこの若い教師——放課後、毎日のように、僕は上の空で彼について教員宿舎へ行った。息のつまりそうな信仰の地下牢から、学問や研究や世界考察の大気の中へと出ていったのだ。当時の僕が何かすばらしいもののように思いなしていたある種の孤独の中へと。週末、彼が出かけると、僕の思いは彼とともに町にあった。その町で、彼はただ授業日に備えてエネルギーを蓄えているのだ。そして彼が出かけずにいるときは、外の教員宿舎にただ一つ明かりの灯った窓は、僕にとっては薄暗い寮付属教会の祭壇の脇でちろちろ燃えている炎とはまったくちがった、永遠の光だった。

とは言っても、自分自身が教師になろうという考えは浮かばなかった――僕はいつまでも生徒でいたかった。たとえば当の生徒の生徒でもあるような教師の生徒でいたかったのだ。そんなことはもちろん、慎重に距離をとりながらでなければうまくいかない。そしてそれほどまでに必要な距離というものを、われわれは迂闊《うかつ》にも失ってしまったのだ。おそらく僕の目覚めの恍惚のあまり、そしておそらく彼の、それまでは夢でしかなかったことの発見の恍惚のあまりに。あるいはまた、自分は選ばれた人間だという考えに、僕が長いことは耐えられなかったからかもしれない。彼が僕について抱いているイメージを、そのイメージがどれほど僕の内奥とぴったり一致していようが、僕はぶち壊しにかからずにはいられなかった。僕は彼の視野から逃れたかった。良い評価であろうがなかろうが、誰も僕についての評価など抱かない場所、教室の自分の席の青いくぼみに遠く引きこもって、それまで十六年間そうだったように、またひっそりと生きたい、そう僕は熱望した――そうなのだ、ある人間に、当時僕の中で分裂して蠢いていた分身が自分を知っている以上に親しく知られるようになった今こそ、ひっそりと生きられたらどんなにいいかという気がしたのだ。一時的ならともかく、ずっと模範や奇跡として通用していくということ、それも他人にとってよりも自分自身にとってそういう者であり続けるということ、これは耐えがたかった。それは僕に矛盾の中に消えてしまえというようなものだった。そういうわけで、ちょうどまた授業中に「一緒に考えるよい生徒」であることの証となるような質問をさしはさんだ僕に、教師が嬉しそうな、それこそ感動したといったまなざしを向けたとき、僕はとんでもないしかめ面をしてみせた。それはただ自分から注意をそらしたいがためだったが、若い教師の心には——僕はその瞬間彼とともにそれを感じとった——ぐさりと突き刺さったのだ。彼は表情をこわばらせ、教室を出ていき、その時間はもう戻ってこなかった。彼にいったい何があったのか、僕のほか知る者はなかった。彼は僕の本当の顔を見たと思ったのだ。僕のまじめさ、教科に対する愛、全力で自分の仕事を果たしている彼に対する好意、そんなものはみな見せかけだったのではないか、この生徒は食わせ者の猫かぶりの裏切り者だったのではないか。他の生徒たちが興奮して喋っているあいだ、僕は静かに窓の外を眺めていた。教師は下の前庭に、校舎に背を向けて立っていた。そして彼が正確に僕のほうを振り向いたとき、僕の目に入ったのは彼の目ではなく、鳥の嘴《くちばし》のように硬くとがった唇だった。気の毒でもあったがこれでいいとも思った。僕はまた一人ぼっちであることを愉《たの》しんですらいた。

鳥の嘴はそれからますますとがっていった。しかし僕の相手は憎しみに満ちた敵というより冷ややかな刑吏だった。彼がいったん下した判決は取り消し不可能なのだ。そして教室の自分の席は隠れ家としてよくできているとは言えなかった。勉強はもうおしまいだった。教師は、僕が何も知らないこと、知っていることは「要求されていること」ではないことを毎日のように証明してみせた。僕が知っていると称することなど「まともなしろもの」ではない「ガラクタ」に過ぎず、自分だけわかっているつもりのそんな言い方では、みんなに受け入れられる形に従っていないから、誰にも通じはしない云々。僕は、かつては額を熱くするような、記号や差異や移行や結合や共通性の明るい世界が青く広がっていたはずのくぼみに見入っていた。僕はひとりで自分の中に黒い雲をかかえていた。この雲が消えることがあるとは思えなかった。それはますます重く広がって、口元や目にまでこみ上げ、僕の声とまなざしを呑み込んだ。それはもちろん、外から見れば目立つ変化ではなかった。聖堂での合同の祈りのときはどっちみち以前から唇を動かしているだけだったし、学校では、あの教師が主任教師でもあったから、まもなく質問されることも、そもそも気にとめられることもなくなった。この時期に僕は、言うところの、言葉を失うという経験をした――人前で黙りこむばかりでなく、自分自身のうちでどんな単語も、どんな声も、どんな身振りもまったく出てこなくなった。そんな失語状態は暴力を求めて叫びを上げるもので、それはとても手なずけられそうに思えなかった。しかもこの暴力は、あの小さな敵のときとちがって、外に向かうことはなかった。この大きな敵は、僕の内側、腹腔や横隔膜や肺翼や気管や喉頭や軟口蓋を圧迫し、鼻孔や耳孔を塞いだ。こうして真ん中に閉じ込められた心臓は、鼓動するでも動悸がするでも脈打つでもどきどきするでも血を流すでもなく、ただ鋭く、悪意をもって、カタカタと刻んでいた。

そしてある朝、授業の前、僕は校長のところへ行けと言われた。校長は、僕を名字ではなく名前で呼びながら、いま君のお母さんから電話がかかってくる、と言った（校長は母の前では僕をいつも「フィリップ」と呼んだ。それ以外は僕はいつでも「コバル」だった）。僕はそれまで電話で母の声を聞いたことはなかった。それが、今では、彼女の話だろうが歌だろうが笑いだろうがうめきだろうがみんな忘れてしまったのに、このときの、いかにも郵便局の電話ボックスからららしい、くぐもった、単調で、でもはっきりした声だけは、今になっても耳に残っている。母は言った。あなたを「男子校」から普通の学校に転校させることにお父さんと決めたの、今すぐに。近所の人の車に乗せてもらって、二時間もしたら、学校の正門のところであなたを待っている。クラーゲンフルトのギムナジウムにはもう転入手続きしてあるから。「明日にはもう新しいクラスに行くのよ、女の子の隣にすわることになるわ。毎日列車で通うの。うちにはあなた用の部屋がちゃんとあるから、納戸はもう使わないからね。お父さんが今あなたのために椅子と机を作っているところよ」。僕は異議を唱えようとして、ふとやめた。母の声は裁判官の声だった。僕について知るべきことは知っている。僕に対する権限というものを持っている。決めるのは母だ。その母が、僕の即時釈放を指図したのだ。その声は、このとき限りに深みから、深みに生涯にわたって蓄積された沈黙のなかから、奮い起こされた声、おそらくはまさに唯一の瞬間、適切な機会に、反対を許さず、一度限りの絶対命令を発するために奮い起こされた声であり、いったんこれが終わればすぐまた自らの民の玉座と国《ライヒ》の在りかである沈黙のうちに戻っていくような声、軽やかで力にあふれた踊るような声、リラの調べと紛《まが》うような声だった。僕は母の決定を校長に伝え、校長は無言でうなずき、そしてわずかののち、満ち足りた表情のわずかな乗員、恩赦を与えられた者とその荷物を後部座席に乗せた車は、抜けるような空の下、まるでオープンカーのような明るさの中を、開かれた土地へと走り出していた。運転席にすわった家の近所の男は前に他の車の姿がなくなるたび、車を大きく蛇行させ、声を張り上げてパルチザンの歌を歌っていた。歌詞を知らぬ母は一緒にハミングしながら、ときどき左右に僕の家路を縁取る土地の名を、毎度厳かな調子で告げた。僕はめまいがして自分のスーツケースにしがみついていた。そのときの感覚を名づけるとすれば、「安堵」でも「喜び」でも「至福」でもなく、「光」ということだったと思う。ほとんどあまりに多くの光だった。

しかしもうそれは決して本当の帰郷ではなかった。寄宿学校にいたあいだの里帰りのときこそ、何か晴れがましいお祭り気分で出発できたものだ。家に帰れる機会といえば夏以外には祝祭日のときだけだったからということもあったが、それだけではなかった。クリスマスの前、釈放された生徒たちは、まだ真っ暗な中、丘を下り、機会をとらえては荷物をかかえて垣根を越え、つづら折れの道筋を離れると、荒れて固く凍った急な家畜道[20]の斜面をほぼ最短距離で横切り、そして酷寒に湯気を上げる小川の流れる湿地を通って駅へと、われ先に急ぐのだった。そのあとの列車の旅のあいだ、耳もとで嬉しさにわめき声を上げている他の連中と押し合いへし合いしながら、僕は客車のデッキに立っていた。まだ夜。天と地のあいだに張りつめた、力を湧き起こさせるような闇。その上には星、下には機関車の火花。そしてこの暗い力の空間にただよっていたものを、僕は今も、何か神聖なもののように思い出すことができる。まるで自分の内側が鼻先まで汽車旅の空気に生気づけられて、わざわざ息をするまでもないみたいだった。まわりにいる連中が腹の底から上げている喜びの叫び声は、僕自身は

20 別のところでハントケ自身が説明しているところによれば、地質学（？）の用語で、かつて放牧が行われていた斜面の土地。家畜に踏まれることによってテラス状の小径が形成され、その後放牧が行われなくなって草に覆われ、独特のピラミッド状を呈しているもの。本書第2章のタイトルとなっている。

じっと身のうちに抱えて出さなかったが、自分で声を発しなくても、外界のいろいろなものがかわりに表現してくれているような気がした。車輪のがたごという音、レールの音、ポイントでのがくんという音、行く手に光る信号、走路を守る踏切の遮断機、走る列車の全体が上げるぎしぎしという音。

それからだれもが、道のりのうちで一番素晴らしい部分、一番スリルのある最後の徒歩の区間と、そして同級生のだれも知らないわが家とがまちがいなく待ち受けているという期待を胸に、一人一人別れていく。実際、あるとき、少年がそんなふうに駅に着いて、畑のあいだを村に向かって歩いていたとき、何かが少年についてきたことがあった。その中に、そのころ宗教カレンダーで見た幼子イエスの姿が見えた。もちろん何が起こったわけでもない。ただ道端のしなびたトウモロコシの茎の向こうで、彼が通り過ぎるとき、茎の列と列のあいだの空間が光ったように見えたのだ。その空間は一歩一歩、一列一列、どれも同様に、空っぽで、白く、風が吹き抜けていた。少年はそのとき、それが同じ一つの小さな空間で、ただ自分についてくるだけでなく、くいっくいっと動きながら目の前を飛んでいくような幻覚を抱いた。目の隅でそのつど鳥のように羽ばたき、彼を待ちうけ、そしてまた先を飛んでいく微風。ある休耕地まで来ると、畝《うね》のあいだの溝から一握りほどのトウモロコシの皮が舞い上がった。そのにぶい黄色の数枚の皮は、最初からわずかのあいだその場にただよい、それからゆっくりと列になって地面の上を流れていった。そのはるか向こうを列車が走っていた。列車はほとんど霧に隠れて、土手の上の線路上で止まるかと思えばまた走り続けていくようにも見え、ちょうど僕のかたわらの風のようなものの動きそっくりに、ぎくしゃくしていた。いま体験したことを話そうと気がせいて、僕は家に向かって走り出した。でも敷居をまたいだ瞬間、それがそのままでは語れないこと、口では言い表せないことだということに気づいていた。扉をあけると、そこにはただわが家があって、暖かく、洗いたての木材の匂いがし、人間が――学校とちがって僕の家族が――いた。早朝の汽車旅で顔についた煤が、挨拶がわりに十分さまざまなことを物語っていた。

寄宿学校のあった土地はまったく馴染みのないところだったから、そこから出ていくとすれば、東西南北どの方角だろうと、家の方角以外に方角というものはなかった。夜、大部屋に横になって、下の平地を走る列車のごとごとという音を聞くと、あれに乗っている人はみんな家に帰るところだろうなとしか思えなかった。大陸横断ルートを飛ぶ飛行機もちょうど自分の村の上を通るのだと思い、雲まででもが家の方角に流れていった。学校の前の並木道は、はずれまで行くと家畜道の斜面となって落ち込んでいるのだが、それもまた家の方角を指していた。草におおわれた空っぽの家畜道に立つと、それだけで目的地にずっと近くなったようで、何か隠されたものを探し出すゲームのときのように、「近いぞ！」という声が聞こえるような気がした。パンを積んで週に一度やってくる車は、そこからさらに名前しか知らない村に向かったが、その村の通りに灯る明かりも、自分の村に灯っているのと同じ明かりにちがいなかった。山や月や灯火のようなずっと遠いものこそ、自分の出生証明書に「所轄」と書かれた土地へとつないでくれる空の架け橋のような気がした。毎日のように逃げ出したいと考えるにしても、その行き先といえば大きな都会でも外国でもなくて、いつでも故郷の地域しかなかった。あそこの納屋、あの野良小屋、森の中のあの礼拝堂、湖畔のあの葦刈小屋。一緒に司祭になる教育を受けていた生徒たちのほとんどはあちらこちらの村の出身で、たまにだれか本当に逃亡した者がいても、たいていはその故郷の村か、そこに行くいちばん近い道の途中ですぐ見つかってしまうのだった。

しかし今では居住・移動の自由を得て、毎日リンケンベルクという辺鄙《へんぴ》な村と、クラーゲンフルトという街の学校のあいだを行ったり来たりするようになった僕は、たしかな自分の場所というものがもうどこにもないことを知った。自分のために空けてもらった部屋は眠るためにしか使わなかった。リンケンベルクの村全体、寄宿学校にいたあいだほとんど変化はなかったのに、今では——教会も、屋根の低いスロヴェニア風の農家も、垣根のない果樹畑も——もう、まとまった一つのものとは感じられず、ただの田舎の散村にしか見えなかった。村の広場、納屋の登り口、九柱戯《ケーゲル》のレーン、養蜂舎、草で編んだ筵、爆弾跡のすり鉢状の穴、祭壇の彫像、森の中の空き地、そういうもの一つ一つは存在していることは存在していたが、かつて僕が住民の中の住民として、「ここの者」として遊びまわっていた頃のように一つのまとまりへと噛み合うことはなかった。まるで身を守る屋根が飛んでいってしまったようで、きつく冷たい光の中にはもう待ち合わせの場所も、祭りの場所も、隠れ場も、目を惹くものも、憩いの場も——要するにたがいに入りまじり入れかわる空間というものがまったくなっていた。はじめのうちそれは村のせいだと思った。手仕事の道具の多くが機械にかわってもいた。だがそれから気づいた。ぎこちないのは、あのまとまりからはみ出してしまっているのは、僕のほうなのだ。どこへ行こうと僕はつまづき、ぶつかり、つかみ損ねた。だれかに会うと、子どもの頃から知った相手でも、その視線を避けた。あれだけ長いあいだ離れていたということ、うちにとどまっていなかったということ、自分の土地を離れたということが、まるで自分の罪のようになってしまっていた。僕はうかつにも、ここにいる権利を失ってしまったのだ。あるとき、まだ村にいた頃いっしょに小学校時代を過ごした同い年の男が、近所のあれこれのことを僕に話そうとして、ふとやめて、言った。「何もわからないみたいな顔をしてるじゃないか」

　僕はもう同年輩の者たちの仲間には入れなかった。まだ学校に行っているのも僕だけだった。他の連中は、農家の跡継ぎにせよ職人にせよ、みんな働き手となっていた。法律上は未成年でも、僕にはみんなもう大人に見えた。僕が目にする彼らは、仕事をしているところでなければ仕事に出かけるところだった。それぞれに作業衣や前掛けを身につけ、頭をまっすぐ上げ、目にはいつでも精気があり、指はすぐにも何かをつかめる体勢、そしてそういう彼らにはどこか軍隊的なところがあった。それでまた、あの小学校時代のざわめきも消え、一言二言の短いせりふや、ただのうなずきや、原付にまたがり黙って相手も見ずに（さっと手を振るだけで十分なのだ）通りすぎるといった振る舞いに変わってしまっていた。彼らの娯楽もまた大人の娯楽だった。そして僕は当然その外側にいた。僕は驚きの目で、いや畏敬の念さえいだいて、なにか秘密の礼拝の儀式でも見るような思いで、この上なく真剣に注意深く、たしかな足どりで旋回するカップルたちを見ていた。堂々と踊っているこの若い女たちが、昔、地面にチョークで描いた線の上をケンケンをして跳びはねていたのと同じ連中なのか。そして今、落ち着きはらって、衣装の裾をちょっと持ち上げ、壇上に上がったのが、ついこの前、外の牧草地で、自分の子どもこどもした毛も生えぬ性器を見せてくれた女の子なのか。彼女らはあっという間に子どもっぽいものはすっかり脱ぎ捨てて大人になってしまって、僕を文字通り見下しているのだった。少年たちのだれもがまたそれぞれにひどい事故にあって命をとりとめるという経験をしていた。指が一本ない者、片耳の欠けた者、片腕全部を失った者もいた。少なくとも一人は事故で死んでいた。何人かは父親になっており、かなりの女の子が母親になっていた。あそこのあいつな、ムショに入れられていたんだ。ではいったい僕は何なのか。寄宿学校ですごした数年間のあいだに、青春時代というものも、僕が一瞬たりとも味わわないうちに、過ぎ去ってしまったのだ、と気づく。青春時代というものは一本の川、自由に流れ集まって、いっしょになって流れ続けていく川のようなものだ。その流れから、寄宿学校に入った時点で、あの学校にいた他の連中とともに、締め出されてしまったのだ、と思った。それは失われた時、もはや取り戻すことのできない時代だ。僕には人生にとって決定的な何かが欠けている。それをこれから手に入れることももうないだろう。村の同年輩の何人かのように、僕にも体の一部が欠けている。だがその器官は脚や手のように切断されたわけではなく、そもそも形成しそこなってしまったもので、そのうえ、手足とちがって、何ものによっても代えることができない器官なのだ。他の連中と何かをすることができないということ、何をするのでも、話をするのでも、いっしょにやることができないということ、それが僕の障害だ。僕はまるで座礁したよう、障害者のようだ。自分を浮かべ運んでいくはずだった唯一の川が、自分の横をかすめて永久に流れ去ってしまったのだ。自分には、将来のあらゆることに備えて、青春時代が必要だったのだということはわかっていた。それを取り逃がしてしまって、もはやとり返しがつかないのだということが、僕を身動きできなくした。そのことが、とりわけ僕にはなんと言っても相応のはずの同年輩の連中と付き合ううえで、ある期間、内心のひどく苦しい硬直と痙攣を引き起こした。その苦しさに、僕は自分の麻痺に責任のある者たち――そういう奴はいるのだから――を決して許すまいと思った。

傍観者の立場が好ましく思えることも多かったとはいえ、僕はしだいにひとりぼっちでいることが我慢ならなくなった。だからまず村の歳下の連中、子どもたちと付き合った。子どもたちは僕を、ゲームの審判、助力者、何か話して聞かせてくれる人間として、快く仲間に入れてくれた。黄昏のはじまりから完全に日が暮れるまでの時間、教会の前の開けた場所は、子どもたちのもの、一種の広場になっていた。子どもたちは塀の上にすわったり、自転車に乗ったりして、たいてい、何度も呼ばれるまで、寝に帰ろうとはしなかった。コウモリが飛び交うなか、子どもたちはほとんど喋るでもなく、ただそこに一緒にいた。遅い時間になるにつれて、おたがいの姿もほとんど見えなくなっていったのだが。この場を使って、僕は、さまざまな小道具を動員しながら、物語の語り手としての自分を試した。その時どきに合わせてマッチを擦ったり、石を打ち合わせたり、両手を丸く合わせて笛にしたりした。もちろんそれは、物語の情景――登場人物が内股に歩く様子とか、波のうねりとか、鬼火の近づいてくる様子とか――をありありと描くためにすぎなかった。聴衆も、ストーリーなどは望んでいなかった。一つ一つの情景だけで十分だったのだ。僕もまた、たんに子どもたちの片隅に加えてもらうだけでは足りないとでもいうように、このなりかけの大人が、子どもたちの真ん中に、子どもたちと同じようにしゃがみ込んでいたわけだ。子どもたちもまったくそれが当たり前という顔をしていた。だが、もう「大きく」なってしまった僕のかつての遊び仲間たちは、そんな僕を嘲笑った。あるとき僕は、一人として僕の肩までも届かないような連中と一緒になって、あの広場でかけっこをしていた。そのとき、ハイヒールを履いた女の子が一人、昂然と頭を上げて、そばを通りすぎていった。それは僕が寄宿学校の夜な夜な、青い紗を通して見るようにその姿を思い浮かべていた――女の裸を思い浮かべるというのはうまくいった試しがなかった――女の子だった。通りすぎざま、彼女はこちらをまったく見もせずに、ほとんどそれとわからないほどに口の端をゆがめた。目の隅に僕の姿がちらりと映るだけで、すべてが、つまり僕に関するろくでもないことすべてが、もうわかってしまったとでもいうように。

子どもたちとの付き合いばかりか、あの広場までもが、一挙に僕から遠ざかってしまった。そうして僕は、村の周縁へと追いやられる格好になった。そういう場所は、土地の言葉で「庭の裏」と呼ばれていた。この言葉はもっと広く、人が住んではいても本来の村のうちには入らない地域を指して使われることもあった。そんな場所には独り者や身寄りのない者が住んでいた。あの道路補修夫も、そういう場所に住んでいた一人だった。彼の住まいは暗黄色に塗られた分厚い壁の、ひと部屋だけの、まるでどこにも存在しない城の門番小屋のような家だった（実際、そんな城はあたりの村々の近くにはまったく存在しなかった）。僕はその家に足を踏み入れたことは一度もなかったし、そもそも道路補修夫の男に近づこうともしなかった。彼は僕の周囲では、秘密というものを持った唯一の人間——というよりは、秘密を公然と見せていた唯一の人間だった。村道の整備維持が彼のふだんの仕事だったが、日によっては、荒涼とした街道ぎわの舗装用砕石の箱から離れて変身し、看板描きとなって、たとえば村の中央の食堂の入り口に立てかけられた梯子の上にいた。描き上げた文字に、おそろしく繊細なタッチで影の線を加えたり、太い文字に数本のほそやかな線を加えて言わば文字に風を通したり、次の文字を、前からそこにあったものをなぞっているだけとでもいうように、まっさらな面に浮かび上がらせたりするのをじっと見ていると、そうやって生まれ出てくる文字が、隠れていて言い表しがたく、またそれだけに壮麗で、何より果てしの〔国境の〕ない世界帝国《ヴェルトライヒ》〔地上世界〕[21]の権標に見えてくるのだった。それに対して、村は消え失せるどころか、村もつまらぬどうでもよいものではなくなって、国《ライヒ》の核心部となり、いまここで組み上げられた文字の形と色とが中心となって放つ光に照らされる。そんな瞬間、ペンキ屋の梯子までもが何か特別なものとなる。壁によりかかっているのではなく、屹立しているのだ。その足元の縁石が光り輝きはじめる。梯子型の荷車がわきを通り過ぎ、藁の束はからみ合って花綵《はなづな》となる。窓の鎧戸の掛け金もただぶら下がっているのではなく、何かの方向を指し示す。食堂のドアは重厚な正面玄関《ポルタル》となり、入りゆく者たちは神聖な文字に従い、それを見つめて帽子を取る。背景から、地面を掻く鶏の脚が現れる――紋章の獣の黄色い鉤爪のように。ペンキ屋の立っている道も、もう近在の小さな町に行く道ではない。村を出てはるか彼方へと通じると同時に、文字を書いているペンキ屋の筆先へと通じているのだった。秋の落ち葉が舞い散る風の日や、冬の大吹雪の日、春の花霞の日や、夏の夜稲妻の走るときにも、村の広場で、大きな世界が、純粋な〈いま〉となって支配しているのを目にした。しかし彼が看板の文字を描いている日には僕はそれ以上のものを味わった。つまり、〈いま〉という瞬間に、時間が〈時代〉へと引き上げられるのを。道路補修夫はさらに姿を変えてみせた。彼は戸外の、畑のかたわらの聖画像柱[22]の彩色を塗り直す仕

21　既出の〈ライヒ〉（註19）に〈ヴェルト（世界）〉を加えたこの語は、通常かつてのローマ帝国などの「世界帝国」を指して使われるが、本書では語の成り立ちに従って、宗教的な天上界に比したこの世の、実在性のある世界といったニュアンスを帯びている。

22　ケルンテン地方に特に多く見られる路傍の聖所。小さな直方体や塔の形で、キリストやマリアや土地の守護聖人の像が描かれているのが普通。

事をしていた。とは言え、それはただの一歩踏み込むにも狭すぎるほどの小さなものだった。彼は村はずれの四つ辻のこの四角い箱に身を押し込んで、こちらに向かって開いた小窓の腰壁に肘をついて、上半身だけをのぞかせていた。こういう姿勢で働いている彼を、僕は何度となく見かけた。そんなとき、聖画像柱は、中が空洞になった木の幹や、操縦キャビンや、小さな歩哨小屋を思わせた。あるいはまた道路補修夫が、聖画像柱を肩にかぶってひと気のないところまで引きずってきたみたいでもあった。ペンキ屋には後ろに下がって自分の仕事のできばえを確かめるための場所もなかった。でも彼が帽子を手に、僕の足音などは少しも気にせず、落ち着き払って立っている様子からは、彼にはそんな空間などいらないのだということがうかがえた。描き直している壁画は外側からは見えない。通りすがりの人が、描かれているものを見ようと思ったら、腰壁の上にかがまなければならないだろう。主要色の明るい青だけがこの小さな家の中に反映していて、それを長いこと見ていると、ペンキ屋のどの身ごなしも、僕には一つの模範のように思えてくるのだった。そう、こんなふうにゆっくりと、こんなふうに慎重に、こんなふうに黙って、どんな人間がそばにいようとわずらわされることなく、完全にひとり立ちして、声をかけられることも、褒められることもなく、期待も、要求も、およそどんな下心もなく、僕もいずれ自分の仕事をしてみたいと思った。それがどんな仕事であれ、このペンキ屋の働きぶりにかなったものでなければならない。働く者を目に見えて高貴にし、たまたま居合わせて見ている人間をも高貴にするような働きぶり。

あまりに早く無理やり子ども時代を中断させられた結果、僕にとってこの村にはもうどんな結びつきも、どんな継続も持続も存在しないのだということを、この数年のあいだ、日々味わうことになった。もっとも、頭のいかれた姉が初めて僕に親しい存在になったのもこの時期のことだ。その点で奇妙なのは、僕は小さいときから周囲の精神障害者たちに惹きつけられるものを感じていて、また僕のほうでも彼らを惹きつけるところがあったらしいことだ。彼らはたえずあちらこちら歩き回っていたが、そのたびによく窓辺に寄ってきては窓ガラスに鼻や唇を押しつけ、にやにやしながら家の中を覗き込んでいった。そして僕がブライブルクの基幹学校に通っていた頃、ブライブルクで唯一いつもにぎやかに見えた場所が養護施設、精神病院だった。放課後、僕はよく回り道をしてそこに行き、垣根を通して聞こえてくる叫び声やものも言わず振り回される腕——僕は空を抱きしめるしぐさも覚えている——の歓迎を受けた。そうすると元気が出て、人けのない街道を、自分でも腕を回したり叫んだりもしながら、帰っていったものだ。まるで精神病者たちや精神障害者たちが自分の守護聖人たちのようで、長いこと彼らの誰にも会わずにいた後で、誰でもいい、彼らのうちの誰かに会ったとたんに急に力が湧き、健やかになったような気がした。

しかし姉は元気のいい精神薄弱者や気ちがいの同類には見えなかった。いつでも陰気に一人で過ごしていた。そして僕は昔から姉の前にいると気づまりで、避けるようにしていた。彼女のまなざしも、人がしきりに言うように狂っているとは思えず、ただじっと据えられて動かないだけだった。虚ろなのではなく、ただ澄んでいるのだ。妄想に耽っているわけではなく、いつでも意識がはっきりしているだけなのだ。僕はこの眼にたえず検査されていて、しかもこの検査は僕にとって決していい結果には終わらなかった。そういうとき、この装置（動かぬまなざしは僕にはそう見えた）は僕がやったあれこれの失敗や悪事ではなく、僕という人間そのものの根本的な悪を示してみせた——おまえは自分を偽っている、おまえは自分で見せかけようとしているような人間ではない、おまえは本物ではない、全然本物ではない、演技しているだけだ、と。とにかく姉と一緒にいると、どうも具合が悪かった。僕が何をするにせよ——どういう目つきをするかといったようなことですら——姉に対して、また自分自身に対しても、自分を偽っているような気がするのだった。しかもその偽りかたはまずくて下手くそなのだ。初めのうち、彼女は少なくともときどきは、まるで同情するようにくっくっと笑い声を上げて済ませてくれた。しかしだんだん、そういう、人を打ちのめすような検査の瞬間のあとも、意地の悪い笑みを含んで黙っているようになった。そんなわけで、僕はできるだけ彼女を避けるようにしていたのだ（もちろんそれでも彼女は思いがけず天井桟敷に立っていて、あのまなざしの罠を仕掛けているのかもしれなかった）。

付き合いにくく感じたのは、姉がずっと歳上だったせいもあったかもしれない。兄と姉は一つ違いだったが、僕と姉のあいだには二十歳の開きがあった。事実、子どもの頃、僕は長いあいだ、彼女を、うちの中にいるよその人のように思っていた。そのうち結った髪からピンを引き抜いて突き刺したりするかもしれない不気味な侵入者。さてそして、僕が寮から帰ってくると、姉はいわば髪からピンを引き抜いた。とは言ってもそれは、僕のことを気づかい、そばに寄り、腕を広げ、僕のほうにかがみこんだということだ。そしてこの気遣いは一種の狂躁に他ならなかった。僕が列車を降りてくると、彼女は有頂天で野原を横切って迎えに来た。有頂天で僕の鞄を持ってくれた。有頂天で僕に鳥の羽根を渡したり、リンゴを持ってきたり、モスト[23]を勧めてくれた。僕としてはさんざんそうは認めまいとしてきたのだが、とうとう僕も彼女の同類になったのだ。とうとう彼女には僕という共犯者、盟友、付きまとう相手ができたのだ。彼女のまなざしは、僕を見つめるというよりは僕の上にやすらっており、かつては不幸を予言するものだったそのまなざしは、今ではただひたすら僕の、彼女の、二人の存在を喜ぶ気持ちを告げるだけだった。そのまなざしは決してしつこく迫るようなものではなく、僕が必要とするときだけ、他のだれにも気づかれないように、ただ純粋に何かをほのめかすように、何かの暗号のように、ふっと現れる、そんなまなざしだった。

僕のイメージの中では、姉に似つかわしい格好といえばすわっている姿、静かに、体をまっすぐ伸ばし、両手を脇に置いて、ベンチにすわっている姿だった。そんなベンチがどの家の前にもあったのだが、そこにすわりこんでいるのはどちらかといえば男たち、それもほとんどは老人たちだった。もっとも、父は、歳とった姿の記憶しかないのだが、ベンチにすわっている姿はまったく覚えていない。男たちとちがって村の女たちは、ひとがよく食堂のおかみたちについて言っていた言い回しのように、「いつでも両の足でしっかり立って」いた。女たちはいつも道を歩いていたり、庭で身をかがめたり、家の中でも走り回っていたりした。僕がただそう思い込んでいただけのことかもしれない。しかし家の中の一箇所から別の箇所へ移動するのにいつも走るのは村のスロヴェニア系の女たちの特徴のような気がした。女たちは食卓からかまどへ、かまどから食器棚へ、食器棚からまた食卓へ、どんな短い距離でも走っていくのだ。狭い場所の中でのこの走りは不意に始まり、小走りに歩いたり、つま先で

23　ブドウや他の果実を絞って、発酵し切る前の一種のジュース。

急に動いたり、その場で走るようなかっこうをしたり、足を踏み替えたり、振り向いたり、また小走りに歩いたり、といったことの急速な連続からなっていて、全体としては一種重い足取りで踊り回るような感じ、長年、下女として働いてきた者の踊りだった。まだ歳のゆかぬ女の子たちでさえも、学校から帰って家に一歩踏み入ったとたん、その場ではじかれたように動きだした。台所の中を、おたがい競い合うように、昔ながらに召使いのギャロップで。さらにはもともとよその土地から来た母まででも、こんな土地の習慣を身につけ、たとえば僕にカップを出してくれるだけのことでも、目は伏せ、息をつめ、一生懸命に飛び跳ねてくるのだった。まるで僕が思いがけずやってきた賓客でもあるかのように。と言って、家にお客というようなものが一度として来た記憶はない。神父ですら来たことがなかった。とにかくそんな村の中で、すわっている姿を見せていたただ一人の女が姉だった。姉は人目に触れる家の前のベンチにすわり、そしてただすわっている以外、何もしていなかった。でも僕は、そんな彼女を、道路補修夫と同様、一種の模範のように思って眺めていた。ただそこにすわって、人並みにロザリオをつまぐるでもなく指先を弄《もてあそ》びながら、見る間に空気のような存在になっていき、彼女おん自らがご覧になっていた人間、つまり僕にしか見えない存在になるのだった。文字を描いていたペンキ屋同様、彼女もまた他の人間たちの踊りから離れ、愚者の自由の中に村の中心を体現していた。いま彼女がすわっているところに、千年前の小さな石像が鎮座していたっておかしくない。教会の暗い壁龕《へきがん》に、誰の注意も引かず、自分の場所を占めているような石像が、と僕は思った。像はもう胴と手と頭だけになっていて、風化した顔には、眼と大きな微笑みをたたえた口だけが浮き出している。その眼も口も閉じられている。まぶたも、唇も、石の玉を載せた手も、戸外のここでは太陽の光を反射している。そして像の全体が、ちらちら瞬くような光を放つ家の壁の中へ、その土台となって、すうっと消えていく。

そう、確かに、夕暮れの中の子どもたちの瞬間、誰ひとり見る者のいないところで働くペンキ屋の瞬間、陽射しを浴びてすわっているわが共犯者の瞬間、そういう瞬間はあった。だがそのどれも、失ってしまった自分の場所というものの代わりを永続的につとめてくれるものではあり得なかった。

一つの夢が終わり、何であれ、別の夢がその代わりをつとめなければならないところだった。大きな夢、小さな夢、昼間の夢、夜の夢。だがこの数年のあいだ、僕は町の人間になることもできなかった。村ではよそ者になってしまって、放課後はよく最終の列車まで町でぐずぐずしてはいたものの、どこに行くわけでもなかった。当時は酒場にも、映画館にも行かなかったから、ただウロウロ歩き回るか、公園のベンチで時の経つのを待っているほかなかった。どこに行こうというあても持てなかったのは、もしかしたらクラーゲンフルトという町の性質も関係していたかもしれない。湖[24]は、歩いて行くには離れすぎたところにあった。そしてまた僕にはともかくだだっ広く見えたこの町、州全体の首都であるこの町には、川というものが一本も流れていなかった。そういう川でもあれば、その岸辺に向かい、その橋にたたずむこともできただろう。駅を除けば、町の中で、僕の住処のようになっていた建物と

24 ヴェルター湖のこと。ケルンテン随一の保養地。東西十六キロに及び、東端はクラーゲンフルトに属するが、市の中心部からはかなり離れている。

いえば、学校しかなかった。午後、僕は、一人で、教室で過ごすか、教室の清掃が入っている日には、廊下の隅の、使わない机や椅子に区切られた入江のようなところで過ごした。そこにはたまに、他の、いわゆる遠距離通学生たちがやってくることもあった。この巨大でうつろな、しだいに静まり暗くなっていく建物の中で、僕らは自分たちだけの、小さなクラスを作った。黙ったまま、窓台にすわったり、隅に突っ立ったりしているほんの数人のかたまりだった。前に触れた女の子とも、ここで出会った。彼女とはそれから一度映画を観に行ったりもした。彼女もずっと遠くに住んでいたけれども、ただ方角が正反対だった。彼女の住んでいるその場所が、ひたすら家が恋しかった寄宿学校の頃とはちがって、自分の家なんかよりはるかに魅惑的に思えた。黄昏の廊下の中でほのかに輝く彼女の顔を見ていると、きっと壮麗な通りに面した立派な屋敷に住んでいるにちがいないという気がした。

それとはちがって、自分のクラスの同級生たちと一体感を感じるのは、授業のあいだだけだった。授業中は、僕は発言した。ときには率先して発言する生徒でもあった（というか、何か不明なことがあるたびに質問される生徒だった）。でも放課後は、僕は一人だった。他の生徒はみんな市内の親元や下宿に住んでいた。しかもたいていは弁護士や医者や工場経営者や商人の子どもたちだった。僕みたいに父親の職業を言えない者はいなかった。僕は「大工」の息子、「農夫」の息子、「渓流労働者」の息子ということになるのだろうか（そういうのが数十年のあいだの父の職業だった）、それとも、父は「退職」しましたという逃げの答でも十分なのではないか。自分の出自について黙っていようと、あるいは時には高貴な出のように、時には実際よりも卑賤な出のように嘘をつこうとも、あるいは（これが一番好もしかったのだが）自分が出自など持たないかのように振る舞おうとしようとも――すでに田舎町のブライブルクでも教師や警官や郵便局員や貯蓄銀行員[25]の子どもたちと付き合うなかでぼんやりとは感じていたこと、つまり自分は彼らの仲間ではなく、一番奥の部分では彼らと何の共通性もないということ、彼らは僕の付き合える相手ではないということに、今でははっきりと気づいていた。彼らにはあった付き合い方というものが、僕にはまったくなかった。彼らは僕を、初めのうちは仲間に迎え入れてくれようとはしていたのだが、それは僕にとっては慣れないばかりか煩わしいことだった。ダンス教室のドアの前に立って、インストラクターの女の命令する声を聞いていると、この中にいる連中は一生監禁されているのではないか、それも自分たちで進んで監禁されているのではないかという気がして、手首に触れるドアのレバーもそのための手錠のように思えた。またあるガーデンパーティでは、色とりどりの提灯がめぐらされ、ほやの中のロウソクがまたたき、バーベキューの火が煙をあげる中、かすかな音楽と噴水のたてるぴちゃぴちゃいう音にまるで呪縛され、踊る者、お喋りに興ずる者たちに包囲されて、頭にハンモックをかぶせられてしゃがみ込んでいた。まるで狩猟用の網に捕らえられてもう逃れようがないみたいに。

学ぶための共同体の中以外には、僕には自分の居場所というものがなかった。どこにいようと人の邪魔になった。ひとこと言おうとするたびに口ごもるので、実に当意即妙に行われていたみんなの会

25 著者自身に関して言えば、ハントケの実父は貯蓄銀行員だった。ハントケの母は彼の生まれる前に鉄道員だった継父と結婚している。

僕は前かがみに、話を止めてしまった。他の連中がこうべを上げて歩道の真ん中を歩いているときも、塀《と》や垣根に寄って歩いた。そしてみんながようやくどこかの入口で立ち止まって、ここに入るぞという意思表示をすると、僕はその時をとらえて、目立たぬように彼らと並んで敷居をまたぐようにしていた（そんな入りかたのせいでかえってみんなの注意を引いてしまうこともときどきあって、そういうときは中に入った連中のあいだから笑い声がおこるのだった）。授業以外で同級生たちと一緒のときは、それを意識していたのは僕だけだろうが、いつでも僕の物わかりの悪さが出てしまうのだった。何年か後、市電の中で、僕は一人の男に当時の自分の姿を見た。その男は同じような年恰好の者たちの中にいた。彼らは笑い話をしているところだった。彼は、他の連中が笑うたび、それに合わせて笑うのだが、それはいつでも一呼吸遅くて、途中で何度も笑うのをやめ、こわばり、それからやっと、大きすぎる声で、笑い声の合唱に改めて唱和するのだった。彼のまわりの誰一人として気づいてはいないことを、僕は外側から即座に見て取った。彼はおそらく、何の話かは理解しているものの、そのどこが面白いのかわからないのだ。彼には二重の意味とか仄めかしとかに対する感覚がまったく欠けていて、まわりの話を完全に文字通りの意味でとっていた。笑いを中断するあいだのその困惑した目つきから、彼が話の中のこまごました点を、何かたいそう重大なことのように受け止めているのがわかった。ちょうどあんなだったな、と市電の中で僕は思った。当時の僕も、同級生たちにくっついていて、ちょうど今の僕のような外側の誰かだけが、このグループの中で一人だけ「おかしい」ことに気づく、という具合だったのだ。

あるとき、何人かで一つのテーブルにすわって話をしていたことがあった。最初のうちは僕はついていっていたのだが、それからまったく突然に、僕と他の連中とのあいだ、あちらのグループとこちらの僕のあいだはおしまいになっていた。彼らが喋っているのはまだ聞こえてはいた。でも僕はもう彼らを見てはいなかった。視野の片隅にいくつかの手足が動き回ったり押し合ったりしているのが入ってくるだけだった。その分、聴覚のほうはずっと鋭くなった。どのせりふの言葉も口調も、即座に、おそろしいくらいはっきりと、どんな録音機よりも自然に、再現してみせることができただろう。話の内容はごくありふれたことで、要するにただのお喋りだった。だがそのごくありふれたことを言っているということ、またその言い方が、僕の癇にさわった。しかし今の今まで、自分だってそれに参加しようと努力していたのではないか。その通り。だが今では僕は黙りこくって端にすわり、またどうしてそうしているのかまわりから訊ねてほしいと思っているのだった。もちろん、連中は——僕にはそう見えた——僕を通り過ぎ、僕を無視してますます能弁に喋り合い、まるでそうやって喋り合うことで、彼らは彼らであり、僕は彼らにとって存在しないも同然だということを僕に見せつけることだけが肝心なことになってしまったようだった。そうなのだ、この、町の息子たち娘たちは、黙りこんでいる僕の前で、こちらには声もかけずに喋り続けることで、僕のような者、僕らのような者を追い払おうとしているのだ。こいつらの話しかた、とりたてて悪意のある言葉を放つわけではないものの、平板で舌の軽いさえずりも、僕に当てつけたものなのだ。連中に会う前、一人のときに、自分の中で蓄積されていたエネルギー——やはり何か言いたい、語りたいという衝動——が、頭の中でくるりと向きを変え、その勢いはそのままに、自分の内へと逆流して、脳髄に衝撃を与え、麻痺させていくのを感じていた。ただの言葉としてしか知らなかった「孤独」というもの、それを僕はこうして経験した。その日、こんな種類の集まりは、決して僕なんかが出るものではないのだ、と思い決めた。それに、一緒に喋ることができないということ、別の種類の人間だということは、一種ひそかな勝利というものではないか。あいさつもせずに、僕はテーブルを離れた。またそれに気をとめる者もいなかった。後になって、また同じようなことがあったとき、「あいつは子供部屋を持っていない〔躾《しつけ》がなっていない〕」という声を聞いた。そのとき思ったのは、実際、家には子どものための特別な部屋などなかったということだ。あと、こうした事件で残ったことといえば、ある癖がついてしまったこと、つまり、敵に向かうときには、相手が一人であっても、「あんたら」と言う癖がついてしまったことだ。その後、その癖をやめるのに苦労した。

こうして当時、僕の安住の地と言えるのは、乗り物に乗っているあいだ、停留所や駅で待っているあいだ、総じて道の途中ということになってしまった。村と町のあいだの毎日の九〇キロ、歩きも含めて三時間の距離の行き来というのはちょっとした時間であり、同時にそれが、当時のもろもろの事情から言って、僕にはふさわしい生活空間というものでもあった。ようやくまた、このほとんど見知らぬ人々のあいだにまじって、その誰に自分を合わせる必要もなく、また誰も僕に合わせようとはしない、そのことにほっとした。乗り物に乗っているあいだのわれわれは、貧しくもなく金持ちでもなく、誰がより良くも悪くもなく、ドイツ系でもスロヴェニア系でもなく、せいぜいが若いか歳をとっているかだった。そして夕方の帰り道には、われわれのあいだではもう年齢も問題にならないのだという気がした。しかしそれではわれわれは何者だったのか。等級の別のない客車の中では「旅客」や「乗客」であり、バスではもっとよいことに「乗客の皆様」だった。いろいろと訳あって、僕はよくバスのほうを選んだ。バスのほうが長く乗っていられたからでもあるし、バスの車内のほうが暗かったからでもあるが、何よりも、バスに乗っていると、うんざりするほどよく知っている人たちまでが、変身して見えたからだ。あの村、あの田舎町で彼らの姿を見かけたときは、すぐにその声、歩き方、目つき、家の窓枠に肘をついて前を通り過ぎていく者を追って首をめぐらしていくやり方、その家族はどうで履歴はどうだといったようなことにいたるまでがすぐに思い浮かんで、そういうイメージについ重ね合わせて眺めてしまうのだが、バスに乗り込んだとたん、彼らは突然に誰ともつかぬ人間になった。そして誰ともつかぬ人間になった彼らは、僕の目には、ふだん以上のものに見えた。人々は、それぞれの特徴から切り離され、ようやく一人きりの、一回かぎりの、今この瞬間の姿を見せていたし、走るバスに揺られているときのほうが、一緒に乗り物に乗っていることで気品を与えられて、村で彼らのものだということになっている教会の指定席にすわっているときよりも、ずっとしかるべきところにいるように見えた。誰ともつかぬ人間になってはじめて、人々は形を持ち始める。そして彼らの、見かけははっきりしているようであいまいな振る舞いも、文字通りのものになる。乗客から乗客への挨拶は心からの挨拶に、何か尋ねるのも心から知りたくてのことになるのだ。僕は同じようにすることはできなかったものの、そうすべきところだった。信頼のおける運転手（家ではひょっとするとぶつぶつうるさい隣人なのかもしれない）に町中や街道を運ばれていくこの人々、家や庭を離れて、医者や学校や市場や役所に行かねばならない人々。つまり、この人々を結びつけていたのは、共通の遠足やお楽しみの目的地ではなくて、この「ねばならない」だったのだ。こういう、ほとんどいつも一人で乗っている人たちや、子どもや大人の数人のグループの中にいると、自分が護られているという感じ、自分と同じような人たちのあいだにいるという感じがした。そしてこの感情は、暗さに守ってもらうまでもないときもあった。あるとても明るい午前、僕は数人の女性の後ろにすわっていた。女たちは車内の右と左で親類・親族のことでお喋りを交わしていた。誰もが病院にいる親族を訪ねに行くところだった。その親族たちの病歴の物語。さまざまな種類の声が明瞭に順に交替していった。張り上げた声、小さな声、愚痴るような声、落ち着いた声、どの声にもそれぞれの出番があった。そうした声たちの語る物語によって、走るバスは事の舞台に変じ、それがいま、語り手の女たちだけのものとなっていた。形あるもの、重苦しいものすべてを拡散させ、熱狂させる光、どこかよその、それでいてこの今現在バスとともに走っていく土地の光。女たちのスカーフが虹色に輝き、手提げ袋からは花束が光を放っていた。

停留所で降りた乗客が、急いで闇の中へと去っていくのも、僕はいつもそんなふうに見ていた。どの停留所もまた事の舞台であり、物語の現場であり、そしてその物語は、ただ人々がやってきては去っていくこと、そして何より待つことからなっていた。ある者は踵を返して去っていく前、なおしばらくは光の輪の中に立ち止まっていた。まるで家路をまっすぐたどるのをためらっているかのように（当時、僕もそういう者の一人だった）。またある者は、バスの外に出たとたん、よく夢に出てくる子どもたちがそうするように、その場でふっと姿を消した。永遠に消えてしまったかのように。そしてそんな者たちが抜けたあとの空虚には、席のぬくもり、窓ガラスを流れる息の跡、指や髪の毛の跡がしるしとして残っていた。

当時の僕にとって物語のメインの舞台となったのは、「クラーゲンフルトの」鉄道の線路に接した脇道の、市営バスの発着所だった。バスの切符売り場のバラック、そして道沿いいっぱいを占めて、木造の屋根つきの乗り場があった。そこから国内のさまざまな方角へと、また日によってはユーゴスラヴィアやイタリアへと、バスが出ていた。もちろん、実際に何があったかといえば、油で黒光りするバラックの木張りの床が放つ悪臭、そこにある鉄のストーブが立てるごうごうという音、ドアのきしる音、戸外のスタンドでポスターがぱたぱたいう音、発車するバスの振動音、止まろうとするバスのきいきいがあがあいう音、風の強い道路を舞う埃、木の葉、雪、新聞紙だけだ。そしてこの場所でこうした物によって起こることがら、あるいはたんにそれらがそこにあるということ、たとえば木々の梢高くかかげられた黄色の弱々しい照明、バス乗り場のひびの入った支柱、バスの行き先をしるした錆びたブリキのプレート、そうしたものがそこにあるというだけで、出来事としては十分だった。それ以上のことが起こる必要はなかった。それだけでもう一杯だったのだ。暗がりから一つ顔が出てきて、それが誰と見分けられてしまうだけで、もう多すぎた。そういう余計な分は、邪魔なばかりか、その場の魅惑をしらけさせてしまうのだった。この場所で僕が思わず知らず頭に描いていた物語といえば、神を自称する者や白痴が主人公で、乗車の際にみんなににやにや笑われ、その復讐のため、夜道を走るバスを深淵へと導いていくのだった。例の付き合っていた女の子が、道の反対側から発車するバスの車内からこちらを振り向くのでさえ、僕の調子を狂わせた。彼女がその場の絵柄の外に去り、広場が再び空っぽになってようやく、僕は彼女に挨拶を返すことができた。その後はもちろん、この土地全体に彼女が住んでいるような気がした。僕は彼女とバスに乗って彼女の通学区間を走り、彼女は僕と一緒に僕の区間を走っていくのだ。

そう、列車やバス、駅や停留所、そして自分の乗車区間が、遠距離通学をしていた頃の僕の家のようなものだった。寄宿学校の頃のようなホームシックはもうなかった。学校が休みの日には、町の、停留所のある通りに惹かれて出ていった。村とちがって、そういうところこそ「場所」の名にふさわしいような気がした。どこかに腰を落ち着けることもなく、宿を持たず、永遠に途上にいたいという衝動のようなものに駆られていた。かつてのホームシックは、それまでに体験した苦痛のなかでも最悪の苦痛だった。他の苦しみとはちがって、ひとりぼっちの人間を唐突に襲い、しかも他の点では人をまったく無傷に放っておく苦しみ、そしてまた、他の苦しみとはちがって、なんの抵抗手段もない苦しみ。それがあのホームシックだった。それが、一種の落ち着かなさに取って代わられた。この落ち着きのなさは、目的地がないかぎり、退屈の一種のような感じだった。しかし一つの方向を獲得すれば、それは遠くへの憧憬となった。それは苦しみではなく、楽しみだった。

乗り物に乗っているあいだに気づいたのは、両親もまた村ではよそ者なのだということだった。村の、まわりの人々からそう見られていたというわけではない。両親が自分たちでそう思っていたのだ。家の外では、両親は尊敬されていた。父に対しては、さまざまな役職（リンケンベルクではほとんど教会関係の仕事しかなかったが）が任せられた。母は、役人やお上など、とにかく村の外との付き合い方を心得た人間として扱われていて、一種の村の代筆屋のように、隣人たちに代わって手紙や請願書を書かされていた。ところが家の中では、あるいは他人のいないところでは、ことにどちらもなんの仕事もしていないときには、なにか落ち着かない雰囲気でありながらじっと何事かを考え込んでいるような様子になり、まるで二人とも自分の意志でそこにいるのではないような、囚人か流刑者かなにかのようになるのだった。

父は、行ったり来たりしてはふと小さなラジオに近づき、陰気な顔でスイッチを入れていた。そんな父の姿は、前線の陣地でとうに敗けて、ひょっとしたら帰還の合図が入るのではないかと、今一度、期待もせず試してみる男をどこか想わせた。はじめのうち、それは家畜小屋も長年のあいだに空っぽになり、納屋もひっそりと静まりかえっているせいだろうと思った。納屋には、道具類が展示品かガラクタのように置かれていた。けれどもその後、家の裏の以前使っていた作業場で父がまだ仕事をしているのを見て——父は、もう注文もないのに、徹底して直線的で装飾のない、いかにも大工の作るような机や椅子を作っていた——それが不正に対する鎮まることのない怒りの表現なのだということに気づいた。ときどき、外からガラス越しに、父が自分の作品を見もせずに仕事をしている様子を見た。父は、自分の作ったものとは無関係なところをじっと見つめているか、瞬間的に眼に挑発をたたえ、くっと顔を上げたかと思うと、長いあいだ無気力状態に陥るか、どちらかだった。あたりでは伝説と化していた父の発作的な怒りは、仕事のときには一様で持続的な怒りに形を変え、それが、できるだけ太く線を引いたり、釘を打ったり、角を鋭角に削ったりする動作に表れるのだった。僕はそれからまたしばらくして、これはこの家が、兄が行方不明になってから二十年経っても、相変わらず喪に服しているせいだろうと考えた。行方不明者というものが、確実に死んでいる者とちがって、家族のものに平安を与えず、彼らとしては何もできないまま、毎日徐々に遠くなっていく、毎日徐々に死んでいくからだろうと思ったのだ。

だがそれもちがった。少なくともそれだけではなかった。家の隅という隅を歪ませるあの意識、ここではよそ者なのだという意識、それどころかこの場所に流刑になっているのだという意識は、ずっと以前からあったものだった。それはこの家の一種の――唯一の――伝統で、父は祖父から、祖父は曽祖父からという具合に受け継いできたもので、代々言い習わされてきた言い回しに多分いちばんはっきりと表れていた。その言い回しとはこういうものだ。「いや、わしは入らんぞ、わしが入ってみればそこには誰もいない、というわけだからな」

この遺産は、わが家の伝説となっていた歴史上のある出来事に発していた。言うところによれば、うちは本当にあのグレーゴル・コバル、あのトルミン農民一揆の首謀者の家系なのだという。グレーゴルの処刑のあと、その子孫はイゾンツォ谷を追い出され、そのうちの一人がカラヴァンケ山脈を越えてケルンテンに流れ着いたというのだ。だから長男は代々グレーゴルと名づけられた。この物語で肝心なことは、父にとっては、グレーゴルが暴動の指導者だったとか煽動者だったとかいうことではなくて、彼が処刑されたこと、そして一族が追放されたことのほうだった。以来、一族は下男の一族、放浪労働者の一族となり、どこにも定住の地を持たず、また決して定住できない運命となったのだ。われわれに唯一認められた権利、それによって束の間の平安が得られた権利は、賭博だった。賭博に関しては、確かに、齢をとっても、父は村の第一人者だった。先祖たちの言葉に他ならないスロヴェニア語を、家ではなおざりどころか捨ててしまわざるを得ないということも、父にとっては過去の追放判決の一部だった。[26] 彼は心の奥では相変わらずスロヴェニア語を喋っていたようだ。それが仕事場でよく呟いていた独り言には出ていて、かなり大きな声になることもよくあった。だが外に向かってスロヴェニア語を話すわけにはいかなかったし、子どもたちに教えるべきものでもなかった――だから、彼が敵の民族、ドイツ語を話す女を妻にしたことは正しいことだったのだ。父はまるで、かつてわれわれの先祖のグレーゴル・コバルを処刑させた皇帝の意志よりも強力な、なにかずっと上のものの意志によってわれわれの一族が動かされているかのように振る舞い、グレーゴルという名を名乗った最後の人間である長男の行方がわからなくなってからは、家の中でもスロヴェニア語はいっさい話してはならないと思っているようだった。だから、人前で彼が自分の言葉をもらすのは、悪態をつくときか、なにかに感激したときだけだった。父がスロヴェニア語を心おきなく口にするのは、ゲームのときだけ、カードを引くとき、九柱戯《ケーゲル》の球を投げるとき、ゴールに向かって滑っていくカーリングの球に、ほれ行け、と声をかけるときだった。そういうとき、父はもう一度、そしてまた一度、スロヴェニア語を口にすることができた。そうなると、他の場合なら決して人といっしょに歌を歌うことなどなかったのに、音頭を取りさえした。だがそれ以外のときの父は、黙りこくっているのでなければ

26 註6で述べたようにケルンテンは古くから（本書のコバル家の祖先が移住してくるよりもはるかに以前から）スロヴェニア人の居住地だったが、八世紀以降ゲルマン化され、スロヴェニア人は被支配階層となっていく。「少数民族」となったスロヴェニア人、スロヴェニア語に対しては抑圧的な状況が後々まで残った。フィリップの父にとってはこの抑圧は先祖の移住に結びつけて理解されているわけである。

ば、ドイツ語だけを話した。そのドイツ語に方言の色合いはまったくなくて、それが家族全員にも伝わった。そのため、後になって僕は、国内ではどこでも、なにか禁じられた外国語を喋ってでもいるみたいに、なんでそんな喋り方をするのかと問い詰められたものだ（もちろん、僕の耳には、父のドイツ語の、この外国語じみた、生真面目な、一語一語骨を折って考えながらイメージを作り上げていくような喋り方が、生まれてこのかたオーストリアで聞いたなかで、もっとも明瞭で、純粋で、少しも歪められず、この上なく人間的な声なのだ）。

とはいっても、父はコバル一族の追放、放浪、奴隷身分、言葉の禁止をただおとなしく受け入れていたわけではなかった。むしろこの上なく不当なことだと思っていたようだ。だがそうしたことからの救済を求めるのにも、父は、抵抗するでもなく、反抗のそぶりを見せるでもなく、不当な運命を、彼流のちょっと激しい、嘲笑的な、軽蔑的な態度で全うするというやり方をとった。これだけきちんとやり通せば、この不当な運命を然るべきお上の前に持ち出すこともできるだろうし、そうしてお上から介入してもらうこともできるようになるだろうという、そういうやり方だった。父は全力をつくし、とりわけ粘り強さを発揮して、自分と家族の救済を求めていた。突然の怒りの爆発や、動物に対する残酷さに表れていたような短気さで、救済を無理にでももぎ取ろうともしていた。とはいっても、わが家族の救済なるものがこの世で実現されるとすればどんなものになるのか、家族のわれわれに描いてみせるわけでもなく、まるでそれは一種の憧れのかけらのような、希望も夢もイメージもないようなところがあった。父はそれを二度の世界大戦のせいにしていた。第一次大戦のときはわれらが伝説の故郷の川、イゾンツォ川[27]のほとりにほとんどひたすら立ち通し、第二次大戦のときは脱走兵の父親として、流刑の地リンケンベルクで待ち通したのだ。

　母親のほうは、嫁入りして引き移ってきたことでもあり、一族のこの伝統をまったくちがったふうに理解し、対応した。母にとって、この伝説は虚しい戦いと移住の悲歌ではなく、目標と権利の証書のようなもの、われらが前途の大いなる約束のようなものだった。どこか他人に向かって救済を求め続けていた父とはちがって、母は幸福を第三者の力に期待することがなかった。彼女は、それをわれわれのために、われわれ自身の力で得ることを要求した。父がいつでも信心深く運命に身をゆだねようと試みながら、結局うまくいかなかったのに対して、母のほうは、神などまったく信ぜず、自分自身で正しいと思うこと、自分自身の〈法＝権利《レヒト》〉をできるかぎり押し通した（母もまたそういうことを両大戦での経験から引き出していた）。その法とは、自分の家族――ということで彼女が考えていたのは子どもたちのことだった――の故郷は何世紀も前からカラヴァンケの向こう側と決まっているのであって、そう主張する権利があり、その権利は自分たちの力で通さなければならない、というものだった。さあ、立って、南西の方角へ、あの土地を占拠するのよ、それがどんなことになろうとも！そうやって土地を取り返せば、むかし祖先をお上に殺されて「われわれ」が被った屈辱もなかったことにできるのだから（いわば拾い子、移住者であった母親が、自分を拾ってくれた一族を指すのに、な

27　イゾンツォはイタリア名。スロヴェニア語ではソチャ川。第一次大戦時、この川一帯はオーストリア軍とイタリア軍の領土紛争の前線となった。ヘミングウェイが『武器よさらば』で描いたのはこの地の戦闘である。大規模な山岳戦が行われたことが特徴。その後の大戦間期にはこの一帯（トルミン地方）はイタリア領となった。

んとも尊大な「われわれ」ということばを使っていた）。われわれが皇帝や代官やお上に、総じて「オーストリア人ども」――これはオーストリア人の母にとっては人間蔑視の最たる言い回しだった――に対して果たすべき復讐なるものを、母はいつも、われわれの祖先が住んでいたというイゾンツォ谷の村の名にひっかけた一種の言葉遊びによって具体的に描いてみせた。村はドイツ名で「カールフライト[28]（Karfreit）」といい、正しくは、ということはつまりスロヴェニア語では、»Kobarid«という名前なのだが、われわれKobal一族の帰郷と、千年の奴隷状態からの復活のあかつきには»Kobalid«と改名されるというのだ。父のほうはそれに対して皮肉な笑いを浮かべて、»Kobalid«では「馬に乗って去っていく」というふうにも訳せるわ、頼むからカールフライトはカールフライトのままにしておいてくれ、わしらにはそのほうがあっているんだから。でなけりゃ»Kobarid«止まりにしておいてくれ、これは水晶のかたまりとか、ハシバミの実の房とかいう意味が入っている名前なのだ、と言った。すると母はまた、あなた本当に奴隷に成り下がってしまったのかしらね、だってあなたの、レジスタンス[29]の立派な戦士だった息子のことで最後の知らせが来たのは、あの有名は「コバリート共和国[30]」からだったということを、忘れてしまっているみたいですものね。戦争のまっただ中に村一つでファシズムに抵抗して、共和国を宣言して、それもしばらくは持ちこたえたところなんですよ、と言い返した。父はそれに対して、知らせなんてものも、レジスタンスなんてものもわしは知らん、としか言わなかった。

　とは言っても二人はそれからいつも、わが家で（ラジオと十字架像の置かれた隅に飾られた、拡大された兄の写真は別とすれば）唯一の画像の前で一緒になった。それは玄関の間にかかったスロヴェニアの地図だった。だがそこでも二人は必ず言葉をめぐってやりあっていた。いつもは不信心な、いや罰当たりな母が、地図の前では声を張り上げ、地図に書かれた地名の音節を一つずつ、同じ高さ、漂うような、震える声で、歌うように読み上げるのだ。父のほうは、それをぶっきらぼうに訂正するのでなければ、彼女の発音にただ黙って首を振るのだった。母は歯をむき出し舌をこわばらせてまで、このスラヴ語の連禱を続けた。ライバッハとは言わずに「リュブリャーナ」、ペッタウではなく「プトゥイ」、クラインブルクではなく「クラン」、ゲルツ[31]ではなくて「ゴリツァ」、ファイストリッツではなくて「ビストリツァ」、アーデルスベルクではなく「ポストイナ」、ハイデンシャフトではなく「アイドウシチナ」（この名前の響きを僕は特別に待ち受けていた）と抑揚をつけて言った。不思議なことに、母が毎度唱える地名は、その発音がいかにまちがっていようとも、いつも彼女が歌を歌うときとはちがって、美しく聞こえた。まるで一つ一つの地名が祈りの言葉のよう、全体でただ一つの、高揚した、繊細な祈禱になっているようで、記憶のかぎりでは、父もそれには決して文句をつけるでもなく、会衆――なんともわずかな会衆だ――の役割で応答するのだった。そしてこの祈りによって、ま

28　ドイツ語で聖金曜日のことをカールフライターク（Karfreitag）と言う。聖金曜日は復活祭のクライマックス。

29　註43参照。

30　一九四三年のイタリア降伏の後、それまでイタリア領だったコバリート周辺地域は一種の解放区となって「コバリート共和国」を称し、その後のドイツ軍の侵攻にも抵抗した。

31　フリウーリ平野の東端、ソチャ（イゾンツォ）川が谷から出てヴィパヴァ川と合流する地点近くにある町のドイツ名。現在その主要部分はイタリア領ゴリツィア。スロヴェニアとの国境にある。スロヴェニア側の、元々町の郊外だった部分に、第二次大戦後、ノヴァ・ゴリツァの町が生まれた。すぐ後に出てくる「修道院」はノヴァ・ゴリツァ側の丘の上にあるコスタニェヴィツァ修道院。十七世紀の建立で、ブルボン家の墓所がある。

るで、板張りの狭い玄関の間が、地下室に下りる手すり付きの木の階段や木造の廊下への出口とともに、教会の身廊に、村の教会よりもずっと巨大な身廊に、変わるかのようだった。

それでいて母は、この国境を越えたことは一度もなかったのだ。ユーゴスラヴィアの土地について彼女が知っていることはほとんど自分の夫の話からで、そしてこの夫にとって、そういう地名は、あいも変わらず、戦争の記憶を表すものでしかなかった。いつもきまって同じ岩山の話。その岩山を攻撃され、奪われてはまた取り返し……といったことを何年間もやっていたという話だ。世界大戦は、彼によれば、そんな灰白色のはげ山の上で行われていたのだ。戦闘のたび、言わば石を投げて届く範囲を行ったり来たりする前線。また村の他の古兵に聞いてみても、それが彼ら全員の経験した事実なのだった。父はふだんからかなり震え気味だったが、特に山中の岩に開いた漏斗状の深い穴、夏でも底に雪を溜めた穴のことを語るときはもっと震えていた。父は臆病だったが、当時いちばん心配し、今でも気にかけているのは、あのときに自分が人をひとり殺したのではないかということだった。自分の脛や太ももや肩の無数の傷を見せてくれるときはまるで恬淡としたものなのに、あのイタリア人の話、自分が命令されて狙ったイタリア人の話になるたび、父は落ち着かなくなった。「わしは奴の上にそれるように狙ったんだ。なのにわしが撃ったとき、奴は宙に飛んだ。こんなふうに、腕を伸ばしてな。と思ったらもう姿が見えなくなった」。この一瞬のことを、父は目をむいて繰り返し繰り返し語った。それというのも、相手は三十年、四十年、五十年経っても宙に飛んだままで、あの一瞬のあと弾をかわして塹壕に飛び込んだのか、当たって真っ逆さまに落ちていったのか、決してわかることはないだろうからだ。「けったくそ悪い！《シュヴァイネライ》」、そう父は言い、その罵りを「スヴィニェリヤ！」とスロヴェニア語でもう一度繰り返した。この出来事や世界や地上の生に対する自分の怒りを表現するにはやはりスロヴェニア語のほうがぴったりしているとでもいうように。ともかく、父が戦争中にその辺りの村や集落を知ることは結局なかった。せいぜい「どこそこの近く」とか「どこそこに行く道の途中で」たまたま行ったことがあるという程度だった。父にとって、たんなる戦場ではなかった唯一の場所がゲルツで、「あれは町というものだ」、「わしらのクラーゲンフルトなんぞあれに比べればちっぽけなもんだ！」などと言った。しかしもっと詳しいところを尋ねてみると、返ってくる答えは、「公園には椰子の木が生えていてな、修道院の下には王様が埋められているんだ」というだけだった。

父の物語ではただ苦痛と怒りを呼び覚ますもの、戦場の名前でしかないものが、それに耳を傾ける母にはいろいろなことを思いつかせた。父の口からは罵りになって出てくるもの――「あのくそ忌々しいテルノヴォの森！」――が、母にあっては期待の地に変身した。そしてさまざまな地名を総じて、母はまた一つのくにを描き出して僕に語って聞かせるのだった（姉はそういう話の相手にはならなかった）。そのくには現実のスロヴェニアの地域とはなんの関係もなく、ただ純粋に、父がおぞけを震いながら、あるいはただことのついでに口にした戦闘の場所や辛《つら》い目にあった場所の名前からできていた。そのくにはどこもが中心地で、リピツァとか、テムニッツァとか、ヴィパヴァ、ドベルドブ、トマイ、コプリヴァなどというおとぎ話のような名前からなっていて、母の口から出ると平和のくにになり、そのくにではわれわれコバル一族がようやく永久に本来の自分たちでいられるのだった。そんな美しいイメージができあがったのは、言葉の響きや家族の伝説よりも、兄が大戦間期にユーゴスラヴィアにいた頃によこした手紙のせいだったかもしれない。父親にとっては世界を丸ごと呪うきっかけとなった地名が、息子の手紙の中では「聖ナノス（山）」とか「聖ティマヴォ（川）」といった具合に書かれていた。すると、後から生まれた次男の僕にとっては、どんなに現実から遠いにしても母親の夢想のほうが、父の戦争の話よりも、最初から強く働きかけた。今になって両者のイメージを比べて考えてみると、泣く語り手と笑う語り手の姿が浮かぶ。一方は隅っこに立ち、一方は真ん中で権利を主張しながら語っているのだ。

もっとも、当時の家の日常を支配していたのは父の四人のような振る舞いのほうだった。土地ではよそ者であったことが、父を家の中では暴君にした。自分には自分の場所というものがどこにもないということで、まわりの者を苦しめた。まわりの者をそれぞれの場所から追い出すか、少なくともその場所にいる楽しみを奪った。父が入ってくると、部屋の居心地が悪くなった。彼が窓辺に立っただけで、われわれ他の者は落ち着かなくなり、何をするにもぎくしゃくしはじめた。じっとすわっている姉でさえも、自分の力を押し通すことはできなかった。安らぎに代わり、息を押し殺した硬直が支配した。しかも父の落ち着きのなさは感染した。大きめの部屋の中をぐるぐる歩く小男。そのまわりでは、父がそうやって歩き回り続けるうち、だんだんみんなの目や顔や腕や足がぴくぴく痙攣しはじめるのだった。父がドアを開け、希望もなく傷ついたまなざしを家族にちらりと向けてまた姿を消す、ただそれだけのことでもそういう痙攣が始まることがよくあった。あるいは、父が戸口で――自分の救い主を待っているのか、地滑りでも起こって家もろとも飲み込んでくれるのを待っているのか――身動きもせずに立っているのを感じただけで、そうなった。父が仕事場に入って行くと、われわれはほっとした。けれどもその仕事場からも怒りの叫びが聞こえてきて、もう何十年来のことで慣れてはいたものの、そのたびに縮み上がった。自分の自立と自由を感じることができるはずの仕事場でさえ、父は落ち着くことができなかったのだ。

日曜日こそ静けさがふさわしいのだが、午後のカード遊びのときを除けば、静かなのはミサから帰ってきたときだけだった。父は週刊のスロヴェニア語の教会新聞を広げる。それは父が読む唯一の活字だった。眼鏡をかけ、一語一語、声は出さずに唇を動かしながら、まるでただ読んでいるのではない、研究しているとでもいうようにゆっくりと読んでいく。そのゆっくりさ加減から、しだいに静けさがひろがっていき、父をとりまき、家を満たす。こうして読んでいるあいだは、父にもようやく自分の場所というものが存在していた。庭のベンチで陽を浴びながら、そうでなければ東の窓際の背もたれのない椅子に腰掛けて、彼は子どものように一生懸命に一字一字を追っている——その姿を思い浮かべると、まるで今も父のそばにすわっているような気がする。

実際には、その頃は、食事のときでさえ、家族が顔を合わせることはなかった。父の食事は、鉱山や渓流で働いていたとき同様、相変わらず外で仕事をしているみたいに、ブリキの食器にきちんと蓋をして仕事場に運ばれた。母はかまどのそばで料理をしながら食べ、姉は、いかにも「障害者」にふさわしく、戸口の階段にすわってボウルの中身をスプーンですくい、僕は自分の行くところ、行ったところで食べていた。そしてわれわれはみんな、父のカード遊びの仲間がやってくるのを待ちわびた。それは父がよく勝ったからばかりではない。父が勝ちを占めて、次から次へと大勝負を打つときの静けさ、落ち着いた空気が、敗者をも巻き込んだ朗らかな気分をひろげるからだった。向こうみずな勝負に勝った父が、人の失敗を嗤《わら》うのでもなく同情するのでもない、ただ単純に勝ち誇った笑い声、他のときにはめったに聞かれない笑い声をあげるたび、みんな心から一緒になって笑うのだった。勝負の相手は父の友達で、父のような下僕で、それが勝負をするときには同等な者、村の領主、土地の人間、話し手、語り手に、誰の命令を受けるでもない人間になるのだった。でもこの友達付き合いが続くのは勝負のあいだだけだった。勝負が終わったとたん、誰からともなく、ぽつりぽつり、それぞれの家へと帰っていき、再びばらばらの、ただの隣人、遠い知り合い、何よりお互いに対する弱みや奇癖——女狂いとか、けちん坊とか、夢遊病者とか——で誰と知られる村の人間に戻るのだった。そして父は、カードの箱を手に、もう一方の手で金を勘定しながら、そのままずっとテーブルに向かって君臨し続けているものの、再び自分の場所を失ってしまっていた。ゲーム用の明かりが消されると、家の中は今にも消えそうなちらちらした光だけになった。全国が電化される前、この地域に、ドラウ河畔の水車ほどの大きさもない小型発電機から供給されていた弱くて不安定な電気の明かりのように。

父はこの家を自分の手で建て、内部も自分の手でしつらえた。左官も大工も指物師も一人で兼ねて作ったのだ。そうして住んでいながら、この家の主《あるじ》とは言いがたかった。自分で自分を強いての強制労働者のようなものだったから、一瞬でも自分の作品から一歩離れて出来栄えを眺めたりすることもできず、だからそれが自分の作品だという気分を感じることもできなかったのだ。自分の家のことはさしおいて、たとえば教会の塔の屋根など、自分が加わって作ったものは、折にふれてある種の誇りをもって指差してみせたりするのだが、家の内外で作ったもののことは、そんな目で見ようともしなかった。この上なく注意深く一つの壁をたてながら、もうあらぬ方《かた》をぼうっと眺めていた。椅子を次から次へときちんと仕上げながら、目に入っているのは次の椅子のための木材だけだった。若かった頃の父が、そうやって何年もほとんどたった一人あくせくと、この家、コバル一族の二百年以上のあいだで初めて自分の家を建て、出来上がったところで森の端まで登り、そこからリンケンベルクの村と、今やその村に立つ家、自分と家族のために自分で作り上げた家を誇らしげに眺める、そんな姿は僕にはとても想像できない。それにまた土地家屋の所有者グレーゴル・コバルがモストのジョッキをかかげて乾杯する棟上げ式などというものも想像できなかった。

「住む」ということができなかった父に関してはそんな具合で、そういう父が、僕の学校時代の最後の数年間の帰宅を台無しにした。鉄道やバスの駅からの帰り道を、さっきまで乗り物で一緒だった見知らぬ人たちの温かい影に満たされて調子良くたどってくることができれば、ちょっと入りづらい村の入り口も越えることができた。だが家の敷地にかかるところで、嫌な感じに襲われる。頭がむずむずし、腕がこちこちになり、足がすくんで、これには防ぎようがなかった。家に着くまでだって、外を歩きながら、何か空想に耽《ふけ》っていたわけでも、自分の世界に浸りきってうっとりしていたわけでも、よく言うように目を開けたまま夢を見ていたわけでもない。まあ「目を開けたまま夢見て」いたにしても、そのとき自分のまわりに現実に存在するものを夢見るように見ていただけだ——夜であるとか、落ちてくる雪とか、トウモロコシ畑のかさこそいう音とか、眼窩に吹きつける風とか。そしてそのすべてが、頭の中はまだ乗り物に乗り続けているおかげで、ふだんよりもずっとくっきりと際立っていて、道しるべか何かのしるしのように感じられるのだった。ところが家の前まで来ると、そんなしるしはその力を失い、事物はその特徴を失った。僕はよく戸口の前に長いこと立って呼吸を整えてみたが、それも虚しかった。あれほど明快だったものがごちゃごちゃになった。もう夢見ることもできなかったから、何も見ることができないのと同じだった。道々、ヤコブの梯子のように枝から枝へと伸び上がっていたニワトコの木は、庭の生垣にまじって姿を消し、その上空の星座も、ついさっきまで一つ一つ文字のように読めたのに、もう意味不明のちらちらした光になってしまう。迎えに出てきた姉の力を借りて、かろうじて敷居をまたぐことはできた。姉は人に飼われているペットのように気を散らしてくれ、ペットのように、道しるべの夢のような秩序に自分を合わせる術を心得ていた。だが遅くとも戸口を入った時点で、部屋という部屋から父のたてる落ち着かない物音が聞こえてくるような気がして、家全体の調子が狂っているように思う。それが帰ってきた人間にも伝わって、正気に返らせるというよりは、巻き添えにして調子を狂わせる。だから僕はもう不機嫌になって、即座に自分の小さな寝室へ行きたくなるのだった。

父がようやく「住む」ことを学んだのは、母の病気を通じてだった。おかげで、その数か月のあいだに、われわれにとっても、この家は「住」所となった。手術のあと母が入院しているあいだに、父は仕事場から言わば引っ越してきて、母屋に移住した。彼はもう黙ったまま一人で怒っている――身振りのいちいちに、どうせ誰も自分のことなど理解してくれないし、誰も自分の助けにはならないのだ、という絶望が表れている――という印象を与えなくなった。そういう身振りを中断して、自分が何を望んでいるのかを口に出して言い、差し迫った場合には助けを乞うまでになった。そうなると、以前このせっかちな男を手伝わなければならないとなると急に不器用になってしまった僕が、不器用ではなくなった。そして僕は父と協力して、まるで一人でやっているかのような確かさで働いた。そして今までは見過ごされ、隅に追いやられていた姉は、父から突然同等に扱われるようになって、理性そのもののような姿を現した。彼女はただ話しかけられ、まじめに扱われることを待っていただけなのだ。原因不明の麻痺にかかっていた人が、一言ことばをかけられただけで飛び起きて走り出したみたいに、今では父に「それをやってくれ！」と言われるたび、狂女から何でも知っている女に変わった。姉は父のことを、何も言われなくても理解するまでになり、鬱陶しい視霊者からなにか人間的な者に変わり、もう人を見透かすのでも不吉な未来を見通すのでもなく、むしろ必要なことを予見して、それに応じてさっさと行動していた。相変わらずすわっているのが好きではあったが、しかし今では彼女のすわっている場所といえば、かまどの前や、野菜を煮る鍋の前や、パン焼き窯の前や、フサスグリの茂みの前だった。そしてその傍らにしゃがみ込んでいる父のほうが何もしていないことも多かった。働いているときの父も、もう一匹狼のようでも通り魔のようでもなくなっていた。その働きぶりは、以前なら新聞を読んでいるときにしか見られなかったような、思慮深くゆったりしたものになっていた。それは調和を感じさせる働きぶり、僕のイメージでは家の中に射し込む光や、窓際のベンチの明るい褐色や、父自身の目の色と調和した働きぶりだった。その父の目の色は、僕にはこうなってみて初めてはっきりわかったのだが、深い、聖画像柱の絵の背景の色を思わせる青だった。

その異様なまでの厳粛さで、父の仕事ぶりには——聖書以外のものは信じていなかったにもかかわらず——どこか迷信じみたものがまといつくようになった。一つ一つの仕事を、まるで母の病気を追い払うための所作のようにやり始めたのだ。結び目を結べば病気の部分を縛って取り除くことになり、釘を打てば病気が広がるのを防ぎ、樽の蓋を閉じればそこに病気を封じ込めることになり、木の枝に支えを立てれば病人に力を添えてやることになり、大きな袋を引きずって戸口を出れば母を退院させることになり、リンゴの腐った部分を切り捨てれば……などなど。

父がすっかり家庭人らしくなるにつれて、この家にも初めて自然さが備わった。帰宅するたび、僕は途中何の引っかかりもなく、あとの二人のところに入ってくることができるようになった。姉もまた、もう何十年も自分の恋愛譚に閉じこもっていたのが──聞くところではそれが父のせいで破綻したのが姉の障害の原因の一つだったという──もうそんなことは忘れて、仕事以外でも人の相手ができるようになった。賭け事の名手の父にせがんでゲームの相手をさせては負け、そのたびにますます憤慨する、その様子は普通の人間と何ら変わるところがなかった。そんなふうに憤慨している姉──喪の期間は終わったのだ！──、唇を噛み、ときには涙まで流して口惜しがっている姉にはまったく存在感があった。そして大人になりかけの観戦者は、自分自身と、テーブルの上からカードをはたき落としている灰色の髪の女と、勝利の笑い声を上げる父とを、同年輩の者同士のように思って眺めていた。

とは言っても、われわれの家庭生活が営まれていたのは、中心を欠いた周辺部ばかりでのことだった。われわれは代役を果たしているに過ぎず、その仕事自体が、本来の人物が戻ってきてすべてを引き受けるのを今か今かと待つ身振りに他ならなかった。家の中に中心というものができたのは、母が退院してのことで、そうなってみると、本来の人物とは、他の誰でもない、われわれのことなのだった。代役たちは腹をくくり、今ではそれぞれの持ち場に陣取って、「戦力」となった。病人はもう長くはないだろうとは聞かされていた。だがそんなことがどうしてわかるだろう？　母は、健康だったころ何をするにつけても訳もなく唸っていたのとは対照的に、痛みがあるでもなく、静かにベッドに寝るなりすわるなりしていて、まったく目立たなかった。いずれにせよ、僕は母が死ぬだろうということは考えなかった。父も姉も、おそらくそうだっただろう。父のほうは、年金生活に入って以来の何年か、家からほとんど出ようとはしなかったのが、今ではしだいに大きな輪を描いて家の外へ出ていくようになった。最初は――彼のような者にとってそれはすでに一種の越境だったのだが――徒歩で近くの村のリンコラッハやドープへ。それから北のほう、ドラウ川の向こう、「ドイツ人どものところ」まで行くようになった。父にとってはそこまで行ったら外国の始まりだったのだ。姉のほうは念入りに身支度や化粧をし、家を磨き、何より年季の入った料理人としての姿を現して、それまでうちでは見たこともない、また名前もわからない料理を魔法のように作り出してみせた。そしてそういうことはみんな、中心にいてベッドに横たわっている母の意にもかなっているようだった。母は、父には――もう晩春になっていた――木の花の開きぐあいはどうか、穀物は、ドラウ川の水量はどうか、ペッツェン山塊の雪解けの様子はどうかなどについて報告させた。そしてようやく役立つようになった姉には自分の世話をさせた。母はまるで今まで生涯それを待っていたかのようで、厳かに体を起こさせると、満足に目を輝かせながら食事を摂った（そしてわれわれは食べ物の匂いのおかげで薬の匂いを忘れた）。それで僕は何をしていたのか？　僕はこの儀式に――自分の役割を果たさぬ者に呪いあれ！——物語の語り手として登場し、とうとういちいち訊ねられなくても話をすることができるようになった。俗信ではベッドの枕元と足元には死の天使が立っているというから、ベッドの真ん中に腰掛けて、話をすることでこの天使たちを家から追い払った。それで母に何を話したのか？　僕の希望を、だ。母のまなざしがそれを嘲っているようであっても、僕としてはただもう一度はじめからやり直したり、さかのぼって話したり、言葉を変えて同じ話題のまわりをぐるぐる回ったりするだけだった。そして言葉と希望が一つのものになり、僕の全身を温かさが巡る。すると疑り深い聞き手の目に、どうかすると信ずるような光が宿り、ふだんよりも静かな、純粋な色を示す。それは想いにふけっているようなかすかな光だった。

だが、母をめぐるわれわれの儀式で主役を占めていたのは家だった。この家の中で、かつて家族の誰かが不機嫌なときに引きこもった隅も、居心地悪く思われていた場所も、住める場所、想いにふけるのにふさわしい場所だと感じられるようになった。家の木材にも壁にも一つの色合いがあった。ベッドからテーブルまで、窓から扉まで、暖炉から水道までの距離が広やかになった。父が建てた家は、動き回るにもじっとすわっているにもとても具合のいい家だったのであり、その中ではそれまで考えられなかったようなことも可能になる家だったのだ。父自身がそのことを証明した。父はたとえばラジオのオーケストラコンサートをかけ、部屋のいちばん後ろの隅から、そのつど新たに入ってくる楽器の名前を言い当てた。おかげで、僕はのちにどんなコンサートホールでも経験することがなかったほど、さまざまな音色を味わうことができたのだった。それからまた父は、昼日中、ふだんなら教会のろうそくの明かりの下でしかやらないようなことをやって、われわれを驚かした。ある日、外を歩いて帰ってきた父は、両足を揃えて跪き、自分の額で母の額に触れ、そのまま長いあいだじっとしていたのだ。のちに僕は、カラヴァンケ山脈の中で対をなしている尖ったホーホオビール山とまるいコシュータ山を見るたび、この男と女の姿を繰り返し思い出した。

ただ夜だけは、この数か月間というものわれわれをかくまってくれていた方舟はばらばらになった。とりわけ夜明け前の時刻、僕は音のない爆発にはっと目を覚ます。そして目を覚ましたまま、他の者と一緒にじっと横になっているのだった。まるで壁など存在しないかのように、他の者もまた目を覚ましていることはよくわかっていた。病気の母がうめいていたわけではない。鏡が砕けたわけでもない。うちには鏡というものがなかったのだから。裏の森でふくろうが叫び声を上げたわけでもない。時計がカチカチいっていたわけでもない。うちには時計というものはなかったのだから。列車がヤウンフェルト平地を音立てて通り過ぎたわけでもない。自分の呼吸の音すら聞こえず、ただ何かささやくような音だけが聞こえた。それは僕の想像では、平地からずっと低く沈んだドラウ川のU字谷からくる音だった。姉は下の階の、以前牛乳部屋だったところに寝ている。その部屋にはこぼれた牛乳の臭いが今でも染み付いていた。歯の抜けた父は目を開けたまま母のわきに横たわっている。その母ただ一人が眠っている。少なくとも目を覚ましてはいない。そして木のきしむ小さな音が、鞭の音のように家の中を走り抜け、その応えがこだまのようにどこからともなく返ってくる。音は一度にいくつも聞こえることがあって、教会の鐘の音とはちがって、いくつと数えることができなかった。それから父がまだ一番鶏が鳴き出す前に近所に出ていったりすると、死にかけた妻から逃げ出して、われわれを彼の悪夢の家に置き去りにしたような気がするのだった。

そんなある夜、夢を見た。暗くがらんとした居間で、われわれがみんな宙を昇ったり降りたりする中、中央に兄が立ち、まわりにいる者たちが自分を愛してくれていることに感謝の涙を流しているのだった。その輪の中を覗くと、僕もまたそういう涙を流しながら他の者たちを見ていた。部屋の隅で、父もまた同じようにしていた。父は自分が自分の家族を、家族だけを愛していることをわかってもらえて泣いていた。そしてまたこんなふうに、涙にくれながら、空っぽの部屋の中をさまよいながら、たがいに近づきもせず、触ることもならず、腕を垂らして——こんなふうにしてしか、われわれコバルの者は一つの家族になることができないのだった。そもそも人が家族でいられるのは夢の中でだけなのだ。しかし「夢の中でだけ」とはどういうことか？

それというのも、ユーゴスラヴィアに向かって出発した日の前日、僕ははっきりと覚めた目で、あの夢の光景が現実につながっていることを体験したのだ。僕はもう列車に乗り込んでいて然るべきところだったのだが、何か気まずい、上の空の、感情の欠けた別れ方をしてきて、一人ミットラーンの駅に一時間ばかりいたあと、やっぱり戻ってもう一晩だけ家で過ごそうと決めたのだった。僕はザックを切符売り場の駅員に預けると、東に向かって戻っていった。はじめは線路の上を、それからドブラヴァの明るい松林を通って。それは辺りで一番大きな低地森林だった。初夏の午後のことで、僕は陽差しを背に受けていた。隅々まで知りつくした林の中で、僕はその年初めてのきのこを見つけた。最初は、小さくて固く、ドブラヴァの砂利まじりの土の上でほとんど白く見えるアンズタケだった。歩いていくにつれて、いつもは色の区別が定かにできない僕でもかなりはっきりと色が見分けられるほどに浮き立って輝いているヤマドリタケが現れる。それはしだいに数を増し、そのどれも手にずっしりと重かった。そして森のはずれまで来たとき、草の中に長い中空の柄を風に揺られながら、一本だけ、カラカサタケが生えているのが遠くからもはっきりと見えた。この王者のもとに最初に馳せ参じるのは自分でなければならないとでもいうように、僕は走っていった。その傘は盾ほどに大きく、真ん中が丸くふくらんで、両手に余るほどで、しかもうんと薄くふくらませたパンケーキの生地よりも軽かった。

衣類と一緒に旅行用に押しつけられた馬鹿でかい兄のハンカチにきのこを包んで、僕はリンケンベルクへ、家へ向かった。その家で、母はただ顔を壁に向けて横になり、姉はもう四つん這いになって狂気の再発を待ち、父はヨブのように汚物の山の上にすわっているはずだった。

そうではなかった。家は開いていて空っぽだった。病人の寝具は窓辺に干してあった。三人は、「トラッテ」と呼ばれていた裏手の芝地にいた。もう一人、近所の人がいた。父が母を椅子かごに乗せて戸外に連れ出すのを手伝ってくれたのだった。母は裸足で、長い白いシャツを着て、毛布を膝に掛けてすわっていた。他の者は芝地がちょっとくぼんでベンチのようになったところ――それが今の彼らの場所なのだ――に、母を囲むようにすわっていた。僕は最初、身内の者が何かしている現場を押さえてしまったような気がした。まるで、僕がようやくいなくなって自分たちだけでいられて、したいようにすることができるのを喜んでいるような気がしたのだ。みんな声を上げるでもなく、すっかりくつろいでいるように見えたからだ。姉はふざけて顔をゆがめ、誰だか当ててみろというように、誰彼の身振りを真似していた。その中でみんなが笑ったときの、帽子を斜にかぶった父までもが一番大笑いしたときの姉の身振りに、僕は自分自身の姿を認めた（僕はいつも人の邪魔をしてしまうような、折悪しく出てきたような、座をしらけさせてしまうような妄想に囚われ、また実際そうなるのだった）。だが、みんなが僕に気づいたとき、芝の庭を光のようなものが通り抜けた。四半世紀経った今ようやく、今では空っぽのこの場所にあの光が吹き通るのがはっきりと思い浮かべられる。病気の母は、それまで僕が見たことのない、限りない好意のこもった微笑みで僕を迎えた。体が地面から浮き上がるようだった。

僕はみんなと一緒にすわった。これで全員が揃ったのだ。姉は大急ぎできのこを調理した。それは普段ならこの森の恵みを食べるよりも集めるほうが好きだった僕にもおいしく感じられた。テーブルもテーブルクロスも出していなかったけれど、それは本当の宴席だった。近所の人までもが、まだ片づけなければいけない仕事があると言いながら、この宴席のためにしばらくとどまった。そのあと、何時間もただ黙ってすわっていたことしか覚えていない。目を細めて、目尻をまるく下げて。慣れない角度から見ると――われわれはふだん「トラッテ」にすわることはなく、それは普通、白い亜麻布を晒すための場所だった――父の家はひとりで立っているように見えた。リンケンベルクという名の村にではなく、地上のどこか人知れない、名づけられない場所に、これも見知らぬ空の下に、立っているように見えた。部屋を通り抜けてくる風が、外のとても柔らかい草地にいても感じられる。垣根に仕立てた樹に実った梨が一つ、揺れ始めて、落ちる。ずっと以前から空っぽのままの蜂の巣箱の表板の一枚一枚に色彩が生まれ、全体で一つの顔を形作る。その顔を、暗緑色のツゲの茂みの下に半分隠れた猫の白さが反復している。物置の中の、他の道具同様もう使われなくなった幌付き馬車は、その傷みの少しもない、祝日のようなラッカーの輝きで、周りの荷車や、車の部品から際立っている。その輝きだけが独立して、もう一度物置を抜け出してあたりを走る。藪の中から騒々しく飛び立って、イルカのように宙に飛び上がる鳥の群れに伴われながら。しかしわれわれを捉えていたのは、何かをやろうという気持ちではなく、怯えだった。すべてはうまくいくだろうという確信と一緒になって、無意味なだけにいっそう強い怯えだった。姉だけが、行ったり来たり、喋ったり、母の髪を櫛けずったり、足を洗ったりして動き回り、その場の雰囲気を乱していた。もっとも、そうすることによって、どちらかといえばその雰囲気を強めているのだった。そうでなければならなかったのだ、この雰囲気が深く印象に刻まれ、あとあとまで残るように。そして椅子にすわった母に触れ、つかみ、体の向きを変えてやるごとに、姉はそれを言わば職務を遂行するような顔つきでやっていた。われらが代理人の職にあるかのように。そこで陽の中にすわっていた人々の姿は僕の記憶にはない。いつものような真っ白な布が草の上に広げられ、仕事に慣れた者の手で、ジョウロの水がかけられている。その水は固くパラパラ音を立てる。布地の小さなくぼみにたまった水はあっという間に蒸発する。そして草地は斜面になっていて、他のものはすべて、僕も含めて、傾き、滑り落ち、消え去った。

　そのときの話はこんなところだ。だがこのときのことを導くことになった出来事、家に戻ろうという、あの一瞬の出来事だった決心はどんなふうにして出てきたのか。そもそも僕がブライブルクの駅ではなく、家からは少し遠いミットラーンの駅[32]に行ったのはなぜだったのか。僕は午前の列車を逃していた。午後の列車まではまだかなりあり、二駅十キロばかりを西に向かって歩くことで時間を潰そうと思ったのだ。だが道草を食ったり、のんびり歩いたり、回り道をしたりということができない質のせいで、着いたのはやはりまだ早すぎる時刻だった。ミットラーンの駅は村から離れていて、ドブラヴァ森の際にある。ヤウンフェルト平地にあって空に向かって伸びているものは、家々も、木々も、教会ですら、概して、住民たちと同様、どちらかというと華奢で背が低いのに、この駅舎はどっしりと高い印象を与える建物だ。モルタルを塗らず、岩のままの灰色の石でできている。一時間のあいだ、僕は駅舎の前の何もない空っぽの場所を行ったり来たりしていた。足元の黒いコークス殻のきしむ音、太陽の光に輝いている単線の線路の向こうで時折ざわざわいう松林の音。それ以外はまったく静かだった。松の細い幹と、松ぼっくりの黒さが、森をまばらに縁取っていた白樺の白（地上に張り出した根まで白い）とともに、今では、このあたりの土地の象徴のように思える。白樺は当時はまだ芝生の公園地の飾りにと植え替えられる前だった。駅舎の二階には駅員の住まいがあり、窓辺には小さな穴模様のあるカーテンがかかっていて、その前にはどこにでもある燃えるようなペラルゴニウムの鉢が、やっぱり置いてあった。その匂いはうちではずっと嫌だった。窓の奥に人の気配はなかった。間隔を置いて、矢のような形の花びらが落ちてきた。それはどこか虫の羽にも似ていた。日陰のベンチにすわる。そこからは駅舎の狭いほうの側面が見えていた。ベンチは茂みのそばにあり、茂みの中には、今は白い紙屑が引っかかっているが、当時は緑色がかったコンドームが引っかかっていた。足元には、ほとんど草におおわれて、昔の建物の土台だろうか、石の輪があった。僕は頭を上げ、駅舎の壁の盲窓《めくらまど》[33]を眺めた。まわりの壁と同じ灰白色で、ただ四角くくぼんでいる。もう陽は当たっていなかったが、どこからともつかない照り返しを受けて、ぼんやりと光っていた。村にもそういう窓が一つだけあった。それもよりによって村でいちばん小さな、道路補修夫の家に付いていた。存在しない領主屋敷の門番小屋を思わせたあの小屋だ。あの盲窓も壁と同じ色——あそこでは黄色——をしていたが、ただし白い縁取りがあった。そばを通るたび、僕の視線は、何か見るべきものでもあるかのようにそこに引き寄せられた。ところが立ち止まってわざわざ眺めてみると、とくに何があるわけでもなく、からかわれたような気分になるのだった。それでも、あの盲窓にはなんとも知れない意味があるようで、父の家に盲窓がないのが僕には物足りなかった。今、ミットラーンの盲窓を見ながら、僕は思い出した。四十年前、一九二〇年のある夜、父はまだほとんど歩けもしない幼児だった兄を手押し車に乗せて、朝の列車に乗るためにここへと走ってきたのだ。「目の熱」に苦しむ兄をクラーゲンフルトの医者に連れて行くためだった。夜中の疾走もむなしく、兄の片目は失われた。ラジオと祭壇のある隅に置かれた写真の兄の目は乳白色になっていた。そんなことを思い出したからといって、それが何かの説明になっているわけではない。盲窓が何を意味しているのかは相変わらずよくわからなかった。だが、それは一つのしるしとなり、その瞬間、僕は戻る決断を下していた。そしてそうやって戻っても、しるしの力はそこまでで終わるわけではない。それっきりで二度と出発しないのではない。

32　ブライブルクからクラーゲンフルト、フィラッハ方面に向かう列車は、ブライブルク町駅、ブライブルク駅、ミットラーン駅と停まっていく。ミットラーン駅はリンケンベルクからは直線距離で四キロ南方に当たる。

33　石造建築の一部を窓のようにくぼませた意匠。ミットラーンの二階建て方形の駅舎には、東側の「狭いほうの側面」に各階二つの盲窓がついている（章扉写真参照）。

帰るのはただ翌朝までのことで、朝が来れば今度こそ出発して、今度こそ旅に出るのだ。どこであれ、僕の研究対象として、旅の供として、道しるべとして繰り返し現れる盲窓に伴われて。そして翌日の晩になって、イェセニツェの駅の食堂で、あの盲窓のぼんやりとした光を思い出していたとき、やっぱりそれははっきりとした意味を伝えてきた——それは僕にこう言っていた、「友よ、君にはまだ時間がある!」

2　空っぽの家畜道

前頁写真＝ボヒンスカ・ビストリツァの〈干し草の竪琴〉

ここまで、父の家や、リンケンベルクの村や、ヤウンフェルト平野について語ってきたことは、四半世紀前、イェセニツェの駅で、ありありと思い浮かんでいたことなのだが、あの当時は、誰にも語って聞かせることはできなかっただろう。あのとき、僕が自分の内に感じていたのは、声のない出だし、音のないリズムといったものだけだった。短い音節と長い音節、強音節と弱音節のイメージは浮かんでいたが、具体的な音は欠けていた。力強い複合文のイメージは浮かんでいたが、その文を作るべき言葉が欠けていた。ゆったりとして、緻密で、感動的で、一定した韻律の拍子は浮かんでいたが、そういう韻律をとるべき詩節は欠けていた。何かを始めるための身構えはあったが、何も始まりはしなかった。ぐっと力んでみても空を掻き、混乱した叙事詩はあっても、名前も、内部の声も、一冊の書物のまとまりも欠けていた。二十歳の男が体験したことは、まだ回想にはなっていなかったのだ。回想とは、過去にあったことがただ蘇るだけのことではない。過去にあったことが、蘇ることによって、それぞれの場所を占めることとなのだ。そうして初めて、その体験は僕にとって意識され、名づけうるもの、声を持つもの、口にしうるものとなる。だから、僕にとって、回想とは、気ままに過去のことを考えることではなく、一種の労働作業なのだ。この回想の作業によって、体験にその場所が割り当てられる。体験を生かしておくのは物語だ。ひとつながりの物語の中で、体験はそれぞれの場所を与えられるのだ。そして物語はいつでも、開かれた語りへ、より大きな生命へ、発明へと移っていくことのできるものでもある。

不思議なのは、もうあのとき、僕がカウンターのほうを見るたび、ウェイトレスが僕を見返してきたこと、まるで僕の、ものを眺めたり、すわったり、身じろぎしたり、指でときどきテーブルを叩いたりする仕草だけから、僕が今になってようやくそのための言葉を見つけたこの物語の全体を見てとって、僕が何も言わなくてもわかってしまっているように見えたことだ。何時間も、言葉にはせぬまま自分の物語にかかずらわりながら、僕は空の瓶をぐるぐる回していた。そしてカウンターの女も、灰皿を、僕と同じリズムで一緒に回していた。あの敵の人真似とちがって、それは僕を元気づけた。隣のボックスの男たちがまだサイコロ遊びを続けていたこともあって、もう出ていかなければという気分にはならずにすんでいた。連中がゲームを続けている限り、ここにいたっていいんだ。僕のところからは姿の見えない男たちが話す言葉。その言葉が理解できないことを、僕は楽しんでいた。この外国人の僕が、やはりセルビアかクロアチアかマケドニアか、とにかくイェセニツェの者ではなさそうな（そうだったらとうに家に帰っているのではないだろうか）男たちに、床に落ちたサイコロをときどき渡してやれるのが嬉しかった。すぐ隣の村から来た僕が、大勢の、本当によそから、地の反対の果てからさまよって来た者たちに、道を教えてやってでもいるような気分だった。そして何より、まだしばらくのあいだ、ウェイトレスに、健康を取り戻し、弾むように生き生きとして、どこも悪いところのない母親の姿を見ていられるのが楽しかった。もちろん疲れていたにちがいない。しかし彼女を眺めていると眠気にも襲われず、だからあのとき疲れていたという記憶はない。ゲームをしていた男たちが行ってしまうと、母親役を演じていた女優はカウンターの後ろから出てきた。それはもう魔法をぶち壊してしまうただのウェイトレスにすぎなかった。彼女の、もう僕の身振りとはそろっていない身振りが、出ていけと告げていた。「もう真夜中になるわ」

外の道路に出て、眠気に襲われた。そこには、食堂とは別のもう一つの場所と言えるものはなかった。今までの、自分のものだった場所から出ていく境界地点にすぎなかった。その地点を、僕ははっと立ち止まるでもなく、何もなかったかのように出てしまったのだ。そして数歩も歩かないうちに、ついさっきまで僕を取り巻いていた世界は消え去って、僕は場所というものを失っていた。ふと止まったのは、足ではなく、呼吸のほうだった。

　駅の中に戻ることもできず、他のどこに行けばいいのかもわからなかった。僕は立ち止まった。到着時とちがって、立ってまわりを眺めていたわけではなく、ただ盲目に突っ立っていた。もう異郷での第一日などということも関係なかった。その前にも後にも、人生の中で、僕は何度こうして呆然と立っていたことだろう。どこへ行くのか。次の場所への境界はどこにあるのか。そういう境界はきっとあるはずで、それを見つけなければならなかった。あちらこちら、うろうろと歩いた。どの方角へ行こうと、あてのないことに変わりはなかった。人生の中で、僕は何度こうしてうろうろさまよったことだろう。自分の家の中、自分の部屋の中ですら。目は洋服ダンスの中を覗き込みながら、手は道具箱に向かっているという具合だった。

　バスはもう通らず、かわりにユーゴスラヴィア軍のトラックばかりが、国境に向かって次々に通り過ぎた。荷台の防水帆布は開いていて、洞窟のような内部の中央にベンチが一列に並び、そこに兵士たちが背中合わせに並んですわっているのが見えた。ベンチの一番手前の端に背を向け合って腰掛けた二人の兵士は、洞窟の出口に安全用に斜めに張られたベルトに腕を掛けていた。次も、またその次も、そういう細部にいたるまでまったく同様に繰り返しながら、トラックが続いた。ベルトは細くてたわんでいたが、兵士の腕はまったく静かに、動きもせずにそのベルトにのっていて、まるでしっかりと固定されているようだった。縛り付けられているのでも縫い付けられているのでもなく、ただ兵士たち自身の疲労によって。僕は車の列について行った。町から出ていく方角、北のほう、僕がやってきたばかりの方角へ。軍の縞模様の入った小さめの車が僕のわきをゆっくりと、しかし停まりはせずに通った。車からじろじろ見られて、フムチャッハの連中の群れのことを思い出したけれども、僕が挨拶のつもりでちょっと手を上げると、ちゃんと挨拶が返ってきた。脱走兵には見えなかったのだろう。帆布を張ったトラックがまた何台も通り過ぎた。じっと動かない二つの頭と、ベルトにくっついた腕と、そこにぶら下がる手からなるピラミッドを後部に乗せて。このキャラバンにはきっと終わりがないのだ――終わりはあった。ちょっとがっかりだった。兵士は乗せておらず、空っぽだが、やっぱり荷台の開いた最後のトラックが通った。その荷台の半円形をした洞窟が、今度はトンネルのことを思い出させた。あのカラヴァンケを貫通しているトンネル、つい数時間前――それはイェセニツェの夜のおかげでもう遠くぼやけた太古の時のことのような気がした――、列車の最後部から振り返ってその出口を眺めたトンネルだ。あの出口も、ちょうど今の黒い半円形と同じ速さで遠ざかっていった。軍用車はもう一台も通らなかった。道路は広々とあいていた。だがそれだけ一層、谷の幅いっぱいに眠気と疲労の帯が伸びていくような感じがした。それは南の製鉄所の吐き出す煙よりもずっとべとついた雲のようで、さっきまで見えていた空までがすっかり曇ってしまった。この眠気と疲労の雲は、伝説の空軍のように、突然上空から襲いかかって僕のこめかみに錐揉みを食らわせ、額を締めつけた。こうして僕は、町外れに数軒の家が立っているところから、人住まぬ土地へと追い立てられた。

この外国での最初の晩は、手短に語ることもできるかもしれないが、回想の中では、何十年にも及ぶような、僕にとって生涯で一番長い晩となった。金の節約だけが理由ではないのだが、宿屋は、二十歳の男には寝場所としてはひとまず問題外だった。とは言っても、もう眠ることばかり考えていた。だからトンネルのことを思いついても突飛だとは少しも思わず、その思いつきに従うことにした。さっき出口だったものが、入口となるのだ。さっき列車に乗って遠ざかったところへと、僕は近づいて行った。とにかく何かくぼみの中に入るんだ！

当てずっぽうに歩いて線路わきの道を見つけ、仕切り柵の穴も見つけた。見つかるのが当然というように。僕はもうトンネルの中に入っていた。まるで一軒の家の中にいるみたいだった。数歩進むと、おあつらえむきの壁のくぼみもちゃんとあった。それは岩に掘り込まれていて、コンクリートの壁で線路から遮断されていた。「僕の塒《ねぐら》だ！」と思った。懐中電灯で地面を照らす。懐中電灯は、もっと南のほうへ行ったら、カルスト地方の洞窟の中で（ともかく僕の子どもっぽい空想ではそういうことになっていた）行方不明の兄の痕跡を見つけてやろうと思って持ってきていたのだ。泥土の地面はぼんやりと光って、どこか小川の岸辺のようなところがあった。コンクリートの壁には、短い髪の毛かまつ毛のようなものが貼り付いているだけだった。それを見て、オーストリア側の出口の向こうの、フィラッハの町の、歴史の教師を思い出した。近所のトンネルが、それは車道のトンネルだが、この前の世界大戦のときに捕虜が掘らされたもので、多くの者が、殺人もあって、そこで命を落としたのだと彼が話してくれたのは、ほんの数時間前の午後のことだった。その上、ほんの冗談のつもりか、他にどこにも場所がなかったらそこで泊まればいい、とも言った。教師の言うところでは、「まだ無垢なる者」の眠りは、「不法の行われた場所を清め」、「悪霊を追い出し」、「凶々《まがまが》しいものを吹き飛ばす」のに役立つというのだ。彼はちょうどそういうメルヘンを書いているところだった。皇帝の時代に掘られた罪のないイェセニツェのトンネルであれ、トンネルと名の付くものは、この前の戦争以来、彼にとっては「凶々しい」ものなのだそうだった。

闇の中で、ひとまずパン一切れとリンゴを食べた。その匂いが初めの薄気味悪さを追い払った。果物から別のもっと新鮮な空気がわき出してくるようだった。それから丸まって横になったが、眠れはしなかった。うとうとしたかと思えば、すぐ数秒間にも無限の時間にも思える悪夢に襲われるのだった。父の家は空っぽで廃墟と化していた。ドラウ川は深いU字谷からあふれ出して、平野全体を水浸しにした。ドブラヴァのヒースの上を太陽が照らしていて、宣戦布告が出されていた。だがまた靴の片方をなくしたとか、自分の髪の分け目が突然右から左になったとか、家の植木鉢がみんなひび割れて植物が乾いて枯れてしまったというような夢でも、不安で汗びっしょりになって、すぐに目を覚ました。一度だけ、夢のせいではなくて飛び起きたのは、夜行列車がとてつもない轟音を立てて、壁の向こうの一歩と離れていないところを通り過ぎたときだ。ベオグラードかイスタンブールか、アテネにでも行く長距離列車だったにちがいない。それでギリシャに向かっている同級生たちのことを考えた。きっともうかなり南のほうへ行っていて、みんな一緒に、テントの中か、野外で、シュラフザックにくるまって寝ているのだ。晩に外国の町を歩き回ったり、暖かい夜のせいではしゃいだりしている姿が思い浮かんだ。今まで教室でまわりの席にすわっていたいつもの友達が、お互いまったく違って見えて、みんな興奮してお喋りしているにちがいない。そしてすでに眠っている者は、まわりの連中に囲まれ、悪い夢も見ずにまどろんでいるのだ。僕は一緒に行かなかったことを悔やんだ。

僕にこたえたのはしかし、自分の流れ着いた場所、暗く、呪われているという横穴ではなくて、一種の罪の感情だった。そして自分に罪を感じたのは、家族を置き去りにしてきたことではなくて、自分が一人でいるということに対してだった。この夜、改めて、別に何をしでかすわけではなくとも、わざと一人になるのはよくないこと、冒瀆なのだと知った。それは以前からわかっていたことでもあるし、将来また何度も思い知ることだろうとも思われた。何に対しての冒瀆なのか。僕自身に対してのだ。一人でいることに比べれば、敵の中に立ちまじっているほうがまだましだっただろう。それに、僕の恋人、僕と違ってもう一つの言葉もよくできた彼女は、このフィリップ・コバルに対して、あなたのその伝説の故郷についていってあげる、と何度も言ってくれていたではないか。今このとき、お互いのからだが一緒になって呼吸していること以上にすばらしいことが考えられるだろうか。夜じゅう、彼女のかたえに身をやすらえて、朝、目覚めたときには彼女のからだに手を置いているということ以上にすばらしいことが。

本当の悪夢は実はまだそれからだった。眠りの中で、駅の食堂を出たときから中断していた物語がまた始まった。だが目覚めているときとはちがって、その物語は穏やかなものではなかったし、飛躍していて、つながりがなかった。それは「そして」とか「それから」とか「そのとき」といった言葉とともに僕の中から飛び出していくのではなくて、僕を追い回し、圧迫し、胸の上にすわり込み、首を締めつけた。僕はもう子音だけの言葉を口にするのがやっとだった。最悪なのは、文の一つとして終わりまで行きつくことがなく、あらゆる文が途中で途切れ、投げ出され、切断され、歪められ、無効宣告を受けること、それでも語るのをやめるわけにはいかないことだった。この饒舌であると同時に無意味な、何の意味も生み出さないどころか昼のうちに発見していた意味をもさかのぼって無にしていくリズムに、まるで永遠に縛り付けられているようだった。夕方、隠れた王者のように感じられたばかりの、僕の中の語り手は、必死になって働いていた。夢の明かりの中に引きずり出されて、使い物になる文は一つも作り出せない、どもりがちの強制労働者と成り果てていた。怪物と化した物語に絡みつかれていて、それは死をもって以外に終わらせようがないのだった。目覚めていたときには、物語とは穏やかさそのもののように感じられていたのだが。物語の精霊――それはなんと質《たち》の悪いものになりうることか！

それからおそろしく長い悪戦苦闘のあとで、突然、明瞭で、あたりまえのようにはっきり分かれた二つの文を作り出すことができた。同時に圧迫感はなくなり、僕は再び向かい合う相手を取り戻していた。夢の中で、その相手は子どもの姿をしていた。子どもは、僕の語ったことを直したり正したりしたが、そうすることで語り手を認めてもくれたのだった。続いて、枝という枝に果実のかわりに石をつけた樹が現れた。そんな樹は、子どもがいなかったなら「不幸」を意味したかもしれないが、このときは奇跡の樹のように見えた。ほとばしる洪水の中で、突然、大勢の人が泳ぎ、はしゃぎ回っていた。その中には僕もいた。眠りながら、頰の下の地面が一冊の書物のように感じられた。
僕にとって最も長かったこの夜には、短い半睡状態の時間もあった。そのあいだは体を伸ばすことができたし、両手をうなじに組んで、仰向けでいるのを楽しんでもいた。トンネルの天井から滴り落ちる水の音が聞こえていた。他の場所にいるときとちがって、心臓の側を下にしていないと自分の存在があやふやになるということもなかった。この横坑に入ってきたときはこそこそともぐり込むような具合だったのに、もう自分の場所をしっかり確保したような気になっていた。体には暖かい毛布のような兄のコートが掛かっていたし、周囲の暗さも、昔兄がうちの地下室で味わっただろう闇よりはずっと薄いにちがいなかった。近くに見える灰色一色の出口から、何度も蛍が飛んできた。その一匹を掌にのせると、まわりにはびっくりするほど大きな光の輪がひろがった。こんなふうに隠れているのと、あの叙事詩の中で、疲れ切ったオデュッセウスを包み込んでいたあの綿のような眠りを、いつも思い起こす。

この小一時間のあと、この眠りもやはり突然に僕から離れていった。とうとう本当の一人ぼっちになった。あの半睡は、言わば人住まぬ世界での僕の最後の同伴者、護衛だった。でもそれも一瞬ののちにはまぼろしにすぎないことがわかってしまった。でたらめな言葉の物語の夢が、結局幽霊じみた渦のようなものだったとすれば、この目覚めのほうも、前からそうなると脅されていた罰のようなものだった。罰と言っても、まあ居心地がいいとは言えない場所に放り出されていることが罰なのではなくて、まわりがまったくの沈黙の世界なのが罰なのだ。こういう、人間の集まる世界の外では、事物も言葉を持っていなかった。事物は敵、刑吏となった。誤解してはいけない。僕を打ちのめしたのは、たとえば横穴の壁に突き出た丸くねじれた鉄の棒が拷問や死刑を思わせたことではない。僕を生き身のまま打ちのめしたのは、もう話し相手もなく、自分自身の話し相手にもならず、黙りこくっていることだった。その棒がS字や8の字やト音記号の形をしているのは目に入っていた。でもそんなのは昔のこと、もう意味のないことだった。「Sと8とト音記号」のメルヘンは、何かのしるしとしての力を失ってしまっていた。

だからあの場所から逃げ出したのも、そこにまつわる話や、静けさや、息詰まるような空気のせいではないし、落盤が怖かったからでも、鉄道監視員が怖かったからでもない。そんな相手なら喜んでとっちめてやっただろうし、そうすれば敵は地上の言葉で悪態をついてくれたはずだ。僕が逃げ出したのは、あそこで、いわば世界の外側に出てしまったような失語に襲われて、恐怖心がこみ上げてきたからなのだ。そういう失語は肉体の死以上の魂の殺戮に他ならず、それがこのことを語ろうとしている今も、さらに強力に、暴力的に、危険になって戻ってくる。あのときの僕はほんの数歩で外に出ることができたにしても、今の僕は、退避所も壁のくぼみも防護壁も見えないトンネルの中でじっとすわっているほかはなく、人間に戻る唯一の手段は、沈黙の惑星——僕はそこの囚人なのだ、語り手になろうとしたばかりに、自業自得で——の事物に、何とか手に入れた言葉のまなざしを差し向けることだけだ。だから今の僕には、トンネルの入り口の草の中に群がっていた蛍が膨れ上がって火を吐く竜となり、地下世界絵の入り口を見張っている——中の財宝に寄せつけないためだろうか、それとも僕を保護してくれていたのだろうか――ように思えるのか。

しかし地上の世界、要するに世界が、どんなものでありうるのか、僕はそれから道を戻っていく途中で知った。まだ朝は遠く月も出ていなかったが、谷の輪郭ははっきりと見えていた。そこを流れるサヴァ・ドリンカ（父のドイツ語の言い方で言えば「ヴルツェナー・サヴェ」）川は、鈍い輝きとなって、両岸のまばらな藪の間を動いていた。川辺に降りる草地の斜面の一本の木の傍らに馬が一頭立っていて、まだハエなどいないはずなのに、しきりに尻尾を振っていた。その風景の中で、馬が草を噛みちぎる音が中核をなす音、そこに川のかすかなさざめきと、ずっと遠く駅構内の操車作業のがちゃがちゃという音が伴っていた。草地には、線路と谷底に挟まれて、一団の小さな菜園が続いていた。それは「イェセニツェの斜面の園」[34]として今も記憶に残っている。菜園にはパターンがあって、野菜畑と果樹からなっていて、低い垣根に囲まれ、真ん中にはそれぞれ木の小屋、その前にはベンチがあった。このパターンが、あるものは斜面のままに斜めに、あるものはテラス状にならされた土地の上に、下の川辺まで続いていた。川はまるで辺りの菜園に水をやるために引かれたもののように見えた。色彩のうち、黄白色はもう目に見えるようになっていた。木々に実った早生リンゴと、畑の豆。僕の歩いていた線路脇の小道は柔らかかった。細かくさらさらした土が厚い層になっていて、足跡すら残らなかった。落ちてきた露のしずくは地面を濡らすこともなく、ころがって丸い玉となって地面にのっていた。トンネルを一歩出たときに、肩の石のような重さと歯の金属的な感覚が消えていたとすれ

34　通常はバビロニアの伝説的な「空中庭園」を指す語。原語を字義通りに読めば「斜面の園」とも取れる。

ば、今度は眼が洗われたようだった。露の水のせいではなくて、その特別な光景のせいだった。前の日にも、この谷の様子は細部にいたるまで体の中に吸い込んでいたのだが、それが今度は文字の姿をとり、草を喰んでいる馬を頭文字に、ひとつながりになった活字の列に見えてきた。一つの連関《まとまり》として、書かれた文字として、そしてこの自分の前に広がる風景、横たわったり立っていたり斜めに寄りかかったりしたさまざまな事物を含み込んだこの水平の風景、言い表すことのできる地上の土地こそが「世界」なのだ、と僕は理解した。そしてこの風景に、と言ってもサヴァ川の谷ということともユーゴスラヴィアということとも同じではないのだが、この風景に、僕はいまや「僕のくに《ラント》よ！」と呼びかけることができた。そして世界がこんな見え方をするということが、神の存在というものについて僕が何年来で持ち得た唯一のイメージだった。

朝まだきの道を歩くことは、そんなわけで、そのまま解読すること、読み続けること、気づくこと、静かに一緒になって書いていくことに他ならなかった（しかし僕はもう子どものときから、いつでも空中に何か書きつける身振りをして、家族の笑いを誘っていたのではなかったか）。そしてそのとき、世界の二つの担い手をはっきりと認識することができた。一つは地面。馬や、斜面の菜園や、木小屋を載せている地面だ。もう一つは解読者。それらの事物をしるしや記号の形で担う解読者だ。実際、自分の肩が、大きすぎる兄の上着の下で広くなり、そして——記号を受け止め結び合わせることは事物の重みに対する対抗手段のような気がして——まっすぐ背筋が伸びるのをありありと感じた。まるで地球の重力が、しるしの解読によって空中の文字へと解消していくかのように、あるいは母音ばかりからなるただ一つの単語になって解き放たれ飛び立っていくかのように。そういう単語とは、たとえばラテン語の*Eoae*という言葉だ。それは「曙の女神エオスのときに」とか「曙の時刻に」とかいう意味だ。もっと簡単に「朝！」と訳したっていい。

まだ陽が昇るずっと前に、眼前の谷は、もう一つの太陽、文字の太陽に満たされていた。それが夜のトンネルにも力を及ぼして、一種の清めになった。僕が寝ていた場所の乾いた泥土のひび割れ――その上をブロンズ色の光が覆っていた――を結び合わせて、多角形の形の揃った文字に変え、あの場所にふさわしい銘板に変えたのだ。後年、カラヴァンケのトンネルを通るたび、僕は窓辺に立って、闇の中にユーゴスラヴィア側の陽の光が見えてくるのを待った。列車がトンネルの外ではどんなに速く感じられようと、トンネルから出る直前には、あの泥土の壁のくぼみが見えた。たいていは吹き込んだ木の葉が散り敷いていた。そしてくぼみの中に丸まって寝ている二十歳の僕自身の姿を見た。あの円筒形のザックも一緒に、空気でできた彫刻のように、あの僕はまだそこに横たわっていた。そしてその場所は、戦争の残虐行為の現場とか声のない汚らしい部屋というよりも、まず僕の避難所だった場所なのだ。「Ｅｏａｅ！」、それは、どこにいようと、朝、どこの窓でもいい、窓越しに最初に外を見たとき、目覚めを呼びかける声となった。実際に声に出すときもあればただ頭の中で思うときもあったが、そうやって僕の中から出てきた母音の連なりが、まわりの、外の事物に翻訳し戻されるのだった。そこの樹木、あそこの家、その間の街並み、向こうの空港、地平線。僕の感覚のすべてがこの世の新しい一日に向かって開かれなければならない。文字通りのもの、言い表すことができるものに向かって。

E‐O‐A‐E。僕が歩いていく両側の、線路と川の流れは、まだ暗い中、一本の並木道になった。人など誰も見かけないのに、あたりの土地は生き生きとして、人の息づいている感じがした。それは、感覚を導いてくれるのが人間の作った物、言わばいつでも動き出す準備のできた物だったからだ。実際、駅前では二、三の小屋や組み立て工場が動きはじめていた。あたりはまだ暗かったが、配電盤には明かりが灯っていた。計器の針が震え、振り切れた。あちこちから、どしんどしんという規則正しい音がした。大きな鋼鉄のホイールが動き出し、しだいに回転速度を上げてスポークが見えないほどになると、ホイール全体が、壁に映った形も定かでない影のようになった。同様に、暗い事務室の一つでは、卓上のスタンドが灯っていて、電話と計算尺と目覚まし時計を照らし出していた。積み込みホームへの扉が半分開いていて、その先に中央で両側にふくらんだホームの列があり、そこのポイントの信号の色が変わった。夜の、こんな一連の光景が、たゆみなく続く営為のしるしだと、そのときの僕には思えた。そこにかかわっている人々の姿は見えないが、そういう人々の存在がいたるところに感じられた。そんな光景に続いて目にとまったのは、一枚だけかかった紗のカーテンの向こうの布製のランプシェードの黄色い半球。そこにも人影はなかった。すぐそれに続いて、カタカタいいながら回っている倉庫の換気扇、なめらかな台の上を高速で行ったり来たり滑っている機械のベルト、そして道路に立ち込めた煙突からの煙の影。他のどこにも行きようがなかったから、その道路に、僕は出ていった。

国境の向こうの郷里でも、実は同じような光景に出会ったことがあった。特に僕の知っている二、三の町の周辺で。そして今、それなのになぜ向こうではいつも自分が何か締め出されているような感じがしたのだろう、なぜここではいろいろな建物の中の振動が、よそ者の僕にもごく自然に伝わってくるのだろうと考えていた。なぜ布のランプシェードのあるあのたった一つの部屋が、郷里とはちがって、住まいそのもののイメージのように、光を発する中心のように、それこそ安心と暖かさの聖所のように見えたのだろうと考えていると、前の日の労働者たちの会話を思い出した。労働者たちは、わがオーストリア側の国境駅のローゼンバッハ[35]で、自分たちを輸送してくれるバスを待ちながら、おおよそこんなことを言っていた。「また一日が終わったな」「もう木曜日だ」「それでもまた始まるのさ」「もう秋になる」「そうしたら冬もすぐそこってことだ」「とにかく今日は月曜日ではないな」「朝起きるときはまだ暗いし、帰りももう暗くなってる。俺は今年まだ自分の家ってものを見たことがない」

なぜこのユーゴスラヴィアの、夜明け前の、一見まったく無愛想な工場の敷地、見えない手によって未来永劫動かされ続けていくように見える工場で、今まで自分のくにで知っていた労働者のイメージ、いや、人間一般のイメージとはこうもちがった印象を受けたのだろう。いや、それは散々教え込まれていた「経済社会体制の根本的なちがい」などのせいでは決してなかった（それはそれで、顔を失い、名前の代わりに番号を付けられ、自分の自律性やいわゆる自由を放棄することを可能にしてくれるようなものであるはずだったが）。そこが外国だったからというだけのことでもなかった（一日めから、この地のごく当たり前のながめも新鮮に感じていたことは確かだが）。それはたんなるイメ

35　註4参照。

ージや感覚の問題ではなく、一種の確信だった。二十年近く、場所のない国家の中、冷たく無愛想で、人喰いの国のような国家の中に生きてきて、初めて、僕の言うところの祖国のように義務教育を受けろとか兵役やその代わりの仕事や、要するに「出席」していなければならないような仕事を果たせとは言われない国、逆に僕のほうからは、自分の祖先の国だったのだし、見知らぬものすべてを含めて自分の国なのだとついに言えるような国、そういう国への閾《しきい》に立っているのだという確信だった。ついに、僕は国家を逃れた。ついに、いつでもどこかにいなければならないという義務から解き放たれ、思うまま不在で、欠席でいることができるのだ。誰も見かけてすらいないのに、ついに自分と同じような人たちと一緒にいるのだという気がした。まだ自分の国にいるうちから、あのローゼンバッハの駅のホームで、子どもが僕のことを指差して、「あ、向こうのやつだ！」と声を張り上げて叫んでいたではないか（「向こう」というのはユーゴスラヴィアのことで、ドイツやウィーンのことは「よそ」と言った）。言われるところでは、僕があとにしてきたのが自由の国だった。だがこのときの僕にとって、自分がまさに目の前にしているのが自由の国だった。

それが幻想に過ぎないことはそのときもう知っていた。でもそういうことを知っていたいとは思わなかった。もっと正確に言えば、そういう知識から逃れたかったのだ。そしてそんな逃れたいという意志こそが自分の生きた感情だと思っていた。いずれにせよ、この幻想から与えられた原動力は、今日でも消え去ってはいない。

あのときのことを思い返してみると、僕の先祖たちがひっそりと、泰然と、疲れを知らずに働いていたのはここなのだと思い込ませてくれたのは、まず第一にはいつでも使えるようになった器具とか稼働中の機械とかではなく、何よりも明かりだった。一軒家のシェード付きランプ、事務所の机の上のスタンド、そしてとりわけ、白く埃っぽく粉をかぶったような蛍光灯の明かり、製粉所のように連なる工場の空間から空間へと続く蛍光灯の明かりだった。働く。ローラーを回す。参加する！　こんなふうに働きたいという衝動を感じたのは、こんな、父に言わせれば「ほとんどなんの仕事の役にも立たない」人間にとっては、まったく意外なことだった。この衝動は、あたりに人影がなくて自分の働きぶりを見られる心配がないということからきているのではなかった（人に見られていると、僕は、これも父によれば、「まったくのぶきっちょ」になってしまうのが常だった）。ここでなら、誰に自分の指先を見つめられていても大丈夫だという確信があった。ここでなら、うちとはちがって、見られていても気にならず、自分の一つ一つの動作に「見事！」という言葉がぴったりくるに決まっているという気がしたのだ。

でも、あの明かりの灯った光景は、誰もいない空っぽの光景だったのであってみれば、僕を本当に工場の中へ、姿は見えないがそこで働いている人たちのところへと連れて行っただろうか。あの光景は、むしろ全然別のしかたで参加するように要求していたのではなかったか。ちょうど、通りすがりに束の間映し出されて、外から、道路から、周縁からこの光景を横切っていく影のような参加のしかたこそがふさわしいと言っていたのではなかったか。そうなのだ。僕の手首に巻かれた父の革のバンドは、旅のお守りではあっても、何かの仕事をうまく手伝うためのものではなかった。せいぜい手首の保温の役にしか立っていなかった。労働者たちと通じるところがあるとすれば、一緒に働きたいという意欲などではなくて、陽気に気楽に通り過ぎていくということだけなのだ。

おかげで僕は、歩調を合わせること（Gleichschritt）や音を合わせること（Gleichklang）と、同時性（Gleichmaß）との違いを知った。他の人間と歩調を合わせることは、たった一人が相手でも、昔から耐えがたかった。歩調が合ってしまうと、その場で立ち止まったり、もっと速く歩いたり、脇へそれたりせずにはいられなくなるのだった。あの彼女とであっても、同じリズムで歩いていると、二人の魂が抜けてしまって、世界に逆らって行進しているような気がしてくるのだった。そして音を合わせるというのは僕には不可能だった。歌を歌うときに限らず、誰かが音頭を取ると、その音を繰り返すのも、重ね合わせるのも、先を続けるのもできなかった。逆に人が僕の抑揚に合わせてくれたとしても、とたんに声が出なくなった。そうなると何か言い争いになるのが常で、その言い争いの不協和音だけが、黙りこくってしまうことから守ってくれるのだった（そういう言い争いになることは、彼女が「私たち」という言葉を使っただけでもよくあった。「私たち」とか「僕たち」とかは僕にはどうしても口にできない言葉だった）。

だが同時性というのは強烈な体験だった。そういう体験というのは、たとえばある朝、僕が窓のレバーを回すと同時に、遠くで車のドアがバタンと閉まり、雪かきのシャベルがかっかっという音をたて、地平線まで響き渡るような鉄道のシグナルが聞こえてきたというようなことだ。あるいは別のとき、ある台所で、鍋がかまどに置かれると同時に僕が手紙の封を切ったこと。あるいはちょうど今のように、原稿を書いている用紙から目を上げて、向かいの壁に掛かる古いくすんだ風景画を眺めた瞬間、一日のこの時刻にはいつもそうなのだが、太陽の光のかけらが、スポットライトのように、木の一本一本や、水面の光の一つ一つ、分かれ道の一つ一つ、それぞれの雲のへりを、ほの暗い平面からくっきりと浮き立たせながら、ゆっくり左から右へと動いているということだ。――そしてあのとき、夜明け前、兄の二冊の本でかなり重いザックを肩に、どしんどしんとかぶーんという音を立てている工場、あるいは静かに光を放っているだけの工場の前を通っていくときにも、僕は同時性を味わった。同時性をもっと調子づけてやろうと、いっそう足を踏みしめて歩きさえした――小さな敵も大きな敵も、後ろから僕の膝裏を突いてくる気づかいはなかった――そして僕は、空っぽの工場を眺めたのと同じような感じで、その日最初の人の姿を認めた。それはバスの運転手の輪郭で、車内は暗く乗客もいなかったが、まるでこの先この谷のどの停留所でもお客がお待ちかねだとでもいうように、猛然と走っていった。続いて最初の夫婦が目に止まった。アパートの窓に、女のほうはバスローブを着て立っており、男のほうは下着姿ですわっていた。何年も記憶に残ったのは白く曇った窓ガラスで、僕はそれを見て、男は仕事に出かけるところではなくて、たった今、汗をかき、息を切らせて夜勤から帰ってきたところなのだと想像した。そして男の果たしてきた辛《つら》い仕事が自分自身のやったことであるかのような感覚に囚われた。

駅の斜向かいの食堂の前に、クロスの掛かっていないテーブルと、リノリウム張りの台所用腰掛けが一つずつ、ぽつんと置いてあった。僕はそこに腰を下ろし、夜が明けるのを待った。このわが席は線路や歩道のある道路から一段低くなったところにあって、歩道から二、三段の階段で小さい多角形のコンクリートの地面に降りてくるようになっていた。道とは反対の側にはいくつかの建物が半円形に並び、そのそれぞれの壁がさまざまに違った角度で互いに接していて、ぐるりと囲まれた湾のような、しっかり守られた見晴らし台のようなところがあった。普通の見晴らし台とはちがって、下から見上げるかっこうで、パノラマの代わりに近くだけが、それだけ印象深く眺められて、凹地の底のようなぐあいだった。家々はみな低く古いが、それぞれちがった時代に建てられたものだった。家々のすぐ後ろから谷の斜面がはじまっていた。その暗い木々の塊の中から、唐檜《トウヒ》の尖った先端がしだいにはっきりと見え出した。

わが凹地の中はまだまだ夜だった。上の歩道のへりにじっと動かないちっぽけな鳥の輪郭は、あれは夢なのだろうか？　それまで、夜中に昼の鳥を見たことはなかった。道路は城壁のように見え、その上に、この、ドイツ語で垣根の王と呼ばれるミソサザイがとまっているのだった。ずいぶん早くに食堂が開いた。やってきた最初の客は鉄道員たちで、肩越しに見ていると、それぞれにコーヒーや火酒を一気にあおったかと思うと、もう行ってしまった。ようやく明らんできた頃に雨が降りそうにも見えた空は、雲ひとつなく輝いていた。皺の刻まれた男のような顔の、かなりのお婆さんのウェイトレスが、ポットに入れたミルクコーヒーを持ってきてくれた。ポットの脇には分厚い白パンのスライスの山。コーヒーの表面にできた膜を見て、兄のことを思い出した。聞いた話では、兄はこの柔らかい膜が大嫌いだった。前線から初めて休暇で帰ってきた兄に、母は、戦争のおかげでそんな神経質なところもなくなっただろうと思ってコーヒーを普通に出してやったところが、兄はカップを脇へ押しやって、「おととい来い」と言ったという。僕はミルクが波立ち、膜ができるのを眺めていた。黒っぽかったのが薄い色になっていく液体の表面で、膜はいくつかの島に裂けた。その隣にそびえ立っていた白パンの塔はあっという間になくなった――焼きたてだったし、切り分けるときに少し押しつぶされたのが、僕の空腹に応えるように空気を取り込みながらふくらんだのを、一気にむさぼり平らげてしまった。以来、この白パンが僕にとっては「ユーゴスラヴィア」を意味するようになった。

食べ終えて顔を上げると、上の歩道にはもう大勢の人が歩いていて、道路は突堤のように見えた。学校の休みはまだ始まっていないにちがいない。通行人の中には大勢の小中学生がいて、向かい風に逆らっているみたいに前かがみになって歩いていた。実際風は強く、突堤のへりの白茶けた草がハマムギのようにざわざわ鳴っていた。まだ海に行ったことはなかったのに、道路の向こうにはすぐに大西洋の砂丘が盛り上がっているような気がした。

歳とった男が一人、食堂の中からもう一つ椅子を持って出てくると、僕のそばに、ちょっと距離を置いてすわった。ぼんやり眺めるためのテーブルも要らないらしかった。僕とその爺さんは一言も交わさぬまま、まわりで起こることを一緒に眺めていた。二人とも、同じものを目にし、それを同じだけ見つめ、同じように次に起こることを待った。僕にとって一番長かった夜の後のこのときのようにぴったり揃ったまなざしを体験したことは、それ以後二度とない。こんな空間と地平を目にしたのは、隣の男と一緒に見ていることを意識したこのとき以来二度とない。われわれは鳩の首筋の虹色に見入っていた。鳩は、コンクリートの湾を歩いて横切ると、首を上げて突堤のほうを見上げた。その突堤の上を、鉄工場の煤煙が谷をさかのぼってトンネルのほうへ漂っていった。まるでトンネルをこちらの端から向こうの端まで燻そうとしているかのように。

この旅に出る前、家で天気のいい日に南方を眺めたときは、国境山脈の向こうの青く染まった空の下には、色鮮やかな華やかな街がたくさんあるのだろう、丘などに視界をさえぎられることのない大きな平原に街が連なって、海辺にまで達しているのだろうとしか思えなかった。でもこの工業の町イェセニツェは見ての通りの灰色で、狭い谷に押し込まれ、影を落とす山々に挟まれている。それでも期待は裏切られなかったという気がした。突堤の上を、どちらの手にも赤く輝く鋸を持って、男が通り過ぎていく。その後ろに、アイスを食べながら歩く二人の子ども、そして涼しげな服に木のサンダルをはいたおなかの大きな女が続く。アスファルトではなく玉石を敷き詰めた車線を、何台かの長距離トラックがごとごと音を立てて通り過ぎるのを見て、また改めて兄のことが頭に浮かんだ。それは戦争前に兄が送ってきた手紙で、マールブルクとトリエステを結ぶ道路の途中の、似たような場所のことが書いてあったのだ。アドリア海に遠足に行くときはいつも、その箇所で車（学校の校長のもの）が「ちょっとのあいだめちゃくちゃに揺れ」る。するとまもなく、もう「本当に潮風の中に入ってきた」ことを感じるというのだった。

　ユーゴスラヴィアでは、北の山の向こう、内陸の郷里とは空間の尺度がちがっているような気がしたが、同じことは時間の尺度についても言えた。目の前の、ほとんどてんでバラバラの建物は、地層のように、それらが建てられてきた過去の層を表していた。オーストリア帝国時代の土台から、南スラヴ王国時代の出窓をはさんで、今の「スロヴェニア人民共和国」[36]時代の、なめらかで素っ気ない上層と、屋根窓の下の旗竿を挿すための穴に至っていた。そういう建物の一つの正面をじっと見ているうちに、ふと、行方不明の兄が、縞模様の曇りガラスのはめ込まれた半ば朽ちた出窓を押し開けて姿を見せてくれないか、と全身全霊をこめて願う気持ちになっていた。「先行者よ、顔を出してくれ！」

と頭の中で言いさえした。そして隣の爺さんの目も出窓に向けられていることに気づいた。するとそう心の中で叫んだだけで願いがかなったかのように、一瞬の間、兄の姿が見えた。そのままの等身大で（兄を見たことはなかったのに）、肩幅が広く、褐色の肌をして、豊かで濃い色の巻き毛の髪を後ろに撫でつけ、額が秀でていた。眼窩はくぼんでいて、利かないほうの白い眼も隠れていた。おののきが背筋を走った。まるでわが王を眼前に見たような、畏れのおののきだった。しかしそれ以上に不安になり、すぐに凹地の席を立って上の通行人たちの流れに合流したくなった。

通行人たちの中に混じるのは簡単だった。でもそれは、外から見るのとはちがって、流れと言うより驚くほどゆったりとした動きで、呪いのように血縁者を呼び出すことに成功した僕の興奮とは裏腹に、そこではただゆっくりとした現在が支配していた。

こんなふうに人々の列に入って歩いていくのは、二十歳の男には新しい経験だった。村にはこんなものはなかった。村にあったのは、たかだか祝日や葬送のときの行列の、一歩一歩確かめるような歩みや足踏みだけだ。寄宿学校では、一人でいるとき以外は、いつも決められた通りに動かなければならなかった（日曜の散歩でも、二列になって、前の者の踵を踏みつけそうにくっついて歩かなければ

36　スロヴェニア人民共和国は、ファシズムからの解放後の一九四五年、ティトーを首班としてつくられたユーゴスラヴィア連邦人民共和国内の一共和国となっての名称。八〇年のティトーの死後、連邦の求心力はしだいに弱まり、スロヴェニアは本書（原著）の出版後の九一年六月二五日、連邦から独立を宣言した。現在の正式名称はスロヴェニア共和国。なおオーストリア帝国、南スラヴ王国については註43を参照。

ならず、列から外れようなどと考えただけで直ちに見透かされ、笛を吹かれ、呼び戻されるのだった）。そして地元の小さな町ではどこでも——僕はそういう町しか知らなかったのだ。遠足で行った首都ウィーンは他の生徒たちの肩や教師の人差し指に邪魔されてよく見ていない——地元の小さな町ではどこでも、せいぜい地面を見つめたまま人の端をついて歩くくらいだった。町の通りに出ると、僕は怖気づいてしまう。つまり、どこを眺めていいのかわからなくなるか、あちこち、正面だけは除いて、きょろきょろしながら歩くかどちらかだった。リンケンベルクの村ともちがって、オーストリア国内の小さな町では、一歩あるくごとにショウィンドウだの広告ポスターだの、何より売店の新聞の見出しだとかに目が行ってしまう。それを避けようとして、たとえばあえて視線を正面に、道路の消失点に向けて歩くとする。そうすると僕の視線は向こうからやってくる人間の視線の罠にまっすぐ飛び込んでしまうのだ。とにかく僕はそう思い込んでいた。この罠は、まなざしといったものではなくて硬直した目線、さもなければまったく目や表情を欠いた顔で、その顔からはたとえば、唯一の器官として、象か猪のような化け物じみた鼻が突き出しているのだった。そして一言、必ず一音節の、必ず聞き取れない、でも典型的な方言で、何を言ったのかは唇から必ず読み取れるような言葉を発して、僕に食いついてくるのだ。そういうわけで、郷里の町で通りを歩いていても、どんな列に入り込むこともできず、そのかわりに、とにかく僕の感じでは、太古の昔から犬連れで意地悪く様子を窺いながらあたりを歩き回っている連中に、すぐにはめられたり捕まえられたりするのだった。そんな、永遠に徘徊するように呪われている当の本人たちは、何の迷いもなく、自分はいつでも正しいし、自分のいるべきところにいると思っているのだ。今でも故国で「こんにちは《グリュース・ゴット》[37]」と掛けられる声を、挨拶というよりは脅しのように受け止めてしまう（「合言葉を言え、さもないと——！」）のは、僕の思い過ごしでしかないのだろうか。とりわけ子どもがこの言葉をわめきかけてくると、思わず身を守るように両腕を上げてしまうのは、やはり僕が変なのだろうか。自分が端を通ろうが真ん中を行こうが、オーストリアの群衆、オーストリアの多数派には、いつも値踏みされているような、判決を下されているような、有罪宣告を受けているような気になり、何が有罪なのかはもちろんわからないまま、その宣告をまともに受け止めてしまうのだった。いつだったか歩道を歩いていて、横から例の罠の群れの新手のやつがこっちをじろじろ見ているぞと思い、目を上げてみたらただのマネキンの空ろな目だったときは、なんとほっとしたことか。

でも今、ユーゴスラヴィアの路上には「多数派」はいなかったし、だから誰も少数派でもなかった。多様でありながら揃った人の動きだけがあった。このイェセニツェという小さな場所以来、そんな経験をしたのは、世界都市と呼ばれるような大都市でしかない。そして僕はイェセニツェのそういう人の動きの中で、まずは外国人として動いていた。外国人というものは、山の向こうのケルンテンの路上ではいつもありがたい存在だった。人の注意を僕からそらしてくれるからだ。この群衆の中、通りを歩く民衆の中にはその外国人にも居場所があった。いつもなら絶えず歩調を変えたり、人をよけそこなったり、ぶつかったりしていた僕が、ここでは一緒になって歩いていた。そしてこれほどの人混みには慣れていなかったにもかかわらず、アスファルトの上には僕のどの一歩にもちゃんと余地が

37　南ドイツ、オーストリアで最も一般的なあいさつ。

あった。ここでなら、ノロノロ歩くことも足を引きずって歩くこともなく（寄宿学校の廊下を歩く連中はみんなそんな歩き方だった）、自分なりの歩調で、つま先から始まって指の付け根、踵へと、足の裏が順に地面を踏んでいくのをしっかり感じながら歩くことができた。ちょっとした石ころか何か蹴飛ばしたりしながら。そうすると、少しばかりふてぶてしくなったような気がした。反復してみて気づいたのだが、そんな密やかなふてぶてしさというのは小さい頃の僕の特徴だったのだ。この群衆の一番いいところは、僕のそれまで知っていた群衆と比べて欠けている点にあった。この群衆には、帽子のシャモアの房飾りとか、鹿の角のボタンとか、ローデンクロスの服とか、革の半ズボンとか、要するに民俗衣装というものがまったくないのだ。ないのは衣装だけではなく、およそ所属や階級を表す印というものがない。警官の制服ですら特に目立たず、実際それがふさわしいのだが、実用一点張りの公務員の服装のようなところがあった。何よりよかったのは、「人見知り」から解放されて、頭を上げ、真っ直ぐ前を、人々の眼を見て歩けることだった。人々の眼には値踏みするようなところはなく、ただ色彩があって、その灰色で茶色で黒い眼の色には、「世界」が啓示されていた。僕にとっては新しい種類の誇らかな気分にやはり一役買っていたのは――そしてこの点で外国人であることももう関係なくなるのだが――一緒に歩いている人たちに自分と似たものを認めたことだった。外面的にも内面的にも、どんな鏡も見せてくれないような共通点が、そこにはあった。僕の姿は、ちょうど彼らと同じように、痩せこけていて、骨張って、粗野な顔立ちで、ぎこちなくて、腕の振り方も優美さを欠いていた。僕という人間は、彼らと同じように、従順で、すなおで、無欲で、それは何世紀にもわたって王も国家も持たず、下働きや下男として生きてきた人々の特徴だった（その中には貴族も職匠《マイスター》もいない）――それでいて、われわれ暗がりの人間は、美に、自意識に、反抗に、大胆さに、自立の要求に、輝きを発していた。この人々の中では、誰もが、別の誰かにとっての英雄だった。

事物を呼び覚ましてくれた母音に、道ゆく人々が言わば子音となって加わった。ただそれで言葉が生じるわけではなく、自分自身の肺とは無関係なもう一つの呼吸、魅入るような息吹が僕をとらえた。その息吹のおかげで、突然、すれちがった男の持っていた新聞の見出しの一つが読み取れた。それはスロヴェニア語で、ドイツの新聞のような大見出しではなく、純粋な知らせとして伝わってきたのが、色とりどりの民俗衣装などないことと同じく、爽快だった。群衆が喋っていることの多くも、突然わかるようになっていた。この路上では誰も僕には話しかけてこないのがよかったのだろうか。小学校時代、教師と義務的にこの外国語で会話をしなければならなかったときから、別に僕の覚えが悪かったわけではなく、要するに頑ななだけだったということなのだろうか。**ユトロ**というのは相変わらず「朝」という意味だったし、**ダネス**は「今日」、**デロ**は「仕事」、**ツェスタ**は「通り」、**プレドル**は「トンネル」だった。店の看板も訳すことができた。みんな簡単、簡潔だったのだ。北や西の国でのように妙にひねった名前はなくて、牛乳屋には牛乳、パン屋にはパンという意味の言葉しか書かれていなかった。そしてその**ムレコ**とか**クルフ**という言葉を訳すのは、別の言葉に翻訳するというよりは、イメージへ、言葉の幼年期へ、ミルクやパンの原初のイメージへと翻訳するようなものだった。その次の**バンカ**を銀行と訳すのはまたごく普通の翻訳だったが、それでもなにか根源的な言葉に思えたのは、その窓がショウウィンドウになっておらず、何も陳列されていなかったせいだ。たとえば僕の生まれた国ならけばけばしい貯金箱を積み上げたピラミッドが人目を引いているはずのその場所は、空っぽだった。それは僕にとって開かれた空虚で、通行人の空っぽな顔にも、この銀行の空っぽな窓にも、僕は安心して目を向けることができた。そしてこういう通行人たちの中にいると、オーストリアにいるときとちがって、家族や同じ村の人間が僕をみとめて微笑みかけてくれて、そうして仮面の行列から救い出してくれるのを求める必要はなかった。ここの人々の顔が空っぽだというのは、仮面を付けていないということに他ならない——僕の記憶には、トラクターにつながれた荷車にぎゅう詰めに乗った若者たちのイメージがある。首まで毛皮の衣装にくるまって、アルプスの町へ行くところ、その町の通りで伝統に則り、ヴィルデ・ヤークト祭[38]を行うのだ。そのために必要な鞭や鎖は、まだ町に入る前で手にしてはいなかったし、まもなく頭にかぶることになる巨大で恐ろしげな仮面も、まだ彼らの足元にあった。毛皮の襟をつけた青年たちの顔が、一人一人、いかに泥臭い感じであれ、なんと細く、柔らかく、そして気安く声を掛けられそうに見えたことか。それと同じように、イェセニツェの顔まった顔も、覗きこむことができたのだった。まるでそれがただ一つの顔であるみたいに、まるでそれが僕に何か威厳を与えてくれるみたいに。国内では自分にも他人にも決して感じたことのない種類の威厳だ。いや、父にはあったかもしれない。復活祭の夜、リンケンベルクの教会で、床に届くほど長い真紅のマントに身を包み、村の数人の男たちと一緒に、復活したイエスの墓を表すことになっているくぼみの前にひざまずく。それから急にぐいとうつ伏せになり、ワックスの染みのついた赤い衣装に覆われて、そこにいるのかいないのかわからなくなるくらい、じっと腹這いになっている。あのときの父には威厳というものがあったかもしれない。そして今僕は、父がラジオのオーケストラコンサートで一つ一つの楽器の名を言い当てたように、駅や道路や工場の騒音の中から、個々の物音をくっきりと聞き分けることができた。駅の構内で車両の緩衝器と緩衝器がぶつかり合う音と同時に、スーパーの買い物用カートのごろごろいう音が聞き取れた。どこかの煙突から出る蒸気のしゅうしゅういう音と同時にハイヒールのコツコツいう音が聞こえ、ハンマーの打ち下ろされる音と同時に自分が息を吸って吐き出す音が聞こえた。そしてこんなふうに思いがけないかたちで物音が聞き取れたのも、やはり、奇妙なことに、ここスロヴェニアの工業の町にはあるものが存在しないこと、欠けていることからきているような気がした。つまり、教会の鐘が時を告げる音が聞こえないおかげで、耳がまわりのものに対して鋭敏になったのだ。それはどの国でもよかったわけではなくて、まさにこの国、この欠乏の国、僕の住み慣れた国のモノのあふれ具合と引き比べて初めて違いがはっきりとわかり、これこそ「世界」なのだ、と解読できるような国でなければならなかったのだ。

　しかしそんなふうに僕が見てとったこの世界《ヴェルト》の領域《ライヒ》は、現在のユーゴスラヴィアも、かつてのどんな王国、帝国をも超えてひろがっていた。それはこの世界のしるしが見る間にどこともつかないものになっていくせいだった。何人かの通行人の抱えている新聞に書かれたキリル文字ははっきりしていた。役所の建物に刻まれた昔のオーストリアの文字の名残りも読み取れたし、ある屋敷の破風に古典ギリシャ語で書かれた*Chaire*、ようこそ！、という言葉も読み取れた。だがガソリンスタンドのPETROL〔ガソリン〕という看板は、もういろいろな意味を含んで曖昧に見えた。その看板は、木の枝越しに見ると、夢でしか見たことのないはずの中国を思わせたし、アパート群の後ろには、これもよ

38　ゲルマン神話で、あらしの夜に魔王に率いられて狩りをするという死霊の群れを祀る祭り。

く知らないはずのシナイ半島の砂漠がひろがっていた。アパートの前を走っていく埃っぽい長距離バスの正面の行き先表示のロールはずれていて、ちょうど二つの地名の間が出ていた。上下の地名は読み取れず、通り過ぎざま、僕の目にはヘブライ語の巻物の断片が突き刺さってきた。そう、「目に突き刺さって」きたのだ。というのは、その絵文字の向こうに見えた風景には人をぎくりとさせるようなものがあったからだ。

その盲窓にはどこともつかない曖昧さが凝縮されていて、僕の視線は、地上世界《ヴェルトライヒ》の中心に引きつけられるように、その窓に引きつけられた。それは谷の斜面のかなり高いところ、大きな家の南面に付いていた。まるで国境の向こうのあの門番小屋の本体の領主屋敷を目にしているような気がした。家は見通しのいいところに建っていて、その前には一本だけ、唐檜の木が立っていた。唐檜の毛皮のような茶色が、家の正面の黄色を引き締めていっそうどっしりと見せていた。急な石段が、芝地のあいだを、屋敷の戸口まで登っていた。その階段の途中に、こちらに背を向けて、子どもが一人いた。子どもは片足を一つ下の段に残し、何かためらってでもいるように立っていた。子どもにはずいぶん大きな階段だった。芝の斜面は、特徴的な横の線が走って、言わば陰影を加えられ、草に覆われたテラスになっていた。その微妙な陰影の模様を、家の正面に刻み込まれた水平の溝が反復していた。唐檜の木の後ろで、家は、建築物というよりは、もともと黄色の岩を思わせた。まるで人が住んでいないような印象だった。子どもの立っている石段は、家の入り口に続くものというよりは、どこかの児童公園の中の石段のようだった。

その盲窓は、この種のものとしては、あたり一帯で唯一のものだった。そしてそれが与える印象も、普通の窓には備わっているものが欠けていることからきていた。つまり、中が見通せないこと、不透明なことだ。そこに凝縮された曖昧さで、窓は僕の視線をはね返した。すると僕の内部では、言葉の混沌もめちゃくちゃな語りも影を潜めた。僕は全身で沈黙し、何かを読み取ろうとしていた。

もうこの盲窓を失うことはないだろうと思った。それが表しているしるしはまったく動かしがたいものだという気がしたのだ。ところが実際は、ちょっと脇を見たそのとたん、盲窓の発していた光は消えていた。盲窓の隣の窓——言わば「目あき」の窓——がパッと開かれ、またすぐに閉じられた。開けたのと閉めたのは別の手だった。最初はおそろしく歳とった女の、次がもっと若い女の手だった。老女、ということを僕はその一瞬に見てとったのだが、それはたんに歳とっているという以上の、死にかけている老女だった。誰かが彼女をしっかりつかまえているその部屋から、戸外へ、死から逃れ出ようとしたみたいだった——格子のはまったその窓を通って。恐怖に歪んだ顔の下唇は口の中にひっこみ、眼は大きく見開かれていて、その眼が自分から閉じることはもうないのだろうという気がした。

再び閉じられた窓には何の姿も見えず、朝の太陽が反射していた。でもさっきまであった光は、たんに消えたのではなく、呑み込まれてしまっていた。そして階段に立っていたはずの子どもも、幻のように消えていて、家と芝地の水平のすじが、影となって僕を射た。「フィリップ・コバルは幻を相手にしているぞ!」——それは褒めてもいればけなしてもいるような、歴史の教師がよく言っていた台詞だった。——そしてあの幻もまた、魔力を失ってしまっていた。早くも大声で泣き叫ぶ女の歪んだ顔が迫ってきて、その後は、群衆の中にはもう女も男も子どももなかった。歩道を歩いているのは、ただもう背ばかり伸びて、こわばり骨張った、見苦しくがさつな群れでしかなくて、官憲のどこからとも知れない視線に監視されながら、お互いに行く手を邪魔しあったりぶつかりあったりしているだけなのだ。その官憲とは、自動車工場の若いパルチザン指導者かもしれないし、床屋の店で白衣を着せられた海軍大将かもしれないし、堂々とタキシードを着込み、これも堂々とした妻を腕につかまらせて、映画館の入り口に立っている男かもしれないし、学校の校庭のコンクリート造りの最高司令官の胸像かもしれないが、とにかく今、われわれ全員に対する司令権を握っているのだ。すがるように盲窓を見上げたことも、お上の権力をますますはっきりさせただけのことだった。まるで窓を見上げたことで何かの容疑者になったみたいに、とたんに警察官に見とがめられた。警官はゆっくりと指を曲げて道の反対側へいくように指示すると、身分証明書を出せと言った。後になって、あの制服警官は、昨日、到着時に僕のパスポートをチェックした、僕と同年輩の若い男と同一人物だったことに気がついた。——だがこの日蝕のような時間、誰も他の人間を知らないように思われた。まるでわれわれがみんな記憶を失ってしまったみたいに。

歩数を数えながら、駅に入った。トイレに降りていく階段は湿っぽくて、塹壕に降りていくみたいだった。その前には、しかるべく塹壕おばさんがいたが、ベルトに下げているはずの鍵束はなかった。鍵のかからないトイレで、こういうところにはよくあるはずの落書きの絵や文句を探したが見つからなかった。そういうものがあれば、今の僕にはありがたかったはずだが。洗面台には蛇口はなく、ただ壁に穴が開いているだけ。地上の待合室は薄暗く、臭かった。待合室でぎゅうぎゅう詰めにすわっている人たちの中には、包帯やギプスをした手足がいやに多くて、その白さだけが、最初、目についた。光はプラットホームではなくて、ホームと待合室のあいだのほの暗い通路から来ていた。少し経つと、何人かの人の、負傷した親指にかぶせられた革のキャップや、隣の男の頭髪の中の血のかたまりが目に入ってきた（誇張ではなく、僕の感覚はそういうものに惹きつけられたのだ）。自分自身にしても、見苦しいところばかりが目についた。靴にこびりついた泥、膝の出たズボン、爪の縁の黒い汚れ。着のみ着のままで眠って、体を洗っていないのは、誰が見てもわかるにちがいなかった。頭も痒かった。寄宿学校で真夏につま先がしもやけにかかったときのような痒さだ。自分の次の目的地はどこになるのか、地図で解読してやろうとしたが、やっぱりわからなかった。地図の上に落ちる光は弱く、低地を表す薄青と氷河の水色を見分けるのがやっとだった。

ホームに出ると、労働者が一人、圧搾空気ドリルでアスファルトの舗装を剝がしていた。正面のホームには、オーストリアの始発列車が、北に向かって発車できるばかりになって停まっていた。車内のコンパートメントは明るく清潔で、ほとんど空だった（大勢のユーゴスラヴィア人がフィラッハに買い出しに行くためにこの列車を使うようになったのは何年も後のことだ）。また青い制服を着た乗務員が機関車の前に立っていた。オーストリア側の国境官吏たちも一緒だったが、私服でシャツの上に上着を羽織っているだけだったから、一見そうは見えなかった。乗務員と役人は、あと一人来ない乗客を待っているように見えた。唐突に、一歩も動きはしなかったものの、慌てた。決断するんだ！　帰ろうという欲求はほとんど抗いがたかった。たんに国境の向こうに戻りたいというのではなくて、村の家へ、自分の部屋へ、ベッドへ帰ってぐっすり眠りたかった。だがまずとりあえずの逃げ場は言葉だった。機関車の脇腹に書かれた、自分が生まれついた、慣れ親しんだドイツ語を、読むことだった。「所属車両区《ハイマートバーンホーフ》〔故郷の駅〕」という言葉であれ、あるいはまた——肝心なのは言葉の意味ではなくてイメージだったから——「進行方向《アルバイツリヒトゥング》〔労働の方向〕」という文字の添えられた矢印であれ。

決心がつかずに混乱していた。ドリルの尖端が当たったところから、アスファルトの舗装に、水たまりに張った氷を踏んだときのように、放射状の亀裂が走った。亀裂の一本は伸びて僕の靴底に達した。ダダダダという振動にゆすられながら足元を見ると、アスファルトの灰色の中に、またあの盲窓の姿があった。それは再びあの好意的な「時間がある」しるしとなっていた。僕は自分の「世界帝国《ヴェルトライヒ》＝地上世界」にあまりに多くを望みすぎていたのではないか。いったい僕が何者だというのか。アスファルトを見ているうちに、自分は何なのかという問いに決着がついた。僕はよそ者であり、外国人であり、ここでひょっとして何かを探すことはできるかもしれないが、何も発言することはできないのだ。うちに、国内にいたときと同様、いわゆる人間の尊厳などというものを主張する権利は僕にはないのだ。そういうことがはっきりわかって、僕はただの安堵以上のものに包まれた。すっかり落ち着いたのだ。

オーストリアの列車は発車した。車掌は僕のことを物問いたげに見てはいなかったか。駅は明るく広くなった。足元のアスファルトのかけらに不意に止まってまたすぐに飛び立っていった何羽かのスズメは、一瞬前にはリンケンベルクの藪の中にいたやつだし、線路の砂利にまじった一枚の楕円形のオオバコの葉も、リンケンベルクから来たもの、言わば越境植物なのだ。大股に、決心が服を着て歩いているみたいに、僕は切符売り場のあるホールへ入っていき、切符を買った。自分のすることが自分以外の人間のためにもなることがようやくわかった人間のように、大股で、地下道を通って一番はずれのホームへ行った。そして、これで国境越えの遠足が終わり、これから本当の旅が始まるとでもいうように、水飲み場で大急ぎで体を拭ったあと、一息に南西に向かう列車に乗っていた。そして窓際の席にすわった途端、眠り込んだ。——今になって、大人になりかけのこの自分の姿を、足元のアスファルトの亀裂と一緒に思い出すとき、それが一つのイメージにまとまって見えるのは、このときの僕がまさに平衡を失いかけていたからなのかもしれない。ちょうど、どんな物であれ、落下寸前に取り押さえて震える手の中でゆっくり眺めてみて初めて印象に残るように。

その後の数日間、僕はボヒン（ドイツ語でヴォハイン）地方で[39]、兄の二冊の本を読み耽って過ごした。そこに着くまでの汽車旅のあいだ、降りる駅を逃すまいと眼を開くたび、牧草地の中に、「干草の竪琴」と呼ばれる長く細い木組みが見えた。地面に二本の杭（今ではもしかするとコンクリート製かもしれない）が打ち込まれ、その間に何本も横木がわたしてあり、上にはこけら板の屋根がついている。その横木に、その年初めて刈り取られた草が干してあった。春の野花のまじった牧草で、灰色の干草のかたまりの中に点々と色彩があった。横に渡された木は杭から飛び出していて、いくつもの道標が束ねられていっせいに一つの方角を指しているように見えた。まるで、この次々に現れて谷か

39　ヨーロッパ・アルプスの頭端にあたるユリスケ・アルプス山中にあり、避暑地として有名。東端にボヒンスカ・ビストリツァの集落と鉄道の駅、奥の西端にボヒン湖がある。ボヒン湖は、幹線交通路に近いブレット湖と並んで「アルプスの瞳」と称される。周囲を山々に囲まれ、碧く透き通った水をたたえる湖。

ら谷へとますますはっきりと西の方角を指す矢の群れに従って列車が走っているようで、眠りの中で、線路の両脇のこの竪琴は、巨大な輸送装置になった。この装置を使えば、旅行者は一瞬のうちに目的地に送り届けてもらえるのだ。

戸外で寝るのはやめて、この地方の中心地の宿屋に泊まっていた。その村はボヒンスカ・ビストリツァ、ドイツ語ではヴォハイナー・ファイストリッツといった。宿屋に泊まろうと決めたのは、値段の安いのを見て、自分の金を数えてみてのことだった。教師がくれた金と、家庭教師と、それに、ある新聞に掲載された「自分で書いた」原稿（「ほんとに自分で書いたの？」と、ある級友は言ったものだ）の稿料のおかげで、後から考えてみれば、他の連中と一緒にギリシャへ行くことだって全然無理ではなかったのだ。

だが修学旅行に行けなかった理由は、資金不足よりも、そういうものが新聞に掲載されたことのほうにあった。それは、少年が家の内庭で自転車の修理をしているという物語だった。その様子を、周囲の光や、風や、木々のざわめく音や、降り出した雨などもまじえて詳細に描写する。そして最後に、叫び声を聞きつけた主人公が家の中に飛び込んでみると、がらんとした部屋の床に父親だったか母親だったか――それはもう覚えていない――が倒れていた。見開かれたその眼はまだかろうじて外界を映してはいたが、すでに死のために曇りつつあった、というものだ。そんな内容が問題だったわけではない。「小説を書いている」というだけで、同級生たちは僕を避けるようになったのだ。同級生のうちには演劇グループに属して活動しているのも何人かはいたが、小説を書き、しかもその書いたものをもって「公の場に登場する」というのは、控えめに言って奇異なことだったのだ。あの彼女も、まだ実際に読む前、タイトルと名前の載った紙面をチラリと見た途端、奇妙な拒否の眼で僕を見た。読み終わると、そのまなざしは、無理解と同情と不快感と、とりわけ恥ずかしさの入り混じったものに変わった。そして後で何度も思い出さずにはいられなかったのは、彼女を抱き寄せようとしたときの、彼女の首筋のこわばりだった。

しかしみんなのそういう拒否を招いたのも僕自身ではなかったか。新聞掲載の日、その新聞を開く者を誰彼となく、これから人の犯した罪を知って、その不面目を言いふらすのだろう、という眼で見ていたのは僕ではなかったか。メルヘンを書いていた歴史教師にそそのかされ、郷土史を書いていた編集者に後押しされて決まった掲載は、実際に出る前はまったく正当なことに思えた（僕がどういう人間なのか、そろそろ知ってもらってもいい頃だ）のが、出たあとになってみれば、とんでもない堕罪のような気がした。そして、この事件が僕を追いかけてこない唯一の場所が、ありがたいことに、自分の村だった。当時は今と違って――今では村の入り口に「リンケンベルクで読むなら××新聞」という広告が立っているが――司祭の家ですら、日刊紙を目にしたことはなかった。言うまでもなく、それまで僕が一番くつろいでいられた場所、通学のバスや列車の中では、僕は自分の目から見て、未来永劫、とんでもないやつということになってしまった。自分が自分にすら気にならないほど目立たなくなれた場所、誰でもない者になれた場所で、今や僕は「コバル某」になってしまったのだ。隠れていたところから這い出して、自分の住処を失ってしまった。他の乗客と、とりわけ列車の通路やバスの真ん中に立って押し合いへし合いしているあいだ、時に感じた心地よさは消えてしまった。知られてしまった、スポットライトを当てられて自分だけが浮き出している、しかもそのおかげで――これが何よりも恥ずかしかった――一緒に乗り物に乗っている人たち、せっかく静かに乗り物に揺られている人たちを邪魔してしまう、そういう居心地悪さに変わってしまったのだ。最後の数週間、往復に半日もかかるのに、自転車で学校へ行っていたのは、そのせいだったかもしれない。もっぱら一人で移動するようになる理由はたくさんあったが、その中で一つはっきりした理由は、公の場に出てしまったこと、自分の思い込みに過ぎなかろうがどうだろうが、自分を裏切ってしまったことを、忘れてしまいたいと思ったということだ。実際、そうして再び無名でいられる時間のあいだ、この忘却が精力的に僕を包んでくれるのを感じ、時と距離を置くほどに効いてくる恩赦のような作用を感じていたのではないか。ボヒン地方に着くなり、地図に**ポザブリェノ**と書かれた集落、「忘れられたもの」とか「忘却」を意味する名前の集落に惹き寄せられた。実際、その後の何日か、どんな妙な場所へ行こうと、立っていようと、すわっていようと、横になっていようと、走っていようと、まるで当たり前のように放っておいてもらえたではないか。

ただフィラッハの教師の姿だけは、このひと気のない風景の中でもまだちらついていた。彼は、僕の印刷された作品を最初目にしたとき、アインザッツを出す指揮者みたいな身振りをしながら、「フィリップ・コバル！」と大声を上げた。その姿が何度も頭に浮かんできた。――そう、ただ僕の名前を叫んだのだ。自分の名前が、そういうふうにまともに、名を前に姓を後に、言われるのを聞いたのは初めてのことだった。それまでもっぱら「コバル、フィリップ」と呼ばれていたのだ。ついこの前の兵役適性検査のときもそうだった。頭の中で僕の名前を叫ぶ教師に向かって、僕は心の中で、「静かにしててください！」と応えた。もう新聞には出ないと決心したのだから。自分や、自分の家族や、自分の村の人たちにとってこんな恥さらしなことはもう二度としないと決心したのだから。有名になろうという夢は永久に消えたのだ。そもそもずっと前からわかっていたはずだ。何よりバスや列車に乗っているとき、夢中になって本を読んでいても、何か新しい発明のことを耳にしても、何かのメロディに感動したりしても、わかっていたはずなのだ、自分が人生で何か成し遂げるなどということは決してないだろう、いずれ才能がないことがはっきりしてしまうだろうということは。教会の開基祭で占い師が母に言った——そう言えばきっと田舎女とその役立たずの息子は喜ぶだろうと思ってのことだろう——託宣にもあったように、せいぜい「会計係」か、ちょっとした役人か、数勘定以外することのない仕事に就くだろう、ということはわかっていたはずなのだ。今、スロヴェニアの宿屋の部屋で、こうして金を勘定しているのは、やっぱりあの占いが当たっていた証拠ではないか？

　ボヒンは広い、谷の集まってできた土地《タールシャフト》で、四方を山地に囲まれている。かつて氷河の底だった所で、西端にはその氷河が残した大きく静かな、僕の記憶の中ではいつもひと気のないボヒン湖がある。湖の北岸には急峻なユリスケ・アルプスの山塊が聳えている。その一番高いのが、今でも氷河の残るトリグラウ、「三ツ頭」で、この山をかたどって湖岸に造られた小山は、休暇でやってくる子どもたちの遊び場になっている。南の連山は海に至る最後の大きな障害だ。その向こうはもうイゾンツォ川（スロヴェニア語で**ソチャ**川）に下っていく。その川がさらに流れ下っていく両岸の山地にはもう森林限界はない。アプローチの難しさから、ボヒン盆地は何世紀ものあいだ、世界から隔絶していた。ただ細い山越えの道だけがイゾンツォ谷やフリウーリ平野とのあいだを結んでいた。僕がやってきた東の道は、そもそも鉄道が敷設されてはじめてできたものだ。

オーストリアがアルプスの国だとか、「アルプス共和国」なる愛称で呼ばれることもあるとかいうことは、大きく平らなヤウンフェルトに育って、山といえば遠くに見るだけだった僕は、いつも違和感を感じていた（村で誰かがスキーをつけているところなど見たことがないし、森のはずれから道路までただ一つ橇《そり》のコースがあることはあったが、それも一瞬滑ったかと思うともう止まってしまうのだった）。ボヒンでは、本当にアルプスに囲まれていたし、アルプスの国にいるのだという感じを味わった。と言ってそれは、地溝だとか峡谷だとか日向の村日陰の村とか、狭い空しか見えないとかいうことを意味するのではなくて、山に囲まれていても、高原であり、視界が開けていることを意味した。今眼を閉じると浮かんでくるのは、世間から遠く離れて、まっさらな湖のフィヨルドのような青を基調として、山々にまもられ、モレーンの皺でいくつにも区切られた、避難場所だった。それには最初に使った»Talschaft«、谷の集まりという言葉ほどぴったりくるものはない。

それでいてボヒンは、少なくとも小高い立地の駅から眺めてみれば、活動的な土地だ。当時列車から降り立ったとき、まず眼にし、匂いをかいだものはほとんど材木ばかりで、すぐ向こうの貨物線の上に丸太や角材や板や小幅板が積み上げられているのが見え、建物の間から電動鋸の音が聞こえた。そこにいた数日のあいだ、ぶらぶらしている人間には一人も逢わなかった。一見そう見える者も実はそうではなかった。そういう人は、しばしば何の表示もない（ただの板囲いだったり土盛りだったりする）停留所でバスを待っていたり、鋸を入れた唐檜の木の倒れる瞬間を待っていたり、干草をひっくり返すのにいい天気になるのを待っていたり、あるいは、宿の年老いた料理女のように、コンロの傍らで牛乳が沸くのや料理が出来上がるのを待っているだけだった。あるとき、兵士が道端に一人でのんびりとすわっていた。だが近づいてみると、無線機を耳に当てていた。見るからにぶらぶらしているような、茂みの葉をちぎったりしている子どもたちでも、未知の探り方を習っているボーイスカウトみたいなところがあった。日曜日でさえも、人々は草地の中の大聖堂のように大きな教会の告解席の前に列をなして待っており、罪を赦されて出てきた者は、内心にやっと笑うだけの一呼吸置くと、すぐに教会内の席にひざまずき、さっそく改悛の祈りを捧げるのだった。谷の住民から感じられるのは、代々住みついている人々の静かな落ち着きといったものではなくて、開拓者のような御しがたさ、忙しく飛び回っているような感じ、新参者のような、いつでも気を張っていなければならないという感じだった。そのせいで、ボヒンというところは、その自然の立地にもかかわらず、昼の間は、完全にヨーロッパの一部のように思えることも多かった。人の仕事しているところをうろうろして、忙しくしている人たちの気を一瞬逸らさせるような馬鹿者や酔っ払いがいないのが、むしろ物足りないくらいだった。けれども、そう思って二冊の本をじっくり読めるような場所を探しあぐねて立ち止まり、もと来た方角に戻り、道を折れ、そこらの草地を撫でてみてすわるのにいいか確かめ、木の幹にもたれてはすぐに樹脂《やに》に気づいて身を引き離し、またよたよたと歩いていったとき、気づいた。自分こそそういう酔っ払いみたいなものではないか。

　泊まっていた宿屋は、南の山脈のピークの一つの名をとって、訳せば、「黒土」館といい、第一次大戦前に建てられた大きな家だった。そこですぐに盲窓を探した。僕の他には、ほんの時折、二、三の登山客が泊まりにくるだけで、僕はベッドが四つある丸一家族分のような部屋を占領することができた。部屋は入り口の真上の二階にあった。窓の一つからは、昔の森の名残のように村の真ん中に一列に並ぶ唐檜の木立が見えた。もう一つの窓からは、家のすぐ脇を、白い轟音をたててほとばしる小川が見えた。その音に、トラックや電動鋸の音はみんなかき消された。消されずに耳に届くのは、列車のピイッという警笛や、突然聞こえてくる軍用機の音くらいだった。川とちがって、唐檜のほうは、すわっていても見えた。それで木製の小さなテーブルを唐檜の見えるほうの窓際に運んで、いろいろな椅子を取っ替え引っ替え試してみた。どれが一番だとも決められなかったので、全部の椅子をテーブルの周りに置いて、その時々ですわる場所を替えた。

初日は二冊の本をザックの中から出しただけで、開きはしなかった。廊下に面したドアは開け放しておいた。閉め切っていると、小川のたてる轟音に、自分が世界の外側に出てしまったような気がしたからだ。ドアを開けておけば、たまに階下の食堂や台所から、食器のかちゃかちゃいう音とか、そのほかの甲高い音が聞こえた。ドアの真向かいの廊下の壁には、黒褐色の大雷鳥の剝製がかかっていた。伸び切った、大きな鳴き声を上げるのに喉をふくらませ、眼をつぶった、交尾時の態勢――つまりそういうときに撃たれたわけだ。その隣の鍵掛けにはガラス戸が付いていて、ほとんど完璧な蝶のコレクションのようなところがあった。最初の瞬間から、まわりのすべて以前見たことがあるような、ここに帰ってきたとでもいうような気がした。過去に自分が暮らしていたところに帰ってきたわけではないが、予感していた生活に帰ってきたというような気がしたのだ。これ以上現実的なというか確かな手応えのある生活は考えられないような生活へと。それはテーブルとか椅子とかベッドが指物師の父を思わせたせい、窓辺に舞い上がる川の飛沫が渓流労働者だった父を思い出させたせいだっただろうか。それとも兄が手紙に書いていた、ボヒンが「行きつけの土地」だという、変わった言い回しのせいだったのだろうか。そんなふうに思ったのは、泊まっていた部屋や宿屋だけでなく、「透明なもの」とか「澄んだもの」とか「小川の村」を意味するビストリツァという村も、谷の全体も、手応え確かに再会したような気がしたからだ。子どもならばそのことにびっくりする。二十歳の人間ならじっくりと観察する。四十五歳の人間なら全体を展望する。その三つが、今の瞬間、一つになり、年齢もなくなっている。とは言っても、ビストリツァには普通の村のようなところはまったくなくて、むしろどこかの、無数の隙間に成長しつつある町の郊外のようなところがあった。村のはずれにある二、三の高層住宅とスーパーや、草地の中の大聖堂は、すぐそこに町があるしるしのように見えた。

あのとき、宿屋の食堂で席についてウェイターに料理を注文するなどということは、半小作農のせがれにとっては分不相応な気がして、初めのうち、スーパーで買ってきたワッフルやクッキー、それに何より姉がザックに詰めてくれたパンやリンゴばかりを食べていた。それは前の年のリンゴの最後の二つで、もう古くなっていて、手に取るだけで中で芯がカサカサ鳴った。でも仕方なく食べたわけではない。大好物だったから食べたのだ。この好みはずっと後になっても変わらなかった。この果物の甘酸っぱさと、キャラウェイで味付けされた、塩けのほとんどないライ麦と小麦のパンの味ほど、「口に合う」という言葉がぴったりくるものはなかった。窓際のテーブルに、パンとリンゴと折りたたみナイフを一列に並べて置いてあった。粉っぽくひびの入ったパンのかたまりを見ていると、月の裏側を連想した。もちろんそれは一日のうちに、月が一週間に欠けるよりも早く欠けていき、まもなく幻月もなくなった。最後の一切れはあまりに薄くて、光にかざすと透明な雪の結晶が絡みあったように見えた。そして雪のようにすぐに溶けてなくなってしまった。

本当のメルヘンが始まったのは、二冊の本を広げたときだった。本の見返しのように、一枚の紙幣が挟んであった。そのとき、姉が言っていたことを思い出した。旅行中、日に一度は「温かいごはん」を摂るように、そうすれば「おなかだけは外国にいるような気がしないですむから」というのだ。一枚見つかると、当時しょっちゅう見ていたお金を見つける夢みたいに、いたるところに紙幣が見つかった。この分だと、姉はもしやお金をパンの中に焼き込んだりリンゴの芯に詰めたりもしていたのではないかと、今さらながら気になった。数枚の紙幣を折りたたみ、ズボンの尻ポケットに押し込んで――家族の誰も財布など持たなかった――、ふとそれが父の仕草をなぞっていることに気づく。一勝負終えるごとに、勝利のまなざしか復讐のまなざしで一座をゆっくりと見回してから、勝ち金をしまいこむのだ。その娘が父からくすねた金を、僕もまた自分の賭け金のように思い、見つけたその晩に、下の食堂でしっかりした声で両替を頼み、自分で思ったかぎりでは訛りのない言葉で、初めての温かい食事を注文した。ウェイターの顔には、あなたの言うこと、真面目に聞いていますよという表情が浮かんでいた気がしたのだが、今から考えると、あれは微笑だったように思う。

二冊の本と言ってきたうちの片方は、実はがっしりした表紙を付けたノート、兄の、マリボルの農業学校時代の学習ノートだった。とても分厚かったし、表紙も付いて本のような匂いがしていたから、本だとしか思えなかった。もう一冊は、十九世紀に編まれた大きなスロヴェニア語 - ドイツ語辞典で、二冊とも、第二次大戦のときの一束の手紙と軍帽（息子のもの）や第一次大戦のときの銃剣と防毒マスク（父親のもの）と一緒に、普段は家の軒下の長持に入れてあった。僕が本を読むことを覚えるまで、家にあった本といえばこの二冊だけで、その置き場所はこの半戸外の青い長持の中と決まっていた。僕もこの二冊を見て部屋の中に持って入ろうとはせず、その大きな箱の上に腰掛けた。そうやってその時々の天気も一緒に感じ取りながら読むのがまた、そういう読書にはふさわしいような気がした。ページに吹き付ける風をほんの少し感じ、ページに当たる光の変化を目にし、あるときはひさしの下まで吹き込む雨の飛沫を受けて。この二冊の置き場所であった所が、僕の読書の場所でもあった。なぜといって、父が、日曜日の窓際のベンチで新聞をつぶさに読むのはすっかり習慣になっていたくせに、家の中に本を持ち込むことは嫌ったせいだ。僕が家の中で本を持っているところを見つけるたびに、父は何か怒ったみたいにぶつぶつ言う。読んでいたほうは、途端にこわばった象形文字のあいだの白っぽい溝しか目に入らなくなってしまうのだった。

何年か、どれほど本を読む場所を探して回ったことか。あの道の真ん中の三角形の草地の牛乳台の後ろにすわってみたり、ずっと遠くの畑の中の聖画像柱脇のベンチにすわってみたりした。ドラウ川のU字谷の岸辺の、まわりから切り離されたようなところに行ったこともある。足元の澱んだ水はとても滑らかで、上の空と同じように、下には川があった……。リンケンベルク山に登ってみたこともある。尾根に出る直前で、シダの生えた、世界から隔離されたような森の中の空き地を見つけた。松の木が一本だけ立っていて、理想的な読書の場所だと思った。松の木の周りだけ、俗に「女の髪」と呼ばれるとても柔らかな草が生えていて、自然のクッションでできた恰好の居場所だった。穢れた罪の池ではない、精神の玉座だった。ちょうど手にしていた『おそれとおののき』[40]という名の書物から吹き付けてきそうな精神の。ところがそこでは一ページめから、いや一文めからも先には進めなかった。ある日の午後、学校の廊下で、他の遠距離通学の連中が宿題をやっているのにまじっていたとき、そのページの文章、その先の文章に対してやっと眼が開かれた気がした。同時に、椅子の木目、前にすわっている生徒の髪の分け目、廊下のはずれの明かりなど、周囲の一つ一つのものが、この本の中の言葉で、見えてきた。森の中の空き地で本を開いた途端ふっと止んでしまった風、あの松の木をわたる風の音が、ようやく聞こえた。あの場所も、その他のどの場所も、いかにも気持ちよさそうに、いかにも読書へ誘うように見えながら、腰を下ろそうとした途端、消えてなくなった。父のぶつぶついう声がしたときと同じように文字が読めなくなり、コソコソ立ち去る他なかったのだ。これまで僕の読書用の決まった席と言えるのは、父の家の軒先にあった長持だけだ。その長持もとうに薪にされてしまった。本を読む場所を探しているうちにわかったのは、人のいないところへ、とにかく本を持って引っ込むということは僕には不可能なのだということだけだった。

そういうわけで、兄の学習ノートを手にしても、いつも通りあちらこちらうろうろした挙句――マロニエの木に囲まれた、ほとんどいつも空っぽの駅の待合室とか、墓地の、墜落する飛行機の絵が彫り込まれた墓石の前とか、湖から流れ出す川にかかる石橋の上とか、試してはみた――、結局、宿屋の部屋に戻っていた。視界の一方の隅には黒っぽい雷鳥、もう一方の隅には洗面器と水差しの置かれた白っぽい洗面台、目の前には唐檜の尖った姿、その向こうに隣の建物、その屋根の上の棟瓦は、ノートの行に呼応するように、左から右へと走っていた。

それまで、この本は何度も眺めてはいたが、ちゃんと解読できてはいなかった。農業学校の授業の言葉はスロヴェニア語だったからだ。それでも眺めていたのは、そこに描かれた絵を見るためであり、兄の書いた文字を見るためだった。兄の字は明瞭で完全に整っていた。どの文字も長く細く、少し右に傾いていて、次々にページを繰っていくと、降る雨をノートで受け止めたように見えた。そのままずっと、永遠に落ち続ける雨。余分な飾りもないし、行をはみ出すこともなく、略語もなければ崩れたところもなかった。だからブロック体にする必要もなかったわけだ。一語の中で他と離れた文字はすべて改めてつなぎなおしてあった。それでいて、十九世紀の書類の絵のような美々しい書き方とはちがって、手早く書かれていた。それは一緒に描かれたスケッチのタッチも同じだった。じっと見ていると、何かをしっかり書き留めてあるだけではなくて、並んだどの文字も、それぞれの対象と一緒に、そのイメージを担いながら、迷うことなく先へ、一つの目的地へと向かっているように見えた。そしてボヒンという新たな地で見てみると、兄の字は、このあたりにこそぴったりしたものに見えた。それは入植者の字、これから出発しようとする入植者の字であり、またそういう人間にとっては、書く

40 デンマークの著作家キルケゴールの哲学的・神学的著作（一八四三年）。信仰と倫理の関係を問う。キルケゴールには本書と同じ『反復』という名の著作がある。

こともその出発の一部なのだ。たんなる記録ではなく、一つの行動へと受け継がれる行為。

ある手紙の中で、兄は、筆跡鑑定家に見せたら「われわれが（家族が）書き殴る字はみんな血縁関係にある」と鑑定するだろうと書いていて、僕はいつもそこに兄の頑固さと誇りを読み取っていた。兄はいわゆる子どもの字というものを書いた時期が一度もなかった。一番昔の学校のノートでも、兄の書き方は、出来事に対して責任者や監督や発見者として関わる者のような書き方だった。

実は家族全体が、あの道路補修夫にして看板描きの言葉によれば、文字が「堪能《マイスターリヒ》」なことで村の外にまで有名だった（「コバル家の連中は字を書くのに手以外も使うんだ」と道路補修夫は言って、大きな身振りで腕を伸ばした）。それが、あたりに「親方《マイスター》」を名乗る家など一軒もなかったこともあって、わが家に、自負に満ちた高貴な一族という評判をもたらした。そんなふうに——つまり「絵のように」でも「印刷されたように」でもなく、紛れもない「コバル家の身振り」で——字を書くことが、われわれの自己主張だった。代筆屋として忙しかった母は、前に言ったように、公人のように扱われていた。近所の人の誰にでも、兄のことを尋ねて、逸話の二、三も出るとする。そうすると必ずグレーゴル・コバルと彼の果樹畑の話、その果樹畑が彼の「書く字と同じように注意深くおおらかで、工夫に富んでいた」（道路補修夫）という話になるのだった。姉ですら、早期年金の受け取りに「ウルズラ・コバル」と署名するときには、狂気から覚めて堂々と背筋を伸ばした。

その字によって輝きを放っていた家族の中の例外が、一番年嵩と年下の二人の男、父と僕だった。一方の字はあまりに重く、もう一方の字はあまりに不揃いだった。父がちゃんと学校に通ったことがないことは見ればわかった。父の読み方と同じように、書き方も、一字一字たどっていくようなところがあった。寄宿学校にいた僕に母が送りつけてくる長文の手紙の最後に、せいぜいたった一語、「父」と書きつけるだけ、それが彼の挨拶でもあった。退職してしばらく、何をしたらいいのかわからない様子だったとき、僕はいいアイディアではないかと思って、回想録を書くようにとノートを一冊渡した。それというのも、父が、昔話をしようとするたび――長いこと黙り込んではあの低い声で「そして……」と始められるとちょっとビクッとした――いつもすぐに言葉が途切れてしまい、中途でやめてしまうのだった。そのときの台詞が、「これは口ではうまく言えないな、ちゃんと書くんでなけりゃな」だったのだ。ところが二、三か月後に覗いてみると、父には冬じゅう時間があったはずなのに、ノートには一語も書かれておらず、書いてあることといえばただの数字ばかり、兄の野戦郵便の番号や僕の下着のサイズや家の番地や家族全員の誕生日が楔形文字のように刻み込まれているだけだった（大工用の鉛筆で線を引くのだけは、やすやすとやった。加工する材木の上に、切り出す模様の線をたちどころに引いてしまうのだ）。

僕自身は字の書き方がしょっちゅう変わった。一つの言葉の途中でも字が大きくなったり、右に傾いていたのを左に傾けたり、また右に傾けたり、書き出しはいつも丁寧でも、すぐに忍耐を失って――それは字を見れば明らかだ――終わり急ぐのだった。何より、自分の字が自分の字ではないような感じをよく味わった。今でも、均等に書けるようにはなったものの、それがかえって何か無理に作ったような、人真似のような字に見えてしまう。兄と違い、僕は自分自身の字というものを持ったことがない。今の僕の字は兄からくすねて真似たものに過ぎず、ちょっと集中力を失うと、無理に揃えていた字が途端に不揃いになって、「殴り書き」どころか形をなさない、自分でも読めないくらいくしゃくしゃの線と化してしまう。我が家の堂々とした身振りの代わりに、落ち着きのなさと無力さそのものを表す模様になってしまうのだ。きちんと書くということは、考えてみると、タイプライターの助けを借りてようやく習得した気がする。それまでは、僕に唯一ぴったりした書き方は、空中に字を書くこと、何の道具も使わず人差し指を鉛筆代わりに書くことだった。自分の書いた文字を見ないで済むことと、指だけで足りるおかげで、自分なりの字、自分なりに特徴のある字を書いているという気分になれていたのだ。空中に書けば、ゆっくり書くことも途中で切ることも改行することもできた。でもそうでなければ、筆記具はどうもなじまず、紙をこする音も気になり、手はこわばって、紙の上にしっくり落ち着かず、盲滅法に行から行へと突き進み、自分が何をやっているのかわからず、酸っぱく不毛な汗で湯気をたてながら、頭を上げることもできず、次の余白など見る余裕もない。紙の上に書いていて、自然な文字というものを感じられたのは、自分が集中しているとき〔事物に即しているとき〕に限られていた。それはまるで文字のイメージが事物のイメージと一緒になって頭の中に湧いてくるような具合だった。それで、僕が字を書きながら集中していられるのはどんなときだったかというと、たとえば暗がりの中だ。暗がりの中でなら、線から線へと書き継ぐうち、鉛筆と指とが完全に一体となり、僕の手は字を書くための手となり、しっくりした重さが備わり神経の通ったものになる。そうなれば、ただ書きつけるのではなくて、記す、という感じになる。そんなふうにして書き上げたものを明かりのもとで見ると、実際、自分の書きたいことが自分の字で記されていた。その字には、繊細な工夫の才に富む兄の手つきと、つっかえながら進んでいく父の独学者の手つきとが一つに溶け合っているように見えた。

兄の学習ノートに書かれていたのは、何より果樹栽培のことだった。辞書の助けを借りて、その大筋のところは解読することができた。それはまだ二十歳にもならない頃の兄が書いたものだが、でも生徒が教師の言う通りを書き留めたといったものではなくて、最初の部分は若い学者の独自の研究報告のようだったし、第二部になるとさまざまな事柄についての考察、一種の論文、さらに法則や提案のカタログになっていくのだった。全体として、学習ノートと教科書が一つになったようなものだった。

その中心主題となっているのは、兄自身が故郷の果樹園で試していたような、リンゴの木の栽培と改良だった。兄は、そのために適した土壌（「柔らかく肥沃」、「平らでちょっとふくらんだ」）、適した場所（「東‐西、ただし風から守られたところ」）、そして作業に最も適した季節（春分秋分や、決まった星座が昇る頃や、地方の祭りの日で説明してあるものが多い）について語っていた。

僕は思わず知らず、兄の接木や若木の移植の経験談を、教育の物語としても読んでいた。兄は若木を苗圃（木の学校）から自分の果樹園へ、「その土壌ごと」移し、元と同じ方角に向け、木と木の間隔はさまざまに変えていた。ただし木と木の枝が触れてはいけない。移植先の穴に下ろす前に、兄は一本一本の根に、保護のため籠を編んで被せていた。その場に種が落ちてそのまま育った木が一番頑丈ではあるが、また実りも一番悪い。木のてっぺんに近いほうに葉がしげるほうがいい。そうするとその屋根の下でより多くの実がなるのだ、と言う。地面を指している枝は、天を指している枝よりも実りがいい（もっとも、高いところについた実のほうが腐りにくい）。接木に関することでは、兄は接ぎ穂にはもっぱら東を向いた枝を使っていた。接ぎ穂は鉛筆のような形で、切断面は雨水がよく切れるように斜めにしておく。接ぎ穂用の枝を切るときには、斧ではなく鋸を使う（樹皮を傷つけないため）。また兄は接ぎ穂には、すでに一度実をつけたことがある小枝だけを選んでいた。「さもないと、せっかく一生懸命接木をしても、できてくるのは実ではなくて日陰ばかりということになるからだ」。二本の枝が股になったところにはけっして接木はしない。二本の枝が養分を全部取ってしまうからだ。剪定に関しては、手をつけるのが早いと「材木」ばかりが出来上がり、遅いほどたくさんの「果実」がとれたと兄は書いている。材木というのは「伸びる」ばかりだが、果実は「頭を垂れる」とも。

ノートの初めに兄が語っているところによれば、果樹園になった土地には、最初、果樹は一本だけだった。その木は完全に野生化（verwildert）していて（兄の言葉では「森化」（verwaldet）で、つまり枝が森の下やぶのように生い茂っていたということだ）、実もつかなくなっていた。兄はその樹皮の苔の付いていないところを選んで鉄針を突き刺した。その傷から芽が、確実に実をつける芽が次々に出てきたという。針と言ったのはむしろ錐のようなものだが、これは兄の「発明」だった。突き刺したときに出る木屑がせっかくの穴を塞いでしまわないように、簡単に吹き飛ばせる鉋屑のようなものができる仕掛けだった（すぐ横に、この「コバル式穿孔器」のイラストも描かれていた）。

しかしそんな教育の比喩、背後に読み取れる意味などより、このノートを読んでいた僕をもっと深く捉えたのは、いつも本を読むときと同様、感覚的なもの、つまりそれまでなんだかよくわからないものだった事物が、ただきちんと言葉で表現されているということだった。接ぎ穂を枝に縛り付ける靭皮《じんぴ》だとか、丸くはなく「角材でなければならない！」という副え木とか、根が下りる土壌を保温し水はけをよくする小石とかが、ほのかな光を得て、僕はそれらにきちんと眼を向けることができるようになった。最初の一本の木と同じように、今では誰も面倒をみる者がなく、全体が森化してしまった果樹園の空間が見通しのきくものとなった。手書きのノートからは、くっきりと囲われた土地が僕を見つめていて、読者である僕は、その囲いの中で、「自分のしごと」（兄は果樹園のことをそう呼んでいた）の多様性と差異の劇《ドラマ》を前に、自分が作者であり中心に立っているかのように、あたりをぐるぐる見回していた。「われわれがせっかく一生懸命働いて、蔭ばかりができてしまってはいないだろう！」、この言葉が今、窓辺のテーブルで、小川の流れのざわめきの中へ、ノートの読者が叫ぶ鬨《とき》の声となった。そのとき、視野の片端の雷鳥の黒ともう一方の洗面台の白とが、自分の視野を行き交う振り子のように見えた。

兄のノートの言葉がそんな力を持ったのは、一つには、僕がそれを、ドイツ語とはちがってそのまま理解することができず、たいていはまず翻訳していったことにもよるのかもしれない。翻訳といっても、外国語から自分の言葉に翻訳するというのではなくて、一種の勘から——スロヴェニア語の多くはそれと同じくらい、わからなくもあれば馴染んでもいるように思えたのだ——何の回り道もせずにイメージへ、果樹園の、枝を支える棒の、一片の針金の、イメージへという翻訳だ。兄は、そこで語っている作業の多くについて、たとえば実を結ばない芽《トリーベ》〔性向〕を摘む作業について「盲目の〔目立たない〕仕事」という表現を使っていた。こんな翻訳をすることで、盲目な読みがものの見えた読みに、盲滅法の行為がなにか効果のある行為になるのではないか？　父だって——そう僕は想像した——僕がこうしている宿の部屋に入ってきたら、生き生きと輝いている翻訳家の目を見て、きっといつもの反感を忘れ、この息子に理解を示すのではないだろうか。「そうだ、そいつが今のやつの遊びなんだ」と。

兄がノートの第二部で自分の果樹園の話を離れ、さまざまな種類のリンゴのことを一般的に論じている部分でも、僕の目にはやっぱり彼の具体的なあれこれの木が浮かんでいた。兄がたんなる手順を記述している部分でも、僕はそれを、ある場所とその場所の主人公をめぐる純然たる物語として読み続けたし、またそれに結びつけて、すべての果樹栽培農家に向けられた結びの言葉も読んだ。その言葉はこうだ。こういう、知恵と言わば濃い血縁関係にあることがらに関しては、博士も弟子もありえない。そして栽培に一番大切なことは、「主人がそばにいてやること」だ。

兄の果樹園の変わっていたところはその立地で、村の外にあって、畑や牧草地に囲まれ、一辺で小さな雑木林に接していたことだ。他の果樹園はそれぞれの家のすぐ裏手からはじまっていて、道からも木々の列が見逃しようもなく、その向こうには休耕地が、はずれにリンゴと梨の島のようなリンケンベルク山を浮かべて、平らに広がっているのが予想できた。もう一つのちがいは、兄の果樹は熱帯の農園《プランテーション》のように丈が低く、そしてどの木も、果樹園の入り口の数本のスモモと梨——本当は何果樹園なのかを目くらますためのもので、村ではよくあった——にいたるまで、木ごとにそれぞれちがった味の実をつけたということだ。それどころか一本の同じ木でも、枝の高さによって違う種類の実をつけるものも何本かあったし、最高だったのは、梨の中には、家族だけが知っている秘密の枝というのがあって、そこになる実はまわりの枝の実と見た目は変わらないのに、一口かじると、美味さに――俗に言う「けつの穴がキュッとすぼまる」というよりは――目が輝いてしまうのだった。

奥の雑木林を目標に果樹園の中を進んでいくと、その全体が実験的な配列になっているのがわかった。それもただ実験的なのではなく、実際あらゆる実利を生み出していたのだ。果樹園の入り口の角には、プランテーション風の中では場違いなポプラが一本だけ、目印のように立っているのだが、その頂点の向こうは木々の列がしだいに広がって、いちばん奥の雑木林の手前まで来ると何列にもなっていた。公共の樹木園みたいに見えた村の他の果樹園とちがって、柵囲いはなかったにもかかわらず、ポプラの先の土地は隠れた一帯だった。それは一つには、野原を通っていくと、それらしい家も建っていないのに、突然そのど真ん中に、この上なく見事な実をたわわにつけた枝が現れるということもあったが、何より、兄が植樹の場所にした土地が凹地になっていたせいだった。平らな土地が思いがけず果樹園のほうへと下がっていき、そのはずれの雑木林のところでまた思いがけず登っているのだ。凹地は深くはなかったが、その縁まで行ってみないと、そこが低くなっていることはわからなかった。丈の低い果樹の梢も、そこまで近づいてはじめて、靴先の高さで目に入ってくるのだった。村や街道の離れたところから見ると、他に木のない畑の中に、風変わりなポプラが一本だけ伸び上がっていた。雷雨のとき、ポプラは稲妻の中で松明のように光った。

その向斜谷《こうしゃこく》――地理の教師はそう呼んだ――は、太古の時代の小川、一筋の地下水流によってできたものだった。その地下水は、この平地にとどまらずに貫流し、ドラウ川のU字谷に向かって、一本の流れとなって、地表から「散歩用のステッキぐらいの深さ」そこそこのところを通っていた。地下水脈は当時、今の果樹園の場所で小川となってほとばしり出て地面を浸し、湧水地点でまわりの土を

「頭端式駅《ターミナル》」の形に削り取った。そこから流れは下の川目指して細い溝を掘っていった。小川はその後地中に潜ってしまい——溝はあたりでは「音無川」とも呼ばれていた——、湧水が楕円のすり鉢状に削り取った地面も干上がった。水はもう地表にはもう一筋も流れておらず、再び地中に潜って、はるか遠くまで延びる地下水流に合流した。いや、水がないわけではない。兄のノートの言葉によれば「天の水」、つまり雨のことを言う単語を文字通り訳すとこうなるのだが、それが細かく砕かれた良い土をまわりの壁からすり鉢の底に積もらせた（すり鉢には、確かに、溝がはじまる端のところで、茂みにふさがれた穴があった）。

木々のまわりには果樹園特有の草が生えていた。牧草地の草とはちがってまばらで、ほとんど花も咲かなかった。野原を通って凹地の縁まで行く砂地の道は、ポプラの木のところで草の中央分離帯ができていて、それから細くなって下っていた。深く刻まれた車の轍は、車輪にブレーキをかけるせいで光っていた。道は木々の列の間で純然たる草の帯に、（家での言い方によれば）「緑の道」になり、かすかに盛り上がったすり鉢の底から果樹園の一番奥の木のところまで続いていて、まわりの部分よりも一段明るい色をしていた。いや、それこそ光り輝いているようだった。

向斜谷の中の果樹園は言わば風の下にあったとも言える。唯一、南の山から吹きおろしてくる風だが底の地面も撫でて通った。木々の幹は完全に真っ直ぐで、枝のほうは、均等にあらゆる方向に伸びているのが、特に冬にはよくわかった。その上あらゆる騒音から守られて、村の物音も街の道の騒音も届かなかったから、教会の鐘の音とサイレン以外、聞こえるのは果樹園自体の中の音だけだった。とりわけよく聞こえたのはブンブンいう羽音。それはたいていハエではなくて、上の花にやってくるミツバチか、下に落ちた果実に来るスズメバチだった。果樹園にはまた独特の匂いがあった。ちょっと重たい、果実酒のような匂いで、木になっている実よりも、落ちた実があの下草の中で発酵する匂いだった。リンゴが香りをたて始めるのは収穫の後、地下蔵に入れられてからだった。それまでは、鼻を近づけなければ匂いは感じられなかった（しかしそれがなんといい匂いだったことか！）。春先の一面の花の白が、夏になるとそれぞれの木ごとにちがった色になる。そのさまざまな色の中で、通りすがりにつまみ食いするのを公認されていた早生リンゴの青白い色がまた真っ先に消えた。

いろいろな種類の実が熟すのを待つことが、子どもの頃の生活の一部だった。とりわけ雷雨の後は果樹園へと引き寄せられた。そうすると素晴らしいリンゴが（あるいは接木で改良された梨の枝の下に、改良されただけのことはある梨が）一つは下草の中に落ちていたものだ。僕と姉――姉はもうとっくに子どもではなかったというのに――とで競争になることもよくあった。二人とも、今度はどの木の下に何か落ちていそうかわかっていて、そこに一番に行き着こうとした。そういうとき、肝心なのは、それを手に入れて食べることではなくて、先に見つけて手にするということだった。秋の果物の収穫は、僕が不器用に手伝ったり手伝い損ねたりしないで済む数少ない肉体労働の一つだった。樹はみんな丈が低かったから、実をもぐにも、田舎の果樹園風景に付き物の梯子を使う必要はほとんどなかった。たいていは、先端に口がギザギザの袋を付けた長い棒を使った。今も、リンゴが枝を離れ、先に袋に入っていたリンゴの上に落ちていくときの手応えを腕に感じることができる。

やはり子ども時代の一部だったのが、木々の根元に置かれて、実でいっぱいになっていく木箱だ。ある木の根元にはレモンイエローの箱が、またある木の根元には特別なワインレッドの箱が置いてあった。その箱を見れば、果物の皮から果肉を通って芯まで、どんなふうに脈が通っているのかがわかった。木を揺すっていいのは梨の木だけで、そうすると果樹園中にバラバラと物凄い音を響かせて実が落ちた。そういう梨の根方には木箱の代わりに幹を取り囲むように大きな袋がいくつも置いてあった。

後年の、味わい損ねた青春時代、あの寄宿学校時代、僕は果物の収穫も逃してしまった。積み上げられた木箱を目にすることももうなかった。せいぜい、また家を出るときにスーツケースに入れられる数個のリンゴ、そして一年の間にまた数回、毎回だんだんしなびたリンゴが、小包で送られてくるのだった。

それから母は病気になり、父の手足は利かなくなり始め、僕は肉体労働というものを一切忘れて（そう、忘れたのだ）しまった。肉体労働だって、軒先の読書と同じように、それなりに僕の子どもの頃の空間を形作っていたのだ。薪を割ったり、屋根を葺いたり、家畜を追ったり、藁束を作って積み上げたり（そういう作業は、少なくとも僕にとっては、あくせく働くとか身を粉にして働くとかいったものではなかった。そうだとしても、二、三時間を超えることはなかった）。

その後、僕が村を離れていた数十年の間に、果樹園は放置され荒れ果てた。姉だけが、まだしばらくの間、小さなかごを手に出かけていき、素手で届く範囲の枝から実をとってきていた。が、そのうち姉も行かなくなった。兄の果物の国は、夢に見るだけになってしまった。雪の中、木の上のほうに薄黄色の早生リンゴがなっている。その脇の長いテーブルに家族たちが陽の光を浴びてすわっている、そんな夢だ。

それでもそのあと、再び村に帰っていた何年かの間、僕はまたときどき出かけていった。あたりには相変わらず一軒も家はなく、かつて砂の道だった果樹園の道は、凹地の中の緑の筋と同じように、草の道に変わっていた。木々にはキノコがたくさん付着していた。

最後に行ったときには、兄が若枝と石と泥土で溝の穴の前に作っていた盛り土のわずかな名残りも雨に押し流されてしまっていた。どの木も地衣類が枝の先まで覆い尽くし、一部の樹皮は剝がれてしまっていた。冬のような日で、その苔の灰色があたり一面を支配していた。木々はいかにも苔に苦しめられているようにみえ、実際、下草の中には、弱って折れた、鹿の角のような枝が転がっていた。その草も草ではなくて苔だった。草のように見える茎は、色褪せて靭皮のように硬かった。ブラックベリーの蔓と絡まりあいながら、林と凹地から這い広がっていた。一番目立っていたのは林から侵出してきたトネリコで、それが一本のリンゴの木を文字通り力づくで捕らえ込んでいた。きっとリンゴの木の根元にトネリコの種が根を下ろしたのだろう。若いトネリコは生い茂るうちに古いリンゴの木を半ば閉じ込めてしまい、その幹を自分の幹で覆い、生きた木の隙間から樹皮を剝がれた死せる木の肌が覗いているという具合になっていた。接ぎ穂の枝は、かつては滑らかで輝くような樹皮ですぐに見分けがついたのが、いたるところに付着した鱗のような苔のせいで、とうに見分けられなくなっていた。一か所だけ、四角い副え木が接木の場所を今も示していた。副え木は接木された枝に縛り付けられたまま、その枝に乗っかっていた。時の経過とともに生じた奇妙な逆転だった。最初は副え木よりも細かった枝が太くなり、錆びた針金で縛り付けられたかつての副え木を無用のアクセサリーのように背負っているのだった。

一面に灰色が支配した凹地の中の唯一の色彩は、緑の道の色彩を別にすれば、それともまったくくちがったヤドリギの毒々しい緑だった。あちこちの折れた梢の中にその緑色のボールはあった。いくつか枝についたまま萎んでいるリンゴの実は、去年かもっと前のものだった。足元の苔の中に転がっている実は、踏みつけるとショウロのように破裂した。

木の中の一本だけ、葉を落として、今年のリンゴをいっぱいにつけていた。誰ももぐ者がいなかったのだ。だがその実の黄色も、しょっちゅうやってくるムクドリやクロウタドリの灰色や黒に覆い隠された。鳥たちはそれぞれの実を占領して、それをついばむ音で果樹園を満たしていた。その音に取り囲まれていると、遠くの列車の警笛や鶏のときの声や犬の吠え声やバイクの騒音でさえも、聞こえてくれば嬉しいぐらいだった。クレマチスの蔓に覆われた溝の穴からは、地中深く流れる水流につながったところから、水音が、地中の穴を通ってくる間に増幅されて立ち昇ってくるのが聞こえるような気がした。

世界から切り離されたようなこの場所から逃げ出したくなり、でもやっぱりじっとしていることに決めた。奥の林の登り口に作ってあった、雨や真昼の陽差しを避けるための板囲いの小屋はなくなっていた。その名残が、緑の道のわきに、役に立たなくなった柵材と一緒に、火刑用の薪の山とも干草の竪琴ともつかない姿で積まれていた。薪の山にしてはまばらで、干草の竪琴にしては不規則だった。僕はその前に立って、何をというのでもなく、待っていた。

雪が舞い始めた。ひとひら、ひとひら、唐突に雲から落ちてきて、空中で大きなカーブを描いては見えなくなった。僕は父の癖を思い出していた。何かに金を出すとか遺言状を書くとか、一種の決断の前にはいつでも、この緑の道を行ったり来たりしていたのだ。そして僕がそれを今反復していた。

いつも父が家の中で言っていた台詞の一つを思い出した。「わしはあわれな果樹園の見張り番なんだ」。その台詞を、父はいつも行方不明者の写真が飾られた一角に向かってつぶやいていた。

　道のはずれでまた引き返しながら頭を上げると、板や角材の山に、天に聳える嘆きの祭壇が見えて、僕は想像の中でその前に跪いた。祭壇の足場は、近づいていくと不意に一種の彫刻に変わった。そして同様に、木々の列は、そのとき思った通りの言葉で言えば、「高貴な祖先たちの記念碑」に見えた。

　ずっとそこで行ったり来たりし、引き返し、立ち止まり、頭をめぐらしているうちに、果樹園全体が、農園としては自然に死滅しようとしながら、一つの作品へ、人間の手作業を伝えかつ讃えるフォルムへと、しだいにくっきりと、生まれ変わっていった。そうなることで、別の者の手が別のフォルムへと転ずることもできるものとなった。たとえば凹地のあの斜面、いく筋かの打ち捨てられた家畜道が段をなしている斜面に文字のフォルムが見えてくる——降る雪にしだいに白くくっきりと現れる文字の行。苔とヤドリギに覆われたその下で、果樹の枝は「目《アウゲ》〔芽〕」を新たに吹き、根方のかびの発する微光の中を火打ち石の火花が走る。そして果樹園の真ん中の材木の山からは南風が吹きつけてきた。その風は、後になって、閉じた部屋の中でも、何度も吹いてきた。

　そのとき考えていたことは二つ。切り株に生えたひさし付き帽子のような形のキノコを見て、兄の手紙のことを思った。その手紙で兄は、聖土曜日の夕暮れに、やはりそんな»goba«〔キノコ〕を手に、復活祭の焚火の周りをぐるぐる歩いたと書いていた（それは兄にとって「最高に神聖で面白いもの」であって、そのあと「祭りも終わってしまい、ソーセージが食べられるのもそれほど嬉しくはなかった」）。そして上が二股になったハシバミの棒の先端を見て——動物に対してよく残酷なことをした父が、かつて草刈りのときにヤマカガシを二つに切り裂いてこの先端に突き刺していた。ヤマカガシはその日一日どころか何年間も、地面に突き立てられた棒の股に絡みついていて、陽を浴びて実るどんな果物よりも、この土地のシンボルのように後々まで残っていたけれども、さすがに今ではなくなっていた――そのハシバミの棒を見て、果樹園のいちばん空っぽな隅の祖先たちに向かって、また同時に子どもの頃の自分のまなざしを捜し求めながら、死者を悼む単調な嘆きから引き離され、「別離の永遠なる国《ライヒ》」（兄の言葉だ）から引きずり出されて、僕は言葉を発した。もちろん勝利の叫びではなくて、消えいるような声で、文字通り、こう言ったのだ。「ああ、僕はあんたたちのことを物語ってやるよ」

兄が農業学校にいた三年間の、三枚のクラス写真があった。最初の写真では、少年たちはみなシャツの襟を開き、腕をまくりあげ、膝までの前掛けをしている。彼らがいるのは果樹の並木のある幅広い陽の当たる道で、果樹は葉が一枚も見えなくなるほどいっぱいに花をつけている。背景には斜面のブドウ畑。まだとても小さな木が垂直の列をなして丘の上の礼拝堂まで続いている。花が満開の木々の白さを、春の雲が反復している。影は短い。昼休みの時間なのだ。兄は髪に櫛を入れる時間もなかったらしく、髪が一房、額の上に垂れている。撮影が終わったらどの生徒もすぐにまたそれぞれの仕事に戻るのだ。生徒たちはぎっしり固まって立っていて、何人かは腕を隣の生徒の肩に掛けているが、掛けられているほうは何の反応も示していない。いちばん幼い一人が、両脇の生徒に腕を突っ張っている。陽差しのため、どの生徒の眼も陰になって見えない。兄はいちばん後ろにいて、他の連中よりもちょっと背が高い。あるいは濃くて盛り上がった髪のせいでそう見えるだけなのかもしれない。兄の顔だけが、前の人間の頭で半分隠れていた。まるで最後の瞬間にそこに加わったみたいだ。並木道の先を、薄手の服を着た女が遠ざかっていく。

次の写真では、まわりのことはそれほどわからない代わり、クラスのことはもっとよくわかる。舞台は一列に並んだ唐檜の木の前の道。その木々は森ではなく、やっぱり並木道の一部で、前には街灯の柱が、後ろには瓦屋根が見える。一人残らずジャケットを着て、甲状腺腫のような大きさの結び目をつけてネクタイを締めている者も何人もいる。ベストのボタンからポケットに時計鎖が下がっているのもちらほらいる。一人が前にあぐらをかいて、小さなワイン樽を抱え、手にした瓶を水平に傾けている。写真が秋らしいのは、そのほかにも道端の咲き終わった花や、とりわけ生徒の一人がポケットチーフや万年筆の代わりに鳥の尾ほどの麦の穂を挿しているせいだ。兄は一列目にすわり、オープンシャツを着た一群の一人だ。そのジャケットの襟の折り返しは大きすぎ、胸ポケットもボタンホールもない。膝の上に手を重ね、斜にこちらを見ている。背筋を伸ばしてすわっている様子は、何ものにも強制されていないという感じを与える。何も特別な姿勢はとっていない。兄はいつもそうなのだ。生徒たちは皆、もう去年のような少年ではなくて、若い男たちだった。唇がきゅっと閉じられているのは、なにも写真を撮るからということでそうしているのではないし、生徒の一人などは腰に手を当てて、肘を張って立っている。

最後の写真では、人数はずっと減って、校舎の前に立っている。校舎は窓の一部と壁しか見えない。生徒たちの前の丸いすに教師たちがすわっている。青白い司祭を除くと、教師たちは皆、金持ちの農民か、年配の親戚か、堅信の代父のようなところがある。卒業する生徒たちは皆ネクタイを締めていて、隣の肩に手を回している者ももう一人もいない。彼らは大人なのだ。二十歳の兄も、手を後ろに組んでいる。これから、若く学識を積んだ農夫としていなかに帰るのだ。彼の言葉とはちがう言葉を話す土地に。そのまなざしは南を向いていて、兄が属する北には向かっていない。一九三八年度のスロヴェニアの農夫たちは皆真っ直ぐ前を見つめていて、顎を出している者など一人もいない。彼らはどんな国家も体現していない代わり、何か別のものを体現しているようだ。兄の頭は三年の間に重くなり、良いほうの眼は細くなり、目尻は彫りつけられたようになった。見えないほうの眼だけが、ずっと前からよく見えるようになっているとでもいうように、丸く膨らんで、白い。

我が家の奇妙なところの一つは、子どもの頃の話というものがあるのが父だけだったことだ。今では爺さんのあの男が、子どもの頃は夢遊病だった、などということが（誰も当時一緒にいたわけではなく、聞き伝えでしか知らないことだったが）よく話題になった。ある晩、起き上がると、まだ家族が起きてすわっていたテーブルのところまで夜具を引きずっていき、そこに毛布を置くとベッドに戻り、寒い寒いとうめき始めた、とか、一日中さまよい歩いていたのに何の記憶もなく、やっと家に帰り着いたとき、中に入る勇気がなくて、自分が帰ってきたことが家の者にわかるように、朝の暗いうちから庭を掃いていた——それは土曜日の習慣だった——とか、小さな頃からかっとなりやすい質で、ある日誰かに怒らされて部屋から飛び出すと、半分に割った丸太を抱えて戻ってきて、戸口まで来るなり丸太ごと相手の男めがけて飛びかかった、何より恐ろしかったのは相手の足元に丸太を投げつけたときの身振りだった、とか。自分の子どもの頃のそういう話を人にされるのが父には嬉しいらしかったのも奇妙だった（語り手役はたいてい彼の娘だった）。そういうとき、父はニヤリとしたり、目に涙をためたり、あるいは当時の怒りがまだ燻っているとでもいうように拳を握りしめたりした。そして最後に勝者のように一座を見回すのだった。

これに対して小さい頃の兄に関しては、僕はたった一つの逸話しか知らない。兄は姉と一緒に細長いリンケンベルクの村を端から端まで走ったことがあって、そのとき兄は、姉の前で、最初から最後まで切れ目なしにオナラをしながら走ったというのだ。それ以外、兄にはたった一つ受難の物語、片目を失ったときの話しかなかった。兄が自分の意志で行動する人間として登場するのは十七歳になったときのこと、つまり国境の向こうの農業学校へと出発したときだ。すでに最初の休暇で帰ってきたときから、兄は家族の前に発見者として姿を現した。畑や牧草地の新しい耕作法の発見者というだけでなく、何より一つのこと、スロヴェニア語の発見者として。スロヴェニア語はそれまで、ドイツ語と混ざって、兄の方言――地方全体の方言――でしかなかった。しかし今やそれは兄にとって書き言葉ともなり、兄はノート以外に、手紙やメモもこの言葉を使って書いた。そのために、ポケットナイフや紐の他に兄が肌身離さず持っていたのが、メモ用紙と鉛筆を挟んだ小さな辞書だった。そして家族の他の者も自分に倣うべきで、町中だろうと役所だろうと、そろそろ自分たちの出自に立って行動するべきだ、と言うのだった。とはいっても、父はそうすることを拒んだし、その妻はしようにもできなかった。姉は失恋のために心ここにあらず、当時は口がきけなかったし、僕自身はまだ生まれてもいなかった。まさに実の母親こそがスロヴェニア語を一番話せなかったのに、兄にとってスロヴェニア語は、マールブルクからの最初の手紙から書いているところによれば、「母語」なのだった。兄はその前に「うちの」という言葉を付けてさえいて（「うちの母語」）、それに付け加えて、「われわれはわれわれなのであって、誰もドイツ人でいろなどと強制することはできない」と書いている。もうほとんど大人だった兄は、家を離れ、それも僕とはちがって自分の意志で出ていって、外国で、全然外国語ではないもの、「うちの本来のもの」（手紙）、自分の言語に出会ったのだ。兄は十七年の沈黙と放屁のあと、意識的な話者として、いや、たくさんの彼の書き付けにうかがわれるように、言葉遊びの達人としての姿を現したのだ（それにぴったりの写真が一枚ある。村の真ん中で、帽子を斜めにかぶり、片足を水平に上げて立っている兄の写真だ）。だから兄は、ホームシックにかからなかった家族で最初の人間でもあった。少なくとも南での学生時代、ホームシックはなかったはずだ。学校と、すぐ近くの「大都市マリボル」は、兄のもう一つの故郷になった。そしてスロヴェニア旅行から、反乱を起こして処刑されたグレーゴル・コバルという農民の物語を持ち帰ってきたのも兄だった。コバリートの墓地の墓石に多く見られる苗字の一つ「コバル」を、兄はすぐに地元の主任司祭館の受洗者名簿で調べ、だんだん遡って十七世紀末にまで至り、そこに誕生が記録されていた男がわれわれの祖先だと兄は断定した。

兄自身は決して反逆者になることはなかった。のちの戦争のときも、いつもその直前で踏みとどまっていた。むしろ家で一番穏やかな人物ということになっていて、それどころか、手紙から読み取れる通り、僕はそんな例は二、三の子どもにしか見たことがないようなもの、つまり敬虔な人間だった。兄は「神聖な」という言葉をよく使っている。しかし教会や、天だとかの遠く離れた場所を指して使うことはなく、いつでも身の回りのこと、たいていは朝の起床とか、仕事に出かけることとか、食事とか、そういう反復されることがらに結び付けていた。ロシアからの手紙では、あの「最高に神聖で面白いもの」という復活祭の焚き火に対応するように、「すべてが生き生きと神聖にしつらえられているわが家」とあり、そして兄にとって聖霊降臨祭は、「早朝に大鎌を持って野に出て神聖な時間のうちに草を刈るのが素晴らしい」祭日なのだった。野外でのミサのためにテーブルに広げられた白い布は、「貧しき魂のためのもの」だと言い、郷里では大声で他の連中と合唱するハレルヤを、兄は前線で「静かに自分一人で呟いて」いる、とあり、そして最後の手紙でも、「僕は世界の汚らしさというものに接して、僕らの信仰ほど美しいものはないということがわかった」と書いている(もっとも、兄によれば、信仰も母語によらなければ生ききない。第一共和国の終焉の後[41]、教会でも祈りや歌の言葉はドイツ語しか許されなくなったとき、それはもう兄の耳には「ちっとも神聖ではな」く、「僕にはどうしても納得のいかない苦痛」だった)。遠方で家屋敷のことを思い浮かべるときの親密なイロニーも、兄の敬虔さの一部だった。数ヘクタールほどの土地を兄は「地所」とか「コバル家の不動産」と呼んだ。家の中の部屋は台所や家畜小屋や納屋もひっくるめて「座敷」で、また彼の手紙を「じっくり読む」ためには「家族ご一同様」が「食卓のまわりに参集する」べきだというのだった。

そういうイロニーが、兄に戦争のあいだも本当に反乱を起こすことを思いとどまらせた。兄は手紙の

41　第一次大戦後のハプスブルク帝国の崩壊によって成立したオーストリア共和国が、一九三八年、ヒトラーのドイツによって併合されたことを指す。

言葉にだけ怒りをあらわにし、近所の家族がドイツに移住したことを知らせてやったときにも、「……の奴をずたずたに引き裂いてやりたいという唯一の望み、暴力を振るってやらなければという衝動」を感じるものの、「でも自分の両親ときょうだいのことを考えると怒りがおさまる」と書いている。だから、母がそうだといいと思い込んでいたように、その息子がいわゆる「耕作休暇」のあとパルチザンの仲間に入り、戦士になったというのは、どちらかというと一種の神話にすぎない。僕の想像の中では、兄はただ姿を消したのであり、どこへ行ったのかは誰にもわからないのだ。兄が一度でも戦闘的なパルチザン歌を一緒にがなっていたというのは想像しがたい。わずかな仲間と一緒に、森の中の空き地の秘密の畑でなんとか生き延びたというほうがイメージにかなっている。その隠れ処から、自分の肩越しに、戦争指導者たちに向かって、こう呼びかけ奉るのだ。「あんたがたに僕が言ってやれるのは、くにの九柱戯場《ケーゲル》で、九柱戯のピンの代わりに球のほうが穴に落ちたときによく口にする言葉だよ!」――それは兄が前線からの手紙の一通に書いているもので、「クソッタレ」という言葉の言い換えだ。兄は歌は歌ったかもしれない。でも首筋を硬直させ隊伍を組んで歌うようなことはなかったはずだ。それよりも、頭を重く傾げて、二人か三人の似たような仲間とテーブルを囲んで歌ったのだ。ダンスもした。ただし足を踏み鳴らすような踊り方ではなくて、ダンスフロアの端っこで、片足で陽気に踊っていたのだ。

行方不明となった兄は、村では死んだものと思われていた。そして二、三の神父を除く村で死んだ者すべてと同様、すぐに忘れられた。兄の話をすることができたかもしれない数人の同年輩の者は、ほとんど誰も戦争から帰ってはこなかった。そして兄の許嫁ということになっていた女の子は、別の誰かと結婚して、何も喋らなかった。兄もまた家を離れるのが早すぎて、五月柱に登ったり、教会でソロを歌ったりする姿を人々の印象に残すことができなかったのだ。そして前掛けを付けた若い農夫は、学校から帰国するとすぐに「グレーゴル・コバルニ等兵」になってしまった。兄の言葉遊びによれば、「畑（Felder）の青服の代わりに灰緑（Feldergrau）の服[42]」になってしまったのだ[43]。

でも家では、兄のことは大切にされていた。僕の小さかった頃、兄の話はしょっちゅう出ていたから、僕は今、そのとき兄がずっとそこにいたような気がするし、家族たちの会話の中に、もう一つの声がまじっていたような気さえする。その場の者たちが、不在の者の姿を求めて、空っぽの片隅のほうをいつも振り向いていたような気がするのだ。一番兄を話に出したのは母だった。父のほうは兄の持ち物の見張り番だった。あの果樹園だけでなく、衣類とか二冊の本なども含めて。あの病室で額と額を合わせた両親の姿が、夫婦愛を表すというより最愛の息子の行方が知れない悲しみに一つになっ

42　ドイツ兵のこと。灰緑は第二次大戦までのドイツ陸軍の制服の色。

43　註41のように、第一次大戦末のハプスブルク帝国の崩壊後、オーストリアは共和国となり、同帝国の支配下にあったスロヴェニアは「セルビア人・クロアチア人・スロヴェニア人王国」の一部を形作る（二九年に「ユーゴスラヴィア（南スラヴ）王国」と改称）。三八年にオーストリアはナチスドイツの支配下に入る。この状況でグレーゴルはドイツ兵として徴用されたことになる。ドイツ、イタリア等の枢軸軍は四一年にユーゴスラヴィアを侵攻、十一日でユーゴ政府は降伏。スロヴェニアの北半分はドイツ領、リュブリャナを含む南半分はイタリア領となる。こうした中で、ティトーを「最高司令官」とするパルチザンが抵抗運動（レジスタンス）を開始する。

た姿で、あの合わさった額は、相変わらず帰ってくるという期待を捨てきれない息子のための橋を架けていたのだ、というのは、僕の後付けの妄想に過ぎないのだろうか。はっきりしていることは、夫も妻も、それぞれの流儀で、行方不明者のことを——よりによって不信心なはずの母の言葉で言えば——「人の子のお手本」として熱心に褒め称えたこと、そして彼が帰ってくるという知らせでもあれば、一方はすぐに「座敷」を整え、敷居を洗い、家の戸を花綵《はなづな》で飾り立てただろうし、もう片方はピカピカに磨いた四輪馬車の前に隣の葦毛馬を借りてきてつなぎ、嬉し涙に鼻を啜りながら、どこへともわからず迎えに走り出して行っただろうということだ。

姉だけが、そんなふうに兄を美化することにいつも異議を唱えた（自分の失恋が兄のせいだと思っているからだと両親は考えていた）。彼女の言うところによれば、兄は一つだけの眼でいろんな女を狙ってはいたが、醜くなってしまったせいで誰からも相手にされなかった。農作業のときだって、特に暑いときや急斜面などでは、散々文句（「まったくしんどい仕事だよ！」）を垂れていたし、農学校へ行ってからはスロヴェニア語支持の政治家になって戻ってきて、家の中でも村でも不穏な空気になるようなことばかりしでかしていたし、何より戦争なんか起こるずっと前から何に対しても臆病で、相手の女の子のほうから「結婚して」と文字通り頼むような羽目にさせておいて、自分はどっちみちすぐ死ぬんだからなんて理由で断っていたんだから。あれは自分でありがたがっていた聖霊に対する冒瀆ってものよ。

実際、兄の手紙や書き付けには、数年の間にしだいに絶望の表白が多くなっているのが見てとれる。最初はまず機械のことで、「どうせもうすぐ機械が僕らの代わりをするようになるみたいだから、もう僕が家に帰ることなんかないんだ」。それから、戦争が始まったばかりの頃、自分は「永遠に兵隊」のままになるのではないかと考えたりしている。罵りの言葉を書き付けることもだんだん多くなってくる。「麗しい季節」に一日中行進して「一羽の鳥の声も」聞かず、「道端の花も」見ることなく、自分は口がきけなくなるのではないかという恐れに捉えられている。「一年後には僕はもう何も喋れなくなっているだろう。今でももう、誰か来たらすぐに隠れる山の動物みたいに、人怖じするようになってしまっている。僕らの感情には調和が必要だ。そうでないと何も気に入らなくなる」。どの一日もまったく同じで、日曜日とか祝日とかも感じることができない。兄は昔はどうだったか考えるのをあきらめ、「できるものなら何もかもひっくり返してやりたい」と思う。そして最後には、戦争のみならず世界を呪うようになる。「世界なんかクソくらえだ！」

僕自身としては、話に聞くにつけ兄が書いたものを読むにつけ、希望を失った兄というのは信じがたかった。昔から、どんな確固とした事実よりも幻影のほうが（「フィリップ・コバルは幻を相手にしているぞ」）僕には強い影響を及ぼしてきたのかもしれない。それに、この幻は本当にただの幻だったのだろうか。姉だって、兄のことを攻撃するとき、途中でやめたり、だんだん話しぶりがゆっくりになったり、慎重になったりすることがあったけれども、あれもまた幻の一部だったのだろうか。兄の話になると、彼女のいつものしかめ面はすぐに和らぎ、普段絶え間なく激しいまつ毛の痙攣も、あまり起こらなくなるのだった。姉はそのときまるでふと目覚めるようだった。その話し方は、寝言のよう、まだ舌が回らないようで混乱してもいたが、話すために息を吐いては首を静かに傾げて自分の言う一語一語を聞き取ろうとするのだった。

　そういう幻は書いたものに表れたグレーゴルにいっそう強く感じられた。取り戻しようのないほど昔のことに関しても、哀惜の情とともに、何らかのイメージをありありと感じさせるのだ。たとえば「僕がまだ幸福だった頃……」などとストレートに言う代わりに、兄は一つの言い回し、直訳すれば「僕にまだ鳥たちがさえずりかけてくれた頃……」という言い回しを使った。くにでの春のことを「蜜蜂たちが（花粉の）ズボンを穿いていたとき」と言い換えていた。我が家の「不幸中の幸い」と兄が言えば、それは「母さんは不細工だが料理は美味い」ということを意味した。辞書で自分の名前に、大嫌いな「牛乳の膜」という意味もあることを発見したりもしている。そして何より、兄が色彩を表す言葉を使うときは、それだけでいろいろな生き物や事物を描き出していた。「あのぶちの具合はどうだい？」と兄が訪ねているとき、それはある種の梨のことかもしれないし、一頭の雄牛のことかもしれないし、山羊のこと、えんどう豆の一種のことだったかもしれなかった。

　しかし兄が書いたものを読んでいて、そういうイメージよりももっと強く――僕のこの現在をも超えて――力を及ぼしてくるように思えたのは、兄が目立って頻繁に使っている時制、いわゆる「未来完了形[44]」で書かれた文だった。この形はスロヴェニア語にはないから、兄はそのたびにドイツ語に移らざるを得なかった。「僕らはあの緑の道を行ってしまっているだろう。境界石が道端に立てられてしまっているだろう。蕎麦の種がまかれたら、僕は仕事を終え、歌い、踊り、女の隣に寝てしまっているだろう」

　幻が、二重の欠如からきていることもわかってはいた。兄の書いたもので残っているのは完全ではないということと、僕自身に兄の直接の思い出がないということだ。兄が残したものは断片的なので、僕にとってそれを読むことは、あの古代ギリシャの哲学者たちのものとして伝えられている断片を読むのと同じようなものだった（つまり古代ギリシャの真理探求者たちのことを、僕はそんなふうにイメージしていたということだ――困難に手を擦り合わせ、吃り、ついに喜びの叫び声を上げる、というような）。「踊る女‐泣く女」というような文脈のわからない単語が、そのまわりに内庭の光景を浮かび上がらせ、世界を放射する。その輝きは、完全な文に閉じ込められていないこと「仕上げ」によって封じ込められていないことから来ていた。そして行方不明の兄のことを思うとき、生きた人間や匂いや声や足音や、およそ具体的に知った癖のようなものが入り込む余地がなかったからこそ、兄は僕にとっての伝説の主人公、破壊しがたい蜃気楼となりえたのだ。家にいないあいだに僕の代父に指名されたので、兄のほうは僕のことを、休暇で帰ってきたときにたぶん一度は見ているはずだ。だが僕のほうは当時まだ二歳にもならない幼児だったから、そのときのことではっきりと覚えていることは何もない。「僕は受洗する子の上にかがみ込んだ」、とその次の前線からの手紙にはある。

記憶よりもずっと確かなこの台詞のほうに、僕はよく自分の上にかがみ込む兄を感じることがあった。そういうとき、兄は母とは対照的な人物のイメージとなるのだった。母が僕の将来を予見して、そのことでは顔をベールで覆ってしまいたいと思っているような場合でも、兄の健康なほうの眼は僕のことを優しく注意深く見つめ、僕と一緒になって太陽を楽しんでくれる。見えないほうの眼もそれ以

44　これはむしろスロヴェニア語の未来形の直訳のようにも思われる。

上のことは何も知らない。盲目なのだから。一方の人物の、僕の上にのしかかり、覆いかぶさるようなイメージ対もう一方の人物の、空気のような、幻のようなイメージ。その戦いは今でも続いている。そして僕が自分と同じ両親から生まれた者のことを「先祖」と呼んできたのもこのためなのだ。そう、反乱者の温和な子孫のグレーゴル・コバル、姉すらも認めたように「ぜったい笞《むち》を持ってきたりしない」人間を、僕は自分の祖先だと思うことにしたのだ。僕自身は、少なくとも想像の中では、あれこれの敵に対してやっぱり笞を手にすることはあるのだけれども。そして実際、人生の中で、それこそいろいろなことが関わっているような瞬間に、何度も、自分のまわりに静けさが広がり、その静けさの中で、〈選んだ先祖〉が優しく自分の上にかがみ込んでくれるのが見えた。それだけでなく、僕自身が彼を体現しているのだった。もっとも、何かに脅かされているときに、僕のほうから彼を呼び出して静けさを得るということはできない――反対に、静けさのほうがふと現れるのであって、そうすると兄は僕の援軍として傍らに付いていてくれているのだった。だから先祖たち、先行者たちを当てにするわけにはいかない〈唯一有効な先行者として僕が知っているのは文、僕が今ちょうど書いている文に先行する文だ〉。

　でもそれも幻かもしれない。だが自分の中の先祖と一緒にいると、僕はもう単数ではない[45]。もっと背筋を伸ばしてすわり、立ち居振る舞いも違ってくる。危険の中で、すべきことをし、すべきでないことはせず、言うべきことは言い、黙っているべきことは黙っているのだ。そんな幻に比べたら、現実が何だろう？　兄は最後の手紙で書いている。「考えをずっと遠くまで尖らせるのがうまくいったときは、コバル一族の姿が見えてくる。みんなで食卓について、僕の殴り書きを読んでいるんだ」。幻影万歳、そして幻影こそわが素材であれ！

記憶では、あのときボヒンではよく雨が降った。宿の窓の外を流れる川が絶え間なく水音を立てていたせいでそんな気がするだけだろうか。そうではない。森の中の道を歩いていると、靴が泥にはまる。あたりで鳥避けのために果樹の実にかけてあるプラスチックの袋には水が溜まって膨らんでいる。バカンスで来ている一家と一緒に、干草の竪琴の屋根の下で雨宿りをしながら街道を眺める。農婦が、馬に梯子形の枠の荷車を牽かせて、その手綱を握っている。土砂降りの雷雨がアスファルトに当たって激しく跳ね返るので、農婦は足なしで、馬は蹄なしで、車は車輪なしで動いているようだ。昼日中に、稲妻に照らされて、家の壁が浮き出す。それからまた太陽がいつの間にか輝き、ふだんは滑らかな水をたたえた湖の岸辺には、まわりの灌木から滴る水滴が、いつまでもきらきらと輝く。

いや、天気にはおかまいなく、僕は毎日午後になると、村から、いつも決まった場所に出かけていった。それは一種の台地で、郷里のヤウンフェルトの大きな松林と同じように「ドブラヴァ」（「樫の木の地域」ほどの意味）と呼ばれていたが、樹木は少なく、松も樫もまばらに生えているだけだ。人家はなく、畑もほとんどなくて——これだけ谷底に近いのに不思議だが——人けのない山の牧草地のように見える。

45 この表現は、スロヴェニア語の双数を念頭に置いているように思われる。多くの言語に見られる単数、複数に加えて、スロヴェニア語では二者を表す双数と呼ばれる形がある。註59参照。

この高台で僕は一人だったが、それでいて世界から切り離されてはいなかった。そこここで文明が近くにあることが感じられたし、その感じは、川音の聞こえる宿にいるときよりも強いくらいだった。いたるところに煙が森林用のトラクターや、干草の攪拌作業機や、木材乾燥施設の送風機があった。下の湖には、たった一艘、大勢の乗ったボート。そして上を飛ぶ鳥も、横を飛ぶ蜂も、眼下の街灯とならんで、堆石の高台の麓には、目には見えないけれども人間がいると教えていた。まったく自然に、道自体に導かれて、僕は登っていった。まず古い、もう車の通らない道路。タールの舗装がひび割れ、そこにもう牧草地の草が生えている。それからかつて小川の川床だったところの登りになる。そこもすでに丈の短い、山の牧草地の草を敷き詰めたようになっている。最初はここでも自分の場所を見つけることから始めなければならなかった。歌のリフレインのように――高いところは高すぎる、谷の底は低すぎる、お日さまは暑すぎる、日陰は涼しすぎる、風の来ないところは風がなさすぎる、風通しのいいところは風が強すぎる、岩の塊は変な形、古い崩れた養蜂舎はあまりに絵のよう……。ようやく、野良の納屋の板壁を背に、草の中に座った。それは南向きの壁で、いったん陽がさすと、灰色に風化した木材が「ちょうどいい暖かさ」を発したし、辺り全体もちょうどいい感じだった。ひさしの張り出し具合も、ちょうど足を伸ばしても雨に濡れないくらいで、たまに軒先から落ちる雨垂れを見ていると、両親の家の軒先のことを思い出した。あの家でも、ここと同じく、僕の居場所は内と外の境界にあった――ちがいがあるとすれば、あそこの長持ちの上にすわっていると、軒のはずれには便所があったから、この台地とはちょっとちがった臭いが漂ってきたことと、蝿ももっと多かったことだ。

本は一冊、やっぱり持っていった。兄の大きな辞書だ。ザックは雨を通さないものだったので、すっかり空にして、この辞書だけ入れて持っていった。果樹園についてのノートは部屋の中で読むのにぴったりだったが、今度は戸外で単語のアルファベットが延べ広がり、あらゆる意味の矢を放った。二十歳の男が午後中、戸外の人里離れた野良小屋の脇でじっとしていて、辞書を読み耽っている。たった一ページ、それどころか一つの単語の項目だけをじっと読んでいて、それから眼を上げ、首を振り、笑い、踵で地面を叩き、手を叩き（バッタがぶーんと飛び、蝶がぴくりと身じろぐ）、ときどき立ち上がって飛び跳ねたり、雨の中でひと回り走ってきたり、と言うのは妙な光景だったことだろう。宿屋や村の人たちは、ザックを肩にいつもの道を行く僕のことを「学者の卵」だとか「若い画家」だと思っていた（ボヒンは湖もあるし、ポツンと立つ教会もあって、十九世紀にはよく風景画のモチーフになっていた）。ところがこの少年は、本を手にいつもの場所にうずくまって、突然、単語の一つを声をかぎりに歌ったりしていたのだ。その図はどう見ても知恵遅れか白痴でしかない。

それでいて、ばらばらの単語の項目を読んでいたあのときほど、自分の頭脳が明晰に――眼は明敏に、耳は敏感に――なっているのを味わったことはない。あれはそもそも読書というものだったのだろうか。むしろ一種の発見と呼んでもいいものではなかっただろうか。そして外国語の表現を周りに風景に向かって叫んでいたのは、発見の喜びというものではなかったろうか。しかしいったい何を発見したというのか。

外国語というものが、子どもの頃からそれこそ魅力的だった。家にあったコーヒー豆の缶には黒い巻き毛の踊り子の絵がついていた。それがきっかけで、何年か後になって、その美しい女の言葉、スペイン語を学ぼうとした。寄宿学校から持ち帰ったハンガリー語の文法書は、その謎めいた文字づら以前にもう匂いを嗅ぐだけで惹きつけられるのを感じて、少なくとも最初の何章かは書き写したはずだ。ところが、村で普段から耳にするスロヴェニア語[46]にはどちらかというと反発を感じていた。それはスラヴ語の響きのせいというよりも、そこに混じり込んでしょっちゅうその響きを中断するドイツ語の単語のせいだった。だから村の人たちが話しているのはまともな一つの言葉には聞こえず、ごた混ぜの、つい馬鹿にしたくなるような言葉にしか聞こえなかった。父はトランプをしているとき、ゲームの相手たちを萎縮させるために、よく彼らの喋り方を――どこかの原住民のようなもぐもぐいったりごろごろいったりする発音や、強く吐き出される軟口蓋音を――真似してみせた。そしてそれに続けて、自分の純粋な旋律的なスロヴェニア語で、一言だけ、喋ってみせるのだった（そうやって、自分が一座の主人であることを改めて示した）。だが、僕の耳には、スロヴェニア語は「書かれる通りに〔標準語で〕」話されるときでも、たいていはまるで脅迫みたいに響いた。とりわけ、スロヴェニア語が話される場のせいで、何かを「伝える」というよりは「告示する」というほうがぴったりくるような気がした。毎日ラジオの放送に挿入されるこの異言語による短い番組は、何か恐ろしいニュースのように聞こえたし、教会の司祭も、説教をしているうちに知らず知らずドイツ語に切り替えていた。説教をするにはドイツ語のほうがずっと向いているように見え、司祭も、スラヴ語では一文一文まるで「お説教」のような響きでどうしても大袈裟になってしまうところを、ドイツ語だと穏やかに話し続けることができるのだった。

ただ連禱のときだけは、歌のときにも増して、僕も耳をそば立てた。我らを憐れんでくださるという救い主への祈りや、我らに代わって願ってくださるという諸聖人への祈りに、僕は生きてあるということ、他の人々と共にいるということを完全に感じとった。教会のほの暗い身廊を、誰ともつかなくなった村人たちのシルエットが満たす。村人たちは前方の祭壇に向かって声を和す。そのとき、そのよその言葉の音節の連なり、さまざまに変化する先唱者の音節とつねに変わらぬ会衆の音節とから、一つになった熱情がほとばしる。まるで我々全員が床に横たわり、波のように叫び声を上げながら、閉ざされた天に向かって突進しているかのように。この外国語の音の連なりは、いくら続いても飽きなかった。いつまでも続けばいいのにと思った。でも連禱は終わってしまう。それけ残響がしだいに消えていくという感じではなく、いつでもふっつりと途絶えたような気がするのだった。

しかしそんな印象も、よりによって宗教系の寄宿学校に行っているあいだに忘れてしまった。学校では、スロヴェニア語を話す数人は、他の連中にとって不興と猜疑の種だった。前の学校で習っていたときや、ラジオの放送や、教会の説教とは違って、彼らのスロヴェニア語はいつも小声だった。教室の隅っこに集まって、ほとんど囁くように話している。だからちょっと離れていると、スロヴェニア語を知らない限り、シューシューいうような音だけが聞こえた。教室机に囲まれた四角い空間のせい

46 ケルンテンのスロヴェニア語はドイツ語の（たとえば分離動詞の）影響を受け、発音、語彙だけでなく構文上も独特の形をもつ。

もあって、徒党を組んで結託して世界に背を向けて立てこもっているようにも見えた。彼らを邪魔してやろうとあちらこちらから飛んでくる声も、何か秘密の計画をめぐる彼らの結束をいっそう固めるだけなのだ。それで僕はどうしていたか。僕は彼らが額を寄せ合っているのを羨ましく思っていたのだろうか。彼らが何か共通の目標を持っているように見えるのを妬んでいたのだろうか。そんなものではなかった。もっと根深い、一種の嫌悪感だった。自分はその他大勢の中に入らずをえず、その大勢の中では、孤独で、どつかれてはどつき返すばかり、身を温める場所としては自分の教室机の青い巣穴と眠りしかない。そんな立場から見ていると、あんな、選ばれた者とでもいうみたいな高慢な旗印を掲げているような連中は、自分たちとはまったく無縁の連中なのだという気がした。あのスロヴェニア人の奴ら、今すぐ黙って、奴らの陣地から這い出してきて、一人一人ばらばらに、僕みたいに、無国籍になって、割り当てられて席にうずくまっていてもらいたいもんだ。隣の席には望んだわけでもない、臭い、鼻息のうるさいやつがすわって体をぽりぽり掻いている、そういうものなんだ。盟約を結んだ者同士で親密そうにひそひそやる代わりに、このフィリップ・コバルみたいに、黙ったまま、校庭の噴水のピチャピチャいう音だけを聞きながら、校庭をうろついていればいいんだ。お前たちみたいに楽しげに寄り集まっている少数派なんかより、何も喋らず何の意見の一致もなくどこへ行ったらいいのかもわからず、うつむいて、拳を握りしめて突っ立ったりうろうろしたりしている多数派の連中のほうがマシなんだ！

彼らは別に他の連中に対して結託するために集まっていたわけではまったくない、ということを、その中の一人が僕に聞かせてくれたのはずっと後になってのことだった。隅に集まっていたのも、それ以外には一日中外国語で喋らされた後で、お互い向かい合った相手の口からようやく母語を聞く、という機会もほとんどなかったからだよ。ドイツ系の同級生たちだけではなくて教師たちにも、スロヴェニア語は嫌われていたし。あんなふうにひそひそ話していたのも、誰も刺激したくなかっただけのことなんだ。それに話の中身だって、天気のこととか、学校のこととか、家から送られてきたソーセージやベーコンのことだとか、そんなどうでもいいことばかりだった。でも、そんな他愛のないことでも、喋っていると、本当にほっとできたんだよ。一人がもう一人に、慣れ親しんだ言葉の音を、それこそ「聖体拝領のときみたいに」差し出す。一日にほんの数回のわずかな時間、ようやく自分たちの迫害された言葉を使い、自分たちだけでいられる、そんな時間は、意識して他愛のないことしか話さないようにしていても、自分たちにとっては「とても厳粛な」時間だった。「そりゃあ」――と、僕に証言してくれた男は叫んだ――「〈畑〉じゃなくて*njiva*《ニイヴァ》って言ったり、〈リンゴ〉じゃなくて*jabolko*《ヤボウコ》って言ったりするのは、違うだろ？」

しかし、当時の僕が、くにの第二言語――少なからぬ者にとっての第一言語――が話されているときに、自分自身に敵意が向けられてでもいるみたいに感じないで済んだのは、ただ薄暗い教会の連禱と、僕にとっての英雄、行方不明の兄のイメージのおかげだった。別に自分では悪意など抱いていないつもりでも、スロヴェニア語自体を自分たちに対する敵意の表れみたいに感じてしまうことは、二十世紀の終わり近い今でも、ドイツ語を話す多数派にとってはありがちなことなのだ。

僕が偏狭な考え方からやっと抜け出すことができたのは、あの古い辞書のおかげだった。それは前世紀末の一八九五年、父の生まれた年に出た辞書で、完璧を期して、スロヴェニアのあらゆる地域の表現や言い回しを集めていた[47]。今僕がこれを書いている机の向かいに掛かっている煤けた風景画の上を、筆触の一つ一つをなぞるように、太陽の光が動いていく。その光のおかげで画面のごく小さな事物や人物までもが、それらのあいだの空間も含めて、くっきり見える。水辺にすわった女の子の曲げた手、地平線に立つ木の屈曲、分かれ道に立って女の子のほうを向いている男の子の顔。今、太陽のおかげでこの絵の事物がこんなふうにはっきりと見えているのとちょうど同じように、あのとき、野良小屋の軒下にすわっていたとき、それまで、自分の小さかった頃のことを思い描こうとしていつも抜け落ちていたものが、単語のイメージのおかげで、くっきり思い浮かぶようになったのだった。一語一語たどっていくにつれて——兄は特に選んだ単語に印をつけてくれていたから、僕はそれ以外は飛ばして読んでいけた——目の前に人々が集まってくる。それは郷里の村の連中にそっくりな人々だった。ただ、その一人一人について、村でのいろいろな噂話の中では、みんな一種のタイプとか性格とか役割とかに斬り縮められてしまうのに、このとき眼に浮かんでいた人々に関してはそんなことはなかった。人々や事物のまばゆい輪郭だけが見えていた。読んでいた単語は、田舎の人々の関わるものばかりで、いかにもという比喩もたくさんあった。「彼は牛が尻尾を使うように自分の舌を使う」とか、「お前は風のない日の霧のようにのろまだ」とか、「あなたの家は火事の焼け跡のように寒い」とか。町も、恐るに足らぬもの、むしろ征服されるのを待っているものと思われているようで、町に車で「がらごろ入る」とか、橇で「滑り込む」とか言うのだった。悪態の表現も豊富で、そして死ぬことを「彼は罵り終わった」などとも言った。息を引き取ることを表す表現も無数にあったけれども、女性の性器を表す言葉はもっと多かった。谷ごとにリンゴや梨の名前が変わったし、夜空の星の名前も（農具の名前のついたもの、「刈り入れをする女たち」とか「草刈りをする男たち」とかいうもの、あるいはプレヤデス星団を指す名前のように、たんに「かたまって蒔かれたもの」という名など）、同じくらいたくさんあった。この民衆は、かつて一度も自分たちの政府というものを建てたことがなかったから、国家や官庁に関することや、概念的なことを表すには、ドイツ語やラテン語という支配者の言語の直訳のような単語で済ますほかなかった。読者はドイツ語で»Substanz«[48]という代わりに»Unterstand«と書いてあるのを見たら妙に感じるだろうが、スロヴェニア語のそういう言葉は、それと同じくらいに不自然だった。だがその代わり、実用の役に立つものであろうがなかろうが、手でつかめるもの、具体的なものには愛称のような名前がついていた。そしてそういう名前のうち、家の中にあるものの名前はすべて女たちが、家の外にあるものの名前はすべて男たちがつけたみたいに見えた。たとえば、熱い灰の中で焼き上げられるパンは訳して言えば「灰なか」と呼ばれ、梨の一種は「お嬢さん」に当たる名前がついていた。特徴的なことの一つは、大きな空間を表す言葉が、一音節加えただけで縮小形に変わり、それがその空間にいる生き物の呼び名ともなれば、そういう生き物の住処を表す言葉ともなることだった。たとえばドイツ語で»Wald«〔森〕という単語から»Waldlerin«とい

47　プレテルシュニクのスロヴェニア語ドイツ語辞典のことだと考えられる。実際の刊行け一八九四年。
48　物質、実体などの意のラテン語起源のドイツ語。語源に沿って直訳すれば「下に（unter）」「立つもの（Stand）」となる。

う単語を作ることができるが、これは「森に住む女」という意味にしかならない。ところがスロヴェニア語で同様の操作をしてできる単語は、森に隠れているもの、森に住んでいるあらゆる生物を表す。そこには森に生える草とか、ある種の森の花とか、野生の桜桃の木とか、野生のリンゴも含まれるし、おとぎ話に登場する生き物も、言わば森の心であるヒガラも含まれる。普通に知っていた名前からできるもう一つの名前を知って、辞書の読者は初めて、事物に対する感覚を目覚めさせられたのだった。

そんな、繊細でもあれば粗野でもある民衆《フォルク》のイメージが、辞書を読み進むうちに生まれてきた。その人々に、僕の、考えるのは速くても行動するのは遅いことをからかわれているような気がした。よく働く人々だった(「僕らのしごとはずいぶんはかどった」という箇所が、兄の手紙にもあった)。大人の言葉に子どもの言葉が混じった。絶望の中の、ほとんどもの言わぬ一音節の単語。喜びと憧れにそれこそうきうきした多音節の単語。貴族階級などというものもなければ行進などというものも大土地所有もない(土地はみな賃借だった)。唯一の王様は、変装し、さすらい歩き、ちょっと身分を明かしてすぐにまた姿を消してしまったという伝説の主人公だけ。しかしよく考えてみれば、僕が言葉の力を借りてこうして認識することができたのは、特にスロヴェニアの民衆だとか世紀末の民衆だとかではなくて、むしろ不特定の、時代を超越した、歴史の外の民衆――もっと言えば、四季の移ろいだけに支配された永遠の現在の中で生きている民衆、天候と収穫と家畜の病気という法のみに左右される此岸に生きる民衆、同時に、あらゆる歴史の彼岸か、あらゆる歴史のあとか、あらゆる歴史を外れたところに生きる民衆だった。そんなイメージが出来上がったのには、兄が選んで×印をつけていた言葉のせいもあることはわかっていたが。この知られざる民衆、〈戦争〉や〈役人〉や〈凱旋行進〉を表すのに外来の借用語しか持たない民衆、しかし家の中にあるものであれ窓辺のベンチの下の空間にあるものであれ野道にあるものであれ、ごく目立たぬものにも名前を創り出した民衆、石の上のブレーキをかけた車の轍の光る箇所を呼ぶ言葉を持つ民衆。何より創造的なことに、子どもだけが夢見るような隠れ処——避難場所、生き延びるための場所——にも名前をつけた民衆。つまりたとえば森の下生えの中の巣とか、洞穴の奥の洞穴とか、森の奥の空き地に作られた実り豊かな畑とかを指す言葉を持つ民衆。しかもそれでいて、「他の国の人々」に対して、一つの国民、選《フォルク》ばれた国民として自分たちを分け隔てる必要の決してない（なぜなら、どの言葉にもはっきり表れているように、自分たちの土地に住み、自分たちの土地を耕しているのだから）、そういう民衆。そういう民衆の一人になりたいと、どうして願わずにいられるだろうか。

兄のノートは、別の言葉に翻訳するまでもなく、じかに彼の作品、彼の果樹園に翻訳することができた。同様に今度は兄の辞書のほうも、果樹園を起点に、子ども時代の風景全体へと翻訳することができた。子ども時代？　それは僕だけの特別な子ども時代だったのではないか？　スロヴェニア語のさまざまな名前を手がかりに発見することができたのは、僕の個人的な場所や事物だったのではないか。間違いない。舞台はすべて父の家だった。暖炉の後ろの空間、地下室のモストの樽を支えるつっかい棒、台所のかまどの灰の穴、家畜小屋の石で囲われた水飲み場、果樹園に張り出したブドウの葉、犂《すき》で耕す畝の最後の一本、そういうものを表す言葉を読むたび、僕の脳裏に浮かんだのは、郷里にあったそれぞれのそういうものだった。そう、一つ一つの言葉が、まず「うちの」大鎌の大きな切っ先や、「うちの」種からうまく剝がれない桃の実や、「うちの」すもものほのかな青色に光を当てた。うちの地面の下——腐植土の下の砂礫層や、かぶ用の穴——までもが空中に、光の中に引き出された。しかしまた僕がイメージを読み取った言葉の中には、それまでの人生で一度も出会ったことがないのに、うちにしかあり得ない、といったものもたくさんあった。うちの馬は実際には「背中の鰻線《まんせん》」などなかったが、それを表す言葉を読んだ途端、僕の眼には、村の牧草地の囲いの中の、紛れもなくそういうすじの入った馬の姿が浮かんだ。女王蜂の声など一度も聞いたことがなかったのに、その鳴き方を表す動詞を読むと、父のほったらかしの養蜂舎から、心の奥にそういう鳴き声が響き、その後わが家の蜂の群れ全体がたてる「煮立ったムースのような」騒音が聞こえてきた。そう、「白樺材の笛でぶんぶんいう音を出」しているのは、たった一つの単語でそういう意味全体を表す言葉を読んでいる僕自身だったし、「イチゴの実が並んでいる茎」を表す言葉に魅惑されて、その瞬間、まさにそういう茎を手に「七つの山」の向こうで村の森から出てきたのも僕だった。

　そこで思い浮かんだのが、自分の先生でメルヘン作家だった男のことだ。この旅行のあいだ、彼は、その場にいないからこそ、僕にとっての一種の補佐人になっていた。彼の書いていたメルヘンはまったく筋がなく、さまざまな事物の描写だけからできていて、しかもそのつどたった一つの事物をめぐるもの、その事物を描くために描くものだった。登場する事物は民話に出てくる小道具や舞台としてお馴染みのはずのもの。たとえば森の中の小屋だけ出てきて、魔女もいなければ道に迷った子どもたちもいない。メラメラ燃え上がる炎などというものも出てこなかった（せいぜいが、煙突からぽっぽっと上がる煙ぐらいで、それも冷たい風に運ばれてすぐに消えてしまう）。そして七つの山の向こうにあるものと言えば、ひとすじの小川だけ。その水があまりに澄んでいるので、最初見たときは川床を道ではないかと思う。目を凝らしていると、その道の黒っぽく細長い敷石の中で、魚の鰭が動くのが見えてくる。そして最後に水音が聞こえだす。流れが、丸く突き出した岩の上を飛び越しながら、終わりのない響きをたてる。彼のメルヘンのうち、何かが〈起こる〉唯一のものは、茨の茂みのことを描いたものだった（もちろん、そこに引っかかってズタズタになっている悪いユダヤ人[49]などというものは出てこない）。その茂みは、人が入り込めないような荒野の真ん中にあって、周りを幅広い砂地に囲まれているのだが、その砂地に、物語の最後になって、不意に一人称の語り手が姿を現し、砂を一摑み、枯れた茂みに投げつける。「そしてまた一摑み、また一摑み、そうやって永遠に」。彼の「一つのモノのメルヘン」は、作者の言うところでは「太陽のメルヘン」でなければならず、普通のメルヘンによく出てくるような「月の光という不気味な添加物」などなしで済ませなければならないというのだった。「太陽と事物」、それだけで十分メルヘンなのだと彼は考えていた。それが「事の実相」だ、メルヘンの風は木の梢を見上げるまなざし一つからでもやってくる、というのだった。

　そしてちょうど同じように、このとき僕には、その古い辞書が「一つの**コトバ**のメルヘン」を集めたもののように見えた。読者の僕が、たとえイチゴの実の連なる茎を実際に手にしたことはなくても、世界をイメージする力によって、辞書はメルヘンとなった。そうなのだ。どの言葉でも、その言葉を前にしてじっと考えにふけるとき、世界が生まれた。「空《から》の栗のいが」でも、「パイプの中に残った湿

49　グリム童話の「茨の中のユダヤ人」が念頭に置かれていると思われる。

った煙草の葉」でも、それにただの「天気雨」でも、「美人でツンとした女の子」も意味する白イタチでも、そうだった。そして兄の手紙がその各所で周囲にギリシャの真理探究者たちの断片のような暈《ハロー》を広げて見せてくれたのと同じく、今度は辞書の単語一つ一つが円を描いた。僕はその円から、太古の人物の一人、あの原初のエレメントを求めて吃っていた者たちよりもさらに古い時代の人物、伝説的なオルフェウスのことを連想した。オルフェウスについても、特に彼の言葉として伝えられているのはわずかなものでしかない。人々が伝承する価値があると考えたのは、彼の詩や歌ではなくて、彼が畑の畝のことを「織られた鎖」、犂のことを「曲がった織り棒」、小さな種のことを「糸」、種まきの季節のことを「アプロディーテー」、雨のことを「ゼウスの涙」と呼んだ、ということだった。

言葉の円は、僕にもメルヘンの力を及ぼした。中には恐ろしいものやおぞましいものや悪しきものもふんだんに出てきたのだが、それも全体の中でそれぞれの場所をきちんと占めているという具合で、そういうものが勝ち誇ることは、少なくとも辞書の中では、なかった。それがメルヘンの力というものだ。あの教師からは、当時僕が書いていたいくつかの物語のことで、僕が不気味なものに惹かれやすく、陰気なもの、ゾッとするようなものに中毒しているとよく非難されていた。ものを書くときの法則というものは、その反対に、一文字一文字、一音節一音節、明るさの上にも明るさを創り出していくことにある、息を引き取るときのその最後の呼吸ですらも、生の息吹へと形作らなくてはならない、というのだった。そして今、「血の雨」や「ネズミの糞」や「吐き気とともにこみ上げてくる生唾」とか「ソーセージのようにつながったミミズの糞」とか「片隅に転がってカビの生えた靴」とか、「石の下」という名前の動物（マムシ）や「モグラの国」という名の場所（墓）という言葉を読み耽りながら、自分が禍々《まがまが》しいもの、悲劇的なものに惹きつけられる性向から自由になっているのを感じていた。そしてものの名前を眺めているうちに、世界の中のパターンが、いや世界のプランが見えてきた。そのプランが、初めは田舎の人々と村の家に見えていたものを世界市民と世界都市の建築に変えた。どの言葉の円も世界という円なのだ！　決定的に重要なことは、そういう円のどれもが、それぞれたった一語の外国語から発しているということだった。体験したことがうまく伝えられないとき、「何かいい言葉はないかなあ」という嘆きをよく聞くではないか。そして認識の瞬間というものには、「ああ、そうなのか！」というセリフよりも「そうだ、この言葉だ！」というセリフが出てくることのほうがずっと多いではないか。

でもそれは、辞書を読みながら、結局自分自身の言語に対してもう一つの言語の肩を持っていたことになるのではないか？〈一つのコトバの魔法の力〉を、スロヴェニア語には認めても、ドイツ語には認めなかったということではないか？――そんなことはない。記号から記号へと、空間を曲げ、角度をつけ、測り、なぞり、打ち立てたのは、二つの言語が一緒になってのこと、左側の〈一つのコトバ〉と、右側のその言い換えとが一緒になってのことだった。だから、違った言語が存在するという事実が、いかに眼を開かれるようなことであったことか。バビロンの伝説に言われているような言葉の混乱は、実際は決して破壊的なものではなく、いかに豊かな意味を持つものであったことか。バベルのあの塔は、ひそかにやっぱり完成されていたのではないのだろうか。軽やかに空高く、やっぱり一つの天に届いていたのではないだろうか。

毎日毎日、冒険心に駆り立てられて、僕はこの知恵の書を開いた。僕が体験したようなこの冒険を表す言葉というものはあるだろうか？　子ども時代（Kindheit）と風景（Landschaft）を一度に味わうという経験を、どう言い表したらいいのだろう？――そういう言葉は存在する。しかもドイツ語で――»Kindschaft«[50]がそれだ！　ハッとして、同時に手を叩く。

午後の高台の上で辞書を読みながら、毎回あらためて単語の叙事詩に手を叩き、笑った。笑いのための笑いではなくて、認識し、ゲームに参加するための笑いだ。雲に覆われた空の中の明るい箇所をたった一語で指す言葉もあった。とても暑い日にアブに刺された牛が走り回るのを表現する言葉もあった。急にかまどから噴き出す炎を指す言葉、梨の煮汁を指す言葉、雄牛の額の模様を言う言葉、雪の中で四つん這いで働いている男を言う言葉、夏物を着た女を指す言葉、液体の半分入ったバケツを運ぶときにぴちゃぴちゃいう音を表す言葉、莢《さや》から種がさらさらとこぼれ落ちる音を表す言葉、池の水面を跳ねていく石の音を表す言葉、冬の木々に下がる氷柱を指す言葉、茹でたじゃがいもの生の箇所を指す言葉、そして泥土の地面にできた水たまりを指す言葉もあった。そうだ、これだ、この言葉だ！

でもこのプランはまだ有効なのだろうか。二本の殻竿で交互に叩くことを表す言葉など、そんな道具もとうの昔に使われなくなって博物館入りしているのだから、無効になっているのではないだろうか。生き延びているのはむしろ「墜落した人の体がたてる音」を指す言葉のほうではないだろうか。前世紀には純粋に「移住」することを表していた言葉も、世界大戦という出来事のせいで「強制移住」を指すようになってしまっているではないか。この古い本には、レジスタンス戦士、パルチザンを表す言葉は欠けているではないか。とっくに廃れた槍を指す「パルチザーン」という単語がその代わりになるわけもない。そもそも、この辞書の語彙収集が行われた時代の言葉にすでに、〈かつて何かがあって今はもうない場所〉を表すものも目立ってたくさんあるではないか。「かつて大麦が生えていた」休耕地、「かつて納屋が建っていた」場所、「かつて茂みに覆われていた」岩の剝き出した土地のように。そしてもうその時代に、いくつか、特にこれだと思わせる名前に、廃語の印が付けられているではないか。そして辞書を作った学者が集めたうちには、その言葉の出所であるずっと山奥の谷の住民たちでさえ、今ではもう音節パズルにしか使わないような言葉もいくつもあるではないか。結局、ここに集められた単語にはメルヘンの力があるというよりは、一種のアンケートのような印象があると言うべきではないだろうか。——あなたはどうなっていますか？　あなた方はどうなっていますか？　現在はどうですか？——しかしそれはやっぱりメルヘンでもあった。僕に問いかけてきた言葉のどれに対しても、実際にそういう事物を見たことがないものでも、あるいはとっくにこの世からなくなっているものでも、答えとして、そういう事物のイメージが、もっと正確に言えば幻が、浮かんできたのだから。

高台でのある午後、兄が印を付けてくれていた最後の単語に行き当たった。前の多くの単語と同様、

50　「（ある人の）子であること」を意味する。本書ではある種のルーツ探しも主題になっているから、この駄洒落も意味を持ってくる。

日付が書き込まれ、さらに「戦地にて」と付け加えられていた。兄は戦争の初めの頃までこの本を携えていて、最後になって、上着と一緒に、「洗礼のお祝いに」、家に置いていったのだ。まだかなりある残りのページには、もう鉛筆の印はなく、永遠に閉ざされてしまっているように見えた。その部分のページには、戦争前の草の茎も、戦争中の小バエも挟まっていなかった。

僕はすわったまま、その最後の単語を眺め、また前のほうへとページを繰っていった。それは本当に地上の空間のためのプランなのか、そのたんなる追憶なのか、あるいはその追悼の辞なのか。人間の言葉が、僕が生きている時代、**僕の**時代には表現力を失い、われわれ話す者がしょっちゅう何か**強調**しなければならないというのは、たんに戦争があったせいなのだろうか。なぜ二十歳の僕は、誰か向かい合った相手が口を開くのを想像しただけで疲れてしまうのだろう。話すことで、自分自身が話すのでさえ、無響の部屋に閉じ込められるような気がすることも多いのはなぜなのだろう(その場合ふさわしいのは、普通の盲窓の変種の「聾窓」だった)。なぜ言葉はもう何も表さないのだろう。なぜたまにぴったりした言葉を発見したときだけ自分の中に魂というものが感じられるのだろう。

帰り道にいつもそばを通る一軒家があって、その壁の一つは継ぎ目なく捨子石の岩に続いていた。それと同じように、今、古い言葉たちの上を見やると、本の上辺がその上の空間にじかに接していた。本を助走路に、視線はまっすぐ遠くの地平線まで導かれる。視線の行き着いた先は南の山脈の麓だった(山麓のことを、スロヴェニア語の呼び名の一つでは、直訳すると「下の翼」と言った)。そこは裸の急斜面だった。もういくらか遠霞みしているのだが、こちらの台地の縁に立っている一本の唐檜の木のせいで、そこまで一飛びで行けそうに見えた。草の斜面で、頂上に至るまで、かつて家畜を追った道の目のつんだ模様が陰影をつけていた。その筋は前山いっぱいの幅の階段のようにも見えたが、無数の箇所で交差しあってもいて、編み目を作り出していた。その太い横縞を、垂直のもっと細い溝が切り裂き、その溝を今、この午後の雨の水が、黄色い泥の色をして、谷に向かって流れ落ちていた。遠くから見ていると実にゆっくりとしたその動きに、石筍の上に下がっていく鍾乳石を思った。そもそも、使われなくなった家畜道の全体が、昔々そこを登り下りしていた牛たちの姿を想像させ、緩やかな動きのイメージを表していた。鈍重で、繰り返し立ち止まっては草を食む動物のイメージ。少なくとも羊や犬のように段を飛び越えて進むことは決してない動物のイメージ。乳房が地面に生えた草の先端を撫で、蹄が何度も泥にはまり込む。何頭も、段を一段滑り落ち、おかげで雨水が流れる溝ができる。雄牛の一頭が、前を行く雌牛にのしかかり、その背中に乗ったまましばらく引きずられていく。一頭が尻尾を持ち上げ、小便をする。その勢いが強くて、その水音も、それに続いて糞の塊がぺちゃぺちゃと落ちる音も聞こえたような気がしたし、その後の山道に小便の湯気が立ちのぼるのも見える気がした。牛たちの列の動きの緩やかさは、太古からの民族移動の列を思わせ、そして他ならぬ空虚なフォルム——空っぽの編み目、空っぽの道の絡まり合い、空っぽのつづら折れの道——が、そのわずかに不規則なせいもあって、ぎこちなさと生き物らしさの印象を強めていた。鉱山や砂利の採石場の斜面なら、頂上と谷底の間を機械を手に走り回るヘルメットの男たちの姿があっただろうが、それはない。四つ足で立ち、頭を下げ、行き先も定まらぬ群れがほとんどその場で足踏みするように動いている。あるいは尻餅をついて滑っている。どこからというのでもどこへというのでもない、荷物運搬と奴隷のキャラバン。彼らにとってこの斜面は途中駅ですらない——脚の骨折や緊急屠殺でもない限り。

そこでまた思い出したのがあの教師のことだった。歴史学者としての彼は、地上から消えてしまった民族に独特な偏愛を抱いていて、授業の最初はそれこそ一種の儀式のように、自分のマヤ文明研究の例から始めた（だから生徒たちの間では彼はマヤと呼ばれていた）。彼は大学時代、何年にもわたってユカタン半島で調査にあたっていた。それについての彼の台詞は「地理学をやっているときは褐色になったし、歴史学をやっていると青白くなった。それ以来今でも青白いままなのだ」。彼の言うところでは、マヤの人々は、決して国家を形成することはなかった。[51] それは彼らの半島には「国家を形成するような大河がなかったから」だという。「ユーフラテスやティグリスやナイルのことを考えてみればいい」。マヤはまた車輪というものも知らなかった。滑車も、ロープを使った巻き上げ機もなかったのだ。唯一、子ども用のちっぽけな玩具に、車輪の形をしたものがあったことが発見されている。国家を樹立する上で何よりネックになったのは、彼らが穹窿《きゅうりゅう》天井の建築ができなかったことだ。マヤが知っていたのは「擬似穹窿」だけで、それではまともなホールも広間も作れなかった。民衆を一つにまとめていた唯一のものが宗教だった。車輪の代わりに円筒状の車は知られていて、それを使って盛り土をした道路が建設されたが、それももっぱらジャングルの中の聖地へ巡礼していくための道路だった。もっとも、農民たちの粗末な家の一軒一軒が、それ自体寺院のようなものとみなされていた。人々の導きとなったのは天体だった。天体は神のように仰がれた。なぜなら、日常生活の行動の指針が天体から読み取られたからだ。太陽のために建てられた板碑は、太陽の当たり具合によって種まきの時期もわかるようになっていた。石に刻まれた象形文字が時計のような役割も果たしていたわけだ。そうやって刻み込まれた古い文字には、祖先を讃えるものもあった。どの一族も自分たちの起源を知っているというのもこの民族宗教の特徴だった。そしてすべての人間に共通の祖先である最初の人間はトウモロコシから生まれたのだという。

　マヤの衰退は、私的な礼拝が公的な崇拝儀式を押しやったときに始まった。それでなくても、それぞれの家族は――教師の言うところによれば――「どちらかと言うとお互いあまり付き合わず、距離をとって」いて、決まった礼拝儀式だけでつながっていたのに、それぞれてんでばらばらに自分たちだけの礼拝堂を建てはじめ――元々どの家もが聖別されたものだという考え方も忘れてしまったわけだ――、そうして人々の結びつきは壊れてしまった。そうしたなりゆきは、石柱に刻み込まれた絵文字が途中で放棄されていることにはっきりと見て取れるという。教師は言った――「われわれの年号で九〇〇年に、のちにスペイン人たちが**自由のサバンナ**と呼ぶことになる草原に程近いところのある石柱に彫り込まれたのが、最後の記銘だった。石碑の主な材料はチャート石だ。そのチャート石に文字が刻み込まれるときの火花を想像してごらん。それが消えてしまったんだ」。この民族の終焉を特にはっきりと示しているのは、段になったあるピラミッドだ。下のほうはまだ一段一段、神聖な浮き

51　独立した「国家を形成」したことがない、とは、一九九一年以前のスロヴェニアやスロヴェニア人についてもよく言われていたことである。ただし、七世紀に（南スラヴ諸民族最初の）独立国家を形成したことがあるとされる。だがそれも八世紀にはフランク王国に屈している。

彫りや溝彫りで豊かに飾られている。明けの明星を表す記号、村人すべてに日陰を提供する樹木を表す記号、太陽を表す記号と日を表す記号、この二つは一緒になって「時間」を意味する――だが、一番上の段には、ただの「混乱した、掻き傷のような鑿《のみ》の跡しか残っていない」。

空っぽの家畜道を見ていて、その段のことを思い浮かべた。家畜道のある斜面は、うちの果樹園の土手とは比較にならないくらい大きくて、ピラミッド型をしていたし、無数の段が上にいくほど縮まっているせいで、天にも届く高さに見えた。僕は、その斜面を、兄が印を付けていた言葉たちが登ってゆき、途中でとだえるのを見た。斜面のどの行もが、文字の刻み込まれた石柱が崩れ倒れたもの、正面を下に、泥の中に横たわっている石柱のように見えた。へそのような土の穴から流れ出る泥水の小川が、音節の一つ一つを洗い流していった。あたり全体が廃墟のような湯気をあげた。廃墟ならばそのあとに桜の木でも生えていそうなものだが、それもなかった。空っぽの段々に、もう何も動くものはなかった。草の茎一本すら。流れ落ちていた水までも凝固していた。純粋に生きてあるということは、いつでも、流れる水と一緒に呼吸できるということ、風になびく草や、伸び上がる枝と一緒に呼吸できるということではなかったか。だが僕が悼みたいと思ったのは、たんに一つの死ではなくて、それ以上のもの、一つの殲滅だった。殲滅とは、ある特別な人間を、世界をまとめ上げていたものと一緒に、世界から消し去ることだ。兄のような人間を殺すことは、兄はそこらの話し手書き手とちがって言葉に、また言葉を通じて事物に、生命を与える才能があり、また常にその練習も怠らず、今の僕に対してのように、お手本を示した人だったから、その言語自体を――有効な伝承、平和の伝承を――殺すに等しいこと、世界大戦の中でも最も野蛮で許しがたい犯罪行為だった。

しかし望んだような喪の気分にはなれなかった。その代わり、大昔の農民蜂起のとき農民たちのスローガンだった言葉だけが頭の中をぐるぐるめぐっていた。それは「古き法＝権利《レヒト》」という言葉だ。そう、われわれは昔から一つの権利要求を持っていたのであり、その権利は弱められてはならないものだった。だがそれはわれわれが掲げるのをやめた途端に衰弱してしまった。しかしわれわれの権利＝法《レヒト》とはいったい誰に要求すべきものだったのか。それになぜわれわれはそれをいつも第三者に、ある者は皇帝に、ある者は神に、求めてきたのか。なぜわれわれは自分たちの権利を、なんと言ってもそれは自己保存のためであり、他の何人も容喙《ようかい》し得ないものなのだから、自分たち自身で摑もうとしなかったのか。つまるところそれは一つのゲーム、自分たち以外の何人もわれわれを測る尺度とはなり得ないようなゲーム、孤独なゲーム、野生のゲームなのだ――父さん、大博打だよ！

　空っぽの家畜道から再び本に眼を戻して、考えに耽る。僕は本を手に、しゃがみ込んだり突っ立ったりしていたときからの裸足のまま、野良小屋の前を行ったり来たりした。兄が最後に印を付けた言葉には二重の意味があった。訳せば、**元気を取り戻すために何かする**という意味と、**詩篇を歌う**という意味だ（こういう言葉の一つ一つへの熱中は、ふだん僕がいわゆる「鳥を呑むような物語」に熱中するときとはまったく対照的に、絶えず頭と視線を上げさせた）。読み手は読むのを中断して、頭を上げる。浅瀬を渡るように、あの木をしるべに、そこからまた、あの青みがかった学校の机に通じていた。溝の刻まれた山腹は教室の後ろの壁だ。その上を、一つの太陽が照らしていた。かなり斜めに、沈む直前のように。その前に立つ唐檜が翳っているせいで、その太陽は余計明るく見えた。その頂の上に、完全に此岸的な微光がまつわっていた。斜面のどんな小さなものにも――草の茂み、草に覆われた蹄の跡、モグラ塚、細い水流に沿って並んだ鳥たち、その隣の本物の野ウサギ――その光が取り巻き、その一つ一つを、そのくっきりしたあいだの空間によって結びつけていた。眼を本と山に同時に向けて、僕は読み続けた。凝視は何かを待ち受けて眼を凝らすことに変わった。見知らぬ人々の群れの中に誰か知った顔を探すように。あの暗い教会の中に響き渡った信徒たちの連禱は、陽の光の中で、無声の多義的な単語となって今も続いていた。力をこめて呼吸することは憧れることはいちばん強い筋肉を緊張させることだった。激しい怒りはすすり泣きだった。蛍は六月はさくらんぼだった。草刈り人はアメンボはオリオン座の帯の三つ星だった。バッタはヴァイオリンの駒はクルミの実の中の隔壁は鞭の先端だった……かすかな風を表す言葉は文字一つ変えれば強風になり、それをまた一文字変えれば嵐となり、それがまた砂丘の吹き溜まりの砂や漂砂を表す名前でもあった……声にならない呼びかけはとうとう人間の姿をとり、段々の上に、言葉の光に縁取られて、不在の者たちが姿を現すのが見えた。「女中じみた生活をやめた」母、「下僕であることをやめない」父、「気ちがい」としての姉――「気ちがい」というのはちょっと音韻変化を加えれば「神に祝福された者」になった――、「静かな女」としてのあの女友達、「辛辣な相手を愛する者」としての教師、「歩きながらおならをする」村の白痴、「踵の擦り切れ」の形をとった敵、そして何よりもまず「敬虔な者」としての兄、それはまた「平静な者」を表す言葉でもあった。そして僕は?――読者でかつ観客である者、すべてがかかっている第三者、そういう人間なしではどんなゲームも成り立たない者、自分自身の中にプレイヤーたち一人一人の主だった特徴――父の下僕のような白い足と兄の切れ込んだ目尻――を感じ取っている者、それが僕なのだと思った。

山の斜面にそんな絵文字が陽炎のようにたゆたっていたのは、もちろんほんの一瞬のことだった。それからまた立体感を欠いた空虚なフォルム。太陽が沈んだのだ。でも僕はもう自分で帰還を決定できることを知っていた。喪の悲しみではなくて、帰還こそ望むべきものなのだ。空っぽのフォルムを、家畜道も盲窓も、信頼していていいのだ。それはわれわれの法＝権利を保証するしるしなのだから。「兄さん、兄さんはあそこの灰青色の中を歩いていったんだね！」

眼を閉じる。今になって、自分の眼が濡れていることに気づく。でもそれは自分自身や家族のことを泣く涙ではなかった。事物と、それを表す言葉たちに誘われた涙だった。

閉じた眼の底に、家畜道の残像。岩の灰色をしたパターン。四半世紀の距離をおいて、あの台地の上に、年齢の知れない一人の人物の姿が見える。その人物は、裸足で、闇の中で、大きなコートを羽織って、腕を振り回し始める。振り回される腕から規則的な動きが生まれる。その動きは、手全体の、握り拳の動きであることを除けば、どこか文字を書くのに似ている。それは「彼」だったのか「僕」だったのか。僕なのだ、相変わらず。僕はもう子どもの頃のように空中に文字を書いたりはしない。代わりに、あの岩の灰色をした段々の上に紙片をのせ、それを鉛筆の線で塗りつぶしていく。研究者か職人のように。それが、僕が自分の物語のために決めた動きなのだ。一文字一文字、一語一語、紙片の上に銘文が現れてくるはずだ。太古から石に刻み込まれていたのが、僕の軽い線条によって初めて目に見えるものとなり、伝えられるようになる銘文が。そう、僕のやわらかい鉛筆の跡が、ただ一つ「文字」という単語から派生した言葉で「単調なアトリのさえずり」を表すわが先祖の言語という手本に従って、あの固さ、あの箇頸《かんけい》さに結びつかなければならない。なぜなら、言葉というものなくしては、地球は、黒や赤の、あるいは緑に覆われた一面の荒野になってしまうのだし、そして僕は、愛すべき世界の事物と言葉の――つまり存在の――ドラマ以外にはもうどんなドラマも、どんな歴史のドラマも認められないからだ。そして爆弾があの家畜道のピラミッドを脅かすとしても、あの斜面にぶつかる瞬間、それはあの「長細い梨」を表す言葉の姿で、ふわりと当たるのだ。僕はこれから、白い栗の花の仄暗い内部を表す言葉を見つけるだろう。湿った雪の下の泥の黄色を表す言葉を見つけるだろう。リンゴの実の先に付いた花の名残と、川面に飛び跳ねる魚の音を表す言葉を見つけるだろう。

僕はまた眼を開き、再び野良小屋の前を行ったり来たりした。だんだん早足で、まるで何かの助走をとろうとしているかのように。そしてまた立ち止まった。自分の胸郭が楽器になったように感じて、叫び始めた。声が小さいために言うことを人に聞いてもらえず、宗教学校では祈りの声が「ちっとも通らない」と言われて監督者に怒られていたこのフィリップ・コバルが叫んでいた。知っている人が見たら、みんな、以後ちがった眼で見るようになったことだろう。

それ以前、似たようなことが、やはりあの寄宿学校で、たった一度だけあった。ある日、自分には歌は歌えないと固く信じていたところに教師から歌えと要求された。重苦しい気分で立ち上がって、息を吸い込むと、てんでに勝手なことを考えているクラスの連中の真ん中で、心の奥底から、外国の、繊細な歌を歌い始めた。聞き手たちは最初笑い出したが、そのうち妙に恥ずかしげにそっぽを向いてしまった。そのとき以来、歌は自分の一番奥底にしまい込んでおくほかなかったのだ。今は、高原の上で、一人だった。出てきたのは歌ではなかった。怒鳴るのでもわめくのでもなく、澄んだ大きな声を出していた。その大声は、まさに尊大に自分の権利を求めていた。心の底から、兄の本の簡潔な言葉、震える言葉、一音節の言葉、多音節の言葉を叫んでいた。言葉たちはこの国へと飛び出していき、空っぽの家畜道のところでこだまへと熟した。こだまはもう一つの言葉では「世界の音」といった。そして叫び声を上げるたび、僕はこちらに向けられた先祖たちの耳を、面白がっているように持ち上げられた眉を、陽気な身振りを見た。

僕は本を高々と捧げ持ち、唇でそれに触れ、この場所を前にお辞儀をした。それから小屋の脇に生えていたハシバミの枝を切り取り、場所の名と年を刻みつけた。»Dobrawa, Slovenija, Jugoslavija 1960«[52]――そしてこれがわれわれの板碑であり、ここからわれわれの紀元が始まるのだと宣言した。――そのとき、この二十歳の男は、未来に対する希望などまったく持っていなかった（自分の王はもう決して現れることはないだろう）、だが現在に対しては動かしがたい期待を抱いていた。なのに今、彼を反復する者の声はなんとも弱々しく、あるいは慎重だ。そんな声など、あらゆる方角から、あらゆる谷から台地の上へと響いていた兵営の号令の叫びに、また灰緑の兵士たちの射撃練習の音や、村の墓地で墓掘りのシャベルが土をひっかく音に、もうずっと前からかき消されつつあるのではないか。そんなことはない。相変わらず、どこにいようと、盲窓と空っぽの家畜道は、回帰の国の透《ライヒ》かし模様として、僕を元気づけてくれる。それがあれば、機関車の汽笛も鳩を呼ぶ笛の音にもなればインディアンの叫び声にもなる。相変わらず、僕は兄の本が入ったザックの紐を肩に感ずることができる。母さん、

52　ドブラヴァ、スロヴェニヤ、ユーゴスラヴィヤ。最初のDobrawaはなぜかドイツ語表記（スロヴェニア語ではDobravaとなる）。後の二つの表記はもちろんスロヴェニア語である。

あなたの息子は相変わらず天のもとを歩いています！
地面に倒れ込みながら、精神＝精霊《ガイスト》とは何なのか、僕はこのとき完全に知った。

3　自由のサバンナと第九の国

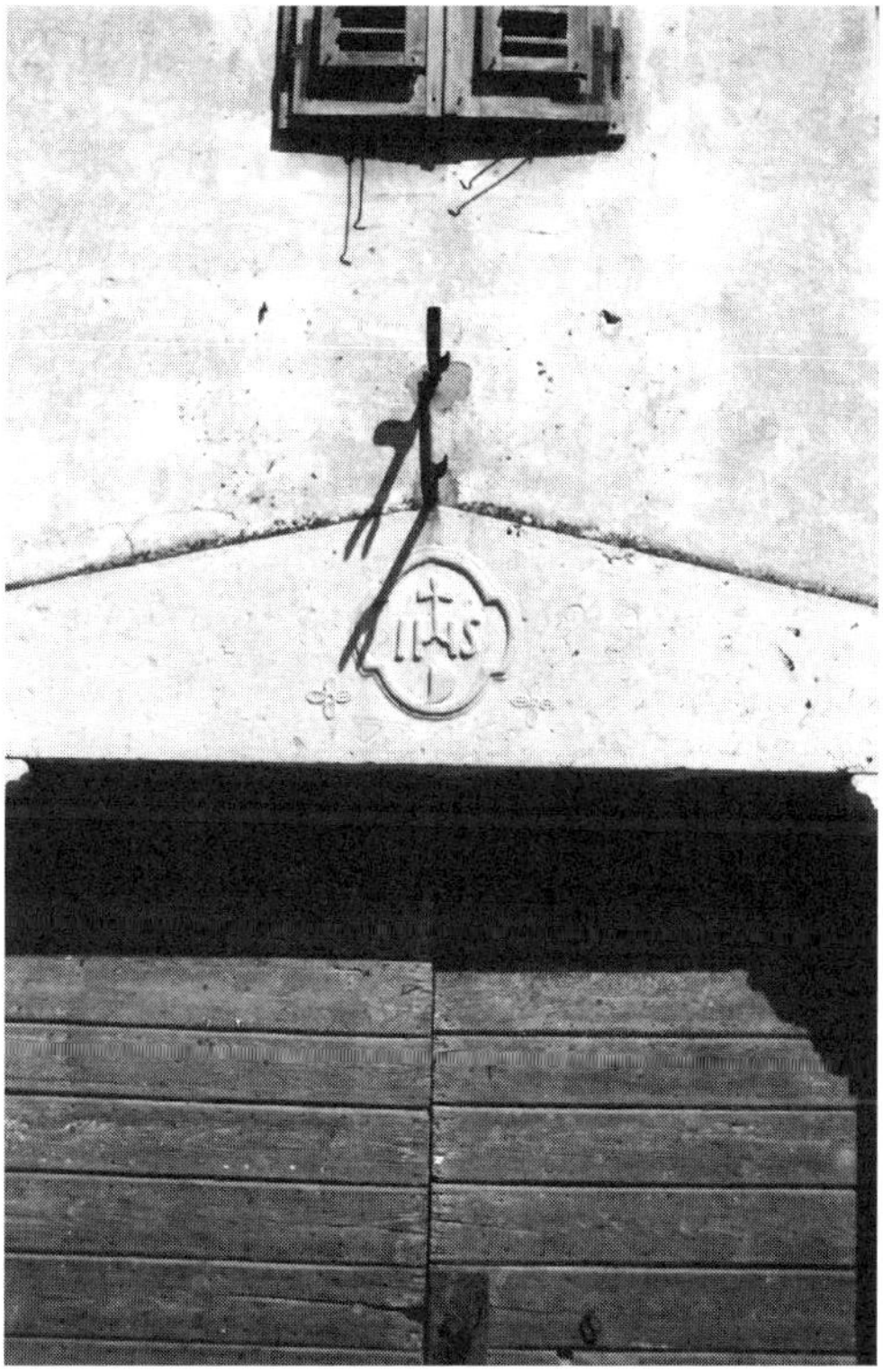

前頁写真＝カルストの家の入口（ドゥトーヴリエ）

あのとき、瞼から太陽の残像が消えるまで、僕は高台にじっとしていた。からだの軸がゆっくりと、だんだん速度を落としながら回転しているようで、自分の背後にあるものも把握することができた。北の山並みの向こう、イメージとしては両親の家のちょうど真上のあたりに、真っ赤な雲が浮かんでいた。野良小屋の西側の壁には、通気のために、ハート、ダイヤ、スペード、クラブの形の穴が開けてあった。その暗い穴から、父の千年の孤独が吹き付けていた。

その場所を離れて帰路についた。歩きながら、繰り返しその場所を振り返った。台地の縁の上空高く、小鳥が舞い上がった。巨人と投石競争をするのに、石の代わりに小鳥を投げて出し抜いてやろうとしたという小男の手からたった今するりと抜けてきたみたいだった。[53] そしてやがて撃ち落とされたようにスッと落ちていった。谷の奥の湖は、陽の最後の光を受けてゼリーのように見えた。僕は一面に、溺れかかった無数の蜂が、透明な羽を震わせながらくるくる回っている光景を思い浮かべた。

行きはいつもうつむいて、帰りはいつも顔を上げて歩いてきた。村の入り口の一軒の家には、その地下室で一九四一年の某月某日、ファシズムに抵抗する最初の集会が開かれた、という銘板が取り付けてあった（この後に行ったスロヴェニアの村はどこでも、そういう記銘の付いた建物が必ずあった）。僕も抵抗したい、と思い、地下室ではなく外の路上で、平和裡に、集会なしの自分一人で、抵抗の決断を下した。「〈戦い〉で文を作れ！」、そう独り言を言い、それ自体が一つの文であること、神託

53　グリム童話「勇ましい小男の仕立て屋」を踏まえている。

のように多義的な文になっていることに、言ってから気づいた。そんな気分でいたあるとき、道を外れてそこらの木小屋の一つに入り込み、置いてあった斧を力一杯薪割り台に打ち込んだ。そこに年配の女性がやってきて、鋸で切ったあとの一山の木材を小さく割ってくれないかと言われた。僕は木端が飛び散るほどの勢いで斧を振るった——飛び散った木端の一つが額に当たるのが今でも感じられる。そうやって一時間ほど働いて、夕食と、「反抗する」という意味の「光を割る」といった二、三の言葉を手に入れた。歩いているところに転がってきたボールを蹴り返してやったこともある。そのキックがあまりに見事だったので、試合に加わってくれと言われた（僕は今でも、代表チームのフォワードになる夢をときどき見る）。靴はキュッと足首を締め付けていたし、父の革製のリストバンドも、もうただの保温用ではなくて、手に力を与えてくれるものになっていた。

晩になれば、フィリップ・コバルには「黒土館」の隅に決まった席があった。誰も、絶えずあたりを巡回している警察官すら、彼の名前を尋ねることはなかった。誰にとっても彼はただ「お客さん」という名で、ここではティトーの肖像さえも彼に気もとめず、空のほうを向いていた。爆撃機の編隊でも見ていたのだろう。それぞれのテーブルの上には、オーストリアならいろいろな形のパンをいっぱいに詰め込んだかごが置いてあるところで、それが時として合葬墓の穴に頭からもんどりうって落ちた死体を思わせることがあったが、ここではやはり単純な白パンのスライスがテーブルクロスの上に積み上げてあるだけだった。テーブルクロスのことを、古めかしい表現では「パン布」と言った。もう真夏で、戸外の席でもいいくらい暖かいこともあった。宿に帰り着いたときはたいてい体がほてっていて、急流のほうからこめかみに吹き付ける風が、あおいでくれているみたいで心地よかった。食堂の開いた窓の外には数段の踏み台があって、ウェイターは毎度そこに昇り、中の料理女から注文の料理を載せた皿を受け取っていた。踏み台の脇のコンクリートの地面には何本も深い溝がついていて、どこかピアノの鍵盤を思わせた。自転車置き場だった。自転車はまず一台もなかった。その地面に、上から避雷針の線が引かれていた。実際、驟雨のない日はほとんどなかったし、戸外の夕方といえば稲光りがつきものだった。学校の卒業試験を済ませたばかりだったから、稲光りを表す古いギリシャ語に「空間の眼」と言う表現があると知っていた。こうして七月になり、ついこの前まで茂みの間を飛んでいた蛍は草の中にもぐり込み、そして姿を消した。

ウェイターは僕よりもまだ少し若かった。職業訓練を終えたばかりだったのかもしれない。僕の眼には、褐色の細い顔立ち、ほとんど三角形の顔をして、小柄で痩せこけた彼は、岩がちで人のあまり住まない内陸の出身にちがいないように見えた。どこかの子沢山の小農の子どもの一人で、石の塀に囲まれた一軒家の農家に生まれ、家畜番をしたり、森の木の実を集めて育ったのだろう、そして森の中のことなら、どんな隠れた隅のことでも知り尽くしているのだ、とそんな気がした。付き合っていたあの女の子は、まわりからいつも美しいと言われていたが、僕が自分でこの言葉を使いたくなったのは、このウェイターが初めてだった。彼と挨拶や注文や礼以上の言葉を交わすことはなかった。彼は客とお喋りはせず、必要なことだけを話した。見ていて彼が美しいのは、その姿からくるというよりは、絶えることのない気配り、親切な隙のなさのせいだった。客は彼を呼ぶのに声をあげる必要はなかったし、腕を上げる必要すらなかった。体の空いている時間、彼は自分の居場所の、食堂や外のテラスのいちばん隅っこに立ち、一見どこかずっと遠くのことを夢見ているようで、それでいて全体に目を配っていて、客のほんのささいな身振りも見逃さず、あるいはそんな身振りすらも見越して、先に先に動いた。礼儀作法の本で理想的とされていた「よく気のつく人」を絵に描いたようなところがあった。午前中、もう遠くで雷が鳴っているときでも、マロニエの木の下のいくつかのテーブルをセットし、そして雨の最初の一滴が落ちてくる前には、もう片づけを終えていた。時折、食堂に彼が一人だけのところに行き合わせるのも独特な体験だった。何か大切な集まりか洗礼か結婚式のパーティでもあって、おまけに出席者はみな気難しい連中ばかりで、席順が問題だとでもいうように、彼は椅子の一つ一つの置き場所を考えていた。どんな安物やみすぼらしい品でも(この宿屋はそういうものだらけだった)、彼は独特な慎重さで扱った。たとえばブリキのフォーク、ナイフ類を平行に並べたり、香辛料の瓶のプラスチックのキャップをきれいに拭うときがそうだった。あるとき、夕方になる前の時間、空っぽでがらんとした食堂に彼は一人じっと立って、ぼんやりと前を見ていた。それから一番奥の席まで歩いていくと、水差しの向きを、少しだけ、繊細なしぐさで変えた。すると宿屋中に人をもてなす雰囲気が広がった。またあるとき、いつも通りかなりの人の入った夕食の時間、一杯のコーヒーを客のテーブルに持っていく前にいったんカウンターに置き、カップの持ち手の向きを直し、それからそのちっぽけな食器をうやうやしく手に取ると、注文した客のところへ真っ直ぐに運んでいった。タバコの火を貸すときの完璧な真剣さも、たとえ酔っ払いが相手であろうと際立っていた。そのうえ客は彼にそういうことをさせるのにも、いつもほんのわずかな身振りをするだけでよかった。そういうとき、僕は彼の半ば閉じたような眼が光るのを見た。

部屋でも戸外でも、一日中一人で、僕は両親や彼女のことよりもあのウェイターのことを考えていた。今になってみると、それが一種の愛だったとわかる。彼と付き合いたいと思ったわけではない。が、彼のそばにいるのが好きだったし、彼が休みでいないときは物足りない気がした。そして彼がようやくまた姿を現すと、その白黒の制服があいだの空間を生気づけ、僕は色彩の感覚を取り戻すのだった。そんなふうに惹かれたのは、彼が仕事以外でもつねに保っている距離のせいもあったかもしれない。ある日、バス停のそばのスタンドビュッフェで私服の彼に会った。今度は彼自身が客の立場だったわけだが、グレーのジャケットを着て、傘を腕に掛け、足を下のバーにかけて、ゆっくりと自分のソーセージを噛みながら、走っていくバスを見ている若い男には、宿の食堂のウェイターとなんの違いもなかった。この距離感と、気配りと、バランス感覚が一つになって、あの美しさを生み出していたのかもしれない。その美しさは見ている者を揺さぶるもの、範例としての力を備えたものだった。僕は今でも、何か切羽詰まったとき、あのボヒンのウェイターの身ごなしを思い出すことがある。思い出したからといって、たいていは大して役に立つわけでもないのだが、とにかく少なくとも彼のイメージがよみがえり、その瞬間、僕は落ち着きを取り戻すことができる。

「黒土館」を出る前の晩、真夜中近く、自分の部屋に戻る途中で、厨房のわきを通った。扉は開いていて、食器でいっぱいの大桶の前にウェイターがすわっているのが見えた。彼はクロスで食器を拭っていた。そのあと、上の窓辺から僕は眺め、彼は下の急流にかかる橋の上に、シャツとズボン姿で立っていた。彼は皿を重ねて右腕に抱え、左手で一枚一枚抜き取っては、リズミカルに優雅に、レコードのコレクションみたいに、水の中へと投げ込んでいた。

「黒土館」のベッド四つの部屋での夜、若きフィリップ・コバルは、ほとんどずっと夢を見なかった。数年前、寄宿学校の大部屋の寝室に押し込められて、いつも頭痛に悩まされていたとき、彼はよく、戸外の広い平地の真ん中で、たった一人で空の下に寝ているようなイメージを思い描いた。平地の上を嵐と雪片が走っていく。耳の上まで毛布にくるまって、頭蓋の中の、竜のように抑えのきかない妄念だけが凍りついている、というイメージだ。それが今、厳密にそのままではなかったが、寝ている部屋の壁を押し開けて夢の代わりをつとめてくれる小川の轟音のおかげで、現実のものとなっていた。

一度だけ、父の夢を見た（父は渓流労働者として働いていたことで年金が入っていた）。父の夢というよりは、父が一家の歴史を書き記すことになっていたノートの夢だ。夢の中で、ノートは本になっていた。現実には、兄の野戦郵便の番号やフィリップの下着のサイズなどが数行、震える手で書いてあっただけなのに、本は文章でいっぱいになっていた。それも手書きではなく印刷されたものだった。渓流労働者が農民作家になったのだ。前世紀末、農夫たちが物語っていた話が収集され、彼らがいつも物語をしていた時刻にちなんで、訳せば大体「夕方の人々」という意味のタイトルが付けられて出版された。この言葉には、彼らが現れる以前には夕方の風とか夕方の蝶〔蛾〕という意味もあったが、彼らが消え去ってからはもっぱら「夕刊」を指すようになってしまった。父は世紀末のスロヴェニアの農夫たちの、この時代の後継者になったわけだ。そして夢の本を読みふけっているのは、あの若いウェイターだった。

そして僕が青いザックとハシバミの杖を手にボヒンスカ・ビストリツァの駅のホームに立ったとき、吹いていたのは朝の風だった。もっと南へ行こうと思っていた。発車ホームからは山脈を抜けていくトンネルが見えていた。国境の向こうのミットラーンの駅と同様、ここでも駅舎の二階は住居になっていて、木箱に植えられたペラルゴニウムの花びらが砂利の地面へひらひらと舞い落ちてくるのも同じだった。いつの間にかペラルゴニウムの匂いが好きになっていた。国境を挟んだ二つの駅は、「アドリア海からの海抜」を示すエナメルの表示板の文字まで一緒だった。基本のパターンが同じだった。かつての帝国《カイザーライヒ》のパターンなのだ。脇の便所には石造りの立派な入り口がついていて、ドアは郷里の聖画像柱の天の色のように青く塗られていた（中の、用を足す部分は、ただの穴があいているだけだった）。木造の小屋の一つに、牛の角が打ち付けられてあった。まるで水牛の角のようにどっしりとした角だった。駅に付属する菜園の先端は三角形になっていて、何本かの支柱に豆が絡みついて垣根になっていた。香草を植えた一角はディルの緑の波が目立った。三角の頂点には桜の木があり、その下の地面は落ちた果実で黒く染まっていた。駅前の小さな広場のマロニエの梢でツバメが甲高く鳴いていた。姿は見えないが、葉群れがしきりに動いた。待合室の床は黒い板張りで、背の高い鉄のストーブも含めて、故郷のバス発着所のバラックを反復していた。ほとんどいつもひと気のない待合室で、このときも誰もいなかったが、両側に窓が開いていて、居間のような光に満たされていた。入り口の脇には、コンクリートの層に半分埋もれて、帝国時代の鋳鉄製の靴の雪落としがあった。刃を上に向けたナイフのような部分が、左右の細密な装飾をほどこした支柱にはめ込まれていた。伸びやかでいて、細かいところの隅々まで彫金がほどこされていた。そして駅全体もそんな印象を与えていて、僕はその場に、ある穏やかな精神が呼吸しているのを感じた。それはかつて帝国時代に考え出され生命を与えられた精神《ガイスト》だった。そしていま、そのことを考えている人物《ガイスト》、つまり僕も、悪党ではなかった。

僕の隣では、兵士の一団が列車を待っていた。髭を剃っていない頬に乾いた汗がこびりつき、長靴は脛のところまで泥が付いていた。彼らから視線を上げると、上部をすでに太陽に照らされた南の山脈が見えた。ボヒンの空はとにかくこのときは晴れていた。そのとき、僕は山を徒歩で越えることに決めた。そしてもう歩き出していた。(「トンネルはもういい!」と思った。それに「時間はあるんだから!」)決心すると同時に、あたりをぐいっという衝撃のようなものが走った。まるでそれでやっと夜が明けたみたいだった。もう一つの言葉では、そういう衝撃を表す言葉は「戦い」を表す言葉でもなかったか?

それまで山頂まで登ったことがある山といえばペッツェンだけだった。ここの山塊よりもう少しだけ高くて、陽の当たらないカールには夏でもときどき雪のかけらが残っていた。とは言ってもゆっくり登ったからハイキングみたいなものだったし、いつも父が一緒だった。半分くらい登ったところで野良小屋の干草にもぐり込んで夜を明かす。朝起きると、埃っぽい干草のせいで眼が腫れぼったくて、展望を楽しむどころではなかった。山の住人の家にちょっとでも近づくと、決まって犬が走りかかってきた。その後ろから走ってくる飼い主は何か叫びながら杖を振り回していた。平地に住む小農の奴らは牧草は踏み荒らす、牛は怯えさせる、森の中のキノコはごっそり持っていってしまうというわけで、山地の農民たちには不信感が染み付いているのだ。近くまで来て、見知らぬ者の片方が実はよく知った大工だとわかると、やっと表情が和らぐ。彼の家の屋根の骨組みも、この大工が作ったものなのだ。そしてベーコンとパンとワインが振る舞われる。あるとき、すぐ向こうはユーゴスラヴィアだという稜線の上で、父は片足をこちらに、もう片方をあちらに、両足を開いて立ち、僕にちょっとした演説をして聞かせた。「いいか、うちの名前がどういう意味かというとだな、**脚を広げた者**という意味ではないんだぞ、**境界の者**という意味なんだ。おまえの兄貴は真ん中の人間だ――そしてわしら二人は境界の人間なんだ。コバルというのは、四つん這いになった者でもあれば脚の軽い登攀者でもある。境界の者と言ったって、縁の人間にはちがいないが、脇役とは違うんだぞ！」

山を登りながら、僕は感謝でもするように、何度も背後の異国の地を振り返って見た。あの土地では、郷里とちがって、誰も僕のことを胡散《うさん》臭げに見たりはしなかったし、少しばかり質問されることはあったにしても、決して何かカマをかけるような質問ではなかった。そして後ろを振り返るとき以外は、うつむいて、足元をものも言わず飛んでいく夏の草地を見ながら、兄のことを考えていた。戦地への行進のとき、一羽の鳥の声も聞けず、「道端に何が咲いているか」も見えなかったという兄のことを。休まず登り続けるうちに、体にだんだん力が蓄積されてきたような感じがして、秋に兵役に行こうが大学に行こうがもう大丈夫だという気がしたし、今度また新たな敵に出会っても大丈夫だと思った。トカゲたちは道端に転がる道標に姿を変えたり、鳥のように藪の中でかさこそ音を立てたりした。ある山村のはずれの家の前にあった濡れて黒っぽい洗濯物の束が、その後しばらくのあいだ最後に見た人間のしるしとなった（そのとき思い浮かんだのは、スロヴェニア語にはそういう「はずれの家の住人」を一言で表す言葉があったな、ということだ)。それからひたすら草の中の防火線に沿って歩いた。防火線はただの踏み跡のようなものになって、しょっちゅう行き止まりになった。聞こえるのは単調な虫の音だけで、しだいに遠ざかる人里からの人の声のように聞こえた。僕の背後に谷は沈み、その代わりにユリスケ・アルプスの水平線にユーゴスラヴィア最高峰の三ツ頭、トリグラウが姿を現した。僕の前も後ろも、もう荒野しかなかった。

また近道をした。直線に歩きたいと思ったのだ。しかし雨水による侵食のせいで、直線の道があるわけはなかった。最初のうちはいろいろ慎重に考えて歩いていたのだが、もう何も考えず、ただ先を急いだ。薮をかき分け、ガレ場を通って登っていった。森林限界に出ると、裸の稜線が間近に迫り、それまで膝まであった草も丈短くまばらになった。前方に、全く動かない雲が目に入った。同じ瞬間、その雲から最初の稲妻が走った。雷など気にならなかったと言えば嘘になる。それどころか不安で仕方なかった――ちょうど前の晩、宿屋で誰かが、落雷で死んだ人の話をしていた――のだけれども、それでいて、ためらわず登り続けていった。このとき以外にも、軽はずみでというわけでも、まして喜んでというわけでもないのに、まるで危険に吸い寄せられるように、パニックに襲われたみたいに、つっかえつっかえ流行歌を歌ったり数を数えたりしながら、危険なほうへとはまり込んでいくことがよくあった。山越えのこのときもひどい不安に取り憑かれていて、自分のズボンがバタバタいうのすら雷と勘違いするくらいだった。遠くから、頂上の石造りの小屋だと思っていたものは、稜線までたどり着いてみれば、戦争のときの要塞[54]の残骸だった。小屋の窓だと思ったものは、要塞の銃眼だった。ともあれ廃墟にも屋根はあった。ぐいっという衝撃とともに、完全に平静になっていた。落ち着いて、ちょっと離れた草地を眺めた。まわりには雨が降っているだけなのに、あたりでその箇所だけが、雹の粒で白くなっていた。ひどく疲れていたので、眺めているうちに距離感もなくなり、その白い一角が天日晒し場に広げられた亜麻布に見えてきた。すわったまま、意識を失ったみたいに、くずおれた。「それとは知らぬままの眠り」、強行軍の後に書いた手紙で、兄は失神のことをそう呼んでいた。

意識を取り戻したときにはもう夕暮れになっていた。銃眼の大部分が向けられている南の谷に、ちらほらと人家の明かりが見えた。外に出て、雨の中を行ったり来たりした挙句、僕はここに泊まることに決めた。まさに日の終わろうとする時刻、蜂の巣のような要塞もちょっとしたホテルの部屋のようで、泊まれと誘いかけているように見えた。稜線を越えて流れていくどんよりしたものは雲だった。こういう山霧を見たのは初めてだった。下の草地で、小さな高山植物が隠されてはまたほんのりと光り出すのを見て、これは霧なんだと思った。そして一羽の鷹が、擦り切れたみたいな羽をじっと動かすことなく雲の流れに身をまかせていった。塹壕の中で古新聞を重ねてその上に陣取り、持っていたものをいくらか食べた。とにかく、今日はもう何事もないだろう——そう思いながら、コボルトの伝説を思い出していた。このいたずら者の小人は、すみかの岩のくぼみから、自然のさまざまな力を馬鹿にして舌を出してみせる。でも最後には、意地悪な人間の子どもにうっかり気をそらされた隙に、稲妻に打たれてしまうのだ。

54 註27で触れたように、この一帯では第一次大戦の際にオーストリアとイタリアの間で大規模な山岳戦があった。標高二千メートル近い山上に現在でも当時の要塞の一部が残る。山小屋に改装されているものもある。

なかなか夜はやって来なかった。夕闇の中のものの輪郭が、しだいに形のない明るさに溶解していくだけだった。その中でただ一つくっきりしているのが青いザックの輪郭だった。「山の尾根の上の海員用ザック」、眠りかけた男はそう思って悦に入り、それから数時間、氷の海にただよっていた。まわりで海が氷結していった。突然、誰かの指先が顔に触れた。これ以上温かくリアルなものは考えられないような触り方だった。そしてよく知った声に呼びかけられた。でも暗闇の中で眼を開いたとき、まわりには誰もいなかった。ただ、何か軋むような音がだんだん強まりながら近づいてきて、最後にバタンという音を立てた。野獣ではなかった。ザックが傾いて倒れたのだった。

まだ朝の最初の光がさす前、一歩一歩、稜線に沿って歩き始めた。そうしたかったのだ。昔、父の横について野道を裸足で歩いていた子どものときのように、夜の境目で、日の始まりでもあればすべてでもあるいろいろな細部をしっかりと味わいたかった。久しぶりに「生きている」という冒険を味わいたかった。しかしそれはうまくいかなかった。子どものときは、パラパラと降る早朝の雨の粒が道の土埃にちっぽけなクレーターを掘ると、太古の世界が広がった。だがここではすべてが最初から太古の世界だった——はるか昔から降り続いているみたいに暗い空から落ちてくる雨も、黒い地面から溶岩の裂け目から出てくるみたいに立ち上ってくる湯気も、冷たく濡れた岩のまったくの灰色も、匍《ほ》匐《ふく》植物がところどころで下ろす根も、風のないことも——だから何もあの土埃の上の模様のような形にはなりようがなかった。それ以外にも、誰かと手に手を取って歩くことが必要だったのかもしれないし、大地の近さも必要だったのかもしれない。あのときの大地の近さを、今になってこうして語っている人間は感じることができる。でも子どもでなくなったばかりの、あの山の尾根の上の男には感じることはできなかったのだ。だとすると、何かを反復《とりもど》したり更新したりするには、まるごと真似たり模造するよりも、なぞったり輪郭を描いたりするほうがいいということなのだろうか。地球の内部に太陽が昇ったみたいに土埃のクレーターから立ちのぼる、あのぼんやりとした光の代わりに、単独行の男の眼に映るものは、いくら眼をこらして待ち構えていても、ただの鈍い薄明だけで、形という形は、夜の形ですらも、その中に溶解してしまい、どこかまだ遠くに太陽があるという感じすらしなかった。そして父と一緒だった子どもの頃の道を反復する代わりに、彼は、朝のまだ暗い中、岩や木の根に躓き、寒さに震えながら汗をかき、くるぶしまでぐっしょり濡れて、ザックの湿った塊を、ますます重くなる背嚢のように背に感じながら、初めから負けと決まっている戦場に向かって荒蕪地をノロノロと進んでいく兵士の兄の姿を反復していた。だからそれは子どもの頃の野道ではなくて、軍用路[55]だった。西に向かっていることは確かだったのに、自分は昔の兄のように東へ送られてしまうのだと、憤慨しながら考えていた。正確に自分で決めた目的地に向かって進んでいたのに、僕は一歩ごとに自分にとって一にしてすべての地から離れてしまうのだ、という考えに悩まされた。アルプス・マーモットが仲間たちに警戒しろと呼びかけるあの声は、あれは仲間たちにではなく僕に向けられた

55　実際、ボヒンからソチャ（イゾンツォ）への山越えの道は、軍用に開かれた。ちなみに、エリック・リードは「二十世紀の前半においては、軍隊の移動が大衆の移動の一般的形態だったのであり、大衆に可能な唯一の大衆的な旅の形態だったのである」（E・リード『旅の思想史』）と言っている。同時代の日本には当てはまらないだろうが、ヨーロッパではそうだったということだ。

ものではないのだろうか。もやの中からきいきい声を立てながら脇を飛んでいったアルビノのような白い山ウサギは、解かれることのない呪いのイメージを見せていたのではないか。

そんなことを苛々した重苦しい気分で考えながら、それでもどんどん歩いていった。夜が明けると同時に雨は止み、僕はまだ見えないソチャ谷に向かって下りはじめた。はっきりした道はなかったが、なければ自分で道をつけるまでだと思っていた。実際、父の山頂の演説にあったような〈脚の軽さ〉が自分にも備わっていることに気づいていた。立ち止まりも休みもせず、岩から岩へ、なめらかに素早く飛び移っていく。それがむしろ楽しかったし、一か所、岩壁を降りなければならなかったときは、余計楽しく感じたくらいだ。ほら、父さん、僕は今四つん這いになっている。這っているわけじゃなくて、体は真っ直ぐに起こしているんだけどね。それに、手指の先とくるぶしとが一つになって動くのを感じる。こう言うのは、父さんから与えられた力仕事では一度も感じたことがない感覚だ！　小さな岩壁の麓に、まるで陽の光を浴びたみたいに元気に、僕はたどり着いた。そして本当に太陽が姿を現した。

南側の森林限界に来ていた。まだ先は長いが、でもあとはのんびりしたハイキングみたいなものだった。とは言っても、歩きながら、雷雨や野獣や墜落に対する不安とはまた違った不安に捕えられていた。あの教師は、若き地理学者だった頃の単独調査旅行の話になると、いつも「猟師の残した最後のしるし」まで後にしないと解放感を味わうことができなかったと言っていた。僕はと言えば、どんな集落からも遠く離れて、僕以外にはもう長い間まず誰も入り込まなかったような所に来てしまって

（今僕がここにいることだって誰も知らないのだ）、また前とは違った不安に囚われ始めていた。それは怪物に対する不安だった――そしてその怪物とは僕自身のことだ。世界の手がかりはすべて消えてしまい、代わりに青白い空間が広がって、その中を、内部に突然立ち上がった猛犬に駆り立てられて、「孤独」という名の怪物が盲滅法にさまよい歩いていた。そして再びあのぐっという衝撃。その衝撃で同時に正気にかえった。僕は自力で正気にかえったのか、自然にそうなったのか。自然になったのでもあれば、迷える自分を自分で正気にかえらせたのでもあった。子どもの頃から、たいていは目覚めのとき、そういうことはよくあった。それはいつも、何かに脅かされているように感じているときのことだった。そんなとき、不安はまずまるでその時が来たとでもいうように恐怖に変わり、そして恐怖は戦慄に変わる。その戦慄の中で、彼はただ瘤のような存在になり、始末されてしまうのをじっと待っているのだった。だがこのときはそうはならなかった。その代わり、見知らぬ人間、この上なくなじみのない知らない人間がそこにいた。それは〈私〉だった。それは私＝自己であり、そしてこの私＝自己は大文字書きにされる〔特別重要な〕ものだった。なぜなら、それは誰でもいい誰かではなくて、巨大で空間を圧するように彼の上に立ち、彼の舌と手足を呪縛から解いてくれるもの、彼の本名だったからだ。戦慄は驚きに変わった（この驚きには例外的に「無限の」という形容がぴったりだった）。邪悪な精神はよき精神に変わり、瘤は一被造物に変わった。今思い返している僕のイメージでは、この被造物を、不吉な人差し指ではなく、祝福の手全体が指し示している[56]――というのも、その自己の出現の瞬間は、まるで自分がたった今創造されたような瞬間だったのだから。眼球はしだいに丸みを帯び、耳はひたすら音を聴き取ろうとしていた（今ではもうそういうことは起こらない。あの不可解な「まったくの僕＝自己！」に対する驚嘆は、僕から永遠に去ってしまったように思われる。それは、あるいはこの四十五歳の男の一部となってしまった罪に関係しているのかもしれない。この四十五歳の男をしばしば惨めなだけの理性とふたりぼっちにしてしまう罪と。その一方、二十歳の自分は無垢の狂気の恩寵に満たされた者に見える。狂気だって？ それは当時、あの荒野の中で、不安を癒してくれたのだ)。

落ち着きを取り戻して、僕は自分の道を進んでいった。自分自身を背負って。とは言ってもそれは重荷ではなくて、むしろ僕を守ってくれるものだった。すでに森の中に入っていた。背後で大きな音がして、木々のあいだを岩が転がり落ちていった。湿地から、糞の塊から追い立てられた蝿の群れが立てるようなぶーんという音が聞こえた。僕に向かって鎌首を持ち上げたモスグリーンの蛇が立てる音だった。その蛇までが素晴らしく思えた。柴の下の骸骨はノロジカのものだった。頭骨にはまだ角が付いていて、そいつを頭ごとしばらく持って歩き、それからまた捨てた。森の中の空き地の一つに出た。胸の高さまでびっしりとシダが生えていて、道はなかった。姿は見えないが、他のところではまったく音を立てなかった鳥たちがシダの下で羽音を立てている。それを一つも聞き逃さないように、僕は空き地を時間をかけてゆっくりと横切っていった。そんなのんびりした気分でいられたことと、それから草に覆われた小道を見つけて嬉しくなったこととは別に矛盾していなかった。小道は下りながら広がって、古くから踏まれた道になった。真新しい荷車の轍の跡を見つけてよけい嬉しくなった。道の真ん中の草の帯には——それだけ急な下り坂だったのだ——ブレーキをかけた跡が深い溝になっていた。まるでその溝や、ブレーキの先端に土ごと引き抜かれた草の塊や、油のような水が溜まって黒光りしている深い轍の跡や、蹄の跡や、その脇を歩いていた人物の長靴の、靴底の文字までくっきり写った靴跡と一緒に、フルオーケストラが演奏を始めたみたいな気がした。この最高に繊細な旋律が、今に至るまで僕の理想の音楽だ。それから山に入ってから初めて聞く雀のさえずり、そして犬の声。また雨が降り出していたが、僕は森の縁にすわり込んで、ブラックベリーをいくつか摘んで食べた。北側の谷ではまだだったが、ここではもう熟していた。靴を脱ぎ、痛む足を「天水」が洗うにまかせた。体から湯気が出るくらい汗をかいていた。懐中電灯の握りの鏡面に映った顔には、松葉が貼り付いていた。ブラックベリーでは喉の渇きはおさまらなかったので、歩きながら温かい雨水を飲んだ。村の入り口のニワトコも、もう黒い実を撒き散らしていた。その隣に、見たところ枝からじかに生え出たような果実をつけて、最初のイチジクの木が出現した。村がある河岸段丘の麓には石のゴロゴロした土地が白く広がり、その中を明るい緑色の筋が蛇行していた。それがソチャ川、イゾンツォ川だった。

僕は二日間さまよい歩いていたことになる。こうして安全なところに出てきた今になって——その後もこんなふうにたどり着いた時にはいつもそうだったが——もっとさまよっていればよかった、と思った。安全なところ？　人生の中で、自分が安全なところにいるという気がしたことなんかない。

56　ヨーロッパの宗教的図像の伝統では、手のひらを正面に向け、指を揃えて指すのは祝福のしるし。人差し指で指すのは非難、呪いのしるし。

そのとき二十歳の男がソチャ谷の上流に滞在したのは一昼夜だけだった。谷の中心地トルミンに泊まった。トルミンの紋章には蛇行する川と、それと交差させて、農民大反乱のときの農具のフォークと斧が描かれていた。寝場所は個人の家に見つけた。半地下の部屋を貸していたのだ。天井には蜘蛛が貼り付いていたし、地下室特有の空気は真夜中になると嘔吐の匂いが混じってよけいひどくなった。すぐ隣にやはり部屋を借りている男がいて、そいつが言葉にならない大きなうめき声を上げながら明け方までひっきりなしに吐いていたのだ。僕が起きたとき、上の居間兼台所には猫を膝に抱えた子どもが一人、黙ってすわっているだけだった。親たちはもう外に仕事に出かけたのだ。僕は少しばかりの金をテーブルに置くと、近くの食堂へ行って朝食をとった。パンを眼にしたときは、ほうっと息をついた。

村々の点在する古い街道が通る河岸段丘を、川の上流に向かって、コバリート（カールフライト）へと歩いていった。最初はるか下の谷を流れていたイゾンツォ川がだんだん近づいてきた。対岸に広がる牧草地には窓も煙突もない石造りの干草小屋があった。蛇行する川が街道に一番近づいた地点で、僕は川岸に降りた。雨の中で服を脱ぎ、川の上に覆いかぶさるように立つ岩の上から水に飛び込んだ。外からはかなりの激流に見えた流れは、実際はそれほどでもなく、僕の体にぶつかって二つに割れた。水は肩まであった。山間の狭い谷から広いところに出てきたばかりの水は氷のように冷たく、最初の瞬間、腹に食い込んだ。すぐに上流に向かって全力で泳ぎ始めたが、百ストローク数えて岸を見ると、服を目印のように載せた岩は相変わらず真横にあった。その場で止まったまま頭をかろうじて水の上に出し、あたりを眺めた。この視点から眺めると、周囲はよその大陸のどこかのようだった。あらゆる方角から流れ込み、舌のような形の中洲に分けられているほかはただ一筋の流れとなって、ぼんやりした光を放ちながら流れ下っていく川。水面には蒸気が漂い、ずっと向こうには針葉樹に覆われた山脈が空に接している。雨に烟《けぶ》った山は、この名もない流れに絶えず水を供給し続ける壁のようだった。名もない流れ？　ソチャ川？　イゾンツォ川？　僕の顎の先から始まって、遠い太陽に照らされた船の舳先のような形の山の頂まで広がる無人郷。冷たい波と温かい雨の他は何もない。それは太古の世界を、言葉で言い表されることを拒否してただ存在している太古の世界を思わせた。ところがそれから、川の真ん中で、次々に三人、泳いでくる人に出会った。見るからに――褐色の腕にアンダーシャツの跡が白い――労働者で、昼休み中らしかった。相当なスピードで泳ぎながら、一人が歓声を上げるともう一人がさらに大きな声を上げた。そしてあっという間に姿が見えなくなった（この後彼らが砂利を積んだトラックに乗って上の道を走っていくのを見た）。ソチャ川？　イゾンツォ川？　この川にぴったりした名前は女性名詞のスロヴェニア名のほうだろうか、男性名詞のイタリア名のほうだろうか。この川は僕にとっては男性、あの三人にとっては女性というのがぴったりだという気がした。――上の道に戻って歩いていくと、自分の肩甲骨のあいだに温かい手が置かれているような気がした。そして靴はゆっくりと水面を滑っていく丸木舟になった。

　地元の人がコバリートという名前を口にするのを初めて聞いたとき、僕にはそれが子どもの発音のように聞こえた。そう、名前というものは、いつだって、世界を若返らせるのだ。そして郷里とちがって、僕は村を外から眺めているのではなく、大都市のかけらの真ん中に立っていた。書店や花屋のある中心部にまで張り出した森や、町の縁の工場のすぐ脇で雨に濡れている数頭の雌牛も含めて、そこは大都市だった。アルプスのはずれにあるにもかかわらず、コバリート（カールフライト）は若い男にとって南国そのもののように見えた。家々の入り口には夾竹桃、教会の扉口には月桂樹、石造りの建物、色とりどりの丸石の敷かれた舗道（とは言っても、そこから数歩、唐檜の林に入っていくと、風景は中欧に変わった）。

人々はスロヴェニア語とイタリア語をごっちゃに話していた。家々のスタイルもごっちゃで、木造家屋と石造りの家屋と大理石の建物がびっしりと並び、それが全体として大胆な煌めきを発していた。他のところと同じように山の名を冠した食堂があり、そのテーブルでトランプゲームをやっている男たちがいた。一ゲーム終わり、片方の男が一瞬微笑を浮かべ、自分の札を見せていた。女が一人、丸く張り出した窓のバルコニーに出て、家の壁いっぱいの幅に飾られたペラルゴニウムの花の、萎れたものを指で折り取っていて、最後に花の脇にぴかぴかの赤いポットを置いた。「ここがわが起源の地だ！」、僕はそう決めた。

僕は木のベンチにすわっていた。角を曲がって、北のほうからバスがやってきた。待っていたバスだ。と思ったら違った。ユーゴスラヴィアのバスとちがってぴかぴかに塗装されていて、停車すると塗料に夾竹桃の葉群れが映った。ふと見上げると、バスの車内には郷里の村の住民たち全員がふんぞり返っていた。どの窓にも、見慣れた横顔が見えた。思わず少し離れたところに隠れる。村の人たちは本当にふんぞり返っていたのだろうか。どちらかというと、あれはすわり込んでいたというか、へたり込んでいたのではないだろうか。今、彼らは立ち上がっている――あれもむしろやっとの思いで立ち上がっているという感じではないだろうか。腰は曲がり、苦労しながら、人々がバスから這い出してきた。運転手が降車口のところで手を貸してやらなければならない者も何人もいる。バスから出て、人々は道の膨らんだところに群れて立っている。そして迷子になりたくないといったまなざしでお互いの姿を求めている。人々は平日にもかかわらず、晴れ着を、それも故郷の民俗衣装を着ていた。ガイド役の司祭だけが、黒い旅行着に白いカラーだった。男たちは帽子を被り、茶色い上着の下には金物のボタンの付いたビロードのベストを着ていた。女たちは房飾りの付いた虹色のショールを羽織り、曲げた肘に巨大なバッグを掛けている。それがみんな同じ形だった。一番の老女たちもおさげ髪を編み、それを頭に巻いていた。僕はちょっと離れた屋外階段の下、半分蔭になったところの薪割り台にすわっていた。何人かはこちらを見たが、僕に気づいた者は一人もいなかった。司祭だけがハッと思ったようで、僕は司祭がこの見知らぬ少年を見て、神学校の脱走者、背教者のフィリップ・コバルのことを思い出し、あの子は一体今頃どこにいるのだろうと考えたのではないかと想像した。

人々は、一人ずつ順番に、食堂に入っていき、長い間出てこなかった。兄の跡を訪ねる僕の旅の目的地たるべきカルスト地方へ行くバスは、遅い時刻にまだあと一本ある。僕は彼らを待っていることにした。すぐ横の家の土台に寄せて、薪の山があった。ピラミッド型に尖ったトンネルのような犬小屋のような形をしていた。その上の壁には、ラテン語の標語が刻み込まれて残っていた。「時というものを知ることはできない」。村の人たちの行動を見ているうちに、母の具合はいいんだ、という気がした。見慣れたハンドバッグを見ただけでも、それは確かな気がした。

僕は自分の居場所にそっとしておいてもらえた。どう見ても暇そうなことが、十分に身分証明になっているみたいだった。リンケンベルクの住民たちが外に出てきた。老人までもが赤い頬をしていた。酔っ払っているわけではないのに、およそ奇妙な心もとない浮かれ方をしていた。彼らがくにの言葉を話しているのが聞こえた。くにの言葉がはっきりした声で話されるのを、僕は初めて聞いた。村では普通の、ごた混ぜの言語でもなければ、あの音節を飲み込んでしまうような喋り方でもなかった。彼らは入り口の前で、今度は何か指示されたみたいに一斉に家の壁のほうを振り向いた。そこには窓はなく、ただ水平な筋の入った大きな黄色の面になっていた。その壁を背景に、村人たちの黒っぽい後ろ姿がくっきりと浮き出し、年齢もさまざまな女たちが何人か、手を取り合い、男たちが腕を組んでいるのが見えた。腰をかがめている者はいなかった。そのとき僕は、追放された人間なのはわれわれコバル一族だけではなくて、村人たちの全体がそうなのだということを理解した。リンケンベルクの村全体が、はるかな昔から、故郷を離れて移住した者たちの村なのだ。村人の誰もが同じように奴隷的で、同じように貧しく、同じように場所を得ていない。司祭でさえも、この団体の中では、宗教上の主人というよりは角刈りで骨張った囚人みたいに見えた。安くてうまい食事ができたのだろう、みんな、食堂の前に立って顔を輝かせているというのに、僕には彼らが〈嘆きの壁〉の細い溝の前に立っているように見えたし、観光客といっても同時に巡礼（Pilger）のようで（»Pelegrin«というのがこのあたりに多い名前の一つだった）、きちんとした頭髪も身なりも、むしろ巡礼にふさわしかった。衣装というものにも意味があるのだということに、僕は初めて気づいた（少し後でもう一度、そういうことがあった。カルストの小屋の前に立った老女の姿を見たときだ。ほとんど眼を閉じて、自分の白黒の死装束を腕に掛けていた。それはかつての花嫁衣装なのだった）。団体の中には子どもも一人いた。

子どもは家の蛇腹にするすると登ると、溝に手とつま先をかけて壁の真ん中まで行き、壁の半分ほどの高さから、地面に飛び降りて観衆の喝采を受けた。そしてそれが彼らの旅の終わり、帰途につく合図だった。

疲れているとき、まわりのものが遠く小さくなっていくように見えることがある。団体のバスがターンを描いて北に、いわゆるアルプス共和国に向かって遠ざかっていったときも、バスはちょうどそんなふうに縮小していき、音も玩具の車の音のように小さくなっていった。その玩具のバスに乗って、あの村人たち、奴隷の衆は、母国から流刑の地へと搬送されていく。彼らは姿を消して、二度とこの地を見ることはない。あのよるべない一団が、上等で上品に思えた（手の甲に浮いた血管でさえ高貴さのしるしだった）。そして代々この地に住み着いていて、ひっきりなしにタバコの煙を吐き、唾を吐き、隠部をぽりぽり掻いているユーゴスラヴィアの住民たちが、南国的な血の気の多さもすべてひっくるめて、今度は粗野で俗っぽく見えた。

僕は空っぽになった広場を横切って壁のところへ行き、そこにはもういない人々の中に加わった。壁の溝をなぞり、頭が背中に付きそうに屋根の張り出しを見上げている僕は、傍目には帝国時代の建物を鑑賞しているように見えただろう。しかし心の中では、僕は両の手を天に向かって差し上げているところだった。しかもその腕は切断されてしまっているような気がした。想像の中で悪態をつき、唾を吐いてみる。どちらも上には行き着かない。〈嘆きの壁〉は空想に過ぎず、壁についているのは水平に並んだ構造線だけ。それは準線〔導きの線〕ではなく、道路から舞い上がった埃と蜘蛛の巣にまみれたただの空虚なフォルムで、家の両端の角では、北側も南側も、何ものにも限られてはいなかった。わが起源の地だって？――こんな壁、近くで見れば黄色くちらちら光っているだけのこんな壁なんか、ぼろぼろになって僕の上に崩れてくればいい！――だが片側の南国的な糸杉、至るところにいる雀――葉蔭に隠れて窺っている無数の眼――の囀りに満たされて、球果の明るい、炎のような姿の糸杉、そしてバニラの匂いを放っている夾竹桃の花も、はたして無なのだろうか？「夾竹桃」、「糸杉」、「月桂樹」――僕の言葉ではない。僕はそういう言葉とともに育ってきたわけではない。そういう言葉が表すものがある環境で暮らしてはこなかった。僕らのような者が知っている月桂樹《ローリエ》と言えば、せいぜいスープに入った乾燥させた葉っぱのことだ。――そしてそういう問題も、ものを書くということを通じて、余計重大な問題になる。棕櫚の木が目の前にあるとする。それは一つの体験だ。だがその棕櫚の木のことを語ろうとすれば、外来語の「棕櫚《パルメ》」という言葉が、鱗のような樹皮をして葉をぱたぱた鳴らしている木そのものと一緒に、僕の手から滑り落ちてしまうのだ。これを書いているちょうど今また北の窓と南の窓の外を舞っているような雪、雪だったら、僕はいつでも言い表すことができる。風も、草も、「唐檜」も「赤松」も（これは父の仕事の材料だった）、「ペラルゴニウム」も、「ディル」も、言い表すことができる。ところが、内陸に育った人間としては、たとえば「海」を言葉で浮かび上がらせようとすると、ある程度の年齢になってからはいろいろな海を見ているにもかかわらず、自分のものになっていない「海」という言葉とともに、海そのものも、逃げていってしまうのだ。子どもの頃に名前でしか知らなかったものやまったく知りもしなかったものについて何か言うことは、いまだにしっくりしない。そもそも街にかかわることも、子ども時代を田舎で過ごした者にとっては、すべて口にすることも書くことも難しい。「中央広場」にせよ「路面電車」にせよ「公園」にせよ「ビル」にせよ。気に入った木のことを書くのだって必ずしも簡単ではない。明るい斑点のある幹、ゆらゆら揺れる実が、村の人間特有の沈んだ気分から救い出し元気づけてくれるにしても、南国と街を象徴するものでもあるこの木、「プラタナス」[57]という名の付いたこの木のことを語るには、自分の範囲をこえたことをしているという感情を振り切るためのちょっとした跳躍が、その都度必要なのだ。糸杉の木も、あの空想の嘆きの壁の、上に天を戴いた姿と同様、自分にとっては『無』でありながらなぜか惹きつけられるのだが、そのことを言おうとするときには、「これは書かなければならないものだ、こいつは外国にあるものだけれども、故郷の聖画像柱や柘植の木とまったく同じように、僕のものにしなければならない」と自分に向かって言い聞かせるのだ。昔も今も。

そういうことを落ち着いて考えることができるというだけでも、願いがようやく叶ったようなものだった。僕はまず神様にやみくもに呪いをかけられ、それから神様が落ち着いたところでようやくまともに認識してもらえるみたいだった。それにしても、体験したものすべてについて、それを名づけるための法を新たに見つけ出していくというのは、なんという探検旅行だったのだろう。信ずるものは幸いなり！　境界に災いあれ⁉　スロヴェニア語には「永遠にこの世をうろうろする」者のことを言う単語がなかったか。そしてそれにまたぴったりの「よそのドアはお前のすぐ後ろでバタンと閉じる」と言う警句も。

57　スズカケノキ。本書の舞台バルカン半島からヒマラヤにかけての温帯が原産。十七世紀ごろからアルプス以北の大都市でも街路樹として植えられるようになった。

夕方のバス。最後の山と谷に挟まれた地域から出て、海沿いのカルスト高地の手前のヴィパヴァ平野[58]まで来たときには、もう夜になっていた。バスの屋根のハッチから月の光が射し込み、ひと所を照らしたままほとんど動かなかった。ようやく真っ直ぐな道になったのだ。それまで大小無数のカーブを通っているうちに、方向感覚を失ってしまっていた。方向感覚がやっと戻ってきたのは、ある停留所のそばの宿屋の、ブドウと魚の絵が描かれた看板を見たときだった。それから、闇の中から最初のブドウの木が目印のように浮き出した。すぐ続いて大きなブドウ畑の最初の一列がちらちらと光った。バスは満員で、さまざまなお喋りが絶えず交わされていた。運転手も隣の補助席にすわった車掌(長距離バスでは珍しい)と喋っていた。同時にスピーカーからはラジオ放送が流れていた。旅の速度にぴったりした民族音楽が、ニュースで何度も中断された。車内には兵士たちが目立った。真ん中の通路にすし詰めになり、一部は一番後ろの座席にいて、人の膝の上にすわっている者もいた。ある停留所で大挙して乗り込んできたかと思うと、次の停留所で群れをなして降りていき、途端に石の壁の向こうに姿を消した。この長い旅には一時間に一度は休憩が入った。運転手は食堂かスタンドビュッフェの前で車を停めては「五分」とか「十分」とか休憩時間を告げた。僕はそのつど一緒に降りて、地元の人が一気に飲み干しているワインを味見した。椅子のカバーは裂け、チューインガムのへばりついた灰皿には蓋のない、すべてが大急ぎであると同時にのんびりした夜行長距離バス。そのうち、自分が永遠にこのバスの一部になってしまったような、このお喋り好きの、人のことを気にしない、正体のはっきりしない乗客の中に溶け込んでしまったような、そして自分の生涯の旅路を発見したような気分になっていた。自分が安全なところにいるという感じも、ときどきはしていたのではないだろうか。

　最後の休憩が終わって再びバスに乗り込んだとき、それまではいなかった兵士が一人まじっていた。軍服を着ていたが、帽子はかぶっていなかった。覆いをして縛った銃を手にしていて、バスが走っているあいだ、それを膝の間に真っ直ぐに立てていた。彼は同類の兵士たちとは離れて、僕の前の列にすわっていた。最初に一目見て、武器を見たからではなく横顔を見てなのだが、きっと何かが起こるぞと思った。われわれにかかわるようなことになるのだろうか？　兵士たちが相手をするのだろうか？　それとも僕が？　僕は全身注意力そのもののようになって、彼の頭のてっぺんを、そのいくつにも分かれた旋毛《つむじ》を、後ろから見ていた。自分自身を見ているような気がした。短く刈られた髪は突っ立っていて、それが若い兵士と、兵士と同年輩の〈誰でもない者〉との二重のイメージを与えていた。〈誰でもない者〉が、とうとう自分が何者であるのか知ることになるのだ（第三者が描き出してくれる自分の姿を見ると、いつも誤解されているか買い被られていると思った。自画像は――そういうものが描けたとして――全然信用ならなかった。それでいて、「自分は何者なのか」という問いはしばしば危

58　ユリスケ・アルプスから連なる山地がしだいに標高を下げた南端にあたるトルノヴァ森の山脈と、南側のカルスト台地に挟まれた幅広い谷。同名のヴィパヴァ川はこの谷を西に向かって流れ、イタリア領に出てイゾンツォ川と合流し、フリウーリ平野をトリエステ湾に向かって流れ下る。ヴィパヴァ平野はその肥沃さによって、また古代からの交通の要衝として知られる。中心地はアイドウシチナ。奥の東端にナノス山が聳え、その麓にあるやはりヴィパヴァという名の町には兵舎が置かれている。

急時の祈りのように差し迫ったものになるのだった）。ついに、自分の子ども時代からの主人公を、自分の分身を、目の前にしているのだ。世界のどこかで同時に成長し――それについては確信があった――、きっとある日、ひょいと姿を現して本当の友達になってくれるやつ、実の肉親たちのようにやたらに人を見透かす代わりに、言葉を交わさなくても相手を認める笑いを向けるか、ただほうっと息を吐くだけでこちらのことを理解し、無罪判決を与えてくれるやつ。逆にこちらからも、同様に理解してやれるやつを。とうとう欺くことのない自分の鏡に出会ったのだ！

この鏡はまず、誰にでも好感を与えるような姿をしていた。若い男がすわっている。まったく目立たず、外見状は同年輩の他の者たちとまったく変わらないが、それでいてまわりとは違っている。と言って別にわざと孤立しているわけでもなく、たんに自分ひとりでいるだけなのだ。身の回りで起こっていることは何一つ見逃さないが、自分に見合ったことにしか加わらない。バスに乗っているあいだ、彼は横目でこちらを見ることもなく、頭はつねに前を向き、体は席を動かなかった。半分閉じられた眼と、ほんの時折震えるまつ毛が、じっと考えにふけっていながら意識ははっきりしているという印象を与えていた。ちょうどはるかな土地のことを思い描いているところかもしれない。それでいて網棚から隣の男の頭に思いがけず荷物が落ちかかりでもすれば、自分の空想は中断することなく、片手で落ち着いて受け止めることができるのだ。人の気づく間もなく荷物は網棚に押し戻され、また元の彼の瞬きが戻る。その眼はひょっとしたら南極の山でも見ているのかもしれない。この若い男に特徴的な、そこにあるものとないものの同時性に対する感覚を特に表していたのは耳だった。その耳は、走るバスの車内のどんな物音も聞き逃さず、そして同じその瞬間に氷河の先端が海中に落ちる音や、地球上のあらゆる町で杖を頼りに盲人たちが歩いている足音や、今も相変わらず故郷の村を流れる小川のせせらぎも聞き取っているのだ。とは言え、その耳は、肉が薄く透けていて少し突き出ていること以外にこれといった特徴があったわけではないし、ぴくぴく動いたりしたわけでもなかった。この耳は確実に働き続けているのだと思った。それどころかあたり一帯で働いているものといえばその耳だけで、外と内のすべてのものを取り集める場所となっていて、この人物は文字通り全身耳となっているのだと思った。それは多分、彼のそれこそ彫像のような態度、乗車中ずっと変わらなかったこの態度、何かを待つ人の態度であると同時にすべてを把握している人の態度のせいだった。何が起ころうと、彼には用意ができている。何かが起こって、心を動かされるということはあっても、驚かされるということはないのだ。

バス旅行はそんな具合だった。兵営のある土地に到着して、彫像はもちろん彫像ではなくなった。彼はもうばらばらな印象、見るごとに違う姿を見せるばかりだった。僕は後年、何度もヴィパヴァを訪れたし、あの村と、町と、「神聖な」スロヴェニアの山ナノスの山麓の「荘園」、ナノスは独立峰の白い断崖で、徒歩で歩く者には道連れとなり、しだいに向きを変えながら姿を変えていく。この地方の心の糧であり、地方の産物の多くがこの山をかたどったり、商標にしたりしている)、同じナノスという名前の川(互いに近接した数多くの水源があって、そこでは岩の裂け目から直接、音もなく水が湧き出している。水はやはり音もなくいくつかの凹地に溜まって小さな池のようになり、それから突然一つになって、とどろきながら石の家々のあいだを縫い、一連の石橋や覆いかぶさる岸辺の木々

――野生のイチジク――の下をくぐり風を起こしながら、広い谷へと泡立ち流れ出すと間もなく穏やかな表情に変わる）、そしてその名にちなんで名づけられたワイン（緑がかった白ワインで、苦いと言っていい）も含めて、すべてを一つの場所そのものとして味わった。この場所を、僕は今後もできる限りいつまでも、何度も訪ねるつもりだ。それは僕自身が世界となりうるのであり、自分自身に対しても、世界に対しても、そうすべき責任があるということを忘れないためだ。しかし初めてのこのとき、僕はあの兵士しか見ていなかった。僕は興奮しながらも冷静に、探偵のように用心しながら、ことが起こるまで彼を尾けていかなければならなかった。このときから現在までには、僕もいくらかの経験を積んでいる。だがこのときの自分の分身に関わる事件ほどの大事件はなかった。もっともこのとき、実は用心の必要もまったくなかったのだ。僕が彼の靴の踵を踏みつけて脱がせてしまったとしても、彼は振り返りもせず、そのまま裸足で歩いていったことだろう。左手にはくるまれた武器をずっと握りしめていたが、僕には空いた右手のほうがもっと重要だという気がした。その右手の親指と人差し指は輪を作っていた。彼のあとについてまず行ったところは映画館で、そこでの彼は観衆のあいだにまじって笑っていた。それから「パルチザン」という名の飲み屋。兵士のかっこうをしていないのはウェイターと僕だけだった。自分は何者だということにしたらいいんだろう？　そんなことに頭を悩ませているのは僕一人だった。兵士たちは僕を無視していた。

あの兵士は他の兵士たちのいるテーブルに加わり、ただじっと人が喋るのを聞いていた。彼の印象がくるくる変化し始めたのはこのときだ。僕はよく半睡時に誰かの顔が浮かんで、十分の一秒単位でその表情が変わっていくという夢を見ることがある。わが分身も、それと同じように変貌していった。僕は彼から一瞬たりとも眼を離さなかったし、彼の身振りも絶えず見ていた。真面目な表情が一瞬にして陽気な表情に変わった。陽気さは嘲笑に変わり、嘲笑から軽蔑に、軽蔑から同情に、同情から放心に、放心から落ち着きに、落ち着きから絶望に、絶望から渋面に、渋面から明るさに、明るさから無心に、無心から不真面目にと変わっていった。そのあいだにも彼はときどき人の話などまるで聞いていないこともあり、蝿に気を取られたり、廊下で卓球をやっている連中に苛立ったり、店内に響き渡るジュークボックスの音に気を取られたりしていた。耳を傾けているときの彼は、間違いなくこの空間の中心で、奇妙なことに、誰かが彼のそばを離れるとすぐさま別の人間がやってきて代わりにすわり、それぞれの話を彼にして聞かせるのだった。彼が一人になるときもあったが、そのときでも、まわりの同輩たちは彼の出すサインを待っているとか、あるいは彼が弱点を晒すのを待っているとでもいうように四方から彼のことを窺っていた。ああ、彼はみんなの視線に晒されているのだ、と僕は思った。他の者たちは、彼が一人ですべてであり、かつ持続しては何者でもないために、常に彼のことを窺って、彼を基準に自分たちを測っているのだ。そしてバスに乗っていたあいだとはちがって、彼もそのことをわかっていて、一番の彼の特徴だったもの、つまり落ち着きを失いつつあった。まわりのあらゆるものが彼にとっては自然さを失い、わけても一番不自然になっているのが彼自身だった。絶えず表情が変わっただけでなく、体もしょっちゅう何かしら動かしていた。脚を組んだり、投げ出したり、椅子の下に引いたり、右脚を曲げて左脚の上に乗せようとして失敗したりしていた。彼の姿全体から、あの近さと遠さの見事な混在が消えてしまった。あの混在が、見ている者に、集中と注意深さと柔和さと、そしてとりわけ純粋さを伝染させるものだったのに。それが、眼は据わり、耳は赤くなり、肩は一方が下がり、片手は握りしめられて、グラスをつかもうとしてひっくり返すという醜悪な混乱がとって代わっていた。これがつまり僕なのか？　旅の終わりまで来て、夢の終わりがこれなのか？　その問いが、僕を愕然とさせた。それは吐き気に変わり、そして吐き気を覚えたところで、それ（自分に対する、他人に対する、人生に対する吐き気）がわが一族の病だったことに気づく。病の認識は不審の念に変わり、不審の念から立ち止まって考えることになった。僕にとってこの分身は一体何なのだろう？　子どもの頃から欲しかった友達？　今後一生僕に付きまとう人物としてはこれ以上恐ろしいものは考えられないような敵？——その答え自体がくるくる変わるイメージそのものだった。友‐敵‐友にして敵‐敵にして友……

　すでに真夜中近く、飲み屋は人もまばらになっていった。奥の壁際の本物のワーリッツァーのジュークボックスにはガラスの円蓋が付いていて、その中で、キラキラした光に浸されて、アームに持ち上げられて車輪のように垂直に、黒いディスクが回っていた。その光景のほうが主役で、音楽はいつもながらその伴奏に過ぎなかった。あの兵士と僕、われわれは二人とも大きな薄暗い部屋の中、同じ方向を眺めていて、ディスクの演奏が終わったとき——光に当たって輝き出したディスクの溝に——僕は再び相手の髪の分け目の線を見ていた。それは河口のデルタのようにいくつもの筋が入っていた。

　われわれは二人とも外に出た。僕はまた彼の後ろに、ひと気のない広場に立っていた。広場の反対側の縁には帝国時代の一団の石の小人たちが並んでいた。二人とも、われらが祖国のアスファルトを見つめ、われらが伴侶の月を見上げ、そして脇を——そこには何もなかった——見た。おおスロヴェニア語よ、二人の者が何かするとかしないとかを言うのに特別な形、双数、デュアルを持つ[59]——他の生きて使われている言語のどれほどが双数を持つか――言語よ。それも消滅しつつある。よく使われるのは書き言葉でだけだ。

われわれは兵舎まで行くのに川沿いに回り道をした。僕のとる距離は歩くうちにだんだん大きくなっていった。砂洲まで来るともう兵士の姿は見えず、代わりに彼の紐靴の跡だけが残っていた。それはあらゆる方向に向かい、重なり合った足跡も多く、どれもこすれてぼやけ、縁には泥の塊が残っていて、まるで今ここで生死をかけた決闘が行われたばかりのようだった。

やっとまた彼の姿が見えたのは兵舎の窓の中だった。部屋は暗かったが、シルエットで彼だとわかった。彼は手に球のようなものを持っていた。それはリンゴかもしれないし、まさに投げようとしている石かもしれなかった。彼がタバコに火をつけたとき、一瞬、すっかり知り尽くしてもいれば底知れぬものでもある顔が浮かび上がった。僕はそのとき、バスに乗っていたあいだにも気づいていたことだが、彼が研究者のような眼をしていると思った。研究者と言っても、何か発見しようとする研究者ではなくて、馴染みのものを未知のものに変えてしまう研究者、未知のものの領域を歩測し拡大する研究者だ。

59 言語で、単数、複数の他に、二者を表す形。その場合、三者以上が複数になる。アラビア語に見られるほか、古典ギリシャ語にもあったが、現在では消滅した。なお、第1章に見られる「あんしたち二人」という台詞も、このスロヴェニア語の双数を踏まえたものであると考えられる。

暖かい静かな晩だった。僕は放置されたバスのドアが開いているのを見つけて潜り込んだ。一番後ろのひとつながりになった座席に、再びザックを枕に、体を伸ばした。最初は寝心地悪かったが、そのうち自分の場所になった。

でも眠れなかった。バスは今にも走り出そうとしているみたいに軋み、月の光が閉じた瞼の上から投光器のようにどぎつく照らしつけた。僕は秋のこと、兵役のことを考えた。それまでは秋から兵役に行くなどということはどうもピンと来なかったのが、急にイメージできるようになった。だいたい人生で大変なことはいつも自分一人でなんとかしてきた。だから、なんとか片づいてほっと一息つくと、まるで何事もなかったみたいな気がするのが常だった。だから満足感を味わうなんてことも不可能だった。兵役に行くということは——と僕は想像した——合同で山越えをしたり橋をかけたりした後で、成し遂げたことは事実なんだ、とお互いに保証し合うことができるってことじゃないか。ただ集団となり、皆一様に疲れ切って、どこかの道端に寝ているだけで。そして疲れ切るということがいつでも僕の望みだった。もう村の人間とも言えないし、労働者でもないとすれば、疲れ切るということだけが僕を正当化してくれる、そう思った。

だがそれから、兵役適性検査の後で駐屯地のある町からやってきた訓練将校が田舎の少年たちに向かって喋った演説のことを思い出した。靴の踵を上下させ、拳で演台を叩きながら、将校はどこか遠くを見つめ、その地の戦没英雄の墓地のあいだを吹きすぎる氷のように冷たいツンドラの風を感じ、その空気を深く吸い込み、それから一息に、長いわめき声を自分の足元に並ぶ軟弱者ども、臆病者どもの耳に吹き込んだ。そして彼のブリキのシンバルのような声の心揺さぶる最後の強奏——「戦場での死ほど美しい死はない！」――と、いつもながら歌詞のあやしい国歌斉唱のあと、踵を打ち合せ、指先を揃えてこめかみを叩くと、落とし戸から音立てて地獄の棲処《すみか》へと消えていった。若きフィリップ・コバルにとっては、気狂いじみたもの、人々皆にとって危険なものとの初めての出会い。だが他の同年輩の連中にとってはたんなる自然現象に過ぎないらしかった。ひょっとすると彼らは今でも、演説のために照明の落とされた、あの地方都市の「多目的ホール」に並ばされていたときと同じように、そういう自然現象の吹き荒れる中で首をすくめているのかもしれない。しかしあの孤独の体験は、解放の光をも放っていたのではなかったか。

自分のバスの中に横たわった男の眼には、最後に、海岸道路が浮かんでいた。宣戦布告が出されていた。二人の歩哨の他には、地上には誰もいなかった。海峡を挟んで一人はこちら、もう一人はあちらの、かなり岸から離れたところに、それぞれ波に揺れる狭い板切れの上に立っていた。そして、戦争こそが唯一現実的なものである、それはなぜなのかは間もなくわかることだろう、という声がした。

目が覚めたとき、自分がどこにいるのかわからなかった。怖くはなかった。むしろうっとりしていた。バスはやっぱり見知らぬ、色彩もちがう土地にいた。月はまだかろうじて光を放ち、丸く、小さく、空に一つだけ浮かんだ雲のように、丸く小さな太陽の真向かいの場所にかかっていた。どこをどう移動してきたのかはわからなかった。覚えているのは、何度もクラッチを踏む音や、窓ガラスをこする枝や木の葉の音がしたことくらいだ。ドアは折り畳まれ開いていて、外に出ると運転手がいた。運転手は当たり前のように――もうすべてがメルヘンじみてきていた――おはようと挨拶を寄越し、前からの知り合いみたいに、少年に自分の朝食を分けてくれた。

　バスは開けた所に停まっていた。道路から一つの村へ、野道が付いていた。こんな村は見たことがなかった。やがてその村から、全員が一軒の家から出てきたみたいに一斉に、乗客がやってきた。多分ここが始発駅なのだ。人々はどこかよそに仕事をしに行くような服装で、ひとかたまりになって歩いてきた。巡査も一人いた。制服のせいで、他の人たちの中で、元帥のようだった。人々が乗り込んで姿が見えなくなると、村は、最初の印象そのまま、人が住んでいるようには見えなかった。歴史から外れた灰白色の石造りの記念碑、空っぽで風だけが吹き過ぎる土地に囲まれた記念碑……。村に近づいてみれば、やっぱりラジオの音が聞こえたし、ガソリンの匂いがしたし、眠気が一気に醒めるほど醜い老婆にも出会った。老婆はごくありふれた黄色いポストに手紙を投函するところだった。その老婆が僕のことを「亡くなった鍛冶屋の、やっとまた郷里に帰ってきた息子」だと言って、高い塀で風から護られた庭の中のベンチにすわれと言い、ボウルに汲んできた水で僕の体を洗い、取れていたコートのボタンを縫い付け、靴下の穴を繕ってくれて——僕は兄とちがって自分の身につけておくものをきちんとしておくことは苦手で、シャツでも兄が着ると十年経っても新品みたいだったのに、僕は一日着ただけで裂け目を作ってしまった——、僕に娘の写真を見せ、うちに泊まれと言ってくれたのは、なぜだったのか。僕は、それがメルヘンの世界の掟であるかのように、質問はしなかった。村の名前も、辺りの風の強い開けた土地の名前も尋ねなかった。この土地への境界を、僕は眠っているうちに、後にも先にもないような具合に越えてしまったのだし、これまでの旅で通ってきたところとはちがって、一つとして馴染みに感じられるものがなかったのに。それでも、そこがカルスト[60]であることはわかっていた。
自分がメルヘンの世界に入り込んでしまったのではないかという不審と不安は、リノリウム張りの台所のテーブルや、新聞の見出し（スロヴェニア語だからわかりにくいということもなくなっていた）や、世界大戦中、その竪穴がレジスタンス戦士たちの秘密の放送局に使われていたという標示のある天水溜めを見るうちに、消えていった。それでも、行方不明の兄とともに、カルストはこの物語の原動力なのだ。だがそもそも一つの風景を物語るということは可能なのだろうか。

カルストに魅力を感じたのは子どもの頃からのことで、そもそも一種の勘違いから始まっていた。小さな頃から、僕は兄の果樹園にあったすり鉢型のくぼみを、カルスト地方によくあるドリーネだと思っていた。郷里のどうということのないヤウンフェルト平野で、面白いものと言えばそれぐらいしかなかったのだ。ドブラヴァ森の中の爆弾でできた二、三の穴はゴミ捨てにちょうどいいくらいの大きさしかなかったし、ドラウ川はずっと下の深いU字谷を流れていて見えず、船もボートも通らなかった（その昔パルチザンが盥《たらい》に乗って渡ったというのがせいぜいのところだった）から、リンケンベル

60　元々このスロヴェニアのトリエステ湾岸地方を指す固有名詞「クラス（Kras）」のドイツ名が「カルスト」。このカルスト地方の特殊な地形から、一般にどこでも石灰岩地の溶食によって成立した地形をカルスト地形と呼ぶようになった。ドリーネと呼ばれる凹地、カレンフェルト（石灰岩の露岩群）、テラロッサ（ドリーネの底の赤い風化残留土）、地下の鍾乳洞などを特色とする。スロヴェニア・カルストのポストイナ鍾乳洞は特に大規模で美しいものとして有名。雨水などは、ドリーネを通じて地下に排水されて地下水脈となるため、普通の河川はできない。

クの村の誰も、川のほとりに住んでいるという意識はなかったと思う。平野のただ中の窪地は、郷里では唯一見るに値するものだったのだ。形は関係なくて、珍しかったからだ。こんなカルストから北に離れたところで、カルストならあちこちにあるような地下の洞窟が一つだけできて、地面が陥没し、肥沃なすり鉢状の地形が出来上がったのだ、と小学生は考えた。子どもっぽい思い込みで、昔変わったことが起きた場所には将来また何かが、何かまったく特別なことが起こるにちがいないと思い、ドリーネだと思い込んだ場所を、僕は期待と恐れのまなざしで眺めていたのだった。

　ずっと後になって、教師（地理と歴史の）が僕の勘違いを正してくれた頃には、長年の思い込みがすっかり身に染み付いてしまい、どこか遠くに行きたいところがあるとすればカルスト地方以外には考えられなかった。といっても、剝き出しの岩と、そのあいだに無数に並んだ漏斗型のドリーネと、その底に溜まった赤い土というイメージ以外に何を知っているわけでもなかった。大人になりかけの少年は、家の窓辺のベンチにすわって、いくつもの山の向こう、海岸沿いの、まだ見ぬ高原のことを考えているうち、泣き出してしまったことがあった。熱い涙だった。しばらくすればおさまってしまう子どもの涙とちがって、心の底からの叫びの力を持った涙だった。それは今から考えれば、要求されもしないのに自分から発した最初のもの、初めての自分自身の言葉だった。

　僕がカルストの物語を試みるにあたって採るやり方も、やっぱりあの教師に倣ったものだ（あの窓辺のベンチで泣いていたときのように、僕の内部には「おお、天翔る＝人口に膾炙《ゲフリューゲルター》した岩たちよ！」という声があるのだが）。教師は、心に温めてきた物語、マヤの物語を語るのに、感動の叫びから始めていた。だが、彼のその後の物語は、歴史的な出来事から展開するのではなく、地下から展開するのだった。一つの民族《フォルク》の歴史＝物語は、その土地の地理によって決まっていて、歴史のどの段階でも地形の役割を無視しては正しく語ることができないというのが彼の持論だった。唯 の真の歴史記述は、同時に地学でもなければならないというのだ。彼はそれどころか、ある国の地形だけから、一つの民族《フォルク》の盛衰史を読み取ることができるし、そもそもその住民が民族として盛衰史と言えるものを形作ることができたかどうかもわかるとまで言っていた。マヤの土地のユカタン半島も、地下に空洞の開いた石灰岩台地だが、本当のカルスト——トリエステ湾の上に広がる高原、世界各地の同様の地理現象に名前を分け与えた「母なるカルスト」——とちがって、その「裏返しの形」をしているという。池中海岸の無数の漏斗状の穴は、熱帯のカルストでは塔や円錐の形に突き出しているし、ヨーロッパではわずかな雨や内陸から流れてくる川の水が、石灰岩の裂け目にたちまち呑み込まれてしまうのに対して、中米に大量に降る雨は、石の穴から再び地上に出てくる。それどころか鹹水《かんすい》の大西洋の近く、美味しい水の泉となる。そしてマヤの人々は、そこまで舟を漕いで水を汲みに行ったのだという。

したがって、教師の説によれば、原カルストの人々は、マヤの「裏返しの民族《フォルク》」でなければならない。マヤの人々が高台に登っていくのに対して、彼らは野良仕事にドリーネの底に降りていくではないか。マヤの聖地が原生林の中に隠されているのに対して、彼らの聖所はむき出しの山頂に見えているではないか。地面の穴は、マヤにとっては人身御供を放り込む場所なのに対して、彼らにとっては難を避ける場所ではないか。彼らの建築はすべて——寺院のみならず辺鄙な野良小屋まで——、木材とトウモロコシの葉の代わりに堅固な石でできているではないか。母屋も鶏小屋も石造り、敷居も屋根も石、場合によっては雨樋まで石でできているのだ。

それでも、野道をバスまでやってくる人々、僕を家によんでくれたよく太った老女、さらにその後会った人々は、僕の記憶の中では、聖地巡礼行列のインディアンの一行となった。この人々は一つの民族《フォルク》なのだろうか。いずれにせよ、スロヴェニア人かイタリア人かということは、僕には重要な区別には思えなかった。しかしそれ自体で一つの民族《フォルク》をなすには、カルストの人々は、地域の広さと百の村にもかかわらず、少なすぎた。それとも本当は大勢いたのだろうか。とにかく僕が見かけたのはいつでも一人か、二人連れか三人連れだった。それ以上の人が集まっているのを見たのはせいぜい教会の中と、バスや列車の車内と、ただ一つのカルスト映画館の中くらいのものだ。墓地に一人でポツンと立っている人がいた。ドリーネの畑の土を均しているのは一人か二人（まず決まって夫婦）だった。石造りの酒場にすわってトランプをしている男たち（たいていは古兵）は三人だった。彼らが一座をなしているところ、輪を作っているところ、何か共通の目的のために集まっているところは見たことがなかった。ここにも確かにティトーの肖像はあったが、この台地の上では、国家権力も政治組織も、僕には形式的なものにしか見えなかった。この荒蕪地で耕作できる土地はあまりにわずかで小さく、集団農業などまず問題にもならなかった。村から遠く離れたドリーネの底の、リンゴの木蔭ほどの広さの畑は、個人個人のものでしかあり得なかった。もっとも、そうだとするとわからないことが出てくる。なぜあのトルミンの農民蜂起がカルストにまで広がり、人々が「われわれは法＝権利《レヒト》など要らない、われわれが望むのは戦いだ、そして全国がわれわれに続くのだ」と叫んで、「古き法＝権利」だけでなく「決定的な解放」を求めて戦ったのか。その後の数世紀のあいだに、なぜここには他のどこよりも多くの学校が作られたのか。なぜ僕は、あのボヒンのウェイターとあのヴィパヴァの兵士が、顔のない群衆に混じって歩いていても、すぐにお互いを見分けることができるだろう、一目見ただけで故郷の高原――そこでは大地はまだ近代の丸い地球ではなく、平らな円盤なのだ――から散った者だとお互い見分けがつくことだろうと思ったのか。わからない。それでも、カルストでは、僕は一つの民族《フォルク》というものには（そしてその盛衰にも）出会わなかった。代わりに、ただここに暮らしている人々。彼らにとって東西南北どの方角だろうが「向こう」か「よそ」で、人間関係と場所への感覚も世界的大都市に住む人々のような感覚、村ごとのちがいもちょうど大都市の区ごとのちがいのようなものだった（兄の辞書で最大の語彙採集地だったのがカルストだ）。ただこの「都市」の各区は互いに徒歩で一時間も離れていて、周りを無人郷に囲まれてばらばらに存在していたし、スラム街とか中流市民の居住区とか高級住宅地の区だとかいう区別もなかった。四方八方に向かって街道が延びているが、ほとんどどの道にも名前はなく、どれも同じように坂道だった。この「都市」の内部でちがいがあるとすれば、南部では教会の前にヒマラヤ杉が、北部ではマロニエがあり、西の戦没者慰霊碑にはイタリア名が一つ多い、という程度のものだった。ここではバラックも豪邸も考えられなかった。たった一つの城は、ヴェネツィア人たち[19]が建てたものだ。彼らは、以前のローマ人たちと同じように、船の建造のためにカルストの木という木を伐りつくして、保水性のない岩だらけの景観に最後の仕上げをした。その城は棄てられ、崩壊して、ドージェ共和国《ヴェネツィア》の曲線でできた鋸壁《チンネ》がまわりの単調で直線的な風景の中で浮き上がったまま、昔ながらの岩の上に、まるで砂漠の中の城のように立っている。

郷里では、再三再四呼び起こそう、呼び覚まそうとされてきた民族《フォルク》。それはカルストでは欠けていなかった。ここでは追放された王を悼む必要もなかった。郷里のあたりにいたときのように、消えてしまった国《ライヒ》のしるしとしての空っぽの家畜道や盲窓を探す必要も、もう感じなかった。ここでは、家々は土台石も壁の線刻の飾りもなく存在できている――ナノス山の向こう、わが中欧の厚い雲の層が横たわる北の方角を見て、僕は言う――この家は、こうでなければならないのだ!

ひと目まわりを見渡したときから感じられたこの自由の感覚はどこから来ていたのか。そもそも風景が〈自由〉を意味するなどということがどうしてありうるのだろう。その後、過去四半世紀のあいだに、僕は何度もカルストを訪れた。リュックサックを背負っていることもあれば(そんな人間はカルストでは僕だけだった)、バッグやスーツケースを持っていたこともあった。――それなのに、まるでいつも手ぶらだったような気がするのはなぜだろう。初めてのあのときからして、いたるところ引きずって歩いていたはずの海員用ザックが、カルストに着いた初日から、肩から消えてなくなっていたような気がするのはなぜだろう。

答えとしてとりあえず思いつくのは、カルストの風のせい、ということ以外にない(もしかすると太陽も関係しているかもしれない)。それはたいてい南西から吹いてくる風だった。アドリア海から台地に吹き上げ、じっとすわったり立ったりしているとほとんど感じられないくらいの空気の流れとなって、台地の上を絶えず吹き渡る風だった。カルストの、二、三のそれこそ秘密の場所とでもいう所から見える海は、風の中で、決して凪ぐことのない強烈な予感のようだった。その眺めには、本当に海辺に立っているよりも、あるいはあらゆるものから解き放たれてはるか沖合を帆走するのに比べてさえ、ずっと確かな手応えがある。顔に潮風を感じるというのは気のせいに過ぎないにしても、道端のタイムやセージやローズマリーなどの野生の植物（どれもわれわれの菜園のものよりも強靭そうで、小さくて、いかにも本来の野生種っぽかった——葉の一枚一枚、棘の一本一本がそのまま香りのエッセンスのようだった）も、ほとんどアフリカ的に節くれ立ったミントの周りに広がる芳香も、マンナトネリコの花弁も、樹皮から滲み出ている松脂も、きつい酒を思わせるネズの実（それで酔っ払う気遣いはなかったが）も、紛れもなく存在していた。[62] この風はたんに下の海から吹き上げてくるという意味で上昇気流《アウフヴィント》であるばかりでなく、揚力《アウフヴィント》そのものでもあった。この風は人の脇を途方もなく優しく抱え上げる。だから歩いていると、向かい風のときでさえ、風に運ばれているような気がしてくるのだ。特に南のほうの国には、海辺に住む古い民族がいて、ある時期になると、かつて住んでいた高地に戻り、そこで密かに風を祀り、言わば風の聖別を受けて世界の法《ゲゼッツ》に与る、そんな話があったのでは

61　アドリア海の奥に位置する海洋都市国家だったヴェネツィアは、十一世紀からアドリア海東岸のこの一帯を支配していた。海岸の潟（ラグーナ）に作られたこの水の都は、造船のみならず都市自体の建設のためにイタリア本土やカルストを含むアドリア海岸からの木材を必要とした。またヴェネツィアは、交易によってオリエント、ビザンチンと深いつながりがあり、その影響もあって、建築にも独特の意匠を持つ。ドージェとは、この共和制都市国家の政治的頂点に立っていた総督のこと。なお、十八世紀末のナポレオンによる占領の後、一八六六年にイタリア王国に編入されるまで、ヴェネツィアも一時ハプスブルク帝国の支配下にあった。

62　タイム、セージ、ローズマリー、ミント、マンナトネリコ、松、ネズはいずれも南欧、地中海岸を象徴するハーブ、樹木。これに対して、本書でアルプスの北を象徴しているのが唐檜などの木や、キャラウェイである。

なかったか。

僕はカルストの風を、そんな聖別《イニシエーション》として何度も何度も味わった。だがそれでどんな掟《ゲゼッツ》＝法に与ったことになるのだろうか。そもそもそれは法だったのだろうか。いつだったか、母が僕の誕生の瞬間のことを話してくれたことがある。僕は末っ子で、その前に二人生まれていたにもかかわらず、なかなか出てこなかった上に、動きさえしなくなってしまった。やっとこの世の光に触れたとき、ひとしきりぐずぐず泣いてから、大きな叫びを上げたという。それは産婆が「勝利のファンファーレ」に喩えたほどのものだった……母は、そういう話をすれば僕が面白がると思ったのだろうが、僕はむしろ自分の誕生というよりは死の話をされているような気がしてぞっとした。僕の最初の瞬間ではなく最後の瞬間がどんな具合かを聞かされているみたいで、その「ファンファーレ」の響き渡る中、処刑台にでも引っ立てられていくような感じがして恐ろしかった。実際、僕なんか生まれなけりゃよかったのにと母親をなじったことは何度もあった。そういう文句は、別に考えて言っていたわけではない。ただ口をついて出たというところだった。本気で恨むというよりは単なる繰り言、敵に追いかけられたといってはロにし、しもやけや爪のささくれが痛むといってはロにし、ただ窓の外を眺めてはロにする決まり文句だった。この嘆きの歌を母は真に受けてそのたびに泣き出したが、僕自身は一度として本気で言っていたわけではない。もう少し成長してからは、心の中で、何か堅固なものが吐き気や不機嫌と戦っていた。それは一種何かを心待ちする気分で、しかし具体的に何を待つというのでもなかったから、外には現れなかった。その待っていたものが今、カルストの風景となって眼前にあった。そして遅きに失したとはいえ、母に向かって、生まれてよかったと思うよ、と言うことができた。それでカルストの風は？　あえて言いたい、あのとき、風は僕を髪の毛の先まで浸したのだと（今再び僕を浸しているように）。でもこの洗礼水ならぬ洗礼風は、受洗者に名前を与えてくれたわけではない――「喜び」というものは「名状しがたい」、名前のないものではないか？　だがその代わり、荷車の道の真ん中の草の帯や、さまざまな木々の葉ずれの音（木によって名前がちがった）、水たまりに浮かんだ鳥の羽根、穴のあいた石、トウモロコシの植えられたドリーネ、クローバーの生えたドリーネ、三輪のひまわりの咲くドリーネなど、そこらじゅうのものに名前が与えられたのだった。あの風のそよぎから、どんな有能な教師からも教えてもらえないほどのことを学んだのだ。感覚が鋭敏になり、一見したところこの上ない混沌の中、人間の世界を遠く離れた荒野の中に、すべてのもののフォルムがくっきりと見えてきた。互いにはっきりと分かれて、しかも互いに補い合うフォルム。そして僕はどんな些細なものにも価値を発見し、あらゆるものをひっくるめて名指すことができるようになった。カルストの風を味わわなかったなら、どちらかというと風のあまりないケルンテンの村についても何も物語ることはできなかっただろう。カルストの風がなかったなら、僕の板碑には、ひとつながりの銘文は刻まれていなかったことだろう。つまりそれは一つの法＝掟《ゲゼッツ》を生み出したのではないか？

　しかしあの逆‐風はどうだったのか。ブルヤ（ドイツ語ではボラ）という、北から吹き付ける悪名高い風、あの高原の上では唯一冷たくごうごうと鳴る風、それが吹き始めると、ものの匂いが一切感じられなくなり、眼も開けていられず、耳も聞こえなくなってしまうあの風は？　そういうときは、どこか戸外にいるのであれば、ドリーネに降りていくという手があった。風はドリーネの上を吹き過ぎた。そしてそんなとき、ドリーネの底には、カルストの動物たちが、互いを恐れることもなく集まっていられるのだった。小さなずんぐりしたノロジカがウサギや黒っぽい猪の群れと並んでいた。上の、円形の縁に生えている木々はみんなかしいでいたが、下ではまばらで丈の短い草の一本も震えず、豆の蔓やじゃがいもの茎もしなりもしなかった。高原で嵐に遭って、ドリーネという避難所が近くにないときでも、たくさんある石積みの防塁の裏にしゃがみ込みさえすれば、びゅうびゅう吹き付ける氷のような風から一瞬にして逃れて、穏やかなぬるま湯に浸かったような気がするのだった。そんなふうに風を避けていると、古代の戦争のとき、対峙する軍勢が放つ矢や槍が、ボラのおかげで、一方は相手の頭上を越えて飛んでいき、他方は相手の足元に落ちて届かなかったという話を思い出す。また西風のそよぎの中で自然の事物の価値に目を開かれたとすれば、ボラが吹いているときには、石の防塁のような人間の作品に対して目を覚まされた。防塁には小さな木の格子が嵌め込まれていた。手近な低木から切り出された棒が平行に並べられたもので、その細さや曲がり具合、間隔の開き具合を見ていると、格子というものの原像、ドアや門や扉の原像が見えてきた。自然が結晶の形成に間隔を必要とするように、探究するまなざしにとっても、原像が見えてくるためには間隔が、あいだの空間が必要だったのだ。たどって行けばやがて草と岩の中に消えてしまうような道でさえも（カルストにはそういう、一見どこかに通じていそうな迷い道が縦横に走っていた）、ただの踏み跡ではなくて、道そのもの、人が建設したものであって、少なくとも耕地や泉《オアシス》やドリーネのある標高までは、路傍の石積みと、きちんと砂利の撒かれた路面と、その中央の盛り上がった筋からなる明確な三位一体を成していた。

この人住まぬあたりの——人里離れてポツンと立つ農家の屋敷というものはこの高地にはどこにもなかった——こういう現象が、そもそもカルストの村を作ったのだ。ボラこそがばらばらなものを一つにまとめ、一つであることがすばらしいこと、防備に力を発揮するということを教えたのだ。建物の北面は石に石を組んだ作りで、小さな天窓一つないことが多い代わりに、教会の身廊のように長く、強風を避けてゆるやかなカーブを描いていて、実に優雅に風をかわしている。庭を囲む壁は、その背後の何本ものイチジクの木よりも背が高く、上部が丸くなっていて、昔の領土の馬車の幅の分の大きさの大理石の入り口《ポルタル》（この土地にふさわしく白い衝突よけの縁石と、入り口上部にはＩＨＳ〔イエスを意味する〕の組み合わせ文字が見られる）が付いている。激しい風に吹きさらされて、まだ半ば眼も見えず耳も聞こえないまま、その壁に囲まれた四角い庭に踏み入ってみれば、そこは高価な品々が集められた展示場かバザールのようで、木挽台はブドウの木の格子垣と、粗朶の束は積み上げられたトウモロコシやカボチャの山と、格子型の荷車が木製の手すりと、棒を支柱にしたテンーが薪の山と、共演している（庭のベンチの上に自分のハシバミの杖と、キノコをくるんだハンカチを置く、するとそれも周囲にぴったりとおさまる）。カルストの家は、外からは防御のための砦にまた砦が入り組んだ上に煙突が立っているように見えたが、その奇妙な家の内部は、それだけまた繊細でありうるのだった。こうした家に何トンもの穹窿《きゅうりゅう》天井など要らない。ただ外壁が、悪天候に抗して、かすかに湾曲しているのだ。

このあたりの家の中では、芸術作品と呼ばれるようなものを目にすることはない。それなのに、そういう農家の中を見ると——ほんの通りすがりに覗いただけでも——ほとんどいつでも、絵の展覧会、それも最高に壮麗な、神聖な時代のものの展覧会を見たときにしかないほど、気持ちが高揚し、そして小さな子どもの尻がかろうじて乗るくらいの腰掛けが、この玉座に着けと招いたのはどうしてなのか。気づいたことは、カルストの人々が作るものの多くが、風景の主要なフォルム、ドリーネの鉢の丸さを反復しているということだった。華奢なかごも、膨らんだ形の荷馬車も、くぼんだ腰掛けも、先が弓なりになった干草用の熊手も、すべてがこの土地の唯一耕作可能な場所、母なるドリーネの形に従っているように見えた。あの教会の中世の木彫りのマリア像も、やっぱりまるいお腹をしていた。

カルストの建物の造作や道具類を目にしなかったなら、僕の「先祖」たちの遺産——兄の果樹園にせよ父の小屋組〔屋根を支える骨組み〕や家具にせよ——の価値を理解することができるようにはならなかっただろう。それまではずっと、うちの家がもっときれいに飾られていたらいいのにと思っていた。盲窓はもちろん必要だが、その中には彫像があったほうがいい、その脇には何世紀も昔のフレスコ画の断片が残っていたりして、家の中にはタペストリーか、ローマ時代の床のモザイクがあったらいい、そんなことを思っていた。だが、片隅に置かれた兄のアコーディオンはキイが真珠色をした貝殻でできていて、それだけで宝飾品の光を放っていたし、数年ごとにローラーで壁にペンキが塗られ、新たな模様ができるのだって、一大事件というものだったのだ。そもそもわれわれ平地の住民については、無味乾燥な人々であって、何か役に立つものか、できる限り単純なもの以外にはセンスがないと言われていた。しかし今、僕は、その単純そのものの中に、自分に欠けていると思っていた表現、何か付け加えなければできないものと思い込んでいた表現が存在していることに気がついていた。父のテーブルは、腰掛けや窓の十字の框《かまち》やドアの枠とともに、家の空間を住めるものにしているだけでなく、なにか繊細なもの、好ましいものを発散していたのだ。それは単に注意深い手仕事の証言にとどまらず、あのぎこちなく怒りっぽく不寛容な男が、ただこんなふうにだけ表現し、残すことができた何かを伝えているのだった。そしてそれこそが、彼のすべてだったのだ。本人のそばにいると萎縮しびくついてしまうのが、彼の作ったものを見ているとほっと息をつくことができ、作品からものを見る眼を学ぶこともできるのだった。こうして、カルストの家の門に掲げられたＩＨＳという文字が、父が木造の納屋の切妻に干草のための通気を兼ねて鋸でくり抜いた年号と結びついた。そしてそれ以来、風化し灰白色になった三角形の厚板に焼き印で捺したようなこの年号の描く模様を見上げるたび、普通は芸術作品についてしか思わないような、無二のものとして見るようになったし、家には他になんの装飾も要らないと思えるようになった。そして兄の果樹園の〈緑の道〉は短いものだったが、それはカルストの、北のあらゆる道を集めて水平線へと続くまっすぐな道の真ん中の草の帯に通じていたし、昔兄が腐植土が流れないように窪地の入り口に作った石の堤はもう崩れてしまっていたけれども、それが今、カルストの野の、隙間なく滑らかにカーブした防塁に続いていた——まるでアルプス地方でいったん地下に潜り、海近いここで再び地上に出てきたみたいだった。造られたばかりのように無傷で、棟上の祝いのときのように南の太陽に飾られて、前よりも高貴になって、まるで中国の長城のような城壁が、われらがヨーロッパ大陸にも縦断しているようだった。

だが風景やその住民の作品は常に頼りになるものだっただろうか。カルストの、あの風のない日はどうだったか。そんな日は一年中いつでもあって、太陽は見えず、形のある雲もなく、世界が消滅してしまったようになる。裸の地表からは――輪郭も物音も色彩のゆらめきもない――一夜であらゆる生命が消えてしまったようで、自分はまだ呼吸をしている最後の一人なのだ。他のところなら目覚めの瞬間に限ってやってくる重苦しい気分が、ここでは時を問わず襲ってきて、明け方、鶏の上げる金切り声や、正午に〈都市〉の百の地区から聞こえてくるどれもブリキのような音の鐘の音では払いのけることができなかったのではないか（ひと気のない家から響いてくるテレビの音、音たてて走っていく客のいないバス、配管類は黒く、前にすわった運転手はとうに焼け焦げて、制服のせいでようやく形を保っているように見える）。こんな日には、どんな死の惑星でも、この骨灰に覆われたようなカルストほど生気なく見えることはないだろう。カレンフェルトと呼ばれる無数の骸《むくろ》が突っ立っている。ナイフのように鋭くて、足を踏み入れることもできない。だがまさにそれが教えてくれたことがある。それは世界的大都市だけが村の人間に教えることができるようなこと、つまり、歩き方だ。

郷里の野を歩くのは、単に道のりを消化していくこと、できるだけ直線的に、道の短縮だけを考えること、回り道をするのは間違いでしかなく、ひたすら真っ直ぐ目的地に至ること！だった。目的もなく歩き回るのは、不幸な者、絶望した者だけがやることだった。そういう人間は、発作に襲われたみたいに突然に野に走り出していったり、闇雲に森に走り込んだり、蔓草に覆われた堀を通ってどうやってだか川の流れる谷に降りていったりした。そして誰かがそんなふうに走り出していくと、生きては帰ってこないのではないかと心配しなければならなかった。母も、自分の病気のことを知らされると、とたんに村から飛び出していこうとしたから、彼女の目の前で家の扉に鍵をかけなければならなかった。そのあとの彼女は扉の把手をほとんど引きちぎらんばかりだった。散歩のそぞろ歩きも、ハイカーの大股な歩みも、村の人々には無縁だった。本格的な登山も忍び猟も同断だ。仕事や教会に出かけていく歩み、場合によっては居酒屋への寄り道もあったかもしれないが、それとあと家に帰る歩み、歩き方としてはそれだけしかなかった。だいたいが単なる移動の道具にすぎない脚と、その上に硬直して乗った体、その両者が一体となって動くのは、踊りのとき以外にはまずなかった。何か目立った歩き方をするのは、不具者か白痴でないとすれば、リンケンベルクの者にとっては、気取っているということになるのだった。そして彼らのスロヴェニア語には、そういうことを一言で表す言葉があって、それは「歩いて風を吹かす」と訳すことができる表現だった。

そういうわけで、カルストでも、風が凪いでいるときは、歩いて〈風〉を作った。するとその〈風〉とともに、あれこれくよくよした悩みも消えていった。そしてあの素晴らしい考え、他の何よりも僕を自由にしてくれる「友よ、君にはまだ時間がある」という考えが再び戻ってきて、外へ、口をついて出た。時間があるということは、村の人間にとっては、自分の独特な歩き方を助長するものでもあった。独特な歩き方といっても、肩の上げ方、腕の振り方、頭の動かし方で、人の目を本人に引きつけるよりも、その周りに目を向けさせるような歩き方だ（ちょうど、誰かある人や動物が、特別な眼で何かを見つめているのを見て、一体どんな変わったものを見ているのだろう、それもあの生き生きとした表情からして何か嬉しいものにちがいない、と思ってついその視線を追ってしまうように）。そういう歩き方の一つが、歩きながら、一定の間隔で、思わずなのだがそれだけ意識もしながら、振り向いてしまうという歩き方だった。誰かに追われているのではないかという不安のせいではない。ただ道を歩いていることに対する純粋な喜びから、行き先が決まっていなければなおいい、きっと背後に何かのフォルムを——それがただのアスファルトのひび割れであっても——発見することができるにちがいないという確信を持って振り向くのだ。そう、カルストへ行けば確実に歩き方を発見することができる。全身が歩みそのものになり、かつ発見者になることができる。そのことが、僕にとってカルストを、世界で行ったことのある他のどんな広やかな地域ともちがうものにした。「さあ行こう！」という言葉は、他のところでも効いた。干上がった小川の底でも、大都市から出ていく道路の道端でも、太陽の輝く昼間でも、闇夜（このほうが効いた）でも。だが、カルストへの旅立ちには、あそこへ行けば、深呼吸できる以上に、この身に何か新しいことが起きるのだという確信が必ずともなっていた。僕のこの一つの風景の力に対する期待、時間さえある者にとってはそのつど新たな事物の原像、原初のフォルム、極致が繰り広げられるのだという期待はそれほど揺るぎのないもので、また滅多に裏切られることもない。僕はそれを信仰と呼びたいと思う。風の洗礼は初めての日と同じように効き目があり、その風にとり巻かれて歩きながら、自分が相変わらず世界と結びついているのを感じることができる。もちろん、単なる通過者のように急いだりはしない。むしろしだいに速度を緩め、しだいに円弧を描き、止まり、かがみ込む。発見の場所は必ず眼の高さより下にある。無理に発見しようとする必要もない。見落とす暇もなく、風景と風のほうから割り当て分を与えてくれる。時間はある、ということを意識して、僕はカルストでは決して急いだことがない。走ったことがあるとすれば、疲れたときだけで、それもだんだんゆっくりした走りになっていった。

だが発見したのは過ぎ去った時代のものなのではないだろうか。すでに取り返しがたく失われて、この世のどんな術も元通りにすることのできないものの最後の名残、遺物、破片なのではないか。そしてそれが輝いていると信じ込んでいるのは子どもっぽい発見者だけではないのか。あの原初のものの断片なるものは、鍾乳石と同じことではないのか。つまり、洞窟の中ではロウソクの炎でいかにも宝物のように見えながら、打ち折ってきて外の光に晒してみれば、盗掘者の手の中で、どこにでもあるプラスチック皿ほどの価値もない、薄汚い、石のじゃがいものようにしか見えなくなってしまうという鍾乳石のようなものではないのか。それはちがう。第一に、発見したものを持ち帰ることはできない。ポケットいっぱいに膨らませて引きずって帰れるような物が問題ではないのだ。そうではなくて、そういうモノのモデル《かたち》、発見者に対して姿をあきらかにすることで発見者の内部に刻み込まれるようなモデルが問題なのだ。それは鍾乳石とはちがって、開花し、実り豊かなものになりうるし、どこの国へも移すことができる。その有効性が一番長持ちするのは物語の国に移された場合だ。そう、カルストの自然と人間の作品とが古めかしい《アルカイック》ものだったとすれば、それは「昔々あるところに」という意味でではなくて、「始めよ！」という意味で原初的《アルカイック》だったのだ。石造りの軒樋を見て「中世」など決して思わず、むしろそこらのどんな新築の建物を見たときにもないほど「今」を思った（楽園は今ここにあるのだ！）ように、ドリーネの穴を見たときも、地面が突然陥没した太古の瞬間を追体験していたわけではなくて、確実に、繰り返し、空っぽの穴から何か来るべきものが、靄の中からフォルムの芽《フォア・フォルム》が、立ち昇ってくるのを見ていたのだ。こいつをつかまえさえすればいいんだ！　今まで行ったことのある中で、カルストほど、どの細部も（二、三のトラクター、工場、スーパーマーケットまで含めて）ありうべき未来のモデルに見えたような土地はなかった。

ある日、僕はそこで――よくやるのだが、好奇心からわざと――道のない草原に迷い込んだ。一歩あるくごとに、草の茂みか突き出た岩にぶつかった。ほどなく、もう自分がどこにいるのかわからなくなっていた。国境に近いこのあたりには、非公開の軍用地図以外に詳細な地図はなかった。たいていは野原を突っ切って数歩も歩けば百の村のうちのどれかの気配を風が運んでくるのだが、そのときはもう人の生活の気配も犬の声も子どもの叫び声（これが一番通る）もしてこなかった。僕は何時間も、かなりはしゃいで、無数のドリーネの縁をまわってジグザグに進んだ。あたりのドリーネは当然耕地にされてはいなくて、底の赤土に青白い岩塊が点々として、その岩のあいだから原生林の木が生え出ていた。その梢は歩いている者の靴底の高さにあった。いま、僕は、荒野というものについて語れるようになったし、この水のない地帯で、それが全体としてどんなものであるのかも知った。この見通しがたい荒蕪地は、生い茂っている草のせいで耕作可能に見えるだけで、そよぐ風の中で、今までに土地に不案内な多くの人々が渇きに命を落としたにちがいなかった。最期の瞬間まで耳にはマンナトネリコの柔らかいざわめきが聞こえる。そのざわめきが、何とも皮肉なことに、山の澄んだ小川が近くを流れていく音に聞こえるのだ。鳥のさえずりもとっくに聞こえなくなっていた（そもそも、村を外れたとたんに、そこここでピーピー鳴く声しか聞こえなかったのだが）。トカゲや蛇すらいなかった。すでにほとんど黄昏の中、薮をかき分けて歩いてきた迷える男は、ところが、まったく唐突に、豪快な、スタジアムほどの大きさのドリーネの縁に立っていた。ドリーネの周りは丈高く密生した原生林の矢来に囲まれていたから、その密林をかき分けてこないかぎり発見できなかった。ドリーネは並外れて深く見えた。何段かのテラス状になっていたせいもあるだろう。テラスは石垣で支えられて、均等で緩やかな斜面を区切っていた。段の一つ一つが、そこに植えられた作物によってそれぞれにちがった緑色をしていた。中でも濃い緑色を放っていたのは、一番底の、作付されていない空っぽの地面で、それはオリンピックスタジアムのフラッドライトに照らしつけられた芝生の緑よりも魅惑的な緑だった。それまで見たドリーネで働いている人といえば、どれもせいぜい一人か二人だったのに、いまこのドリーネにはありったけの人がいるのが驚きだった。上から下までどの段にも、それぞれ小さな畑や菜園で何人もの人たちが働いていた。どの人も完璧なゆるやかさで働いていたから、かがんでいる姿、脚を開いてしゃがんでいる姿からも優美さが発散されていた。そこらじゅうから、均等にかすかに、レーキを使う音が響いていた。それが耳に残り、僕にとってのカルストの基本の音になった。立っている人がいるのはブドウ畑のテラスとちっぽけなオリーブ畑だけだった。ブドウ畑の人たちは葉群れに半ば隠れて、ブドウの木を、見るからに曲がった短い副え木に結びつけたり、水を撒いたりしていた。オリーブ畑の人たちは、手だけしか見えなかった。一段ごとに、少なくとも一本、それぞれにちがう種類の木が生えていた。その中には、水の流れからこれほど遠いところではほとんど考えられないことだが、ハンノキや柳のような水辺の樹木もあった（そういう木について、アルプス地方の男が「あれは木じゃない、唐檜とか樫とかは、うん、ああいうのが木ってもんだ」と言うのを聞いたことがある）。これだけの多様な緑を見分けて、僕はそのどれにも特別な名前を与えることができただろう。その名前全部が集まって——親愛なるピンダロスよ[63]——もう一つ別のオリュンピア祝勝歌が出来上がるような名前を。一日の最後の光が、微細な一部を鋭く縁取り拡大するレンズの中で集まるように、ドリーネの中に集まっていた。それで気づいたのが、どの石垣も一つ一つちがっているということだった。あるものは二層の石の列からなり、その隣のものはその二層のあいだに土の層が挟まっていた。そして底面の緑の岩の塊と見えたものは一軒の住居、野良小屋だった。それは円錐形で上に行くほどすぼまり、獣の頭蓋骨のような形の要石が載っていた。軒樋も備わり、そこから長い管が下の雨水槽につながっていた。そして地面の穴も偶然に開いたものではなく、この»Casita《小屋》«への入り口で、鷲の翼ほどの幅の楣《まぐさ》があり、そこに、そう、日時計が刻まれていた。

そこから、かがみながら人が出てきた。まだ子どもで、手に本を一冊持ち、男の一人に向かい合って立つ。すると見ているこちらも、再び父の野良小屋の材木の匂いと陽の暖かさに包まれる。学校からまっすぐ畑の家族のもとへ来て、裸足で、小屋のテーブルに向かって宿題を広げる。一方の隅には、白い布に覆われた、ベーコンとパンとワインのデカンタの入った籠が見える。もう一方にはイラクサの茂みが見える。室内に入ってくる風はないのに、繰り返しイラクサの花粉が漂ってくる。板の割れ目と節穴から射す太陽の光の斑点の形を描き写していると、外から両親の声が聞こえてくる。それぞれ畑の両端から互いに近づきながら働いているのだ（まずは「わかった」というしるしの一音節の声、それから言葉が交わされる。父の悪態、母の哄笑。そして最後に、畑の真ん中から、声を揃えて、「おやつの時間だ！」「おやつの時間よ！」）。一人でトランプで遊び、雷鳴に耳をすまし、リンゴを食べ、外に出、自分もまた大人の男に向かい合って立ち、息を吸い込み、野良小屋を世界の中心だと認める。その聖画像柱ほどに小さな空間に、その昔から、この語り手はすわり、語っているのだ。

覗き込んでいた空間の快さとその深みから立ち昇ってくる力に、僕は、このドリーネは、大きな原子爆弾の爆発も、傷つけることはできないだろうなどと想像することができた。爆風も、熱線も、ドリーネの上を通り過ぎていってしまうのだ。そしてそれを先取りするように、足元の実り豊かな地の穴で働く人々が、人類の生き残りで、破滅的な災厄《カタストローフ》のあと、ここで生活の営みを始めたところのように見えた。そう、一つの営み、それも自給自足の営みに、この死に絶えた荒蕪地の中に隠れた場所は見えた。この土地は相変わらずその住民たちを養っていて、そして世界からは何ものも失われてはいなかった。溢れるほどあるというものは何もなかったが、でも基本的な素材と基本的なフォルムのどれに関しても、少なくとも一つは生命力ある範例が存在し続けているのだ。そして必要なものすべてが手に入ると同時に希少でもあることで、それは起源の美を表していた。そして希少なのは手にしうるものだけでなく、眼にしうるあらゆるものがそうだった。穀物も、石の上のシダの影も。僕はそんな幻想の中でカルストの人々に力づけられたのだが、彼らのほうは昔から窮乏の中に生き、無におびやかされながら、とうもろこしの実や、小麦の穂や、ブドウの房を表す百の名前だけでなく、わずかな鳥たちや花々すべてについて、総じて愛称のような名前を同じくらいたくさん持っていた（少なくともドイツ語に言う「首絞め《ヴュルガー》」〔百舌鳥、ツルウメモドキ〕とか「嗤いツグミ《シュポットドロッセル》」〔マネシツグミ〕とか「オオカミの乳《ヴォルフスミルヒ》」〔タカトウダイ〕とか「台所のベル《キュッヘンシェレ》」〔オキナグサ〕などといったものではない名前を）。まるでたくさんの名前によって事物を大切に守ろうとするように。カルストの地面から沈んだ農園のイメージ、あら

63　紀元前五世紀の古代ギリシャ最大の合唱歌詩人。特に祝勝歌が有名。祝勝歌とは、競技の勝利者と、その一族など彼に関わりある人々の栄誉を讃えるもの。種々の箴言や、イメージを喚起する言葉、神話、伝説などを全体の構築のための一部として計算しつくして歌いこむというその方法を、ハントケは本書である意味で模倣している。

ゆる敵の襲撃から守られ、原子爆弾にも安全で、しかも外の、空の下にあるイメージは、石造りの野良小屋から祝勝歌のように流れてきたラジオのブラスバンド曲も含めて、今に至るまで失ったことがない。イメージ？　キマイラ？　蜃気楼？――いや、イメージだ。なぜなら、それは効力を持っているのだから。

カルストでの僕の時間は、歩き、止まり、また歩くことだけで過ぎていった。でも自分は役立たずの怠け者だというようないつものやましさはまったく感じないでいられた。どこかに到着するたびに感じる自由の高揚感は、何かが取り除かれたことから来ているのではなかった。自分が解き放たれたように感じていたのではなくて、まったく逆に、結び付けられているのを感じたのだ。この高原に一歩踏み込んだ瞬間から、心の中で繰り返し、「われわれは今ここにいるんだ！」と言い続けていたのではなかったか。自分一人で複数であるように思っていたのではないか。父が、穴を塞いだり、ロープを巻いたり、薪を割ったりという日々の仕事を、ある時期、母の病気回復のための儀式のつもりでやっていたのと同じように、僕も自分のカルスト探訪が何かあることに、それも単に良いことではなくて偉大で素晴らしいことに、役立つのだと空想した。さまざまな動機が同時に作用していた。自分が〈先祖〉たちに値する者であることを示すこと。彼らが代表しているものを自分なりの仕方で救い出すこと。あの教師のために、彼が心から望んでいた生徒――それでなくてもただ一人しかいないのだ――になること。空想の敵との決闘で――奇妙な強迫観念だ――絶対かわせないようなフェイント攻撃を仕掛けること。人住まぬ世界に遠く離れ、いろいろなものが欠けていることに耐えながら、女の中でも最も愛情豊かな女の愛をかち得ること。――だがそれらすべてを超えたものがあった。オルギア[64]をしたいという欲求――僕は欲望とか食欲とか呼びたい――が。

どういうオルギアか。昔から夢を信仰する僕としては、ある夢の話を語ることでこの問いに答えたい。路線バスとロープウェイが一緒になったようなガラス張りのキャビンの中で、ずっと同じ乗客たちが顔を突き合わせていた。言葉を交わすことはなく、一緒にカルストという世界帝国《ヴェルトライヒ》＝地上世界へと向かっているところだった。入り口の目印は、真っ青な空の下できらきら光りながら高く聳えるインディアン岩だった。どんな子どもでも登れるような岩だ。そしてそれが最後の停留所だった。われわれはもう全員揃っていた。だが、さらに続く旅のあいだ、まわりの土地はちっとも姿を現さなかった。そして旅の道連れたちは一人一人ばらばらに離れていて、カップルは一組もいなかった。二、三の顔は道で見かけたことがあったり、窓口の職員だったり、「行きつけの靴屋」だったり、売店の女の子だったりで知ってはいたし、普段はみんなお互いに挨拶もしていたのだが、一日この乗り物に乗り込んでからは、誰もいつもの見知った者同士という顔はしなかった。目を見交わすこともなく、じっとすわって、ただ期待だけを共有して、頭と頭を突き合わせていた。停車駅はどれも、誰が来ることも拒むことのない、活気にあふれた場所だった。そういう駅からの発車が反復されるたび、キャビ

64　乱痴気騒ぎの酒宴といった意味で用いられる語。元々は古代ギリシャのディオニュソス（バッコス）神信仰における一儀式。女性を中心とする信者たちが家や町を捨てて鹿革に身を包み、牡牛の姿をしたディオニュソスに従って、松明をかざして夜の山野に狂喜乱舞した。野獣に出会うと八つ裂きにして生肉を食い、生き血を啜り、その間に神の秘儀を授かったという。

ンの中の光は壮麗になっていった。旅の最後の地点、この土地の心臓部に入ってきて、一種の恍惚感がわれわれの間近に迫ってきているようだった。それは、暴力的な人間は決してあずかり知らぬ恍惚感、無の中へ一緒に迎え入れられるという至福感だ。結局そういう恍惚感が訪れることはなかったし、それに近づきすらしなかった。その代わり、夢の旅の最後の区間で乗り物に乗り込むとき、僕は一緒の乗客の一人から微笑みかけられた。その微笑みで、彼が誰なのか僕にはわかったし、向こうも僕のことがわかったのだった。互いに見知ることのオルギア。恍惚と合一の代わりの衝撃と共感。そして「オルギア」にふさわしい動詞は訳せば「迷うことなく求める」であり、この**オルガス**という地方の名を訳せば「〔農業の女神〕デーメーテルの国」とか「川のほとり」とか「実りの国」だった。

カルストは実際には窮乏地域だし、入り口に変なインディアン岩なんかない。登るにつれて何かが変わったことにあなたが気づいて驚くのは、境界を越えてしばらく走ってからのことだ。変わったのは風だけではない。さらさら流れる小川もない、ほんの細い水流すらないのだ。明るい広葉樹は黒っぽい松に変わっている。逆にこれまで長いあいだきみの旅についてきた褐色の粘土と、屋根瓦か鱗のように並んだ黒灰色の粘板岩に、そっけなく無骨な石灰岩の白さが取って代わる。地表にぽつりぽつりと生えた草の株は手のひらほどの大きさもなく、みずみずしい牧草地とはちがう、ボサボサのアルプだ。まだ平地は近く、町や川はまだはっきりと見て取れるし、ジェット機が飛び立つ飛行場や、兵士たちがぴょんぴょん跳ねている練兵場まで見える。なのに、高原の上は、まるで岸から遠く大洋に出てしまったみたいな静けさが支配している。初めのうちきみの前を飛んでいたのは雀、そして今度は蝶だ。あまりに静かなので、舞い落ちる花びらを追った蝶が羽で地面をかする音まで聞こえる。松の木に、太陽を浴びて、前の年の松ぼっくりが乾いたカサカサという音を立てている。松ぼっくりの一つはずっと上のほうに、別の一つは眼の高さに、というふうに段になって並んでいる。セミは陽が沈むまで途切れることなく鳴いている。今年ついたばかりの松ぼっくりからは同様に途切れることなく松脂が滴っている。道の土埃に、黒いシミが広がる。

その道を外れないことだ。わざわざ道を外すまでもなく、長いあいだ、誰にも会いはしない。きみの旅を護衛してくれる左右の黒服の男たち、たびたび色のない草原《サバンナ》へと散開しながらついてくる男たちはネズの茂みなのだ。何時間か、何日か、何年かののち、きみは白い花をつける野生の桜の木の前に立っている。花の一つの中にはミツバチが、別の花にはマルハナバチが、三つめには蝿が、四つめには数匹の蟻が、五つめにはコガネムシが入っている。六つめの上に蝶がとまる。遠く、道の先に、水が流れてでもいるようにきらきら光っているのは、銀色の蛇の皮だ。薪の山の長い列の横を通り過ぎる。近づいて見れば偽装された武器貯蔵庫だ。丸い石の山のそばを通り過ぎる。木当は地下の資材貯蔵庫の入り口だ。蹴飛ばしてみれば、岩はボール紙でできていることがわかる。きみの一歩ごとに、道の真ん中の草の帯からバッタが飛び上がる。黄色と黒の死んだイモリが、ほとんどわからないくらいゆっくりと、轍の上を動いていく。かがみ込んでみれば、実はシデムシがその死体を背負って運んでいることに気づく。こういう小さな生き物たちばかり見てきた後だと、顔の白い狐か、枝の一本に巻きついたヤマネか、初めてのもっと大きな動物は、まるで兄弟のように思えるだろう。一本だけ立つ木の葉ずれの音を、きみは次の瞬間には自分の顔に感じる。休憩地点は、とある洞窟だ。その中を進むのに灯火はいらない。向こうの端からも、天井に開いた二、三の穴からも陽の光が射し込んでいるからだ。熱を帯びた額に、天井から水滴が滴り落ちてくる。壁のくぼみにはウズラの卵。砲弾ではなくて石の玉だ。どこの谷川の石よりも丸くて白い。休憩を終えて出発するとき、きみはそれを持っていき、手の中で揺すってみる。異臭を放つコウモリの糞の山とちがって、この玉の匂いは、きみの部屋にカルストのいくつにも枝分かれした粘土の洞窟を運んでいくことになるだろう。

　きみはもう真っ裸で歩いていったっていい。一頭、強そうな黒褐色の小山のような猪が右の下生えから飛び出してきて、そのあとにウサギほどの大きさの子どもが二頭続く。だがそのまま左の下生えにドタドタと走り込んでいく。きみのことなど見てはいない。きみの脚は地面を踏み鳴らし、きみの肩はぐっと張り、きみの瞼は空に触れる。

　次の休憩地点では、静けさの中に、スズガエルの不吉な長く引っ張るような鳴き声が聞こえる。この荒蕪地の中では繊細な単《モノ》ー音《トーン》だ。近づいていくと、道のかなりの長さにわたって広がった水たまりに出る。六角形にひび割れた濃い赤色の地面には、二つずつの組になったノロジカの蹄の跡、そしてあちらこちらを向いた矢印のような無数の鳥の足跡がついている。それは解読を待っている楔形文字だ。それと呼応するように、空には蜂の巣形の雲――われわれの言う羊雲のことをカルストの表現では「空が花咲く」と言い、荒れた海のことは「海が流れる」と言う――その雲が一面に広がる中の紺碧の箇所は、きみの足跡のように見える。羽毛が風に吹かれて飛んでいく。そして長い水たまりにはうねるような波が立つ。束ねた衣類を枕に、水辺に横になるといい。きみは眠り込むことだろう。一方の手は膝のあいだから地面に根を下ろし、もう一方の手は耳に添えて（我々の切長の目尻は、兄さん、耳を澄ますことからきているんだ)。水たまりの音は、夢の中で湖の音になる。葦のあいだに小舟が見える。自分のハシバミの杖が櫂になる。すると虚空からイルカが姿を現す。イルカの背中は乗せた果物の重みにドリーネの形にくぼんでいる。それは短い、起き抜けの気分爽快な眠りになるだろう。そしてきみを目覚めさせてくれるのは、耳に当たる降り始めの雨の雫――この上なくおだやかな目覚ましだ。起き上がり、服を着る。きみは世界から切り離されていたわけではない。完全にここの者になっていたのだ。本当に、一羽の鴨が草原から低空飛行で水たまりへ飛んでくる。やわらかく着地し、きみの目の前で水面を行ったり来たりする。迷い込んできた牛が水たまりで喉を潤す。きみは雨に降られるにまかせる。あまりにそっと出発するので、蝶はみんなきみにとまったままだ。一匹は膝に、もう一匹は手の甲に、そして三匹めは眉のひさしになっている。

カルストを歩き続けて再び空が青く晴れたとき(北のナノス山の上にはいつもの暗く盛り上がった雲がかかっているが、それを見ない限り、「天候」というものを意識させられることはない)、木々が時計回りに揺れざわめくだろう。そして樫の木のひゅうひゅうと鳴る音がとりわけ差し迫ってはっきりと聞き取れて、古代人たちにはそれが託宣の声に聞こえたということにも納得することだろう。きみはその託宣を書き取る。きみの筆記具の引っ掻くような音は、太陽の下で、もっとも平和な音の一つであることだろう。その音がきみを再び一つの大都市の百の区のような村々へと(カルスト映画館へと、カルストダンスホールへと、カルストワーリッツァーへと)連れ戻す。夜になり空が再び雲で覆われると、今度は音の絶えた荒野の中で、村々は、一面の雲のそこかしこにぼんやり丸く映る明かりでそれとわかる。村では白パンとカルスト・ワインとあの独特のソーセージでもてなされるだろう。

ソーセージの立てる匂いに、道の真ん中のローズマリーや畑のへりの壁に生えたタイムから外に広がる草原のネズの実まで、自分の歩いてきた道を今一度思い浮かべる。それ以上のものは今はいらない。そして生きてあるうちのある日、たなびく霧に陽が射し込むなか、はるか向こうにアドリア海が見下ろせる場所に来ていることだろう。その辺りの地理には明るいから、トリエステ湾の蒸気貨物船と帆船、モンファルコーネの造船所のクレーン、ミラマーレとドゥイーノの城、ティマヴォ河畔のサンジョバンニのバシリカの円屋根が見分けられるだろう。そして足元のドリーネの底の二つの岩のあいだに、本物の何人も乗れる半ば朽ちた小舟と櫂を見つけることだろう。全体の中にしっくりとおさまった小舟に、思わず――きみは今それだけ自由なのだ――契約の櫃[65]という名前を思い浮かべていることだろう。

もちろん、歩くことが、心の故郷《ヘルツラント》を歩くことすらも、いつか不可能になることもあるだろう。あるいは歩くことが何の効果ももたらさなくなることもあるだろう。だがそのときは物語がある。そして物語が歩行を反復するのだ！

最初の旅の当時、カルストを旅して回った二週間足らずのあいだ、僕はほとんど毎日、ちがう人間になっていた。行方不明者の探索者であっただけでなく、日雇いでもあったし、花婿でもあったし、泥酔者でもあったし、村の代筆屋でもあったし、通夜の参列者でもあった。ガブロヴィツァでは教会の塔から落ちた鐘が斜めに地面に刺さっていて、その上に子どもたちが乗って遊んでいた。スコポでは荒野から出てきたとたん、ドリーネの中で一人きりで土を均している老女に驚かされた。プリスコヴィツァの、平日ただ一つ開いている教会では、祭壇布の上を這っている黒と黄色のスズメバチをスケッチした。フルシェヴィツァでは、カルストの他のすべての村と同じく川のない村なのだが、普通は橋のたもとにあるはずの聖ネポムクの石像があって驚いた。コメンの映画館から出てきたときは、ついさっきリチャード・ウィドマーク[66]が戦い抜けたモハベ砂漠よりも明るく、しんとした月夜だった。カルストで唯一背の高い木がしげるコスタニェヴィツァのマロニエの林では道に迷った。過去何年もの落ち葉がくるぶしまで積もってカサコソと鳴り、歩くにつれて空《から》の毬《いが》が立てる音は世界の他のどんな物音ともちがった。テムニツァでは、野道の端から草原と荒野へと続く門が開いていて、そこを抜けて歩いた。トマイではスロヴェニア語詩人のスレチュコ・コソヴェル[67]が死んだ家の前で頭を下げた。コソヴェルは、ほとんどまだ子どものうちに、自分の地方の松や石や静かな道が人を癒す力をうたい、

65　モーゼがシナイ山で神から授かったといわれる十戒を刻んだ二枚の石板をおさめた箱。前十世紀後半、エルサレムにソロモンが造営した神殿（第一神殿。既出の〈嘆きの壁〉はこの一部とされる）に安置されたが、新バビロニアによるエルサレム劫掠（前五八六年）で失われた。バビロン捕囚ののち再建された第二神殿はしたがって、「空っぽ」だった。

66　一九一四年生まれのアメリカの映画俳優。特にハードボイルド・スターとして五〇年代に活躍。ここでフィリップが観たのはジョン・フォード監督の『馬上の二人』か。しかしこれは一九六一年の作品で、本書冒頭の一九六〇年という記述とは矛盾する。

67　一九〇四年生まれのスロヴェニアの詩人。雑誌“Mladina”（若人）を編集、文化批判的な論文を公刊。抒情詩人としては、生の不安と死の予感、孤独を形象化し、スタイルは同時代の表現主義に近接すると言われる。二七年、カルスト地方トマイで死去。

それから故郷を離れて——戦争の終わり、外国の君主による支配の終わり、ユーゴスラヴィアのはじまり——彼の首都リュブリャーナに行った（「がらごろ入った」）。わがウェイターとわが兵士の兄弟である彼はそこで、新たな時代の告知者となったが、その手の人物としては厚かましさに欠け、やはりあまりにカルストの「静けさ」（彼の使う名詞で言えば »tišina《ティシナ》«）が身に染み付いていて——彼の突き出した耳を見るといい！——間もなく死んでしまったのだ。

あのとき僕を迎え入れ、近くの村の死んだ鍛冶屋の息子と僕を取り違えていたインディアンのような老女。僕は勘違いだと説明しようともしなかった。彼女の話しかけ方もあまりにも一貫していて、誰か他人と取り違えられるのも好ましく思えるくらいだった。だから結局、彼女の前では、何年かぶりで自分の領域に戻ってきた男の役を演ずることに決めたのだ。僕は子どもの頃カルストであったいろんな出来事を話した。老女はそういう話に、途方もないが信じられることを聞いて驚いた人だけがするようなしかたで、首を振ったり頷いたりした。そして僕は嘘の物語をすることの楽しさを発見していた。嘘といっても、一つ一つの事柄は正確な事実から出発したもの、首尾一貫して生き生きとしたものでなければならなかった。そうやって話を作り出していくことが、自分がここでこうして自由でいるという喜びの一部になっていた。というより、喜びから切り離せないものだった。

そのうえ、あの老女は、僕が自分がまともに受け止められ、認められたと感じることのできた最初の人物だった。両親にとっては僕は、いつも「真面目すぎる」（母）か、「世間知らず」（父）だった。姉はおそらく、僕のことを、自分の狂気のひそかな同盟者としか見ていなかった。付き合っていたあの女の子は、逢うたび、よく気後れしたような目をした。そういう気後れは、僕が彼女に心からの笑顔を向けてやることができると――それも必ずしもうまくいったわけではない――ようやくなくなるのだった。そしてすべてを理解してくれていたあの教師ですら、あるときのクラス遠足の途中、僕が突然理由もなく、ただみんなから離れたくて、ただ一人になりたくて道をそれて茂みの中に走って行ったとき、帰ってから、取り消し不能な判決を言い渡すような声で、「フィリップ、きみは間違っているよ」と宣告した。しかしリパ（ドイツ名ならおよそ「リント」というところ）という村の、カルストのインディアン女のところでは、若い男は感動的な経験、ひと目見ただけで信頼が生まれ、数日彼女の家にいるうちにはそれが期待に、彼の自分自身に対する諦め（「僕はなんにもなれやしない」）に対する無言の反論に、変わるという経験をしたのだ。驚きでもあれば納得のいくものでもある無罪判決、それは今にいたるまで僕を元気づけ、護ってくれている。彼女はまた、僕が一言も喋らないうちに、あんたにはユーモアがある、と言ってくれた。郷里の家では僕はよく母を笑わせまいとした。母の笑い声が、集まっては卑猥な話をしている男たちの中できいきい言っている女たちの声を思わせたからだ。そして同級生たちのあいだでは、僕は楽しみをぶち壊すやつということになっていた。ジョークを話すとき、いつもオチになる直前で、僕が机の引っ掻き傷とか話しているやつの上着のボタンが取れかかっているのを見つけるからだった。あの女の子だけが、長時間二人でいたときには、ことによると最後に、二百年前の人間みたいに三人称で話しながら、「彼っておもしろい人ね！」と驚いたように叫ぶこともありえた。でも彼女がそういうことを言うのは、僕がその都度たまたま口にしたちょっとした台詞のせいだったのだが、僕をもてなしてくれた老女には、僕の目つきやじっと話を聞くしかただけで十分だったのだ。そして何であれ、彼女が僕の前でする仕草やせりふには、朗らかで生き生きしたところがあって、それは完全に注意を集中して見てくれている観客からのみ俳優が感じ取るようなものだった。――ということは、いわゆるユーモアとは、注意の集中がうまくいくことに他ならないということになるのだろうか。あるとき、もちろんずっと後の、僕が出発する直前のことだったが、二人で台所のテーブルにすわっていたときのこと。僕はただ黙って庭を眺めていると、彼女は僕にいつもとちがうこと――逆のこと？ 補足すること？――を言った。あんたの内側には一つの大きく、静かで、熱い、力強く外に出ようとしている涙がある、それもただあるのではなくて、「猛り狂って」いる、そしてそれがまたあんたの強みでもあるのだ、と。そして彼女はこんな話を付け加えた。あるとき、リパのほとんど真っ暗な教会の中で、男が一人まっすぐに立ち、優しく力強い声で詩篇を朗誦しているのに耳を澄ましていたことがある。それは特別なものだった。そのとき、歌い手は指を揃えて目頭を押さえながら歌っていた――そして彼女がその様子を真似て見せようと立ち上がったとき、僕たちは本当に、そこにいない第三の人物のために、心からの涙を溢れさせてしまったのだった。

ときどき、僕は彼女の仕事の手伝いをした。一緒に彼女の小さなドリーネの土を均した。僕らは赤い土からその年最初のじゃがいもを掘り出した。家の庭で冬に備えて薪材を鋸で挽いた。ドイツにいる彼女の娘宛ての手紙を毎日書いてやり、娘の部屋の壁を白く塗り直した（まるで娘がいつか帰ってくるみたいに）。ドリーネの中では、しょっぱい汗を乾かしてくれるような風は吹かないということを知った。郷里にいたときと同じように、僕はどんな肉体労働でもまず気力を奮い立たせなければならなかったし、ときにごく当たり前の熱意に駆られて仕事をしているときでも、仕事が終わる時間のことばかり考えていた。いつもより大して器用にやれたわけでもなかった。でもそういうとき老女は、父とはちがって、僕をそっとしておいてくれて、僕がどこが間違えたのかをわからせてくれた。仕事を始めることになっていた瞬間から、僕がどんなふうにどんなことをやっていたのか、実演して見せてくれた。

昔から、何か片づけなければならない仕事があるとき、僕はちゃんとその場にいたためしがなく、まずどこか遠い隅から呼んでこなければならないような子どもだった。そのことをわからせてくれたのは彼女だ。だが僕の仕事嫌いは、実際は、自分はうまくやれないんじゃないかという不安のせいだった。恐れていたのは、うまく手伝えないのではないかという以上のことだった。人の邪魔になるのではないか、足手まといになるのではないか、人の仕事を増やすだけではないか、何かを間違えて、結局一日分の仕事を、それどころかひと夏分の仕事を台無しにしてしまうのではないか（仕事場で、父に罵られたこと、まだ金槌をひと打ちしただけなのに何も言わずに追い払われたことが何度あったことだろう）。何かを組み合わせなければならないとき、僕は無理やり押し込んでしまった。何かを分けなければならないとき、僕は引き破ってしまった。何かを積み重ねなければならないとき、僕は詰め込んでしまった。鋸を挽くのは、誰と一緒でもリズムが摑めなかった。渡された屋根瓦は、虚空に落ちた。積み上げた薪の山は、背を向けた瞬間、ガラガラと崩れ落ちた。急ぐ必要がないときでも、いつでも慌てていた。それでてきぱきやっているように見えることもあったかもしれないが、先に仕事を終えるのは、いつでも、隣でゆっくり働いている男のほうだった。何でもいっぺんにやろうとするものだから、一つ一つがムラになった。働いていると言うよりはじたばたしているというほうが当たっていた。得意だったと言えるのは、せいぜい、しくじることくらいのものだ。他人がほんの一動作で済むところを、僕は摑みそこない、もうそれだけで傷つけるか壊してしまっていた。僕が泥棒だったとしたら、どんな小さな品にも無数の指紋が残ったことだろう。わかったことは、僕は何かの役に立とうと思った瞬間から眼が効かなくなって何も見えなくなるということ、とりわけ自分のしている作業が目に入らなくなるということだった。与えられた仕事には的外れに、闇雲に揺さぶり、ひっぱり、穴を開け、踏みつけ、腕を振り回し、結局作るはずのものだけでなく作る道具のほうまで壊してしまうことも珍しくなかった。カルストで働いていたときは、おまけに耳まで聞こえなくなった。大鎌の軽いザクザクいう音や、箱から車の籠に転がり落ちるじゃがいもの柔らかいゴロゴロいう音を聞いただけで、耳が聾されてしまうのだった。そういう音は多分聞こえてはいたのだが、でもそうすると何より好きな物音、木々の種類ごとにちがった葉ずれの音が聞こえなくなってしまうのだった。与えられた仕事がどれほど簡単なことであっても――「缶を牛乳集荷台に持っていっておくれ」、「シーツをピンと張るのを手伝っておくれ」――もう息切れしてしまった。顔も真っ赤になった。口を開けたままハアハアいっていた。自分の体が、歩いたり本を読んだり勉強したりただじっとすわっているときには一つなのに、それが突然バラバラになってしまうのだった。胴体が下半身とのつながりを失い、身をかがめるにも、キノコを集めたりリンゴを拾い集めるときとはちがって、操り人形のようなぎくしゃくした動きになってしまうのだった。

カルストのインディアン女と一緒に働くことで何よりよくわかったことは、僕の問題《トラブル》が、ただ手伝いを頼まれただけで、そのために十分に準備をする余裕があっても、始まってしまうという事実だった。用意をする代わりに、まるで身を守ろうとするみたいに手の指と腕を曲げて体に引き付けていた。靴の中の足の指まで丸めているのだ。自分が肉体労働を恐れるのは両親の姿からも来ているのではないかと考えた。父の漏斗胸とガニ股の足や、母の大きな尻を、小さな頃から恥ずかしく思っていたのではないか。そういう恥ずかしさは学校で過ごした最後の二年のあいだに、弁護士やら医者やら建築家やらだという親たちやその令夫人たちが、自分の子どもの勉強の進み具合を実にへりくだって尋ねるときでも堂々として優雅なのを見て、ますます強まったのではなかったか。

労働するときの自分が実際どんなふうにやっているのか、自分の問題はどこから来るのかという認識は、自分の手際を整えるのに役立ち、自分の日雇い仕事を日ごとに楽しく感じ始めるまでになった。老女の見よう見まねで、仕事の合間に休みを入れることも学んだ。休みの後の仕事への移り行きは、初めのうちこそジャングルさながらの混乱ぶりだったが、しだいに見通しがよくなり、僕の受け持ちの赤い土も白い壁も、色彩を帯びて見えてきた。それどころかあるとき家に持ち帰った赤土《テラロッサ》が、いい匂いに感じられたくらいだ。自分に言いきかせる――父から離れろ！

そうしたある日、わが宿の主《あるじ》の老婆は僕に合図して、村から出ると、僕を近くの荒野に連れていった。そこにはカルストには珍しく、ドリーネの底に沈んでいるのではない畑があった。低い壁に囲まれ、雑草に覆われてはいたが、畝の形はまだしっかりしていて、草のあいだから薄赤い土の色が透けて見えていた。入り口は家畜よけの柵で閉め切られていて、その脇の壁の外側と内側に、人間が越えるための石の段がついていた。壁の根元には四角い穴が一つ開いていて、道に降った雨水がそこから畑に入っていくようになっていた。ここで老女は片腕を伸ばし、僕に、その言葉通りに言えば――»To《ト》 je《イェ》 vaša《ヴァーシャ》 njiva《ニイヴァ》!«（「これがあんたの畑だよ！」）と言った。

僕は壁の上に登り、畑のほうにかがみ込んだ。土はまだ鋤き返されてあまり日が経っていないみたいに柔らかそうだった。畑は細長くて、真ん中で少し膨らんでいた。奥には果樹が何本か、どれもちがう種類のものが立って、境界線をなしていた。老女は単に勘違いしているだけなのだろうか。それともからかっているのだろうか。それとも、一目会ったときから感じたように、気が狂っているのだろうか。僕が老女のほうを振り返ったとき、彼女は大きな顔いっぱいに笑みをたたえ、若い女の子のような小さなうっとりしたような声を立てた。それは笑みという名に値する笑みだった。

あのインディアン女だけでなく、百の村のすべての人々が、僕のことを、知り合いか、知り合いの息子のように扱った。僕がそんなふうに扱ってもらえたのは、カルストには決して「よそ者」は来ないからだ。そしてオデュッセウスがよくワインをたらふく飲んでいたように、その息子である僕も、オデュッセウスを探すうち、酔っ払って地面に寝てしまったことがあった。うちではせいぜいモストを飲むぐらいで、それも喉が渇いたときだけのことだった。仲間同士で痛飲している同級生たちとは距離をとっていた。それはなにも、あのウィーンへの修学旅行のとき、同級生の一人が、ユースホステルの二段ベッドの上段から、うめきながら、つんと鼻をつくものすごいやつを下の僕にぶちまけたときに始まったことではなかった。アルコールの匂いや、酒につきものの、あの人がごくごく喉を鳴らす音だけでも嫌だったし、何より酒を飲む人間の態度があっという間に変わるのが嫌だった。自分ではワインはちょっと舐めるだけだった。だがカルストの、戸外の太陽のもとで、香草の香りの漂う風に吹かれて、ワインが、二十歳の男の——これもまたなんと意味深げな言葉であることか——口に合いはじめたのだ。一口ずつ、一口ごとにグラスを置きながら、飲んだ。そして最初の一口目でもう、存在するものと自分とが結びついていることを感じ、そしてまたついに水平になって揺れている秤のように、公正さというものを感じていた。飲んだ僕はものがよく見えるようになり、もっと気の利いた夢を見、ものごとの連関を見通し、明瞭に積み重なった〈あいだの空間〉が時計回りに、僕が何も言わなくても、秩序立った全世界を描き上げていくのを味わった。「ワイン」を「アルコール」などと呼んで侮辱するなんてどうかしている。

一人で飲んでいたときはそんな具合だった。人と一緒に飲んだときは——テレマコス[68]は連れには事欠かなかったのだ——いつも度を過ごしてしまった。がぶ飲みしたわけでもないし、他の人たちがよくやっていたように、一気に飲み干すようなことをしたわけでもない。でもろくに味わいもせずに飲み下しもしたし、何より最後に一人残って飲んでいる人物というものになりたがった。ある晩、連れもみんな立ち去った頃、立ち上がって、自分が生まれて初めて泥酔していることに気がついた。数歩

68　オデュッセウスの息子。トロイア戦争後行方不明の父オデュッセウスの消息をたずねるため、母への求婚者たちの妨害を逃れて船旅に出る。アテネ女神の助けにより多くの同行者を得る（ホメロス『オデュッセイアー』第二書）。

あるいたところでひっくり返って草の中にうつ伏せに横たわり、もう指一本動かすこともできなかった。これほど自分を土に近く感じたことはなかった。土の匂いを嗅ぎ、その肌触りを頬に感じ、地中深く地下のティマヴォ川が轟々と立てる音を聞き、自分が何かを成し遂げたみたいに心の中で笑った。人が手足を摑んで僕を家の中に運び込んでくれたときになって、自分が達成したものが何なのかを言葉にすることができた。ずっと自立することばかりを考えてきた僕は、ようやく、ありのままに、頼りない姿を見せることができたのだ。そしていつも腹の中でそれこそ怒り狂っていたために誰にも助けてもらうことのできなかった人間が、とうとうこうして何も逆らわずに助けてもらうことができたのだ——それは一種の解放、救いというものだった。

翌日話に聞かされたところでは、まわりの人々は僕が酔っ払っていることにそれまで全然気づかなかったという。僕はただ「とても強く誇らしげに」見え、眼は「きらめいて」いて、みんなに、みんなが本当はどういう人間なのか「申し渡し」たのだという。そして最後に、文法について、特に「受動《ライデ》態」について演説して、それがスロヴェニア語には存在しない、それだからスロヴェニアの人々は自分たちが「苦難《ライデン》の民衆」だと言って嘆くのをいい加減にやめるべきだ、と言ったのだという。

その頃、僕はまた初めて人が死ぬところを見た。ある村の中を歩いていると、一人の女に危うく突き倒されそうになった。女は戸口から突進してきて、切り裂くような叫び声を上げながら通りをあちこち転げ回った。出産の床にいるみたいに膝を抱え込んでいた。ベンチの上に寝かされると、首をのけぞらせて体を伸ばした。その女が息を引き取るときの声ほど低く苦痛に満ちた声は、今に至るまで聞いたことがない。死者の下唇だけが、そうやって空気を取り込もうとするかのようにだんだんとゆっくりしたリズムになりながら、まだしばらくのあいだ、動いていた。その動きも凍りついてしまったとき、僕は耳が聞こえなくなったみたいな巨大な沈黙の中で、その唇は何かを虚空に書きつけていたのであり、今その文字を書き終わったところなのだと思った。僕はその見知らぬ女を知っていたような気がしたし、また彼女の家族にもそう思えたらしい。だから僕は家族と一緒に棺架台のそばで通夜をした。最も、ロザリオの祈りが絶えず続けられる中、僕の瞼は下りてしまったのだが。死者の顔はすべらかだった。ただ萎びて歪んだ唇が、すべての苦痛をまだ表していた。この見知らぬ死人を前にしてなぜか恭《うやうや》しい気持ちになっていた。なぜか、彼女に値する人間になろうと思った。

　それからそんな誓いがもう一つあった。当時二十歳の男がカルストの「結婚式」として祝った出来事だ。それはある日曜のミサのあと、ある食堂の、壁に囲まれた内庭の、大きな葉を垂らした桑の木の下でのことだ。僕が一杯のワインを前にすわっていると、晴れ着を着たとりどりの人々からなる小集団が、まるでまだ「安らかに行きなさい[69]」という祝福のおかげで一つになっているような上機嫌で、門から入ってきた。子どもたちは走ったりくるくる回ったりしていた。大人たちは絶えず互いに言葉を掛け合い、そして片足の男と侏儒《しゅじゅ》の女がこの輪舞を完全なものにしていた。見知らぬ僕に向かって、男たちは帽子を上げ、女たちは微笑みかけて、見事に当たり前といった様子で挨拶をして寄越すと、長

69　カトリックのミサの終わりの祝福の言葉。

いテーブルについた。そのテーブルを覆うには何枚ものクロスが必要だった。それが高原の風をはらんで膨らみ、また時間が経つにつれて、ワインだけでなく上から落ちてくる桑の実のせいで赤く染まっていった。誰もが話し好きだが、別段誰かが大きな声で話の中心になるということもないこの集団の中で、僕は一人の若い女に眼をとめた。彼女はパーティの間中黙って聞き役に徹していた。一心に耳を傾け、ほとんど瞬きもしなかった。ようやく彼女が少し首をめぐらせて僕のほうを見た。真剣な顔をしていた。その真剣さによって、聞き手は話し手に変わった。そして話しかけられたのは僕だった。微笑むでもなく、唇を歪めるでもなく、ただじっと動かずに僕に向けられた二つの眼。その眼が「あなたなのね」と言っていた。驚いて眼を逸らしてしまいそうになった僕は、どうにかそのまなざしに持ちこたえて気を落ち着け、自分も真剣になっていることに気づいた。それは一種のショックだった。まるで自分が二十年間人間の名に値しない人生を送ってきて、この女の眼に出会って初めて我に返り、この世に出てきたような、圧倒的な体験だった。これだ、これが世界を揺るがす出来事というものなのだ。これがわが妻の顔なのだ！　若い男は今この女と婚姻の契りを結ぶのだ、完璧な、段階を踏んだ、荘重な、荘厳な――「心をあげて《スルスム・コルダ》」70！――カルストの太陽と海風に導かれた、われわれ二人だけが味わえる儀式によって、恥じらいから言葉も身振りもかわさず、まなざしだけで結ばれて、証人も、この物語以外の記録もなく。眼と眼を見交わし、ぐいぐいと互いに近づく。そうやってきみが僕に、僕がきみになるところまで。桑の木の下の崇拝に値するものよ、きみはこれまで唯一僕のものだという気持ちを抱かせた女だ。

この頃、行方不明の兄にも二度、じかに会った。あの鉄道トンネルでの夜のおかげで、一つの場所はその周囲の場所によって初めてはっきりとした姿をとる――拷問のあったトンネルは開拓者のトンネルによって――ということを学んでいた。だから今度はカルストの、兄の手紙に名前の出てくる村々はあえて避けた。そういう村の輪郭は、その周辺の地域を徹底して見ていくことによってくっきりと浮かび上がってくるだろうと思ったからだ。子どもの頃、名前は毎日のように耳にしてはいても、近くまでしか行ったことがない場所のほうが、実際に行ったことのある場所よりもずっと強烈な輝きを放っていたものだ。たとえばヤウンフェルトの東端にザンクタ・ルチアという集落がある。両親が結婚式を挙げたものだから、そこの教会のことはよく話に出ていた。その教会が、ほとんどポツンと立っているきりの所だ。僕は一度も行ったことがない。だがその周囲はあらゆる方面から歩き回った。そして畑の端の畝を森の中から見たり、夕べの鐘の音や鶏がときをつくるのを聞いた以外は、ザンクタ・ルチアのことは何も知らないからこそ、今に至るまで、家から歩いて一時間もかからないあの場所から、新世界が始まっているような気がするのではないか。同じように、そういう隣村、つまり兄がいた村の隣の村で、ある日の真昼、やはり食堂で、僕は兄が庭の門を入ってくるのを見た。兄は人々の波の中で揉まれているように見えた。そこの司教区の教会開基祭の日で、カルスト高原じゅうから人々が集まってきていたのだ。本当に兄が入ってきたのだろうか。いや、兄はどちらかというとただそこに立っていた。門の下、敷居の上に。そして人々の出入りは激しかったのに、彼のまわりの空間

70　「心をあげて主を仰がん」というミサ序誦の冒頭の句（ラテン語）。

はあいていた。その自由な空間が、僕の目には、一瞬、兄の時代、戦争前の時代を反復しているように見えた。兄は二十歳年下の僕よりも若く、青春最後の祭を味わっているところだった。兄が着ているのは、その後僕が譲り受けた襟の折り返しの広い上着で、兄の眼は——兄は両眼が見えていた——おそろしく深い眼窩の奥から無限を夢見ていた。僕は連れの人々と一緒にすわったままだったが、でも自分の眼を確かめるために立ち上がったような気もする。少年の兄の眼は、この夏の季節に至るところで熟しきっているニワトコの実のように本当に黒く、それが湛えている光もニワトコの実と同じような生き生きとした光だった。僕らは永遠に近いあいだ、じっと向かい合って立っていた。触れることも話しかけることもできない距離をおいて、悲しみと落ち着きとはしゃいだ気分と途方に暮れた気持ちで一体となって。僕は額に太陽と風を感じ、ほの暗い通路に立つ兄の姿の両側の華やいだ往来を眺め、今は一年の真ん中なんだ、と思った。神聖な先行者、殉教の青年、愛し子よ。

また別のときは、空っぽのベッドがグレーゴルのことを話して聞かせてくれた。カルストを走る鉄道にはずいぶん乗った。カルスト独特の駅でじっとしていることも多かった。駅はたいてい村からずっと離れた荒野の中にあって、辿り着くには道標もない細い道を歩いて行かなければならないことも多かった。夜になると完全な暗闇になる駅も多く、できることなら誰か地元の人に案内してもらって、ゆっくり手探りで駅のありかを探り当てなければならなかった。もちろん列車がすぐ近くまでやってくれば、待っているのは僕一人であっても——そういうことは珍しくなかった——駅の全体が光の中に浮かび上がった。駅は広大で変化に富んだ施設で、工場のような大きさと領主屋敷のような威厳があった。白っぽい砂利、ヒマラヤ杉の下の噴水、淡青色の香り高い藤の花のあいだに光り輝く駅舎正面の壁、紋章のような盲窓。ここも二階は住居になっていて、階下の狭い業務室の明かりの灯った配電盤の前に駅員がすわっている間、その頭の上では、彼の妻が二、三の部屋を通って歩いていくのが、いくつもの窓越しに見えた。荒野の静けさの中、何度も、引き裂くような電話のベルが鳴り、それから列車到着を告げるベル。それは祈りのように、乗車の用意を訴えていた。線路はずっとカルストの岩を深く掘り込んだキャニオンのような中を通っていた。そのせいで、近づいてくる列車のゴトゴトガタガタいう音が、地下鉄の構内のように反響した。駅のベルが鳴るとすぐ、ずっと向こうの無人の野から、まるで次の瞬間には列車が岩の洞窟から飛び出してきそうに、あの大きなガチャガチャいう音が聞こえてきた。それから線路の谷が描く大きなカーブにさしかかって音は聞こえなくなり、そしてずっと経ってあれは聞き違いだったかと思う頃、思いがけない方角から改めて、間をおいて鳴らされる出航する汽船のようなよく響く汽笛の音も加わって、また音が聞こえてくる。そしてようやく真っ暗闇の中から、カルストの走るオルガンが、すべての音栓を使って警笛を鳴らし、轟音を立て、トリルをかけ、大音響を上げながら入ってくる。機関車の特徴的な三つ眼のライトのうち、一番上の眼は到着のときに消える。もっとわくわくするのが貨物列車の通過で、巨大で真っ黒な車両はしばしばどれも違う長さで、そのあいだには支柱だけが突き立った何も載せていない台車が、おそろしく長いベルトのように続くこともあった。どしんどしん、がたんがたん、がちゃんがちゃん、ごとんごとんと力強い音をたてて走っていく。そして通過の後には鉄の匂いとかすかなゴーっという歌を残す。人間の世界は不滅だとでもいうように。

そんなある夜、僕はカルストの駅の一つで最後の旅客列車を待っていた。時間はまだたっぷりあったので、ヒマラヤ杉の根元の芝にすわったり、砂利の中をうろうろ歩いたり、待合室のテーブルの木目を、その上に載った自分の杖と一緒にスケッチしたり、煙突のない、緑色に塗られた鉄のストーブを眺めたりしていた。外の星空の下にはコウモリの影が飛び交っていた。いつものように暖かい晩で、藤の花がどこかのライラックよりも柔らかく香っていた。僕は帝国時代の、ウィーン＝トリエステ間に、スロヴェニアの区間は全部地下のカルスト洞窟を通して鉄道を走らせるという計画のことを思い出していた。行ったり来たり歩いているうちに、明かりの灯った地下室の窓を見つけた。さっきはそれに気がつかなかった。屈んで、大きな部屋の中を覗き込む。作り付けの本棚とベッドが一つ、住み心地よさそうに整えられていた。ベッドには夜具がのべられ、毛布は使う人のためというように折り返されていた。枕元のナイトスタンドの丸い光。つまりこれも、脱走兵の兄が隠れていた場所の一つなのだ！　僕は数歩下がって上の階を見上げた。高い窓の一つに女のシルエットが映っていた。彼女は彼を抱きしめる。彼にとって、彼女のところでの生活は快適だったのだ。

僕は自分が目的地の一つに来ていることに気がついた。兄を見つけようというつもりは元々なかった。そうではなくて、兄のことを物語ること。——そしてまた一つの記憶がよみがえってきた。前線からの手紙の一つで、グレーゴルは、われわれのスロヴェニアの先祖の言葉では「第九の国」と呼ばれる伝説の土地のことに触れて、それがわれわれみんなの憧れの目的地だと言い、こんなことを書いていた。「いつかわれわれみんなが、復活祭前夜、第九の国の第九の王の結婚式に向かう飾り立てられた幌付き四輪馬車の中で再会することができますように——神よ、わが願いを聞き届けたまえ！」今、兄の敬虔な望みはこの地上で実現できることだと思った——書くことによって。駅舎の地下の空っぽのベッドだけでなく、駅舎正面の、前世紀末にウィーンの眼鏡屋が製造したと書いてある温度計、その隣の三本脚の腰掛け、待合室のブドウの房の模様、そしてコオロギの声も、僕はわが家族の家に移すことにしよう。そうこうしているうちに、乗るべき列車が近づいてきた。荒無地の中を蛇行しながら、ごろごろという音は小さくなり、また大きくなった。ヘッドライトの眼は狭い谷の中からずっと遠くまで光の束を投げかけ、やがて列車が姿を現し、ついに機関車が停止する。軋んだ音を立て、力に満ちた、メルヘンのような車体は、小さな車内灯がつなぎ目を分かれ目をなぞっている。そして客車は町から、海から、外国から帰郷する人々、いびきをかいたりクロスワードを解いたり編み物をしたりしている人々でいっぱいだ。

カルストにいたあのとき、目覚めの瞬間は夜でも昼でもいつも明るく、夢は暗かった。夢のせいで、僕は天国のようなところから地獄へと突き落とされた。その地獄にいる僕は、他に連れもなく、呪われた者と悪人とを一身に兼ねていた。眠るのが怖かった。どの夢も僕の罪のこと、家に、家族のもとにいないという罪のことばかりだったのだ。だがそういう夢に出てくるのは家とかまわりの土地だけで、決して人の姿は見えなかった。そして家は廃墟と化していた。屋根は家の中に落ち込み、庭は雑草に覆われ、蛇が跳梁していた。嘆きながら遠ざかっていく声以外には家族の姿はまったく見えず、せいぜい地面の土埃に、氷が溶けたような染みがいくつか付いているだけだった。毎度毎度、自分が非難されているような気分で目を覚ました。昼の太陽も、洗礼の風も、歩くことも、内庭の僕の部屋の窓の下に干してある、漁師の網を思わせる玉ねぎの山も、時の経つうちに魔力を失っていった。刻一刻と、決心が固まっていった。家に帰ろう。

ユーゴスラヴィアの旅最後の駅に向かう列車に乗っているあいだに、僕はようやく落ち着きを取り戻した。兄の学校を探すために、マールブルクつまりマリボルへ向かったのだ。とは言え、探すまでもなかった。車窓からすでに、戦前の写真で見慣れた礼拝堂を上にのせた丘が見えた。学校に近づいてみても、この四半世紀のあいだ、何も変わっていないようだった。何も破壊されず、何も増築されていなかった。大きな、ペンキの塗られた養蜂舎だけは朽ちていたが、その代わり、色とりどりの小さな箱が果樹のあいだの草の中に置かれていた。広くて風通しの良い敷地を歩き回り、本館の前の棕櫚の葉や、ポプラの木の割れ目に蔓を絡ませた野生のブドウや、クマシデの滑らかな樹皮に刻み込まれて縁が盛り上がったイニシャルや、周囲の建物の一つの扉に登っていく何段もの階段(「ここに兄は夕方、他の連中と一緒にすわっていたんだ」)を眺めた。そしてこの企業、この農園、このモデルの国が自分の寄宿学校だったらよかったのにと思った。ブドウ畑の丘を登った——登るにつれて、足元の泥土の層は厚くなっていった。登りながら何度も、屈んで土に触れたい、何か持って帰るものを集めたいという欲求に駆られた。保存せよ、とっておけ、とっておけ！　スレートの山に木炭のかけらがいくつか、半ば埋もれていた。僕はそれを掘り出し、さらに四半世紀後の今、白い紙の上に、その木炭で震える黒い線を描きつけている。君たちは今役割を果たしたわけだ。

礼拝堂は山頂の岩の上に立っていた。眼下に見える農業学校があれだけ無傷なのに——オリーブの葉群れのキラキラ光る樹冠、暗号のような模様を描く瓦屋根——この小さな聖所は荒れ果てていた。まるで悪夢の中に出てくる、屋根もなく人の住めない家に踏み込んだようだった。祭壇の石は砕かれていた。壁のフレスコ画には登山記念の名前がなぐり書きされていた（あの素晴らしい聖画像柱の青を思わせるものがかすかに残っているだけだった）。床には、十字架の下敷きになって落ちたキリストが、石屑と木屑に埋もれていた。顔は削り取られ、茨の冠の代わりに有刺鉄線が巻かれていた。張り出した木の根が、入り口の敷居を壊してしまっていた。そこでずっと僕一人だったわけではない。若い男が僕の隣にやってきて、腕を組んだ。あとは彼の深い呼吸の音だけが聞こえた。それからしばらくして何人かの集団がやってきた。どこかの会社の遠足の人々のようだった。どちらかというとたまたまこの礼拝堂への道へ入ってきたようで、堂の前に脚を広げて立ち、まったく理解できないといったまなざしで廃墟を眺め、そして同様に信じがたいというまなざしで祈っている男を眺めていたが、それからまた去っていくとき、そのまなざしはこわばった笑いに変わった。それは軽蔑の笑いというよりは困惑と違和感の笑いだった。そこで僕はようやく時間の停止した夢から引きずり出され、はっきりした歴史のイメージ、少なくともこの国の歴史のイメージが思い浮かべられるようになった。歴史など要らないと思っていたわけではない。ただ、もう一つ別の歴史＝物語を望んでいただけだ。そしてあのたった一人の敬虔な男が、そういう歴史を体現しているように、そういう歴史の民衆《フォルク》であるように見えた。胸を張り、はっきりした意識で、輝き、集中し、惑わず、超えがたく、子どもっぽく、正当な民衆に。

そのあとで、外側の正面に、兄の名前を見つけた。兄はそれを大文字で、独特の美しい書体で、モルタルの壁に刻み込んでいた。かなり高いところだから、兄は何か台に登って書いたにちがいない。

GREGOR KOBAL。それは学校から、敵である故郷の国に帰る前日のことだ。彼を故郷で待っていたのは恋人ではなく、彼にとってのよその言葉であり、そして戦争だった。何年も一緒に過ごして友達になっていた少年たちの敵になることを強いられる戦争だ。僕のまわりを取り囲む静けさ。草の中で、雨がパラパラ落ちる音。それはつがいのトンボが立てている音だった。

夕方のまだ早い時間、僕は街の、ドラウ川にかかる橋の上に立っていた。ドラウ川は、僕の生まれた村から東に百キロも離れていないのに、まるっきり違う川のように見えた。郷里では、U字谷の底を流れ、生い茂った草木に隠れていて、岸辺にも近づきにくく、音も立てずに流れていた。それがここでは、はるか向こうまで見通しよく、この平原の動脈として勢いよく流れていたし、独特の川風が吹き、いくつもの砂洲が、この川の注ぎ込む黒海をすでに思わせた。兄の眼で眺めると、この川は、無数の三角旗に飾られているようで、華やかに見えた。そして縞状の波は空っぽの家畜道を反復し、こちらの橋と並行にかかった鉄道橋を走る車両のシルエットは隠れた国の盲窓を反復していた。戦前の筏がまた一つ、また一つ、流れ下っていった。人々が家に帰る時間、橋の上の行き来はしだいに激しくなった。人々はみな、風に眼を見開きながら急いで歩いていた。丸い街灯が白い光を放っていた。橋の真ん中に、張り出した部分があった。世界のどこでも、橋を見るとそういう張り出しを探してしまうのは、このとき以来のことだ。両手で欄干を抱え込むようにして立つ僕の背後を切れ目なく人が通り、その振動が靴底に伝わってきた。僕は風と夜と街灯と通行人たちに自分が染まってしまうまでそうやって立っていて、そして思った、「いや、われわれは故郷喪失者ではない」。

翌日、郷里に向かう列車で、突然人々が車内に殺到してきた。まるで逃亡の最後のチャンスだとでもいうように（実は前の列車が数本運休になっただけのことだった）。見知らぬ人々の体に挟まれて、腕と片足がもげたみたいになって、顎までまわりの人の顎とぶつからないように無理に引いた状態で立ちながら、だんだん楽しい気分になってきた。人々の真ん中で、自分の場所があるのだ。それどころか、そうやって詰め込まれていることに、一種くつろぎを覚えさえした。それは僕にとってだけのことではなかった。たとえば、無理な姿勢の中で、本を読む空間を見つけ出している男、編み物をしている女、リンゴを食べている子どもがいた。国境を前にして車両を独り占めにするなんて悲しい贅沢だ。

オーストリアとの再会は僕を明るい気分にした。カルストにいてさえ、中部ヨーロッパの緑がないことが物足りなかったことを僕は認めた。この緑が僕に生まれついてのものなのだ。「うちの山」のペッツェン山を、再び見慣れた側から眺めることができるのもよかった。そして特に疲れているときには舌がもつれるような外国語を何週間も喋っていたあとで、馴染みのドイツ語に囲まれているという感覚も嬉しく、僕は自分が匿《かくま》われ守られているような気がした。国境駅[71]からブライブルクの町へ歩く途中、日没の空に、さまざまな色彩の雲に囲まれて、第二の、もっと深い空を見た。その空間は後光に取り巻かれて赤く燃え上がっていた。そして歩きながら、自分はしかるべく好意的な人間でいよう、生まれ故郷でもお客でしかない人間らしく、要求も期待もせずに、と誓った。すると木々の樹幹が肩を広げた。

田舎町に着いたとたん、帰郷者はそこの渦に巻き込まれた。その渦は、彼が不在のあいだも、生贄を求めて回転し続けていたのだろうと思われた。そして今、あのわけのわからない奴、あの敵が帰ってきた！　ここまでくる道すがらにも、連中は僕を車で追い越し、他の連中に、あいつが近づいてくるぞ、と予告していたのだ。奴らの特命隊が、夕方の散歩をする人々を装って、僕を待ち受けていた。首にかけた犬の綱は実は銃の負い革で、連中が街角の至るところで口笛を吹いたり声をあげたりしているのは、ただ僕を包囲するためなのだ。だがこの日、彼らはこの敵に対して、何も手を下すことはできなかった。まるでずっと遠い土地のことを語り聞かせてやるように連中の眼をじっと覗き込むと、連中は不本意ながら挨拶をして寄越すか、眼を逸らして、ペスト記念柱でも眺めるようなふりをした。連中が犬たちのほうに眼をやったとすれば、それは自分の身と彼らの四つ脚の友の身が心配になったからだ。実際、僕は町を一歩あるくごとに嫌悪感と嘔吐感が強まり、自分の心臓のあるはずの場所には、ふつふつとたぎり、煮えくりかえるものしか感じられなくなった。連中の、行進のような、もったいぶったような、ちょこちょこした、こそこそした、のろのろした歩き方、連中が車の中という安全なところにすわってお互いニッと笑って見かわすしかた、連中の、空の青さも地の緑も拭い去ってしまうような、人の不幸を喜ぶような、めそめそしたような、信心ぶったような声——これに比べれば木の枝の軋む音や木食い虫が木を齧る音のほうがまだ魂がこもっている——、そして連中が口にするどの言葉も、「登録取り消し！」から「ステキっていうかなんていうか」にいたるまでどれもこれも気の抜けた決まり文句なのをみて、僕は口から火を吐きかけてやりたくなった。この現代人たちは徹底してきれい好きで、ヘアスタイルは決まっているし、服装はこざっぱりしているし、帽子やボタン穴にはバッジが光っているし、いろんな香水の匂いはさせているし、マニキュアは完璧、靴はピカピカ（すぐ気づいたことだが、連中が僕を迎えるまなざしは、まず最初に僕の埃まみれの靴に落ちるのだった）——それでいて、全体としては不格好で醜悪この上なかった。それは彼らの眼が色を欠いているせい、強情な悪意に色をかき消されているせいではないかと思い、そしてまたひょっとしてそんなことはみんな僕の思い込みに過ぎないのではないかと考えていたとき、僕は横目で睨まれた。それは誰だろうと手当たり次第に殺してしまいたいのにそれができない憤りにどうしようもなくなって、また次の人間へとさまよっていくまなざしだった。二十歳の男にはっきりとわかったことは、この群衆の中には、拷問したり人殺しをしたり、少なくともそういう行為を笑って肯定したことのある連中が少なからず混じっているのだ、そしてそういう連中の子孫たちもまた、忠実に、無考えに、伝えられたやり方考え方を続けていくことだろう、ということだった。今、彼らは、復讐を胸に秘めた敗北者として、平和な時代が長く続き過ぎていることに不機嫌になって、歩き回っているのだ。連中は確かに一日中働いていたのだろうが、しかしその仕事はなんの喜びももたらさなかったのだ——せいぜい誰かを監獄に送ってやったとか懲らしめてやったとかでちょっとばかりの満足感を味わった程度——

71　ブライブルク駅のこと。マリボルからの列車はほぼドラウ川に沿って遡り、ブライブルク近くでオーストリアに入り、ブライブルク駅、ミットラーン駅を通ってクラーゲンフルトに向かう。ブライブルクの街に隣接する「ブライブルク町駅」への鉄道は「ブライブルク駅」から分かれて北に向かう。フィリップはこの区間を歩いていることになる。

そして彼らは自分たち自身を憎み、現在というものとも折り合いをつけることができないのだ。僕は自分が応えることができるようなまなざし、キリストのようなまなざしをそれこそ渇望した。この百鬼夜行に生命を与えているのは白痴、不具、気ちがいたち、きみたちだけが故郷を歌うことができるのだ。そしてまた僕を慰め、この、村の人間に、この田舎町の背後にはこの上なく広い土地、草原と岸辺と海のある土地があることを思い起こさせてくれたのは、あらゆる田舎町のあらゆる迫害された人々を代表しているような一匹の動物だった。黄昏の中、町の外れに突然一匹のウサギが現れて、車と人々のあいだをジグザグに縫い、中央広場を駆け抜け、そして誰にも気づかれないうちに、また姿を消したのだ。ウサギ――狩り立てられし者の紋章の獣。

ウサギを追って、僕は怪しげな酒場に入り込んだ。それまで、その酒場のことは、話に聞いていただけだった。大酒飲みたちが集まるところとして悪名高かった。僕はそこであの市民たちの群れの中にいた何人かを再び見かけた。彼らは落ちぶれた者や奇矯な者たちのあいだに挟まって変身していた。まるでようやく制服を脱いだみたいに、気やすさと信頼を発散していた。彼らは物語りたいという欲求でいっぱいになっていた。戦争の話だけではない。記憶の中で、僕は彼らの、甘い子ども時代や味わい損ねた青春時代についての、奇妙に温和な感謝の歌、嘆きの歌を聞く。そして彼らが散り散りばらばらの、逃亡者か追放された人間に見える。彼らは、自分たちと同じような連中の中にいることを苦痛に感じている。彼らは、どこかの高級なクラブなどではなくて、ここのこの騒々しい集まりに迎え入れられることを夢見ていた人々だったのだ。騒々しい？　人々はあちらこちらごちゃごちゃに話を交わしていたかもしれないが、僕はまるですべての台詞が聞き取れるように思った。紫煙がもうもうと漂うこの洞窟の、僕にとっての中心的なイメージは、個々の大はしゃぎと全体としての差し迫った真剣さとが共演する、透明な秩序だ。ウェイトレスが行くところには場所というものが生じ、コックの腕が雲のような湯気の中から皿と一緒に差し出される。カードを混ぜる音は、犬の耳がぴくぴく動くのや鳥の羽がばさばさ立てる音を思わせたし、サイコロを転がす音は音楽の代わりになっていた。電話が鳴るたび、全員が、自分にかかってきたのではないかと期待して顔を上げた。カウンターの後ろの女主人は決して人をおどかしたりしそうもない眼をしていた。周りに全くそぐわないような百姓女が入ってきて、テーブルに突っ伏している息子の傍に洗いたての洗濯物の束を置くと、自分用に火酒を一杯注文し、それからゆっくりと時間をかけて飲んでいた。僕は隣にいた男に、あんたは誰なのかと尋ねられ、それに答えた。僕らは肩を寄せて立っていた。奥には菜園が見え、前の道路には車が走り、車内灯の消えたバスが明かりの灯ったバスを追い越した。それは匿名で自由な大都市のような情景だった。

月のない星空、ひと気のない平原の帰り道。長いあいだ留守にしていた自分の村に近づいていくときはいつもそうだったように、僕は興奮していた。華やいだ気分だったと言ってもいい。磁力で村に引き寄せられていくみたいだった。でもゆっくり行くようにと自分の心に言い聞かせた。このあたりでは珍しく穏やかな夜で、唯一聞こえるのはそこここで犬の吠える声だけ。犬の声は——もうどこにも大きな農家などはなかったが——広々とした農家の庭を思わせた。無数の星が瞬き、渦巻き星雲までもがはっきりと見えて、いくつもの星座がたがいに入り交じりあい、全体として地球の上に張り巡らされた宇宙空間都市のように見えた。銀河はその交通の動脈、周辺の星々は街の空港の滑走路を縁取っていた。街全体に、歓迎の用意が整っていた。エヴェレストの二倍近い高さだという火星の山のことをふと思い、その斜面に広がる宇宙都市を思い浮かべた。

地上に戻る。ずっと遠くから、リンケンベルクの村の、いくつか明かりの灯った窓が、同じ名前の丘の黒い背に嵌め込まれたように見えた。丘はまるで先史時代の住居だったのが現代的なアパートに改造されたみたいだった。村の境界になっている牛乳集荷台のある三叉路まで来たとき、分厚い本で重いザックを背負っていてよかったと思った。さもなければ、僕は宙に浮き上がってしまっていたことだろう。家々の屋根、ことに風化した柿葺《こけらぶき》の屋根には銀色の輝きが宿り、その中で屋根は丸い仏塔に姿を変えた。例の門衛所の戸口に、道路補修夫の輪郭が立っていた。そして僕に向けられた震え声の彼の挨拶ははるか彼方から聞こえてくるようで、こちらの返事を期待するわけでもなく、尖塔の上でムアジン〔イスラム教で礼拝の時刻を告げて人々を集める触れ役〕が人々に注意をうながす儀式のような響きがあった。街道からずっと外れた、果樹の並木道の先の家の前のベンチに、村の一家族が、膝と膝を接してお揃いですわり、納得ずくの沈黙に浸っていた。それは夏の夜の全体が人間世界に翻訳された姿のようだった。僕は墓地へ回り道をした。新しい墓はなかった（後年にはもちろん、帰郷のたびに新しい墓がいくつか増えるようになった）。わが家に向かう途中、隣家の女が、黙って、両手を半ば上げて、脇を通り過ぎていった。脳裏に焼きつくよるべなさのしるし。自分の耳の中で鳴っている音が、食堂の換気扇の音なのか、自分の脈の音なのか、もう区別がつかなかった。

わが家は全部の部屋に明かりがついていた。そして外のベンチに、姉が一人すわっていた。彼女のまなざしは戻ってきた者を認めはしたが、なんの挨拶もよこさなかった。その表情は、一種の絶望の中で、あまりに純粋で、僕はそれを最初、至福の表情だと思ってしまった。だがそれから、その表情は、死にかけている母のことを嘆いているというよりは、十何年も前に喪った最愛の男、不滅の恋人のことを悲しんでいるのだとわかったような気がした。「踊る女 - 嘆く女」。二十歳の男は、これほど美しい女を見たことはなかった。僕は姉にキスしてその顔から哀れな表情を追い払ってやりたいと思い、とんでもないことに憐れみから興奮していた。でも彼女は触れがたかった。

垣根の木の下には、梨の実が山になったまま、取り入れもされず、腐りかけていた。窓辺に寄って、部屋の中を覗き込むと、両親がベッドにいるのが見えた。二人は横に並んでかたく抱き合い、男は片足を女の尻の上にのせていた。二人は行ったり来たりゆらゆらと転がっていて、僕は二つの顔を交互に見ることができた。あの強情な父が、心弱くなって緊張を解き、とうとう妻の胸に顔をうずめていた。復活祭の夜、教会の床にうつ伏せに横たわっていたとき掛けていた真紅のマントを肩に掛けて。そして母は、死の恐怖に眼を見開き、夫の抱擁で生につなぎ止めてもらおうと必死になっていた。——何年も後になって、ベッドがあった場所に、暖かな陽差しに照らされてしっかり成長したゴムの木が置かれているのを見つけ、そこがかつて苦悩の場所だったことを思い出し、その意味を遅まきながらようやく感じ取った。そして蔓を伸ばしている観葉植物が、再び苦悩に身を丸めた人間の姿に場所を譲るときのことを思い浮かべた。

その夜、僕が二人のところ、自分を産んでくれたことを感謝し愛している二人のところへ入っていけたのは、百回も家の前を行ったり来たりした後のことだった。——そして今でも相変わらず、二人のところに入っていった後のことに関しては、熱い、巨大な、自分の空の両手、それで両親の視線を受け止めていた両手以外のイメージは、浮かばない。一生そうだろう。

僕は自分の物語の中で、何度も数字を挙げた。年号、距離、人の数、ものの数。だが、まるで数字というものが物語の精神とは相容れないもののようで、数字を使うには、毎度、あえてしなければならなかった。そこでもう一度あのメルヘンを書いていた教師の話をしなければならない。もう退職している彼を、僕はときどき訪ねる。彼は町の郊外に菜園を買った。小さな小屋がついていて、たまにそこで夜を明かすこともあるらしい。そして彼の青白い歴史家の顔は再び日に焼けた地理学者の顔になった。その母親はまだ存命だ。たいへんな高齢のはずだが、何度も訪問しているのに、一度も彼女にじかに会ったことがない。相変わらず、どこかのドア越しに一人息子に呼びかける声を聞くばかりだ。それも以前のように言葉ではなくて、トントンというノックの合図で。その数を息子はかぞえて何の合図だか知るのだ。彼はメルヘンを書くのをやめてしまった。そしてその代わりが数字なのだという。彼は子どもの頃から心の中で、しばしば無意識に、絶えず数をかぞえていた。当時はそれが病気なのではないかと思ったが、後になってユカタン半島の原生林に単独で探検旅行に行ったとき、自分の歩数、呼吸の数を、今度は意識してかぞえ、それがサバイバルの手段になることを発見したのだという。数をかぞえることが、危険の中で何度も先に進む助けになった。それにはどんなメルヘンにもない、どんな祈りよりも効果的な魔法の力が備わっていた。今では彼も歳をとり、値段表でもガソリンスタンドの電光表示でも、そこらじゅうにある数字付きの公共の掲示やポスターにますます過敏になってきたような気がするのだという。すでにあの古代の詩人が、数とはあらゆる策に勝るものと呼んでいなかっただろうか？　かぞえること。それが彼の気分を和らげ、落ち着かせ、整理し、宥めてくれる。そうして彼は新聞の大見出しの世界からの休養を取るのだ。そして彼にとっての神聖な数はマヤの神聖数、九と十三だという。彼は家の前で九回靴を拭い、朝には十三回枕を振って埃を払う。家の庭を鳥が十三羽飛んだら、仕事に取り掛かる。九羽で一休みする。九かける十三回ぐるぐる歩き回ってから、彼は寝る。

年老いた男の話はそれだけだ。――これに対して僕は、たとえ今日死んだとしても、この物語の終わり、今や人生の半ばまで来ており、春の陽差しがまっさらな空っぽの紙の上に落ちかかるのを眺めながら、秋や冬のことを思い返してこう書く――物語よ、わが至聖のものよ、お前ほどこの世にふさわしいもの、公正なものはない。物語、遠い戦いの守護者、わが主人よ。物語、あらゆる乗り物のうちで最も多くのものを乗せることができる乗り物、天の車〔大熊座のこと〕よ。物語の眼よ、僕を映せ。お前だけが僕を認識し、僕の価値を認めてくれるのだから。空の青さよ、物語を通してここまで降りてこい。物語、参加の音楽よ、われわれを恩赦に与らせ、われわれに恵みを与え、われわれを聖別せよ。物語よ、新たに活字の賽を振り、言葉の連なりを風となって吹き抜け、文字に寄り添い、お前独特のやり方で、われわれの共同のモデルを与えよ。物語よ、反復せよ。つまり、更新せよ。あってはならない決断を、何度でもあらためて繰り延べよ。盲窓と空っぽの家畜道よ、物語のための刺激であり透かし模様であれ。物語万歳。物語は続かなければならない。物語の太陽が、生の最後の息吹のみが破壊することのできる第九の国の空に、永遠にかかってあれ。物語の国から追放された者どもよ、悲しみのポントスに引き下がれ。後から来る者よ、もし僕がもはやいなくなっても、お前は物語の国、第九の国で僕に会うことができる。草に覆われた野良小屋の中の語り手よ、お前、場所の感覚を持つ者よ、お前はあるいは何世紀にもわたって平気で沈黙し、黙っていてもよい。外の音に耳を傾け、心の中に沈み込みながら。だがそのあとで、王よ、子どもよ、意識を集中し、身を起こし、肘を突いて体を支え、あたりに微笑み、深く呼吸して、そしてまた語り始めるのだ。あのすべての対立を調停する「そして……」とともに。

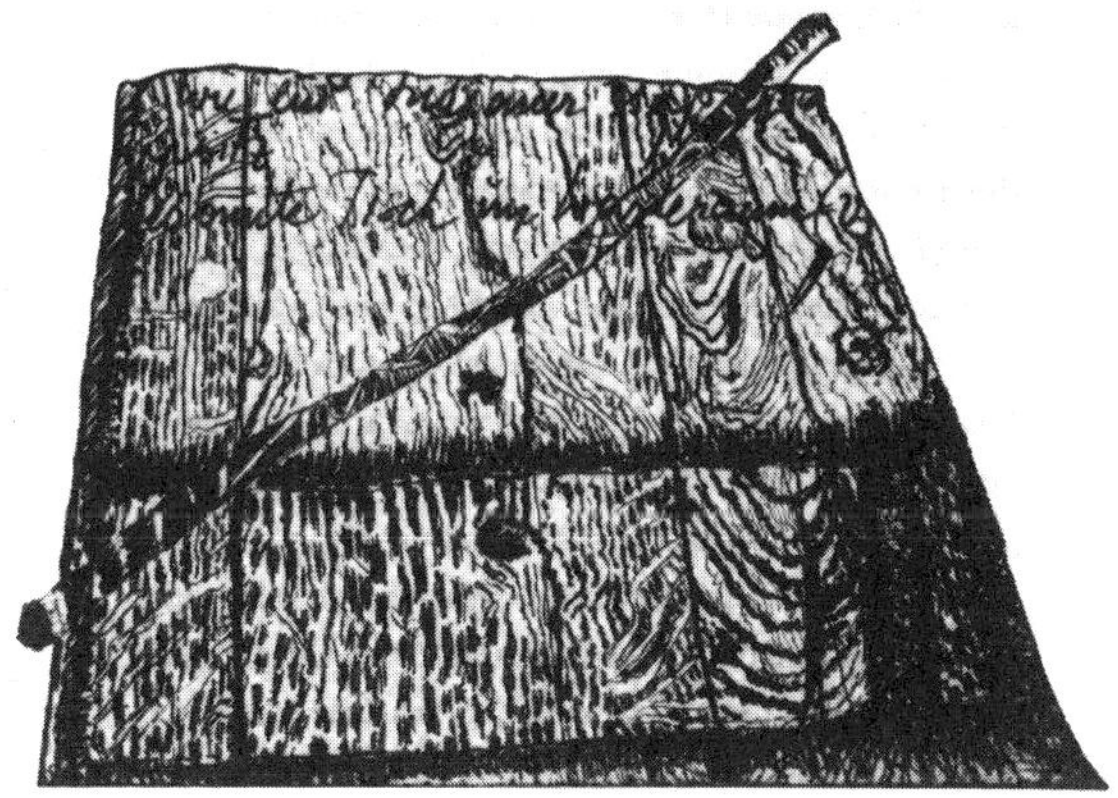

作家の午後

Nachmittag eines Schriftstellers

阿部卓也 訳

フランシス・スコット・フィッツジェラルドのために

1

一年近くのあいだ、自分は言葉を喪失したと思いながら生きていたことがあった。それ以来というもの、作家にとって、自分が書きつける文、それによって先へと続く可能性を感じさせるはずみを与えてくれる文の一つ一つが、事件となった。話されるのではなく書かれる単語、そうしてまた別の単語を呼び起こしてくれる単語の一つ一つが、深呼吸を可能にし、彼を改めて世界へとつなぎ止めてくれた。そんな単語や文を書きつけることができて初めて一日というものが始まり、そしてこれでまた明日の朝までは何事もないだろうと思えるのだった。

だがこの言葉に詰まることへの恐れ、続けられなくなること、永遠に中断しなければならなくなることへの恐れは、最初からずっと付きまとってきたのではなかったか。それも、書くことに限ったことではなく、愛する、学ぶ、参加するといった、およそことの本質に集中することが要求されるあらゆる企てについても。彼の職業の問題は、彼の実存の比喩を差し出し、彼のありようを目に見える例で示してくれていたのではなかったか。つまり「作家としての私」ではなく、むしろ「私としての作家」なのではないか。そして、言葉の限界を超えてしまって二度と還ってくることはできないと思ったあの時期以降、そしてその後に続く日々不確かな新たな始まり以降になって初めて、真剣に自分を「作家」と呼ぶようになったのではなかったか。それまでも、人生の半分以上をひたすら「書く」ことに思いをめぐらせながら過ごしてはきた。だがそれまでは、「作家」という言葉も、せいぜいアイロニカルに、あるいは困惑しつつ、口にしていたのではなかったか。

自分自身に対して事物を明確にし、それに生命を与えるような数行が書ければ、その助けによって、今日一日もまたうまくいったと思え、そして作家は、これで穏やかに晩が迎えられると感じつつ、机から立ち上がる。今が何時なのかはわからなかった。小さな丘の麓にある老人ホームの礼拝堂の正午の鐘が、いつもながら、まるで誰かが亡くなったことを告げるかのように唐突にちりんちりんと鳴り始め、そして鳴り止んだのは、つい先程のことのように思われた。だがそれからもう何時間も経っていることは間違いない。部屋の中の光はもう午後の光になっているのだから。床の敷物からは微光が立ちのぼり、それを、自分が仕事のテンポを見つけ出すことができたしるしのように思う。両腕を上げ、タイプライターに挟んだ紙の前でお辞儀する。と同時に、明日は自分の仕事に没入しすぎないように、反対に、感覚を開くために費やすように、と自分に言い聞かせる。壁にちらちら映る鳥の影は、彼の気を散らすのではなく、テクストに同伴し浸透していくのでなければならない。鳥の影だけではない。犬がきゃんきゃん鳴く声も、電動鋸のうなりも、トラックのシフトチェンジの音も、絶えず聞こえるハンマーの音も、下の平地の学校や兵舎の庭からひっきりなしに聞こえる号令の叫びやホイッスルも。なのに、前の何日かと同様、机に向かっていた最後の一時間、街中から押し迫ってきたのはパトカーや救急車のサイレンばかりであったことに、そして朝のうちはまだ、紙から顔を上げて窓を見やり、庭の木の幹や、外側のブリキの窓枠から彼のことをじっと見ている猫や、空の中、視野の左から右へ着陸し、右から左へ離陸していく飛行機を、心を集中させながら眺めるということをやっていたのに、すっかり忘れていたことに気づく。まずは遠くの無に焦点を合わせ、それから床の敷物の模様すら拭い去られてしまったかのように見る。耳には電動タイプライターのようなぶーんという唸り。しかし彼のタイプライターは電動ではなかった。

作家の仕事部屋、彼の「家の中の家」は二階にあった。空《から》のティーカップを手に、上の空で階下の台所へ行き、オーブンに付いている時計に、もうすぐ日が暮れることを見てとる。十二月初旬のことで、実際、いろいろな物の角が、黄昏が押し入ってくる前のような光を放っていた。同時に、外の空間と、カーテンのない家の中とは、同じ一つの明るさによって結び付けられていた。この年、初雪はまだだった。だがこの朝方にも、ある種類の鳥の声が——繊細な、誰かを呼ぶような単音の声——が、雪がやってくることを告げていた。その光の中に立っていると、作家にはしだいに感覚が戻ってきた。そして外に出るように促された。これまで毎日、暗くなってから外に出て、何かを見逃し聞き逃したように感じていた。不思議なことだが、こんな職業なのに、ずっと前から、戸外にこそ自分の場所があるように感じてきたのだった。

まずは、郵便配達が玄関ドアのスリットから投げ入れた郵便物を床から拾い集める。集めた束は分厚かったが、その中で読むべきは一枚の絵葉書だけだった。他は、広告チラシ、政党の機関紙、「一家に一つ無料でお届け」、そして画廊への招待や、いわゆる「市民集会」への招待——そして大部分を占めるのが、見慣れた灰色の封筒。そのすべては、トランプのカードセットのような、あの未知の人物の筆跡で書かれたものだった。その人物は、十年以上にわたって毎日のように、最低でも一ダースほども、そんな手紙をある遠い外国から送りつけてきていたのだった。作家はその最初の一通には短い返信をしたためた。その他人の筆跡が自分のものと見紛うばかりに似ていたからという、ただそれだけの理由で返信したのだ。それからというもの、送信者はまるで幼馴染か、庭の垣根ごしに長年付き合っている隣人でもあるかのように語りかけてくるようになった。封筒の中身は、毎回、たいていは一つの文にも満たない、見知らぬ家族の生活の、妻や子どもたちについての報告で、「さて、妻の書留の手紙」とか、「彼女から、どちらとも会うことを禁じられてしまった」とかいう何だかわからない仄めかしのようなもの、「意に反して飛行機のチケットを取るぐらいなら死んだほうがましだ」だの「私が昨日雑草取りをしたことを彼女は証言できるだろう」といった謎の箴言のようなもの、「私ももういいかげん喜ぶことが許されたっていいではないか」とか「私にとっても新たな時代が始まるのだ」といったたんなる叫びのようなもので、まるで受け取る側はどのみちずっと以前から事情に通じていて、それだけですべてが理解できるはずだとでも思っているようだった。それでも最初の一、二年は、一つ一つの文、あるいは単語のかけらを注意深く読みはした。だが時が経つにつれて、毎度のこのビラが、憂鬱になってきた。特に受け取った郵便物といえばこの封筒の洪水だけという日には。そしてそういう日は決して稀ではなかった。未開封のままの大量の封書をゴミバケツに放り込んではその蓋を閉じるときの彼の怒りを、相手が目にすればいいのにと思った。それでも時には奇妙な義務感に駆られて開封することがあって、中身が相変わらずであることを知っては何ともほっとするのだった。それはどう見ても助けを求める叫び、それどころか哀願するような叫びで、でも、誰も耳を貸さなくても、生涯元気に続いていくかもしれなかった。そして多分それが、無精なせいもあるが、手紙を送り返さなかった理由だ。他のどんな人間の生存の気配もない、毎日の灰色で長方形の封筒を目にするたび、再三そうしたいと思いはしたのだが。そして今日も、昨日と同じく、すべての封書を、読まずにくずかごに入れていった。一通ずつ、それで書類をチェックしたことになるかのように。かつての友人で、今は心を病んでアメリカ大陸をさまよっている男からの絵葉書は、出先で読むためにコートのポケットに突っ込んでおいた。

シャワーを浴び、着替える。靴紐を結ぶ。街の歩道でもエスカレーターでも、道なき道でも具合のいい靴だ。猫を家の中に入れ、肉の皿、ミルクの皿を置いてやる。猫の毛皮は冷気を含んでいて、その一本一本の毛先には、雪の結晶が感じ取れるような気がした。でも毛皮の下の猫の体は、執筆の間に冷えた手を暖めてくれた。

外に出たいと強く思う一方で、いつもながら、出かけることを躊躇した。一階のすべての部屋のドアを開け、さまざまな方向から光がさしこみ、混じり合うようにした。この家は人住まぬ家のように見えた。家は、そこでただ働いて眠るだけでなく、住むことを要求しているようだった。しかし住むということに対しては、家庭生活と同様、作家は、おそらくずっと前から、無能だった。窓際のコーナーに設《しつら》えられたベンチセットとか、食卓とか、ピアノとかは、見ただけで違和感を覚えた。ステレオ装置とか、チェス盤とか、花瓶、それどころかきちんと並べられた本棚にすら、落ち着かないものを感じた。本というものは、彼にとっては、床や窓枠に積み上がるものだった。唯一、夜、どこか暗い一角にすわり、街の明かりや空からのその反照でほどよく照らされているように思える一連の部屋を眺めているときだけ、ほっとくつろぐことができるような気がした。そうした時間、あれこれ考えたり心配したりする必要がなく、ただ静かにすわり、静けさの中でせいぜい何かを思い出すそんな時間、それが彼にとって家の中でのもっとも好ましい時間だった。そして物思いが同様に穏やかな夢へといつの間にか移り変わるまで、その時間を引き伸ばそうとした。でも昼間は、特に仕事の直後は、静けさにはすぐに飽いた。キッチンの食洗機のうなり、浴室の乾燥機のぶーんという音——できればその両方が揃っているのがいい——が、それこそありがたかった。いつの間にか、机に向かっているあいだでさえ、外界の騒音が必要だと思うようになった。かつてほとんど防音状態の高層ビルの上階、言ってみれば空に非常に近いところで、何か月も執筆した後、非常にやかましい幹線道路に面した一階の部屋に引っ越したことがある。書き続けることができるためにはそうしなければならなかったのだ。それよりも後、この今の家に移ってからのことだが、隣接する土地で建築工事の騒音が始まったとき、最初は迷惑に感じたものの、エアハンマーやブルドーザーの音を、毎朝、仕事に取り掛かる気分になるために利用するようになった。昔、最初の頃はそのために音楽をかけたりしていたのと同じだ。原稿の紙片から繰り返し目を上げては外の建築労働者たちを眺めた。そしてそこまでで自分が果たした仕事と、彼らの一つ、また一つ積み重ねていくとてもゆっくりした仕事との間に、響き合うものを求めた。そういう、絶えず必要となる出会いを、木々や草や窓に絡みつく野生のぶどうといった自然は、いつの間にか与えてくれなくなっていた。部屋に舞い込んだ一匹のハエでも、外の杭打ち機の音より邪魔になった。

庭の扉まで行かないうちに、もうとって返す。家の中に走り込み、二階の仕事部屋に駆け上がると、単語を一つ書き替えた。そのときになって、部屋にこもった汗の匂いを感じ、窓ガラスが曇っていることに気づく。

2

そこで、急ぐのはやめた。急に、空っぽの家全体が、新たに書きつけた一語を通して、暖かく、住み心地よくなった。仕事部屋の入り口で、机を振り返る。それはこの瞬間、公正さの場所、公正になれる場所に見えた。「こうでなければならなかったんだ!」階下の、庭に面してガラス張りになった廊下に腰を下ろし、二、三のボタンの縫い付けをし、何足かの夏靴を磨いた。そんなことをしながら、ある古典作家についての「彼は指の爪を切っているときでさえ、高貴に見えた」という評言[1]を思い出し、それは自分には当てはまらないだろうな、などと考えていた。外の庭では、一羽の鳥が、人の背丈ほ

1　シラーについてのゲーテの評言。

どの円錐形のイチイの葉群れに、親指太郎のようにするりと入り込むと、そのうち姿を消した。風景の上を飛ぶ単発機の唸りはアラスカを思い起こさせ、街をぐるりと回り込むように走っている列車のよく響く警笛も、広大で水の豊かな土地から響いてきているように思われた。地平の向こうに、しばらくのあいだ、鉄橋を渡る車輪のごとごという音がはっきりと聞かれ、同時に猫が階段の下で体を掻き、食料貯蔵室の冷蔵庫がカタカタいった。この日もう二度目、廊下の植物に水をやった。植物たちは、ガラス張りの壁と相俟《あいま》って、温室のような印象を与えていた。猫にもう一度餌をやり、そして最後にすべてのドアレバーを拭いた。誰でもいい、誰かに手紙を書きたくなった。でもここではないあとで、街なかのどこかで。

それから、いつも出かけるときにするように、外からドアの鍵を二回まわしたとき、改めて思い出したのは、以前、まさにあの恐ろしい言語喪失の時期、もう外に出るときにドアの鍵を掛けることはすまい、と自分に誓ったことがあったということだった。代わりに、今夜帰ってきたら、ドアの鍵は掛けないでおこうと決めた。そんな決断などしなくても、朝起きてみると、ドアの鍵が掛かっていないばかりか、全開になっていたことも少なくなかったのではないか。

泥土の庭の小道を、彼は自分の足跡をなぞるように歩いた。日々の仕事前、しばしば何時間も、行ったり来たりすることで付いた足跡だった。それが今は凍っていて、庭の端まで、密に嚙み合った、地面に刻み込まれたような模様、まるで軍の一隊が白兵戦に向けて行軍したか、警察の特殊部隊が特別危険な社会の敵を逮捕するために押し寄せてきたかのようだった。あるコメディ映画も思い浮かんだ。その主人公はとある建物の前で、何かを待ちながらあまりに長い間行ったり来たりを繰り返す。終いに地面がえぐれて堀のようになり、最後は彼の帽子だけが覗いているという映像。

冬にもかかわらず、あたりのそこかしこに花が咲いていた。センノウ、ヒナギク、キンポウゲ、そしてオドリコソウの唇弁が、小さくまばらであればこそ、うねって凍った地面を生気づけていた。キンポウゲのエナメルのような輝きは、一瞬、陽の光のようにも見えた。一本だけのリンゴの木の梢には、鳥たちにつつかれた実が、まだいくつか付いていた。果肉は凍って透き通っていることだろう。霜で重くなった最後の葉が、一葉一葉、地面に落ちる。ほとんど垂直に、パリパリと音を立てながら。ハシバミには色彩がなく、寒さに縮こまっているようだった。杭を並べた塀と、玄関脇には、それぞれ一本ずつ、カンパニュラが咲いていた。霜のような青さ。

庭はそのまま外の公園の森につながっていた。それは作家には、仕事のあとの時間によくあることなのだが、下生えや蔓も含めて、大きな太古の森のように見えた。もう一度家のほうを振り向く。自分は蔭から出て行こうとしているのだと思った。灰白色の空には、より暗い、とても長い雲の筋が流れ、それが広大さと高さの印象を与えていた。風は凪いでいた。だが空気は冷たく、顎と首がひんやりした。分かれ道で立ち止まり、どちらへ行ったものか考えた。街の中心部へ行けば、クリスマス前のことで人でいっぱいだろう。街の外へ向かえば、人には会わないことだろう。無為に過ごしていた時期には、中心街へ散歩に行くのがお決まりだった。でも仕事をしているときは、街外れに、ひと気のないところに向かうのが常だった。この原則は、少なくともこれまでのところ、間違いがなかった。しかしそもそも彼に原則などというものがあっただろうか。これまで自分に課そうとしたわずかな原則は、いつだって何か他のもの、気分とか、偶然とか、思いつきとか、彼にはより正しいものと思えたものに席を譲ってきたのではなかったか。確かにもう何十年も、そのつどの執筆目標に向かって生きてきた。しかし今に至るまで、それを確実に果たすにはどうするのがいいのかということはわからないままだ。自分のすべてはさしあたりの仮初めのもの、昔の子どもの頃も、のちの学校に通っていた頃も、さらにのち、駆け出しだった頃も。かつてと変わらぬ初心者として、とりあえずこのヨーロッパの平凡な街に住んだ。もっとも、自分はこの街で老け込み始めたようにも思えた。よその国々から、ただとりあえず故国に帰ってきた。でもそこからせわしなく出かけた。そもそも作家としての生活すら、理想としていた生き方にかなうものではあったのだが、暫定的なものだと思っていた。昔から、最終的だとか決定的だとかいうものにはすべて反発を感じてきた。「万物流転」。「誰も同じ川に二度入ることはできない」。このポピュラーな箴言の元の形で言えば、「同じ川に入る者に当たって流れていくのは別の、また別の水である」。そう、これまで何年もの間、ヘラクレイトスのこの言葉を、繰り返し、自分に言い聞かせてきたのだ。まるで信心深い人々が唱える「主の祈り」のように。

いつになく長い時間、作家は分かれ道に立っていた。彼の職業が、決まった生活規則を課するものではなかったからこそ、日々の多くのささいな行動にも、そのつどの指針が必要だということのようだった。このとき浮かび上がった指針は、周縁と中心の両方を結びつけてしまえ、という考えだった。中心街を通り抜けて郊外まで歩くこと。まさに机に向かっていたときに、人々への近さへと惹かれていたのではなかったか。そしてもう一つの、再三ないがしろにしてきた誓い、少なくとも日に一度は、その向こうに新市街の広がる川を渡るという誓いがあったではないか。ルートの計画ができあがると、出歩くことへの喜びが湧いてきた。

公園の森を下るあいだ、長いこと誰にも出くわさなかった。何時間も部屋の中で過ごしたあと、ただ自然の中にいて、子どものような解放感に言わば両脇の下を支えられていた。午前中に書き付けた文章を反芻してああでもないこうでもないと考えるのをようやくやめた。そして極彩色の野鳥の案内板にも、それぞれの幹にかけられた「ブナ」や「カエデ」といった教育的な名札にも目をくれず、ある木の滑らかさ、色の明るさを、また別の木の色の濃さ、ひび割れぶりだけに日を止めた。まだ葉をつけてはいるがしおれたカシの葉群れの中に、寒さに羽を膨らませてじっと止まっている一ダースほどのスズメたちを見ていると、スズメに向かって説教をしたという聖人[2]の伝説も信じることができた。そして鳥たちは実際、その場から動くことなしに、まるでまた最初の言葉を待っているとでもいうように、首を動かした。彼が何か言うと、茂みの中の鳥たちは耳を傾けた。

2　アッシジのフランチェスコ（一二二六年没）のこと。

落葉松の落ち葉の針で、道は黄色くなっていた。落ち葉の層は、カーブになっているところの多くで靴が埋もれるほどだったが、その積もり方はゆるく、歩くと左右に舞い散った。そうしてアスファルトの上には人が靴を滑らせるように歩いた跡がどこか波形模様のような筋になっていた。家にいた最後の数時間、自分のまわりのすべてが静かになっていくにつれて、このあいだに外の世界は消滅し、この部屋にいる自分が最後の生き残りなのではないかという妄想にとらわれた。それだけに今、生身の、健康そうな人の姿を目にして、なんともほっとした。それは道路掃除夫で、すでに仕事を終えて着替えも済ませ、道具小屋からかがみながら出てきて、巨大なハンカチで、ずいぶん太いフレームの眼鏡を、念入りに拭いていた。たがいに挨拶を交わしたとき、自分がこの日初めて人と言葉を交わしたことに気づく。朝のニュース番組の声に黙って耳を傾けるか、あるいは猫に話しかけたり、仕事机で書き付けた言葉の並びを声に出して言ってみたりしていただけなので、今日初めての人との普通のやりとりをするには、まず咳払いする必要があった。近視の相手はこちらが誰だか全然わからなかったかもしれないが、空想の中で世界の終末を味わったあとでは、この生き生きした双の眼差しに出会うことが、なんと心を落ち着かせてくれたことか。その目の色だけで、自分が理解されたような気がした。そしてまたそれから街に近づくにつれてしだいに数を増す通行人たちの顔に、そこには自分自身の顔が映し出されているのだと思った。

彼の家は丘の上にあり、四方に向かって窓が開いていたが、そこから遠くを見るということは、朝も昼も晩もできなかった。丘を下り、人々の近くにやってきてようやく、遠くを眺めることができるようになるのだった（家で、ルーフバルコニーに出ることも避けていた。訪問客たちが羨ましがったルーフバルコニーだが、そこからのパノラマを眺めていると、自分が世界からあまりに遠く隔たっているような気がして、もっぱら洗濯物を干すためにしか使っていなかった）。下ってきてようやく、川の水源である山の、ガラスのような雪面が、また反対方向では本当の街外れの平地の縁に、木炭で描いたようなモレーン[3]の円弧が目に入るようになる。雪の下の地衣類や蘚苔類が手にとるように感じられ、そしてまたモレーンを切断するように流れる小川や、その岸辺に張り出した雪庇が見え、そこから滴り落ちる水の音が聞こえるような気がした。街の縁の住宅群の向こうに、くっきりと並ぶ小さめな集落の家々。と思いきや、改めてよく見れば、それは動いていた。そこにはアウトバーンが通っていて、ここからは聞こえないうなりを上げながら何台ものトラックが走っているのだった。そして一瞬のあいだ、自分がトラックの運転席にすわっているかのように、両腕に振動を感じる。工業地区の何本もの煙突の近く、ひとすじの無人地帯、草の生い茂った草原に、赤い光がパッとともる。その後ろの黒っぽいコンテナのようなものは停車中の列車だったと知れる。列車は、信号が変わると、最初はわからないほどゆっくりと近づきはじめ、そして大きくなった。旅客の多くは中央駅で降りるのに備えてすでにコートを着込んでいた。子どもの手がひとつ、大人の手を求める。引き続き乗り続けていく者は、脚を伸ばす。ほとんど人のいない食堂車、早朝から勤務していたウェイターは廊下に出て窓ガラスを下ろし、風に吹かれている。皿洗い係のほうは、年配の南欧人で、持ち場の狭いコーナー

3 氷河期、氷河によって押し出された土砂が堆積した丘。

で、瞬きもせずぼうっと宙を眺めながらタバコを吸っている。こんな遠くのイメージ（「距離こそわが素材だ」）と並んで、作家は旧市街の家々の屋根の上に、一体の石像を見る。その像は鋼鉄のシュロの枝を手に持ち、教会のドームの上、空を背景に浮かび上がっている。それを取り囲む群像は、輪になって踊っているようだった。

丘から下ってきた道の最後は、脇に築何百年という建物が接する階段になっていた。上部では、段々になった庭が、あちらこちらで一連の跳ね橋のように階段道の手すりに向かって突き出していた。張り出した岩に近い下の階では、すべての部屋に明かりがともっていた。おそらくは朝からずっとともっているのだろう。階段を一段降りるごとに下の階が見えてくる。卓上スタンドが、広げられた何冊かの本の上に光の輪を落としている。それに向かってすわっている男は身じろぎもせず、本を読んでいるというよりは観察しているように見えた。女が、ちょうど戸口から入ってきたばかりというように、コートと帽子を身につけたまま、手には重そうな買い物袋を持って立っていた。サスペンダーをつけてシャツの袖を捲り上げた白髪の男が、コーヒーポットを手に、部屋の端から端へと歩き、数歩先で階下へと降りていった。その背後には、隙間の空いたカーテン越しに、四角いテレビの画面の中で泣いている大きな顔が見えた。そして最後の一段を降りると、オフィスや役所にあてられている一階の、蛍光灯の光に照らされた中が見えた。ゴムの木、ファイルキャビネット、何枚もの絵葉書の貼られた壁の一角。何人もの、そこが自分の居場所であると思えている人たち、そして従業員が通るたびに脇によけているただ一人の余所者《よそ》。一人の男の緩められたネクタイ、一人の女の解かれた髪、窓枠に置かれたびんに挿され花を咲かせているバルバラの枝が[4]、ここは住み心地のよい場所なのだという印象を与える。人の住まいに接したここでは、一段一段、降りるごとに、気温が上がっていくような気がした。上のほう、剝き出しの岩のところでは、柱のように太いつららが、下のほうの庭では、よくあるブナの木やトウヒの垣根にまじって、ちらほらとシュロの株まで見られ、ビニールシートの温室に守られてはいるものの、丸く茂って緑色に光るローリエの木もあった。こうして、作家は、自分が周囲からは気づかれていないと思いながら、街に入っていった。目指したのはとある食堂で、空腹や喉の渇きからというよりは、公共の場所にすわって、少し給仕をしてもらいたいという欲求からだった。一人で長時間部屋にこもっていたあとでは、自分にはそうする権利があるようにさえ思えた。

3

まずは人ごみを避けて、裏庭づたいの迂回路をとった。丘から下りきったところの街には、そんな裏道が大きな弧をなして、裏庭から次の、学校の裏庭へ、そして博物館の裏庭へ、それがまた修道院の裏庭へとつながり、最後は建物の中の通路から、今は開放されてもっぱら公園として利用されてい

4　原文ではDezemberzweig（十二月の枝）。ローマ・カトリック、ギリシャ正教の地域で、十二月四日の聖バルバラの日に、果実の木の枝を花瓶に挿し、家の中に飾っておく習慣。

る墓地へと続いた。どの建物も似た建築様式で、次々に現れる裏庭も似たような形と大きさだったから、まるで一つの大きな、残りの世界から切り離された建築群、街の中の街を歩いているようで、そして庭から庭へ、その「街の中の街」の奥深くにどんどん進んでいって、その先には出口があるようには思えなかった。噴水に差し掛けられた小屋の玉ねぎ型の木製の屋根を見て、一瞬、またモスクワにいるような気がした。かつてモスクワで、ある日の午後じゅう、そんな隠れた地区で過ごしたことがあるのだ。パッサージュからパッサージュへ、しだいに広やかに、しだいに静けさに対して開かれていった。どこかずっと遠くまで来て、とても長いベンチに一人すわり、屋根の掛かったコンクリートの地面で子どもたちが遊んでいるのをじっと見ていた。そして最後に一番奥の内庭、ところどころに白樺の生えた芝生で、給水栓で顔と手を洗ったのだった。不思議なことに、執筆作業のあいだだけ、自分の住む街の境界というものがこんなふうに取り払われるのを感じることができるのだった。小さなものが大きくなる。もろもろの名前が失効する。こちらでは石畳の隙間の明るい色の砂が、砂丘の麓になる。あちらではまばらな色あせた草の茎がサバンナの一部になる。学校の教室ではまだ授業が行われていて、教壇に立って黒板の前で腕を振り回している教師の姿だけが見えている。黒板はまぶしく光っている。博物館の土台が大理石のイルカたちのレリーフになる。イルカたちはペアになって泳ぎ寄ったり、潜って離れていったりする。修道院の裏庭では、ひとりの修道士が、寒いのにサンダル履きで、桜の木の枝を剪定している。そして墓地の墓碑銘には、ラテン語ばかりかギリシャ語まで現れる。

まわりを囲まれた一連の内庭のあとには、一連の開けた広場が続く。広場から広場へ、手前の広場は、その次に来るもっと大きな広場の前庭のようだった。とは言っても、次の広場があらかじめ見えることはない。ほとんどそのつど、教会の角、役所の角、あるいはただの新聞スタンドの角を回り込むと、次の広場に出た。だがそれから立派な列柱廊を通って踏み入った最後にして最大の広場には、中央広場的なところは何もなかった。未舗装で黄色い泥土、中央に向かってわずかに傾斜していることが、雨水が周囲から中心に向かって地面に掘り込んだ放射状の溝からはっきりと見てとれた。広場から広場へ、歩みは遅くなってきて、いま、立ち止まる。自分が仕事から離れているわけではなく、仕事が自分に寄り添っているような気がした。ここまで来て仕事机から遠く離れているにもかかわらず、仕事をしているような気がした。だが「仕事／作品」とは何だろう？　思っていたのは、それは、素材はほとんど問題ではない、構成がほとんどすべてだということだ。静止状態にあっても、特別なはずみ車《フライホイール》などなくても、動いているもの。すべての要素がたがいを宙吊りにしておくもの。開かれていて、誰でも近づくことができて、使っても減らないもの。

さらに歩くうち、ほとんど走りそうになった。その広場は川に近く、街でいちばん低い箇所にあったが、彼は高原の上を歩くように、長い対角線上を歩いた。靴底の下、氷がざくざくと音を立てた。それはとても繊細な音であると同時に、広場じゅうに響きわたった。地面は、毎年ここで販売されてきたクリスマスツリーの細い葉で一面おおわれていた。泥の中に踏みつけられた葉は、それ自体が泥のように黄色くなっていた。もしかしたら明日にでもまた、向こうが見通せないほど密な、トウヒやモミの偽の森が、広場いっぱいに出現するのかもしれない。

川に向かうパッサージュの途中の売店で新聞を買い求めたとき、自分が震えていることに気づく。店員に向かって発した言葉を最後まで言い切ることもできず、釣り銭をもらうときには取り落としそうになった。新聞を買うということは、そのたびにもう何度も思ったことだが、その日最初の過ちを犯すということだ。できるだけ歩きながら、全体をただぱらぱらと眺め、それからどこかのくずかごに捨てようと決めた。大見出しを目にしただけで、一瞬、言葉が出てこなくなった。店員の挨拶の言葉に、かろうじて彼が返せたのは、うなずくことだけだった。急性の人間嫌いの症状に襲われ、通りかかった人に偶然に触れてしまったときは身をすくませた。そして話をするのを避けるためにあらぬ方《かた》を向いた。その相手は、ほんのちょっと前に、自分の生涯について話をしてくれた人物だった。話を避ける口実に、放心状態を身にまとう。それはほとんどいつもただの演技だったのだが。

川にかかる橋の上で、風が迎えてくれた。彼はその風とともに歩き続けた。ここ、さえぎるもののない大きな空の下は、あの裏庭や広場よりも明らかに寒かった。黒に近い色の水の上には霧が立ち上り、かつての冬、北極圏の極寒の中、ぶつかり合っていた氷塊を思い出した。あのときの橋の上もひどく寒くて、それこそ逃げ出さずにはおれなかった。そして同様にあの夏の日の光景も思い出した。土手の下、増水した川の護岸の下部で、その子どもは行ったり来たり走っていた。子どもが走りながら絶えずジャンプしているのを見て、最初は遊んでいるのかと思った。流れの音が轟々《ごうごう》と響く中、唯

一、唇の動きから、子どもが助けを求めて叫んでいるのだということに気づく。護岸の上から落ちたのだ。そして子どもを引き上げてやったときの、肩にかかる生きた重みを、再び感じた。改めて川の対岸、葉を落とした並木の冬のプロムナードを見やり、半ズボンの、茂った夏の葉群れの下を走り去っていく姿を思い浮かべる。

橋の真ん中で、作家は手すりにもたれかかった。手すりの、旗竿を差し込む穴は、空《から》だった。下流方向の地平線は強い光に輝いていた。そこに見えている教会の塔は、隣の村のものだ。街のいくつもの橋が重なりあって、すべてが同じ高さに見えた。だから手前の人通りの多い歩行者用の橋を、その向こうの橋の車や、さらに向こうの鉄道橋を走る列車が、いっしょに渡っているように見えた。川が屈曲するあたりでは、川と陸の境界線が、鈍い光で強調されていた。車や列車の騒音の中に午後の鐘の音が鳴り響きはじめ、週末の開始を告げる。その残響は長いこと空中に漂っている。その一方で、まるで街じゅうの車がいつの間にかエンジンを止めていて、いま改めて一斉にエンジンをかけたかのように思われた。そして橋の上を飛ぶカモメたちも、いったん止めていた金切声を発しはじめた。

川の対岸を上流に向かって歩きながら、このままずっと歩き続けていたいと思った。どこかに立ち寄って何か口にしたり休憩したりしたいと思うのは、ただの惰性から来るのではないだろうか。この川辺では、こちらに向かって打ち寄せる波が、彼に力を与えてくれた。作家は憧憬に――何十年も前から、今にいたるまで変わらず、これは意味のある言葉なのだ――、再びどこかよその国の大都市で生活したいという憧憬にとらわれる。そういう街では、一人で歩き回っているときも、中心街や郊外のそこかしこに、それぞれのやり方で、彼と同じ問いにたずさわり、彼と同じ目標を目指している人々がいることがわかっている。自分の分身《ドッペルゲンガー》に出会いたいと思うわけではない。ただ彼らと同じ地面を踏みしめ、同じ風を、同じ天候を、同じ夜明けと夕暮れを味わいたいと思う。自分の故国の街にはそういう人々がいるとは思えないのはなぜなのか。二人の作家がいて、その一人が、もう一人が毎日窓の下を通るからという理由だけで引っ越していった、などという逸話も、故国だと信ずる気になれるのはなぜなのか。

そして今、実際に年配の男が立ち塞がる。以前「同業者」であると自己紹介してきた男で、そのときも川べりのこの場所だった。作家が彼について知っているのは、最初は教師で、それから世界大戦に兵士となり、それから再び教師に戻って、今は退職して詩を書いているということだけだ。挨拶に続けて、まるでこの機会を長いあいだ待っていたとでもいうように、高揚した、威嚇するような声で、その詩の一つを出し抜けに朗誦してみせる。そして同じ調子で、彼の日常のおしゃべりが続く。彼のポエムと同じように一語一語を区切り、アクセントを付けながら。もうそれだけで、相手をさせられる側としては、以前と同じく、それを意味のある言葉として受け止めるのは不可能になる。彼の発する単語は耳に入っていたが、意味を聴いてはいなかった。その代わり、老人の眼鏡をかけていない眼、盲人のように大きく見開かれた眼をくっきりと見る。その虹彩は色あせて、縁の部分だけがかろうじて色の輪をなしていた。片方の目の下の涙嚢《るいのう》がぴくぴく脈打っていた。それから去っていく男の後ろ姿を眼で追っていると、その区切られた演説は、長く引き伸ばされた、無限に高い唸《うな》りのようなものになっていった。それは男の熱狂を表していたのかもしれないし、あるいはまた悲嘆を表していたのかもしれない。

その食堂は川沿いにあって、まだほとんど人もいなかったから、水面を見下ろす席にすわることができた。流れはとても急に見え、まるで山の中から今吹き出してきたかのようだった。自分が今も橋の上を歩行者たちのシルエットに混ざって移動しているような気がした。新聞を読み始める前に、深く息を吸って、一番遠くの地平線を、一種の物事の尺度として、心に刻みこんだ。しかしそれもやっぱり無駄だった。最初の一文を目にしただけで、自分のなかであらゆる種類の思考が止まった。新聞を読むことは情報を得るための自分の義務なのだと、自分に言い聞かせるのが常だった（自分に新聞を読むことを禁じていた時期、自分にとってのヒーローや救難聖人のうちの何人かの訃報に気づかず、それを知ったときにはすでに故人を偲ぶには遅すぎたということがあった）。しかし実際のところは、新聞のページをめくっていくことに中毒していたのだ。ほとんどコラムの一つも最後まで読むことはなく、たかだか流し読むだけ、そして記事から記事へと、暴走と硬直が一つになったような奇妙な状態に陥るのだった。最初から始めて少なくともルポルタージュ記事の一つぐらいは一語一語読むようにと、自分に対して再三命じてきた。だがほんのちらりと見ただけで、その全体の意味がわかってしまっていることに気づく。ただそれは、多くの詩と違って、「しずかに心に残る」ことはなく、逆に読者を完全に無関心なままに放置するのだ。ここで中毒患者は――なんら快楽をもたらすわけでもない中毒に苦しみながら——ニューヨークにいたときの、長期ストライキであらゆる新聞の発行が停止していた数か月のようなことがまた起こらないかと願う。そのときは、"City News"という名の薄く小さな判型のものしか出ていなかった。もしかしたら知る価値があるかもしれない地上のあらゆる出来事が、どれも数行に圧縮されて、載っていた。この"City News"を、当時彼は毎日楽しみに、丁寧に読んだ。そしておそらくたいていの人にとっては「やっと」、「世界的な新聞」がすべての地下鉄駅の入り口に、再び柱のように高く積み上げられるようになったとき、姿を消したあの薄っぺらく小さな知らせのほうがむしろ「世界的な新聞」という称号にふさわしかったような気がした。それからは、どんな論説も特派員報告も、コラムも批評も、不要に思えた。そういうものは、読者の頭に、スズメバチの唸りのようなものしか残さなかった。それがいつも一番ひどくなるのが、ほとんど何についてであれ「意見《オピニオン》」を押し付けてくる「文化」欄だった。確かにときどきは、批評というものがそれ自体芸術であると感じることもあった。批評芸術とはつまり対象にふさわしい視角——「ヴィジョン」と呼んでもいい——を発見すること、そしてそのヴィジョンを誠実に展開すること、それをすべての作品について実行することだ。だがたいていの場合、そんなページに載っているのは、良くて紋切り型であり、悪ければ、対象そのものへの関心などとうに失い、容易に見透かせるような下心だけ、批評を創造する代わりに内輪の政治をやっているだけのいかさまだった。少年の頃の彼の夢想では、作家にとって文学というのはどんな国よりも自由な国であり、その国のことを考えることだけが日々の愚劣なことどもや屈従からの、誇り高き平等への唯一の脱出口だった。おそらく多くの人たちが同じようなことを思っていたはずだ。そういう人たちが今はみんな、あらゆる小国の中でももっとも専制的な国の中で、感覚の麻痺した仲間意識で群れるか、さもなければ不倶戴天の敵同士として散り散りになっているように思われた。彼らのなかでもっとも反抗的な者たちですら、あっという間に駆け引き上手な外交官へと堕し、業界の惰性にまみれた刑吏たちに支配されている。そして鑑識眼の代わりに権力欲しかない刑吏たちは、外目には献身的で善良な人間の役を演じながら、獲物をいっそう好き勝手にいじくるのだ。ある作家の死の床にいあわせたことがある。だがその作家が最後の時期までずっと気にしていたのは、他の何よりも、新聞の文化欄に何が書かれているかだった。ひょっとしたら、文化欄の論争は、彼を怒らせたり笑わせたりしてくれて、いい意味で意識を死からそらすことに役立っていたのかもしれない。毎日の繰り返しのほうが、彼を脅かしているものよりも、ともかくにもずっとマシに思えたのかもしれない。でもそれだけではなかった。絶望的な容体の中で、新聞編集者たちから遠く離れてはいても、彼らの囚われ人だったのだ。彼ら批評家や編集者は、その作家の家族以上に、その夢の求愛の対象だったのだ。そして痛みが引いているときには、もう自分で読むこともできなくなっていた彼は、あれこれの新聞であれこれの新刊書がどのように評されているか、訊ねるのだった。しばらくのあいだは、陰謀と、それが病人に呼び起こすほとんど満足げな憤懣によって病室に一種の世界や持続がもたらされる。そしてベッドの縁に腰掛けた男のほうは、悪態をついたりうなずいたりしている友人を理解することができた。まるでそこに横たわっているのが自分自身であるかのように。だがそれから死期が近づいて頭をのけぞらせた友人に、なおも変わらず出たばかりの新聞に載っている書評を朗読してやらなければならなくなったとき、目撃証人は心に誓った。自分は、この自分の似姿のようには決してなるまい、と。自分は決してこの分類と審判——それはたいてい、二者を比べ競い合わせることからなっていた——のサイクルには関わるまい。外部にとどまり、自分自身の力で、決して他の人々を巻き込み犠牲にすることなく、続けていくこと。数年経つうちには、そのこと自体が満足感を与えるようになった。こうしたグループ、あるいは絶えず離間しあっている小グループに再び足を踏み入れることを想像しただけで、ぞっとするようになった。もちろんそこから完全に離れることはおそらく不可能だろう。実際、あの誓いを立ててずいぶん経つ今日もまた、以前同様、一つの単語が目に飛び込んできて、最初それが自分の名前ではないかと思った。だが以前とは違って、それが勘違いだったと知ったときにはほっとした。安心してページをめくった先の地方欄では、記事を一つ一つ読んでいくことができた。

ようやく新聞から目をあげたとき、作家は何ものかを逃《のが》してしまったという強い感情に襲われた。それまでのあいだずっと、背後のキッチン入り口脇のテーブルに、ウェイトレスの子どもがすわって宿題をしていた。彼はそれをじっと見る代わりに、ちらりと見て心に留めていた。その席にはもう誰もいなかった。子どもがノートに文字を書いては母親が脇を通りすぎるたびに見せていたその椅子には、カラフルな学校かばんがぼうっと光を放ちながら載っていた。新聞を読んでいたことで、自分の視野が失われていたような気がした。隣のテーブルの角すら輪郭を失っていた。新聞を傍に押しやった。意に反して新聞がまだ視野の隅に入っていることに気づくと、その上にメニューをかぶせた。メニューを読んでも頭に入らず、途中で、メニューも新聞も、視野の外、テーブルの下、別の椅子の上に置いた。

すわったまま背を伸ばし、唯一注文したグラスワインを、時折一口ずつ飲んだ。何かを知覚したり考えたりすることのできないこんな鈍磨した感覚のままでは、ここから動きたくはなかった。しだいに数を増した店の客の、脚や胴だけが見えていた。顔はない。幸い彼に気を留める者はいなかった。一度は彼の名前を覚えてくれたはずのウェイトレスも、とうに忘れてくれていた。一瞬、外の川がきらりと光る。それは水面の小さな一点にすぎなかった。そして今度はスズメの一群が岸辺の、葉を落とした一本の樹に降り立っていく。その数多くの広げられた翼は、今しがた空から消えた雲を形作る。小さな鳥たちは枝にじっととまっている。それは隣の木のてっぺんにとまったカラスたちも同じで、それどころか普段落ち着きのないカモメたちも橋の欄干にじっととまっていた。雪などひとひらも見えなかったが、まるで彼らすべての上に雪が降りかかっているかのようだった。鳥たちの羽根のわずかな動き、かすかに開かれたくちばし、小さな目という、この生きた風景によって、観察者の中で、彼がいま書いている物語の夏の風景が開かれる。ニワトコの茂みからはシャツのボタンほどに小さい花が雨のように舞い落ちる。クルミの木の実が丸くふくらんでいく。噴水から噴き上がる水は、その上空の積雲と出会う。小麦畑のそばで羊たちが草を喰んでいる。その畑から、暑熱の中、小麦の穂が弾けるような音をたてる。そして街じゅうの道路の縁に、ポプラの綿毛が吹き寄せる。くるぶしほどの高さに、しかしゆるく積もって、下のアスファルトの路面が透けて見える。公園の草むらから聞こえるブーンというううなりが、音の主のマルハナバチとともに花の中にもぐり、ジジジという音に変わる。川で泳ぐ男は、今年初めて、頭から水中にもぐり、そしてまた空気と太陽のもとに現れ、鼻腔に健康と、ひとまずの猶予の感覚を覚える。反対に夏に冬の物語を夢想していたこともある。そのときは思わず丈高い草地にもぐりこみ、戯れに猫に投げつけてやろうと雪玉を探した。

4

そんなイメージに力づけられて、外に出た。今なら街の外に向かうのに、あの人の多い通りをまっすぐ抜けていくこともできるような気がした。あの通りでは、誰かと連れ立っていない者を見たことがなかったし、彼自身も、通りの半ばまで歩くうちには雑踏に飲み込まれてしまうのが常だったから、「群衆通り」と名づけていた。何年ものあいだ、この通りをもまた一つの場所として体験したい、その隅や起伏やさまざまな眺めに即して描き表すことができるようになりたいと思ってきた。まるでそういう「位置の測定」こそが作家の仕事だというように。そして毎度、結局通りの端まで達するはるか前に、言葉を失い、脇のアーケードから抜け出すのだった。しかし今回、途中の書店の前を言わば頭《こうべ》を上げて通り過ぎたこと、ショウィンドウに自分の本の一つも出ていないか反射的に覗き込んだりせずに通り過ぎたことは、いい兆候ではないか（これまで何度もそういう習慣とは手を切ったと思い、そういう誇らしい考えに調子づいて、結局ショウウィンドウに目を向けてしまったものだ）。

屈曲して出口の見通せないこの長い通りを歩いているうちに、日が暮れてきた。屋根の突き出した背の高い建物に挟まれて細く見えている空は、まだ明るく、下の通りの残像のようだった。どの店からも、あいも変わらぬクリスマス音楽が流れ、それを商品を宣伝するスピーカーからの声がたびたびさえぎる。その声は下手くそな歌のようで、その歌詞はほとんど数字からできていた。反対方向から歩いてくるグループはそれぞれグループの中だけでかたまっているように見えた。が、作家が見逃されることはなかった。道幅が狭くなってすぐのところで、一団の若者たちが彼にいっせいに目を向けた。それは承認のまなざしといったものではなく、無理解の、それどころか敵意のまなざしだった。学校帰りなのだろうと想像した。学校で、何か文学作品の意味だの意図だの根拠だのを言わされたのだろう。そしてようやく解放されて、本なんか二度と開くものか、あんな苦行に責任のある奴らはみんな軽蔑してやる、という思いで一致しているのだと想像した。だからといって彼らのことを悪く思うことはできなかった。というのも、自分でもしばしば残念に思ってきたことに、群衆相手の演説家や歌手のように自分の仕事に自信をもって発言し登壇するような人間ではないからだ。せいぜいがその逆で、毎度ほとんど黙り込んでしまうか、よくて言葉の力に押し流され、後になって、その結果が公刊されたときには、恐れや、それこそ羞恥を感じる。それどころか、まるでタブーを破ったような、罪の意識に襲われるのだ。これは自分自身だけの問題なのか、この特殊な国民、特異なドイツ語——そこでは伝統はとうに失われているか、そもそも伝統など形成されることもなかった——に根ざすものなのか。こうした集合的な悪意あるまなざしに出会うたびに、通りの端から端まで、歩いていく自分の姿が、映画の一シーンになっているような気がする。自分の目がカメラ、耳がマイクで、撮影されると同時に上映される映画。少なからぬ人々が立ち止まり、この顔、どこかで見たけれどどこだったっけ、と明らかに考えをめぐらせている。郵便局に貼ってあった指名手配ポスターではなかったっけ、まだバツ印で消されていなかったあの唯一の顔では？　一組のカップルが、離れたところからすでに思案顔でやってきて、彼に近づくといきなり微笑みかけてきた。友好からの微笑みというわけではなく、彼が何者であるかようやくわかったからだ。ところがそのあとすぐにまた彼らの表情はこわばる。俳優なら何かの役を演じているところを、政治家ならテレビに出演しているところを見たことがある。しかし彼のことは、俳優や政治家とちがって、どこにはめ込めばいいのかわからないのだ。ただ一度、通りの真ん中で、通行人の一人が彼のことをいくらか分かっているように思えた。通りすぎざま、ほんの一瞬、彼は読者のまなざしを受け取った。とにかくそんな気がしたのだ。思い返すと、それが男だったのか女だったのかもわからない。男でも女でもなかったような気がする。そしてそういう種族は、その双の眼から見分けることができるように思った。そのまなざしは、距離を置いて、感謝を表し、彼に対する好意と信頼を表明し、彼が自分の仕事を続けていくことを揺るぎなく期待してくれていた。ところがまさにこの、一瞬の、かつうるわしい体験のせいで、それまで滑らかだった映画の進行はぎこちなくなった。真摯な読者のまなざしに勇気づけられて浮《うわ》ついた作家は、無数の人々の中に、同様の人間がいないか探しはじめた（このきわめて稀な種族の一人に遭遇したからには、近くに二人め、三人めもいるにちがいない！）――でもこの瞬間から通りの終点にいたるまで、向こうから行進してくるのは敵の軍勢ばかりだった。次々に現れる刺すようなまなざし、作品そのものには向かわず人の批評だけを読んでいる「読者」、書物の敵に、彼はさらされていた。しかしまたそういう人々は、世の中のあらゆることに対するのと同じように、自分たちは訳知りであり、書物に対しても、権限があると思っているのだ。だが彼らが悪意を抱いているというのは、自分の妄想の産物に過ぎないのではないのか。いや、そういう人々は――彼がもう何度も経験したように――本当に、いつでも飛びかかってくる用意ができているのだ。彼らが嫌っているもの、白日夢、手書きの原稿、彼らに逆らう声、つまり芸術――を体現している彼に襲いかかろうと手ぐすねひいているのだ。待ってろよ、そのうち街外れの道路で車のフェンダーに引っ掛けてやるからな。そのうち俺の窓口の前に立たせてやるからな。そのうち私の命令で被告席に立たせてやるからな。そのうち柵付きのベッドに縛り付けて手ずから毎日注射してやるからな……。それでいて、そんなことを等しく思っている彼らのうちの誰一人、他の者と結託してはいなかった。彼のことを睨みつけてくる者の誰も、自分がその前に来た者がしたのと同じことをしているとは知らないのだった。これほどにもさまざまな若者と年寄り、街の人間と田舎の人間、過去を讃える者と進歩的な者、そういう彼らを唯一結びつけているのが、明らかな憎しみ《ヘイト》で、彼はひそかにそれをチェーホフの物語の一つにちなんで、「風景画家に対する憎しみ」と呼んでいた。[5] そのチェーホフ作品では、まじめで、具体的な協力と率直な介入のみに意を用いるある人物について、主人公がこう言う。「彼女が私のことが好きではないのは、私が風景画家だからです」。敵の先鋒には、彼はまだ持ちこたえていた。ひょっとしたら、それればかりか、よくあることだが、静かに独り言をつぶやいているような振りをして、宥めさえした。だがそれからあまりに多くの後続軍が押し寄せ、彼はすべての力を失う。無言で和解へと向かわせるまなざし――彼はそれを自分の特別な能

5　チェーホフ『中二階のある家　ある画家の物語』のこと。邦訳に、工藤正廣訳、未知谷、二〇〇四年がある。

力だと思っていた――の力さえも。映画のコンテクストはもはや把握不能になり、ばらばらな事物が彼に襲いかかり、愚弄した。誰かの二本の指に挟まれてぶらぶらしているメガネのフレームを手錠と取り違える。どれもひとしなみに皺のよった額と剝き出された歯に、自分自身の姿を見ているかのように思う。それはあの開けた広場で見ていた姿とはまったく異なったものだ。人の握りこぶしから彼を睨んでいる鍵束を見て、鍵で武装しているのは自分自身なのではないかと思って自分の手元を見る……。試しに見上げた空にまで、人々の雑踏が見えるような気がした。そして視線を下げると、石畳の地面には、アスファルトの道によくあるような人々の足跡ではなく、マンホールの蓋が数歩ごとに続いている。蓋には「純粋に保つ連合〔＝衛生局〕」と書かれていた。横を見ても、奥行きのある工房も住戸も見当たらず、ただ平板に店また店が連なっている。カラフルな商品は、その並べ方のせいか、どこかダミーの展示品のようなところがあった。そしてマネキンは、もう少し歯をむき出していたなら、生きているように見えそうだった。ところどころのパッサージュでは、肢体不自由者や物乞いの眼が、自分たちの不幸に責任のある者たちを探していた。そして上の階の窓は、下の雑踏と対照的に、総じて空っぽで、ひと鉢の植物も、黙ってすわっている犬猫の姿も、地球儀も見当たらなかった（ただ一つの窓の中に、二人の子どもの姿が見えた。まだほとんど赤ん坊で、首から上だけが見えていた。そして横顔を見せて向かい合い、互いの髪をぎゅっと摑んだまま、まったく動かなかった）。初めはあれほどにも滑らかだった映画フィルムは、跳ね回るばかりか、ちぎれてしまった。代わりに、それだけ一層はっきりと、喧騒の中から、作家を狙った声と音が聞こえてくる。驚くほど多くの、あらかじめひそかに関心を抱き、まさにここで、彼を眼前に捉えたいと思っている人々が、この通りを歩いているようだった。そうでもなければ、こんなに出し抜けに、それもしばしば声を振り絞って、ずっと前から用意してあったかのような言葉を声にすることがあるだろうか。彼らは確かに彼に向かって話しかけるわけではない。虚空に向かって、あるいは連れの人物に向かってしゃべっていた。それもたんにささやくような声でのことも多く、それに対して聞き返す言葉——「誰が?」「なんて言ったの?」「それがどうしたって?」「それでどうしたいわけ?」——だけが聞き取れた。手をつなぐばかりか抱き合って、カップルを装っている者たちでさえ、彼の姿を見つけたとたんそれをやめ、演技から解放されて、通り過ぎざま彼のことを貶した。言葉のみならず、一つ一つの音、息を吸う音までもが、彼に向かってきた。一人がわざわざ調子外れに何かメロディを歌うと、二人めは力の限りあくびをし、三人めがわざとらしく咳払いをする。そのときにはもう四人めが杖の鉄の先端を地面に打ち付け、五人めが荒い鼻息を立てる。それに対して引っ掻くようなハイヒールの音が合唱隊《コロス》となって応答する。通りの終わりまで来て——ともかくも今日はそこまで歩きおおせたわけだ——、作家の敗北に改めて確認の印が捺される。背後から呼びかけられて、思わず振り返ったとたんにシャッターが押される。それから黒衣の男が彼の前に立ちふさがり、人差し指を立てて厳かにこう言い渡す。「私はあなたの文学を追いかけています!」そして最後にさらにもう一人が、彼のほうを見ようともせず要求する。「うちの子どものためにサインを」。言われるがままにサインをしていると(そのための第三の機械の腕が欲しいと思った)、仕事の直後とちがって、自分がもはや作家ではなく、作家の役を無理やり滑稽に演じているだけではないかという気がしてきた。サインするとき、自分の名前が一瞬思い出せなかったのもそのせいではないだろうか。と言いつつも、自業自得だとも思った。自分の顔が知られることを許したのは自分自身だ。だがもしもこの仕事を最初からやり直すことができるものなら、そのときは、自分の写真は誰にも撮らせない！

先ほどの通りの終点から先は道幅が広がり、自動車道になっていた。そこから自分の失敗の舞台を振り返ったとき、別のある作家のことを思い出した。その新刊が出るたびに、「勝利に次ぐ勝利」といった言葉が踊るのがつねだった。そしてこの国にはどこにも本を読む人間などいないのではないかと思い、また自分が見た本の夢を思い出す。最初は帆を張った船のように、栞でいっぱいだったのが、目覚めるときにはその栞がすべて消えていたのだった。

5

そんなことの後では、車の騒音の中を歩けるのがなんともありがたかった。何十年も生きてきて、相変わらずすぐにうろたえてしまうこと、あれほど長時間の高揚した仕事の後でも、できあがってきた作品に興奮を覚えつつも、自分がなんの確かさもなく生きているということが不思議だった。そしてまた心に誓う。今の仕事が完成するまでは、午後の日課を変えよう！　それまでは、新聞など一切読むまい。それまでは、人通りの多い道を、いや街の中心部全体を避けよう。まっすぐ郊外を目指すのだ、そここそが自分の場所なのだから。あるいはずっと家にいたっていいではないか。それこそ自分の居場所であり、そこではまるで没頭し、観照し、書き留めることのみによって、空腹を満たし、渇きを癒し、歩行者たちの列に加わることができるかのように、空腹も喉の渇きも人付き合いの必要も感じないのだから。家ではまさに今、一日の最後の光に照らされて、タイプライターに挟まれた紙が白く光っているのではないか。そのまわりに散らばった鉛筆がさまざまな方角を指し示している。そして近くの丘の上では、晩に空を飛ぶ飛行機のためのシグナルの光が、等間隔で瞬いているのではないか。庭の足跡も階段の手すりも含めて、家全体が、放置され見捨てられたようになっているような、そしてわずかな冬の花をつけた廊下の植物が、眺めてもらいたがっているような気がした。

道路はまもなく市外に出ていく幹線道路に変わった。その境目には、背中合わせに、二本の磔刑像が、一つは街のほうを、もう一つは街の外を向いて立っていた。その下のベンチに、いくつものレジ袋に挟まれるようにして、白髪の男がすわり、車の騒音に向かって、人類を非難する演説を行なっていた。通りすがりに聞こえたのはそのほんの断片的な部分で、「おまえたちは古き廃墟の都市を求めている。この豚どもめ、それを破壊したのはおまえたち自身なのだ！」この甲高い声に元気づけられて、その声を背中に受けつつ、できるだけ長く聴き取ろうとしながら、大股に歩く。そしてまた実際、つい最近のこぎりで切り倒されたばかりのプラタナスの切り株のギザギザに、あの狂った男が呪文で呼び起こしていた「廃墟の都市」の姿を発見したように思うのだった。

突然目の前に停まった車の中から、ほっとしたことに、たんに道を訊かれたとき、こういう、道がわからないという人たちが、もっと現れてくれないかと思った。そういう人たちすべての役に立ってやることができたことだろう。車道の縁に暴徒のように集まって立っている人々がいると思えば、そこはバス停で、ただのバス待ちの人々だった。その先はほとんどガソリンスタンドか倉庫ばかりで、しかもその間《あいだ》には、空っぽの土地が多くなっていった。街の中心部のほうを振り返ると、建物の屋根の上高く旋回するカモメたちに、見えてはいないがそこを流れている川が感じられた。沿道の並木は、生垣ややぶに変わった。雪晃木《せっこうぼく》の白い小さな実がいっぱいだった。夏の木の葉の緑がいかに多様だったか、そして今、冬の枝の灰色もまたいかに多様なことか。葉の色の違いは遠くから見える。枝の色の違いは間近に見てわかる。

一つの灰色からまた別の灰色へ、次々に現れる茂みの一つの中に、何かカラフルなかたまりがあることに気づく。一見、どこかから落ちてきた広告用の商品ダミーかと思ったが、曲げられた指が目に入り、生きた人間だと気づいた。歳とった女が横たわっていた。目は閉じ、髪はほとんどなく、うつ伏せに体を伸ばして。だがその体は地面に横たわっているのではなく、茂みの枝の上に乗っており、枝はその重さにたわんでいた。彼女の靴先だけが地面に触れていた。体は斜めになっていて、左右に広げられた腕と相まって、樹冠に不時着した飛行機を思わせた。女のストッキングはふくらはぎのところで捩れており、額には、多分茂みの棘によるものだろう、傷が開いて血が流れていた。もうかなりの間ここに横たわっていたにちがいなく、この場所に他の歩行者は誰も通りかからなかったから、そのままいつまでも横たわっていたかもしれない。一人ここまで歩いてきた彼には、その重い体――それはびっくりするほど温かかった――を茂みから引き起こすことはできなかった。だが彼の振る舞いが見逃しようのない光景だったのだろう、すぐに何台もの車が停まり、何か問うでもなく、援助者たちが駆け寄ってきた。みな女のまわりに集まり、女の首の下には丸めたコートが押し込まれる。彼らは歩道に集まって立ち、救急車が来るのを待っていた。誰もお互いを知らないのに言葉を交わし合い、そこには、かつて隣人だった者どうしが麗しい偶然によってようやく再会したかのように、何人かの外国人もまじっていた。彼らの間にはそれこそ活き活きした匿名性が支配していた。当の女には意識があり、そのとても明るい色の大きな目は、自分の発見者にじっと向けられていたが、その女からも名前は聞かれなかった。女は自分の名前もわからなかったし、自分の住所も、どうしてこの車道脇の茨の中にはまり込んだのかもわからなかった。寝巻きを着てスリッパを履き、モーニングガウンを羽織っていた。周囲では、おおかた老人ホームから彷徨《さまよ》い出てきたのだろうという推測が語られた。女はこの国の言葉を喋ったが、方言ではなかった。ある種の癖はあったが、それはどこか離れた土地の方言ではなく、女が子どもだった頃の喋り方を思わせた。まるで何年もの時を隔てて、子どもだったときの声を発しているようだった。それはまたただの音節だったりバラバラな音だったりで、そのまなざしがぴたりと彼女の発見者に向けられていたのと同じく、発見者に向けて、脈絡なく、謎めいていると同時にそれだけいっそう澄んだ声で、何か差し迫ったことを伝えようとしていたのだった。彼ならば、彼だけが、理解してくれることだろう――いともたやすく、完全に。いくつもの、他の者には理解できない断片によって、彼女は彼に向かって、自分の全人生を語りかけていた。少女の頃から今にいたるまでの全生活史を。すでに救急車の中に運びこまれながら、車の中から、彼に向かって、まるで何かの任務を与えるかのように、銘記させようとしていた。人々が去って再び一人になったとき、あの混乱した老女のすべてが直感できるような気がしたのではなかったか。昔から、文字通りの知識よりも、直感によって理解してきたのではなかったか。もう誰もいない茂みを見やると、指の曲がった重い体が、繰り返し改めてそこに横たわっているのが、あらかじめ見えた。「おお、とどまってくれ、もろもろの聖なる予感よ[6]」。

道を外れ、野を横切って歩いていくと、雪が降り出した。「雪が降ること」と「はじまること」、この二つは、彼にとって、他のどんな出来事よりも密接に結びつきあっていた。そして「初雪」は、春先のヤマキチョウ、五月の最初のカッコウの声、夏最初の素潜り、秋のリンゴの最初のひと齧りのようなものだった。時が経つにつれて、そうした出来事そのものよりも、その予感のほうが、力を持つようになっていた。このときも、雪片がわずかにかすって落ちたとき、それよりも前に、額の真ん中に落ちるのを感じていた。

いつも通り、道から外れて斜めに入っていった開けた野原では、落ちてくる雪や一人歩いていることにも助けられて、今しがた獲得した無名性が堅固なものになる。それは一つの体験、かつて「脱境界」とか「脱自己」とか呼ばれたものに等しいものかもしれなかった。ようやくただ外にいること、事物とともにあること、それは一種の感動だった。眉根が開くような。そう、名前から解き放たれること、それが感激させるのだ。おかげで、あの伝説の中国の画家のように、自分が絵画の中に消えていくような気がした。たとえば遠くのトロリーバスのトロリーポールが、孤立して立つ背の高い松の木を、昆虫の触角のように撫でて通っていくのが見える。一人でいるつもりの多くの人間がたてる唸り声、咳払い、鼻息が、あのトロリーバスの軋《きし》み、停止してようやく走り出すときのあの軋みを思い起こさせるのも不思議ならば、彼の場合はその逆、事物と共にのみあって、無名であってはじめてまともに動き出せるのも不思議だった。仮に誰かが今、彼に名を尋ねたなら、「私に名前はない」という返答になっただろうし、しかも質問者がただちに納得するほどに真剣に、そう答えたことだろう。

雪はまずは草の生えた中央分離帯から積もって、まるで白樺の幹が何本も、地平線の果てまでつながって横たわっているかのようだった。棘のある茂みでは、雪の結晶が棘に突き刺さるように積もっていき、やがて棘をひだ付きの襟飾りのように取り囲んでいった。彼の他に歩いている者はいなかったが、自分が一歩ごとに、先にそこを歩いた者の足跡をたどっているように思えた。市の境界であるここは、彼が日中、机に向かってやっていたことに照応していた。走り出したい思いに駆られながら、小川にかかる木橋の真ん中に立ちつくした。離陸し高度を上げていく飛行機の轟音があたりを貫き、水底では草が波打っていた。いつの間にか、雪は、ひらひらと舞い落ちるのではなく、硬い小さな玉のようになっていた。雪粒は、秋のどんぐりのように、小川に沈んでいった。と同時に、黄昏の中を

6　フリードリヒ・ヘルダーリンの詩、「メノーンのディオティーマ哀悼歌」からの引用（邦訳はたとえば『ヘルダーリン全集２　詩Ⅱ（1800–1843）』手塚富雄・浅井真男訳、河出書房、一九六七年、九四頁）。

遠くから、どこかの村でカーリングをしているスケートの音やストーンがぶつかる音が聞こえてくる。その音に耳を澄ましていると、一瞬のあいだ、祖先たちの姿が生き生きと浮かんでくる。くるぶしを温かく包み、心地よく重い自分の靴に向かって、まるで歩くのに適した人生初の靴であるかのように、讃美の言葉を語りかける。「お前たちの前任者たちを履いていると、いつも、急き立てられるように走り出す危険があった。しかしお前たちはちょうどいい。地面を感じながら踏みしめることができるし、何より、私に必要なブレーキとして働いてくれるからだ。お前たちも知っての通り、私が今までに得た唯一の啓示は、ゆるやかさなのだ」

市境で、屋根のついたバス停のベンチに腰を下ろす。背筋を伸ばすほどに、ゆっくりと呼吸するほどに、体が温まった。落ちてくる雪はバス停の外壁をこすった。ベンチは灰色に風化した木でできていた。背後の壁には、かつて貼られたポスターの名残りが厚い層になっていた。紙の切れ端からなる意味のない文字。バス停のキャビンの後ろは高速道路《アウトバーン》の分岐点だった。分岐の真ん中には、明るく照らされたスナックのスタンドがあった。中では口髭を生やした男が働いている。純リンネルのように見えたコック帽は、よくよく見ると紙製だった。もうもうとした湯気と噴き上がる炎の中で、男は休みなく働いていた。客はいない。男の背後には、ブリキ缶や紙コップと並んで、反り返った針とローマ数字の文字盤の、古めかしい壁掛け時計。バイパスの向こうの人工の丘は自動車教習用の周回コースで、隣接するキャンプ場ともども、冬場は閉鎖されていた。その後ろには数本のポプラが立っていて、どの木にも一羽ずつ、鳥のシルエットが見えていた。それは古い並木道の名残りで、その向こうにはボサボサの草の生えた草原、その草原の中にかつての軍用道路のコンクリートの道が貫入していた。そこにはまだ戦車のキャタピラーの跡も残っていた。こんな市境の風景全体が、四方八方からやってきてここに集中しているかのような車の騒音も含めて、住み着くにはぴったりの場所に思えた。国内のどことも違って、とどまることが可能な、あの理想的な境界地のように。散在するバラックの一つに棲みつきたいと思った。その裏庭は境目なしに草原につながっている。あるいは向こうに見える倉庫の二階。たった今、そこのシェード付きの明かりがともされ、黄色い光を放つ。鉛筆、机、椅子。周縁の地からは、清新さと力が放射されている。そこではまるで開拓時代が持続しているかのようだった。

何かを読みたいという欲求に襲われた。他ならぬこの場所で。持っていたものと言えば、アメリカから来た絵葉書だけだった。ところがどぎつい街灯の光の中でも、かつての友人の筆跡を解読することは、やっぱり不可能だった。時を経るにつれ、それはこの友人がアメリカ大陸をさまよう不可解なジグザグなコース——どの葉書にも別の局の消印《シュラ》——を模しているように見えてきていた。表面《おもて》はいつも変わらず人けのない自然、荒野、峡谷《キャニオン》、山地の画像、裏面の文面からはしだいに文字らしい文字が消えていった。少し前のものでは、平行に打たれた点や半円や波線が、まだアラビア文字を思わせた。だがその後のペンの跡はいかなる形も失い、ペン跡とペン跡の間隔も一通ごとに大きく、動きを失っていって、連関を感じとることすらできなくなっていった（唯一、宛先と、末尾の»As ever«（相変わらずの）とそれに続く名前だけが変わらず明瞭だった）。はっきりしない殴り書きが、その代わりに筆圧や二すじに分かれたペンの跡やはねたインクのしみで受け手に伝えていたもの、それは激烈な努力だった。まるで繰り返し紙に向かって突進しては挫折してきたかのような。だがこの解読不能な、あらゆる人間の手の痕跡を抹消された楔形文字からは、また別なものも放射されていた。一つの脅威、名宛て人に襲いかかろうとする死と終わりの前兆。

街の側のバス停のキャビンの脇から、住宅地に向かう最後の狭い道路が分岐していた。謎の葉書を解読する努力によって、眼が研ぎ澄まされたようになって、読者は頭を上げた。道路の入り口のカーブミラーにはまだ昼間の空が、まわりの闇に囲まれて小さな明るい四角形となって映っていた。集落の住宅は、おしなべて尖った切妻屋根で、その空の下でひどく縮小されると同時に高められ、屋根はパゴダのように反り返っていた。道路そのものも、実際には真っ直ぐなのだが、曲り、ふくらんで、その終点、家々に挟まれた内庭に、手に取れるような遠近感を見せていた。まるでその先も道路はずっと続いているかのようだった。鏡の像には季節がなかった。空中の雪は綿毛のついた種子かもしれなかったし、地面の雪は、散った花でもありえた。像の湾曲によって、その中の空白は、一種の輝きを獲得し、その空白の中の事物、ガラス回収コンテナとか、ゴミ回収容器とか、自転車用のスタンドとかが、仕事終わりの後のくつろぎのようなものを帯びる。そうしたものすべてを目にしつつ、まるで森の中の空き地に踏み出したかのような気がした。一軒だけのスーパーの前には大人たちと子どもたちが立っており、鏡の中では近づきあい、その身長ははっきりと差があるものの、穏やかに集まって、ゆっくりと時を過ごしていた。そして道路には車の代わりに一羽の巨大な鳥が現れ、明るい空から大きなカーブを描いて、見ている男に向かって来た（それから暗闇の中で小さくなり、甲高く一声鳴くと、彼のそばを通り過ぎていった）。集落の端の四角い児童公園は鏡の中で楕円形になり、そのとき遊んでいる子どもは誰もいなかった。だがその空白の中でブランコがまだ一つ揺れていた。その子どもの動きの痕跡が消えていき、雪風の中で綱が震えているだけになるまで、眺めていることができた。「空白、私の原則。空白、私の愛するもの」。

6

何も特別な出来事はなかったにもかかわらず、このあと、この日の分の体験は十分につくした、明日という日が保証されたと思った。今日という日に何か付け加える必要はない。何かを目にする必要もなければ会話の必要もない。ましてやニュースなどいらない。ただもうやすらうこと、眼を閉じること、何も耳に入らないようにすること。呼吸する以外何も企てないこと。もう寝る時間だったらよかったのにと思った。もはや光の中に、戸外にいる必要はない。暗がりに、家に、部屋の中にいること。だが一人でいることにはまったくこと欠いていなかった。それだから、時とともに、自分が狂気のありとあらゆる変種を経験してきたような、最後には頭がはち切れるのではないかというような気がした。何年か前、毎日午後に一人で、誰にも気づかれず脇道を歩き回っていた頃、奇妙な息苦しさに捉えられ、自分が溶けて空気になってしまったのではないか、もはや存在しないのではないかと思ったことがあった。それで――一つには、もう何も起こらないように、一つには、自分は狂っていない、むしろ人といるときにたびたび経験してきたように、そこそこ健康な数少ない人間の一人なのだと確かめるために――今度は街はずれの、ひそかに「安酒場」と名づけていた店に入った。その店は道路に挟まれた三角地にあり、仕事に取りかかっていた数か月のあいだ、定期的に通っていたのだ。店には自分の定位置さえあった。壁のくぼみの一つ、ジュークボックスのそばで、背後には交差点と中古車屋が見えた。ところが今回、店の人混みの中をかき分けて行ってみると、彼のくぼみはレンガでふさがれてしまっていた。一瞬、店を間違えた、ここではない、と思った。でもそれから、いくつもの知った顔に気づく。この店のこの空間、人工的な照明とタバコの煙の中でのみそれとわかる顔（昼日中、街中でばらばらに会ったとしても、気づかなかっただろう）。ともかく適当な場所に腰を下ろし、まわりを見回したとき、この人々それぞれの、特別なところを思い出す。少なからぬ人からその全生涯の話を聞かされ、翌日にはほとんど忘れてしまっていた。忘れなかったのは、ある種の言い回し、感嘆文、身振りや声の調子だ。一人は「私が間違っていないなら、こんなに嬉しいことはない。間違っているなら、私は嘘をついている」という名言を吐いた。もう一人は、日曜ごとにミサに行っていた。行けば必ず、寒さに背が震えたからだ。もう一人は女で、くるくる変わる恋人をどれも「私の許婚者」と呼んでいた。四人めの男は、聞き手に唾を飛ばしながら「私の負けだ！」と叫んだ。五人めの、自分は人生でありとあらゆるものを手に入れたとつねづね言っていた男でとりわけ印象に残っているのは、手首に軽く触れてきたことだ。その触れ方の繊細さは、不安に駆られている人間だったたら絶望に追い込まれるようなものだった……。ここに集まっている人々に特徴がなかったのと同じく、場所自体にも特徴がなかった。店は二つのホールに分かれており、片方には鹿の角の横に中国のジャンク船のカラー写真が飾られていた。もう一つには田舎風の少し高くなったダンスフロアの上に化粧しっくいの天井。店の一隅の常連用のどこにでもありそうな武骨なテーブルにすわっているのは、確かにいつも同じメンバーだったが、何を一緒にやっているでもなかった。シルクのスーツを着たセールスマンが前の店主の隣にすわっている。フェルトのスリッパを履いた前の店主は、今は上の階の部屋の一つに住んでいる。その隣にいるのは、外人部隊から帰ってきて、今は「警備員」のユニフォームを身につけていた。その向かいにいるのは今は無職の船の接客係、隣はその許嫁の看護師（椅子の下にはバイクのヘルメット）。二つのホールにいる他の誰であろうと、この常連席にふさわしかったことだろう。ここにいる彼らに共通しているのはおそらくただ一点、「生まれてこのかた」の自分の人生について、一冊の本を書くことをすでに何度も考えたことがあるということだろう。少なくとも千ページの本を。だがその中身を改めて訊ねてみれば、それはたった一つの小さな出来事だったり、窓からの眺めだったりするのだ。たとえば夜の小屋の火事とか、雷雨のあとの道の真ん中の泥水の川とか。それはもちろんしばしば熱のこもった調子で語られる。まるでこうした些細な出来事が偉大な人生全体を象徴するのだとでも言うように。

安酒場での夕べは悪くない滑り出しだった。人はまるで彼に気づいていないかのように振る舞い、それでいて、彼が立ったり歩いたりすると、大袈裟なほどに場所を譲ってくれた。あの作家がここに来ているのは自分たちを観察して「ネタ集め」するためではなく、おそらく自分たち同様の周縁的な存在だからだと、もうわかってくれているのだ。言葉を探して過ごした一日の後、ジュークボックスのボタンを押しながら、それがただの数字ばかりであることにありがたみを感じていた。まだ歌が始まる前――彼が今求めていたのは女声で歌われる歌だった――機械は彼にその唸りと振動を伝えてくる。喧騒の中で音楽がほとんど聞こえなくても、ところどころ音楽の間《ま》が感じられて、それで十分だった。カードゲームの行われているテーブルでは、男の一人が何度も見えない空を見上げ、他の男たちは手にしっかりカードを握って、目の隅からその男を見ていた。戸口近くのテーブルでは、バスで通勤している人たちが、それぞれの村へ行く最終バスを待っていた。人のいないテーブルには、「予約席」の札が置かれていて、しかもナイフやフォークが並べられ、まだ来ぬグループ客を待っていた。その客たちに何か祝い事があることは間違いなかった。しばらく他の店で修行していたはずの店の娘が、何枚もの大きな白いナプキンを、まるで魔法のように扇形に広げてセットしていったからだ。窓枠の鉢植えの間で寝ていた猫は、作家自身が飼っている猫によく似ていて、先回りしてここに来ていたのかと思ったほどだった。カーテンの隙間からは、次々に出ていく夜のバスが見えた。すわっている客、立っている客でいっぱいで、息に曇った窓ガラス越しに、その一瞬のうちに、一人一人の顔が、それぞれに違ったものとして見てとれた。そのとき思い浮かんだのは、自分の部屋の前にある木の夏の姿だった。長い時間、執筆作業に没頭したあと、目を上げてその木を見たとき、同様に、一枚一枚の葉、その一つ一つの形、それと同時にすべての葉全体の姿が、くっきりと見てとれた。喜ばしい仕事の夏、そのとき、想像の中で、ゆったりしたイメージの舞踏が始まる。シダの葉の覆いかぶさる石段、シダの葉がみんな開ききっている中、一葉だけ、司教の錫杖の形に巻いたままのものがある。そこからイメージは雲が影を落とす高原に向かう。一本の木で蜂たちが羽音を立てていて、それがまるで人の声の単旋律のコーラスのようだ。さらに街道へ、ちょうどそのとき、自転車乗りが急ブレーキをかける。片目に虫が入って涙を流している。そして分かれ道を通り過ぎて湖に下る。雷雨が迫る湖は黒く、水鳥も何もいない。湖岸の売店のかげに、風を避けて、麦わら帽をかぶった老人がすわっている。その横には裸足の孫。二人の足元に、「アイス」の小旗が突風に吹き飛ばされて飛んでくる。そして最後は夜の庭。蛍が曲線を描いて近づいてくる。蛍は窓の開いた暗い家の中へ飛んでいき、家の中の隅を照らす。隅の一つには、一匹のバッタがうずくまっている。こうしたイメージの連鎖は、作家を現在から遠ざけるものだろうか？　それともむしろ、もつれた現在を解きほぐし、澄み渡らせてくれるのではないか。カウンターの後ろの、雫を垂らすビールのコック、その横で絶えず水の流れる水道のコック、店の中の見知らぬ人々、外のいくつもの人影まで、ばらばらなものを結びつけ、そのすべてに彼の刻印を与えるものなのではないだろうか？　そう、こんなふうに空想のイメージを広げることで、今ここにある事物、今ここにいる人々が、一つ一つ、一人一人、数え上げるまでもなく、あの夏の木の葉群れのように、一つの大きな数へと結び合う。だがまさにそんな目の前のものを見ているうちに、そこに欠けているものも明らかになる。付け加わる必要があるのは、美だ。一人の女の姿をした美。別に彼にとってではない（言葉を喪失する際《きわ》まで行ったときから、彼はほとんど身体も失ってしまったのだから）。そうではなくて、この場にいる人々すべてにとって！　ここでは以前に一度、突然の、まぎれもないそんな出現があったのだ。あれは電話を借りるためだったのだろうか、煙草を買うためだったのだろうか、街への道を尋ねるためだったのだろうか。とにかくその女が現れたとき、この澱んだ安酒場の種族全体が一変し、目覚めたのだ。声を潜めるでもなく、わざわざ女のほうを見やるでもなく、誰もが、その出現のあいだ、一緒に飲んでいる相手に対してだけにしても、自分のもっとも高貴な面を見せようと努力していた。そして女が去った後も——そのときも女について何か口にする者はいなかった——後に残された者たちは、一種の畏怖で一つになっており、その畏怖の中で、不思議なことに一致して、眼を輝かせていた。それはもうずいぶん前のことだが、今でも彼は（彼だけだろうか？）ときどき、入口のほうを見やるのだった。また再びあの見知らぬ女が姿を顕すのではないかと期待して。彼女は決して来なかったし、今日も来ない。そして彼女が現れないことについての痛みはほとんど憤懣にまで化した。ドアは閉まったままだった。代わりにカウンターから、濛々としたタバコの煙の中で何度も目をすがめながら近づいてきたのは、酔っ払いの男だった。テーブルまでやってきた男はまず、まるで隻眼のように、作家のノートを、それから目の前にすわっている作家を、上から見下ろし、それから無理やり隣に体を押し込むなり話しかけてきた。すぐに顔をあまりに近づけてきたので、その輪郭が目に入らないほどだった。はっきりわかるのは、ぴくぴく激しく震えるまぶたと、顎の下の水玉模様の蝶ネクタイだけだった。その額にはついさっきまで出血していたにちがいない擦り傷があった。汗の匂いだけでない、とんでもない悪臭を、男は発していた。まるで屍肉の匂いから硫黄の匂いに至るまで、この世のあらゆる悪臭が、男の中に溜められているかのようだった。それに対して、男の発する言葉は、まったく一言も、その口元に耳を寄せてやっても、届いてこなかった。男が外国語をしゃべっていたわけではない。その唇の動きや舌の動きから察するに、それは地元の言葉にちがいなかった。男の言葉には、囁きの掠れたような音もなかった。見てとること、聴いてとることができたのは、自分の頬を繰り返しさすする様子と、話の途中で息を継ぐときの、チューニング中の楽器のような長く引き伸ばされた音だけだった。もっと大きな声で話してくださいと要求すると、そのたび、男は活気づく。肩をいからせ、首筋を伸ばす。だがその後に続くのは、相変わらずの声のない長広舌なのだった。男は目の前にいる作家のほうを見るでもなく、作家に向かって身振り手振りをするでもなかったが、明らかに作家一人に対して語りかけようとしていた。男は作家に何か大切なことを伝えようとしていたのだ。そして実際しばらくのあいだ、聞き手にされているほうは、男の言っていることが理解できているような気がしたし、どうやら然るべき箇所で頷きさえした(然るべき箇所だというのは、そのたび、男がそのことを請け合うかのように笑ったからだ)。だがそれから作家は突然――この「突然」というのはなんともお手軽な言葉だが、この場ではふさわしかったのだ――二人だけがわかっていたはずの秘密の脈絡を失い、そして同時に、やはり突然に、説明のつかない仕方で、翌日の朝の執筆作業へのつながりを失ってしまっていた。この午後のあいだに保証されたと思っていた明日へのつながり、それなくしては仕事が続けられないつながりを。一つ一つのどの文も、最後の文にいたるまで、すでに思い浮かんでいたのだ。あとはそれらの正しい順序を見つけることだったのに、突然、すべての言葉が無効になっていた。それどころか、さかのぼって、これまで、夏以来、成し遂げてきたことのすべて、ついさっきまでは彼の両肩に力を与えてくれていたものが、一瞬で無効宣告されてしまった。彼は最初、それを安酒場の中のタバコの煙のせいにしようとした。呼吸するたびにイメージの展開が妨げられるのだ。それからトイレに行き、涼しい場所、タイルの壁に囲まれ水の流れる場所で、心を落ち着けようとした。だがそこでも彼の中の言葉は沈黙したままだった。つい先ほどまで風通しのよい家のように感じられていた仕事が、まるで存在しなかったことになっていた。鏡の中には彼の敵。しぶしぶテーブルに戻り、聞き取れない声の捕虜に戻る。その相手は、この間も尊大に待ち、背筋を伸ばし胸を張り、さっき言いかけたことの続きだとでも言うように、ただちに曖昧な語りを再開するのだった。もはや聴いているふりをしているに過ぎない聞き手には、夜、何度も見る悪夢があった。その夢は、彼が執筆作業にかかっているときにだけ現れ、筋はなく、いつも同じ、夜通し繰り返される判決、その日書いたものは無効であり無意味であるという判決。書くことそのものが犯罪なのだという判決。芸術作品を、一冊の本を作り出すということは、最悪の冒瀆であり、他のどんな罪よりも劫罰に値するのだ。そして今、一日の仕事終わりの酒席を楽しんでいる人々のただ中で、夢を見ているわけでもないのに、あのときと同じ釈明の余地のない罪の感情、永遠に世界から追放されてしまったという感情を味わっていた。もっとも、夢見ているときとちがって、自分の問題――書くこと、事物を言葉にすること、物語ること――について、順序立てて自問することは可能だった。彼にとって、作家にとって、大切なことは何か。この世紀に、そもそもこんな大切なことがあるだろうか。たとえば、ただレポートされたりアーカイヴされたり歴史書の素材にされるだけではなく、叙事詩や、あるいはほんの小さな歌の形ででも、語り伝えられていくことを望んで叫びをあげている行為や苦悩を言葉にすること、そんなことができる人間が他のどこにいるというのか。どの神に向かって頌歌を歌えばいいというのか（そして不在の神に向かってあえて訴えかけていく力が他の誰に残されているというのか）。そして長年の支配者、その治世が祝砲以上のもので寿がれなければならない支配者はどこにいるのか。そしてその後継者、その地位継承がカメラのフラッシュ以上のものによって祝われなければならない後継者はどこにいるのか。そしてオリンピックの勝者たち、その凱旋が、歓声や振られる小旗やファンファーレ以上のもので讃えられるべき勝者たちはどこにいるのだろうか。そして今世紀の大量殺戮者たちが、さまざまな言い逃れをもって再三墓穴からよみがえってくるのを防いで永遠に地獄に追いやることができるのは、ただ一つの三行詩によってこそではないのか。そしてまた反対に、もはやたんに空想の域に属するものとは言えない、今日明日にも起こりうる世界の滅亡に対して、ただ地上の愛しい事物を守ることができるのは、一本の木、地域、季節に寄せる一つの詩節、一つの段落によるしかないのではないか。あの永遠への視角、それはいまどこにあるのか。すべてを考え合わせたとき、自分は芸術家であると言い、世界の内部でここが自分の場所だと主張できる者は誰か。こうした問いに向き合ううち、こんな答えが浮かんでくる。もう何年前だろう、書くために、周りから自分を切り離すことで、私は社会的な人間としての敗北を認めたのだ。生涯にわたって人々の中に加わることを放棄したのだ。最後までこの人々の中にすわり、挨拶され、抱擁され、彼らの秘密を聴かされようと、私は彼らの仲間であることは決してないのだ。

自問自答の結果に不思議に納得して我にかえると同時に、相変わらず唇を動かし続けている相席の男のまなざしに捕まる。その眼はしばたたくことをやめていた。だがその静止状態は、「何かの上に安らっている」というのの正反対だった。そのまなざしは、彼が、同志だと思っていた者が、上の空であったことを、つまり裏切り者であったことを、捕らえていたのだ。その軽蔑のまなざしは極めて短いもので、その後に続いたのは、非常にゆっくりと見放すことだった。見放す中で、聴き取れない男の声が聞こえた。男は言っていた。「お前は弱い」。さらに「お前は嘘つきだ」。それから一座の人々に向かって、力強い嘆きのトーンで言った。「お前たちはみな知らない。私が誰なのかを」。そして人のノートを手に取り、まだ空白だったページにあっという間にぐちゃぐちゃの点と螺旋を描き殴ると、立ち上がって、その場で踊り始めた。まるで今描きなぐったものが総譜《スコア》で、それに従って踊っているかのように。

踊る男は、ふらついたりよろめいたりするところまで優美さに変じながら、いち、に、さん、と人混みの中に消えていった。後に残された作家は、隣のテーブルにいる客の一人に気づく。一度も話したことはなかったが、その男のことは「立法者」と名づけていた。男は作家よりも若く、いつも毛皮の上着を着ていて、肩幅広く、耳が突き出していた。高く弧を描いた眉をしていて、その眼《がん》窩《か》深くにあって小さく見えた。絶えず周囲に注意を払っている男には、戦士のようなところがあった。それでいて、そのテーブルの一切の揉め事、争い事から一線を引いていた。いや、争い事を抑制していた。介入することによって抑制するのではなく、きっぱりと沈黙することによって。彼のまわりの連中は絶えず激しく腿をぶつけ合っていた。ただ彼だけが静かなままだった。互いに平手打ちを食わせ合う二人に対して彼が向ける落ち着いた悲しみのまなざしは、両者が拳で殴り合いを始めたり、ナイフを持ち出したりするのを阻んでいた。細部の一つ一つを受け止め、そして黙ったままそのどれにも回答を与えていた。ひとたび口を開いて短い文を発するときは、彼の不断の注意深さが彼の声の性質を決めているかのようだった。その声は決してうわずることなく、問題に対して、簡潔に、しかるべき場所を指示するのだった。このほとんど無言の男が、この場の裁判所だった。彼が発する力は、判決の力だった。しかし彼独特の公正さは、一つの状態でもなければ、あらかじめ決められた規則でもなかった。そうではなくて、一つ一つの事柄に対してそのつど新しく、一つの行為、公正になること、無言のうちに共感するリズムであって、それが判決を下し、両当事者を沈黙に導いて放免するのだ。この瞳から光を放つ寡黙な聴き手、そして絶えずぐるぐる回されて、この場をスキャンしているように見える幅広い肩。彼こそは理想の語り手ではないだろうか。

立法者を見ていたのは長い時間だったのか一瞬のことだったのか。いずれにしても、この安酒場に長居しすぎたことはまちがいない。そして今に始まったことではないが、自分は家に帰れないのではないかと思った。その場に縛り付けられて身動きができず、立ち上がって扉の外に出ることすら想像できないと思った。まずは帰路の一つ一つの区間を思い浮かべなければならなかった。まるで探検旅行のルートのように、隊商の道、ジャングルの中の小道、渡渉ルート、峠道から補給地点に至るまで、事前に押さえておかなければならないのだ。そして勢いよく立ち上がったとたん、ビリヤードのキューに触れてしまい、犬が彼に向かって歯を剝く。さらにはコートのベルトをドアレバーに引っかけてしまう。

7

通りに出て、上着から靴まで、あらゆるボタンをとめなおし、紐を結びなおした。ついさっきまで考えていたように、ノートを円盤投げの円盤のように投げたなら、足元に落ちてきたことだろう。雪は降り止んでいて、空は雲に覆われていた。積もった雪は深く、固かった。街路灯から溶けてしたたった水滴が、間隔をおいて痘痕《あばた》のような模様を刻んでいた。その模様から、狂人の「廃墟の街」という言葉が戻ってきた。子どものとき、野道の土埃の雨の跡にかがみ込んだように、そのクレーターの群れに向かって屈み込む。そして手を突っ込んだとき、雪は、いつかのイラクサと同じように、癒すように肌を刺してきた。

回り道せず、うつむいて、街中に向かった。自分と同じ方向に向かっている人々みんなに対して、反対方向に歩きたい、少なくとももっと速く、あるいは遅く歩きたいと思った。そこからはどうでもいいことばかり。仕事の代わりに、ただもう日々怠っていたことばかりが気になった。約束していた手紙も書いていない。人の手稿は相変わらず読んでいない。確定申告のための書類も整理していない。請求書への支払いも済ませていない。スーツをクリーニングに持っていっていない。庭木の剪定もやっていない……。それから、中心街で約束があったのに、とうに徒歩では間に合わない時間になっていることに気づく。すぐにタクシーを停めたが、それでも遅刻してしまうだろう……。

彼のことを待っていたのは翻訳者で、数日前に外国からやってきて、あたりを舞台とした本に出てくる道を歩き、最後に作者に二、三の事柄や単語について質問したいと言っていたのだった。待ち合わせたバーは、かつてのシネマ・コンプレクスの最後の名残で、正面の削り落とされた文字は、今でも「映画館」と読めた。翻訳者は、一番奥のスペースの隅に一人ですわっていた。最初は、壁を埋めつくす映画スターの写真に囲まれて、生きた人間がそこにいるとは気づかないほどだった。年配の、まるではるか昔からそこにいたかのような男は、待つことで見るからに生き生きとしてもいて、遅刻してきた作家を、まるで作家が過ごしたこの午後のどの場面もよくわかっているとでも言うようないたずらっぽいまなざしで迎えた。毎度のことに、彼のあいさつは譬え話だった。「森の入り口にはたくさんの果実、それが森の中へと誘う。けれども入っていってみれば何もない、そういうものだよね？」

翻訳者の質問にはすぐに決着がついた（なんといっても責任者は一つ一つのどの単語についても、自分がそこで何をやったのか、言うことができたからだ）。するとすぐに、この年配の男は、かつての映画館の暗い次の間《ま》に向かって、スピーチを始めた。それは整然として落ち着いたスピーチで、待っているあいだに準備していたかのようだった。男はこの街出身どころかヨーロッパ出身でもなかったが、その声はバーの全体に、この家の主人《あるじ》の声のように響いた。大きな弧を描くカウンターの向こうでラジオを聴いていた優美で白髪の店主の女が、男の妻のように思えた。一言いうたび、多くの場合、その前に、重要な知らせの先触れのように、唸るような長く引き伸ばされた声がはさまった。

「ご存じのように、私自身、長いあいだ作家だった。見てのとおり、今の私は明るい。それは自分がもはや作家ではないからだ。こんなにもくつろいだ気分でいられるのはなぜか、その理由をお話ししたい。聴いてくれ！　何かを書き始めるとき、自分の中の世界が、頼りになる一連のイメージのように見えていた。私はそれを眺め、順に書き記していけばいい。だが時とともに、輪郭の明瞭さは失われ、自分の中を覗き込むことだけでなく、必死に聞き耳を立てなければならなくなった。私の当時のイメージでは――そしてそれが実現するのも何度も経験した――、私の中、奥底に、何か原典のようなものが与えられていて、それは時とともにすり減ることもない点で心の中のイメージよりも頼りになるもの、そこにつねにあり、生じるものなのだった。そして私は何であれ他のことを中断してその原典の中に沈み込み、ただそれを紙に書き写せばいいだけだった。その時期、私にとって書くということは、純粋に、聴き取り、書き取ること、翻訳することだった。ただし目に見えるお手本ではなく、ひそやかな原言語のようなものを。だが私の夢は、私の他のありふれた夢と同じようなものになっていった。それを時折り、自然発生的に、断片的に書き取るのではなく、日々計画的に書き取り、一種大きな夢の本のようなものに仕立てていこうとすると、それはしだいに小さくなり、しだいに意味を失っていった。断片の形ですべてを言い表していたはずのものが、計画した全体の中では無に等しくなっていた。自分の中の原典だと思っていたものを解読し、一つの大きなまとまりへとはめ込もうとする私の試みは、言わば堕罪のように思えてきた。そして不安に襲われるようになった。場所を占めること、待つことが、だんだん怖くなってきた。私と職業を同じくする者たちの中で、私の知る限り私だけが、書くことに対する不安を抱いていた。それも明けても暮れてもだ。そして夜ごとに同じ悪夢を見るようになる。大勢の聴衆の前での朗読の会を、複数の著者たちと共同で計画し、当日が迫ってくる。他の者たちはみな原稿ができあがっている。私だけがまだだ。それから終わりがやってくる。何ものを照らし出すでもなく、リズムもない、完全に気の抜けた文を口にしている途中で、書くことの禁止が、永遠の禁止が、私に下される。自分自身のものなどもう無しだ！　その日、暑い日差しの中に出ていき、花咲くリンゴの木々の下に、死体のように冷たくなって、何時間も立っていたことを覚えている。だがそれから大詩人の箴言を思い出して笑った。「手に息を吹きかければいいのです、そうすればもう大丈夫ですよ！」[7]　そしてしばらくの沈黙の期間のあと、私は君が知る私になった。とにかく自分自身のものなどもういい！　閾を踏み越えてはならない！　前庭にとどまるのだ！　翻訳の——確かなテクストの翻訳の——中でのみ、私は自分の現在を楽しみ、自分が賢明だと感じることができる。以前とちがって、そこではどんな問題も解決できる問題だということがわかっているからだ。苦心惨憺するのは相変わらずだが、苦しむことはもうない。そして苦しみを待つこと、苦しみがやってきて、自分に書く権限があると感じさせてくれることを待つこともうない。翻訳家なら、自分に使い道があることを確信していられる。またそうして、私は不安からも解放されたのだ。仕事に取りかかる前に鉛筆を削り、毎度手が震えて、次から次へと芯を折ってしまったのは、もうどれほど前のこ

7　執筆に悩むフランツ・グリルパルツァーに対してゲーテが言ったという言葉。グリルパルツァーの自伝に記されている。

とだろう。朝、目覚めたとき、以前のように流刑を恐れることもなく、早く翻訳の仕事に戻りたいと思うのだ。私は翻訳家であり、他の何ものでもなく、何の底意もなく、私は完全に私だ。当時はしばしば自分が裏切り者のように思えたものだが、今は、自分が誠実であることを日々実感している。翻訳することは、私により深い安らぎを与えてくれる。しかしね、友よ、味わえる奇跡に変わりはないのだ、ただ唯一者の役割を演ずる必要がないだけで。たった一つの的確な言葉が得られるだけで、私ののろのろした歩みは、この歳でも、軽快な走りに変わる。切迫感も変わらない。ただかつてのように、そのおかげであれこれ思い悩むことを強いられることはない。むしろ切迫感のおかげで、安心して表面的でいられるようになったのだ。そういうわけで私は、きみの傷をできるだけ美しく見せながら、自分自身の傷は隠すことができる。机に向かって死んでもいいと思うようになったのは、翻訳家になってからだ」

年配の男は、半世紀前、この街から海を越えて逃げ出さざるを得なかったのだった。彼は、これからまだ、一人で、ひと気のないその街を味わいたいと言い、ホテルまで送ることを断った。だが原著者は、別れのあと、ひそかに彼のあとをつけた（知り合いに対しても、見知らぬ者に対しても、それが彼の習慣だった）。気づかれぬままに男のわずかあとを追い、いくつもの広場を横切り、橋を渡り、対岸の川べりを歩いた。前を歩く男は、頭を揺らし、うさぎが跳ねるような足取りで、急いでいるような印象を与えたが、尾行者は、すでにかなり減速していたのに、何度も急停止しなければならなかった。老人は、酔っ払いのようにジグザグに歩いただけでなく、翻訳原稿の入ったバッグを手から手に持ち替えたり、さらには地面に置いたりした。実際はそれはバッグというよりは、幅のある長方形の籐製のバスケットに持ち手と黒革のふたが付いたものだった。そのふたが、光が当たるたびにきらきらと輝いた。一体どんな重いものがあの中には入っているのだろうか。観察していた作家には、そのバスケットが、その昔、赤ん坊のモーセが入れられ、追っ手から逃れられることを祈って、ナイル川に委ねられたかごに見えてきた。ホテルの入り口に達するまで、もうその揺れるかごしか目に入らなかった。幼な子が隠され、ファラオの娘のもとにたどり着くことになる浮きかごしか。

8

家に帰って庭に入ったとき、自分がどうやって帰ってきたのかわからなかった。家への道は、つづら折れと石段の、ずっと上り坂なのだが、その細部はまったく記憶になかった。夜の川の土手で、水音に合わせてサックスを吹いていた人物、あれは空想の産物だったにちがいない。だとすればいま家の庭にいるというのも空想ではないのか。本当は自分はまだあの安酒場ですわっているか、それとも、どこかで、刺されたか撃たれたか車に轢かれたかして、死んで横たわっているのではないか。彼はしゃがみこむと、この冬初めての雪玉を作ってみようとした。だが雪は固まろうとしなかった。振り返ってみると、机から離れていたこの間《かん》、絶えず決闘に巻き込まれていた。そしてそれはもはや接近戦でも格闘技でもなかった。彼はゆっくりと庭を歩き、すべての低木高木を一周した。そのゆっくりさ加減が慎重さと落ち着きに変わるまで。家の中には明かりが灯っていた。帰ってきたときのためにつけておいたのだ。玄関脇のとても長い木のベンチに腰を下ろす。それは農家の人々が一日の仕事終わりにすわるベンチにどこか似ていた。あまりに暖かかったので、コートのボタンを外しさえした。脚を伸ばすと、庭の地面の冬の静かさが踵に感じられた。降ったばかりの雪の上に光が落ちると、それだけ一層、落ち葉と、地面の下の岩の匂いがした。最後のカンパニュラの花は、うてなで溶け、固まった雪のせいで焼けてしまっていた。淡青色の鋸歯状の花冠は、この数時間の間に、黒褐色に縮んでしまっていた。隣の敷地の外郭だけできあがっている家は、ほとんど草木に覆われていた。建築主の資金が尽きてしまったのだった。それはどこか別世界の寺院の廃墟のようだった。一瞬のあいだ、作業員の一人が再び折れ尺を広げ、外国語で叫び交わす声が聞こえ、長いあいだ止まっていて錆びかけたウィンチががくんと動き出し、回転する。いつだったか、その平らな屋根の上で、昼の休みに若い見習いが首の後ろに手を組み、寝転がっていて、作家は作家で、タイプライターを叩いて、大きく開け放った窓から、むこうへ向けて、世界のノイズを発出していた日のことを思い出した。自分は隣人を望んでいたのだろうか。その問いとともに、一瞬眠り込んでしまったらしい。いくつもの声が遠ざかっていき、その代わりにあのたった一つの声が聞こえてくる。静かな、それでも頭蓋を満たす声。夢はその声が語っていた。一人の先行者によって著された一冊の本の話。その本には、この日彼が書いたものと一字一句違わない言葉が記されていた。その夢にぎょっとさせられ、それからなだめられた。思い切って家の中に入る。

いつもながら、ドアの中に、スリット越しに放り込まれた手紙か何かを、思わず期待したが、やはり何もなかった。いつもながら、靴紐を解くのに手間取り、時間をかけて結び目をほどかなければならなかった。そしていつもながら、無名のペットは、彼がとっくに廊下に入ってしまってからも、まだ誰かがやってくることを待って、じっとドアを睨んでいた。猫になんと声をかけたものかわからなかったので、餌をやった。欠けた言葉の代わりのように、肉をできるだけ小さく刻んでやった。

彼はすべての明かりを消した。雪と、雲に反射する街の明かりのせいで、部屋の中は明るかった。夜の明るさ。その中で、部屋の中のさまざまなモノが、より一層暗く見えた。キッチンで、ラジオのダイヤル目盛りの光を見ながら、最後のニュースを聴いた。真夜中なのに、アナウンサーの声はまるで白昼のように覚めているように聞こえた。ところが途中でアナウンサーは、読み上げた原稿が原因ではなく、何かずっと気になっていて今やはち切れそうになった別のことでだろう、激しい感情に捉えられていた。声を落とし、泣きそうになっていることが感じられ、その上一度中断して黙り込みさえした。まるで必死に何かにしがみついていて、一声叫んで墜落してしまうであろう人間のようだった。天気予報へと抜け出し、最後にかろうじて「おやすみなさい」と言いおおせ、それから誰かにマイクの前から連れ去られたようだった。たった今解雇されたのだろうか。愛人に別れを告げられたのだろうか。放送が始まる直前に、誰かが死んだと知らされたのだろうか。

一階の一部屋、隣の部屋が見えるところ、彼の夜の定位置、一種映画監督用の椅子にすわった。いろいろな事物が目の高さに見えていた。椅子の一つの背もたれに夏から掛けたままの明るい色のコートのせいで、一瞬のあいだ、川風の中の、遊泳者の濡れたまつ毛を感じた。なぜ彼が純粋に参加できるのは一人のときだけなのだろうか。なぜ自分と一緒にいた者たちを受け入れられるようになるのは、彼らが立ち去った後なのだろうか——遠く離れるほどに深く。そしてなぜあの不在の者たちのこの上なくまばゆいイメージを思い描くのだろうか。頭の中で、カップルとして。そしてなぜ彼は、すでに死んだ者たちとともにのみ、一緒に生きているのだろうか。なぜ彼にとっての英雄になりうるのは死者たちだけなのだろうか。彼は片手を額に、もう一方の手を心臓の上において、夜行列車に乗っているかのように、すわっていた。折しも、実際に下の川に架かる鋼鉄の橋を、夜行列車が通るのが聞こえる。それは雪の中でソリのような音を立てた。それから廊下で電話が鳴ったとき、彼は出ようとはしなかった。誰を待ってもいなかったし、もう口を開きたいとも思わなかった。

疲れたからではなく、それ以上考えないようにするために、さっと立ち上がると寝室に向かった。暗闇の中で顔を洗っていると——自分の顔を見るのは想像しただけでも嫌だった——隣で誰か別の人間が同じことをしているような気がした。手を止めると、家の一番奥の一角から、本のページをめくる音が聞こえてきた。椅子が一脚動かされた。棚が開かれ、ハンガーがぶつかり合って音を立てた。不思議なことに、記憶の中では、すべての物音が、ドアの軋む音や騒音も含めて、和音をなしていた。階段から聞こえる足音は、あまりに軽く、人間のものではありえなかった。

彼はできるだけそっとコップを取ると、いつものキィという音がしないように、慎重に蛇口をひねった。なみなみと水を入れたコップを両の手に持ち、階段を、歩数をかぞえながら、ゆっくりと登った。あれこれ考えずに、ひたすらこうしてゆっくり数をかぞえ続けていたかった。彼は数をかぞえることで軽くなり、いつもなら軋む段も軋まなかった。なぜこれまでゆるやかさの神というものが発明されてこなかったのだろうか。その考えに興じて一段飛ばす。すると彼の足元で家全体が軋んだ。

仕事部屋に入ることは避けた。ただ通りすがりに、机を見やり、夏以来、日々増え続けてきた白い紙の束がそこにあることを確認した。絨毯の上には、彼の先回りをして、名のない猫か、部屋の見張り番として横たわっていた。その背中は、この家が建っている丘の形をしていた。寝室で窓を開ける。この庭とは反対の側は、深い崖に面していた。自分が落ち、長年の間に下に溜まっている大量の鉛筆の削り屑のおかげで落下の衝撃が和らげられるのを想像する（眠りの浅いとき、奈落が引き込もうとするのを感じ、それに抵抗するためにベッドの支柱にしがみつかなければならないこともよくあった）。樹々の梢は雪に丸くなっているように見え、空はまるで一瞬にして星でいっぱいになったようだった。帯を締めた狩人オリオンが立っていて、その足元にはうさぎのかすかな輪郭。そしてほんのわずかな距離をおいた横には、びっしりと星の撒かれたプレアデス星団。深く息を吸い込んだ彼は、いまこの星空とともに一人だった。部屋のひと隅には、あちこち歩いたときの杖が立てかけてあった。目の高さで、ブロンド色のハシバミの樹皮が鈍い光を放つ。私は何者なのか。なぜ私は歌手ではない――ブラインド・レモン・ジェファーソンでもない――のか。私に、私は無ではないということを言ってくれるのは誰か。

私は物語の星座のもとに始めたのだ。続ける。生きる。生かす。表現する。伝える。もっともはかない素材、自分の呼吸を扱い続ける。その職人となる。

ようやく、あとは寝るだけだ。休息というものは存在する。作家は翌日のことを考え、朝、仕事の前に、庭を行ったり来たり、雪の中の足跡が、まるで隊商の一団が通過したようにいっぱいになるまで、また鳥が空を飛ぶのを目にするまで、歩き回ることに決めた。そして誓いも一つ立てた。もしも自分が仕事に失敗しなければ、つまり再び言葉を失うことがなければ、丘の麓の老人ホームの礼拝堂に、正午を告げる鐘を寄贈しよう。ちりんちりん鳴るのではなく、響きを持った鐘を……。それからまた彼はこの午後のことを思い返し、そのいくつかの部分を思い浮かべてみようとした。思い浮かべることができたのは、安酒場のカーテンの隙間から見えた風に揺れる枝と、その前で、ボクサーがマウスピースを見せるように歯を剥き出して、くるくる回っている犬だけだった。

彼は自分自身に驚く。長いこと忘れていた身震い。

「すべてはそこにある。そして私は無だ。」

ゲーテ『トルクヴァルト・タッソー』

訳者あとがき

前頁写真＝リンケンベルク付近の聖画像柱

一九九四年の『反復』訳者あとがき

スロヴェニア　八月六日（土）午後――〈ドブラヴァ〉

ドブラヴァはなだらかに起伏する大きな丘状の牧草地だ。牧草地の中に干草小屋が点在し、まだ刈り取られていない部分には青や白や黄色の花々が咲いている。周囲の山々の眺めがいい。丘のすそに小さく、湖のほうに向かって走るバス。ボヒンスカ・ビストリツァの集落のすぐ西にあるのだが、ヴァカンス客の喧騒はここへはかすかに聞こえてくるだけだ。一人だけ、ジョギングしてきた人物に出会った。牛の姿は見かけないが、時折、多分〈黒　土《チュルナ・プルスト》〉山の麓の方からだろう、カウベルが聞こえてくる（カウベルのような、ある意味ステレオタイプな「事実」は、ハントケは作中から排除するだろうが、遠い国の読者には必要な気がする）。ずっと西に、ボヒン湖を取り囲む山々の岩壁が見えている。だが手前の低い尾根のせいで、丘からは湖は見えない。丘から湖が見えるというのはフィクション（「発明」）に属する部分だろう。

晩――〈黒土〉館

たしかに、マロニエの木が屋根のように枝を広げ、渓流の音が間近に響くこの屋外の席は気持ちがいい。山地のここでは、昨日も夕立があった。今夜は雨は落ちていないが、時折稲光りがする。雲に覆われた空全体が一瞬白っぽく光るのだ。少なくとも現在の〈黒土〉館は、料理と酒だけで、宿屋はやっていない。南面に盲窓のついたちょっと大きめの建物は古そうで、確かに第一次大戦前のものに見える。正面右端に、スロヴェニアではどこでも見かける楕円形で赤い縁取りのビールの看板と、その下に〈黒土〉の名が光っている。四角い箱型の二階建てで、中央には五段ほどのステップのついた玄関がある。その左右に二つずつの窓。木製の踏み段があるのはその左端の窓だ。低い金網で仕切られ、四本のマロニエの立つ野外の席は、建物正面の、この窓から左の半分を占めている。茶色に塗られた大きなベンチ、薄い赤ワイン色のクロスのかかった、四人がゆったりすわれるテーブルが十余り。今は十一時少し前で、あと二つのテーブルに客がいるだけだ。ときどき、駅の裏の製材所から、シュッという音が響いてくる。隣接する宿屋などはなく、周囲は暗い。二つほど、かなり強い光を放つランタンが下がり、その光に透かされた木の葉の緑が鮮やかだ。

本当に、ハントケは魅力的な場所、居心地のいい場所を見つけるのがうまい。

＊

ただし、こうした「一つ一つの事柄は正確な事実から出発したもの」なのだが、ここに描かれたくにを現実のスロヴェニアとそのまま混同するべきではないだろう。それは単にドブラヴァからは実は湖は見えないというような問題ではない。

この〈言葉〉と〈場所〉をめぐる抒情的叙事詩が出版されたのは一九八六年だが、その後ユーゴスラヴィアは解体している。スロヴェニアは一九九一年に独立し、旧ユーゴの中で民族問題が最も小さかったために現在では一応安定しているが、ボスニアでは〔一九九四年〕現在も紛争終息のめどが立っていないことは周知の通りである。それはこの物語のかかわる場所、ハントケにとって魅力的と見えていたこの場所が、ことの始めから抱えていたもう一つの可能性の噴出、おそらくはそれあってこそ、それあっての危ういバランスによってこそ、ハントケにとってもこの場所をより魅力的にさせていた可能性の噴出だったことになるのだろう。しかしハントケにとって、この可能性は可能性にとどまっていなければならなかったのだ（一九九一年以後にはこの作品は書かれ得なかったことはまちがいない）。

この物語のかかわる場所？　しかしこの物語は本当にあのユーゴスラヴィアにかかわっているのだろうか。ここに描かれたくには、結局のところ、どこかヨーロッパから見たバルカンやスラヴのイメージに従いながら展開された作家の勝手な夢想、私的神話に過ぎないのではないのか。ことにスロヴェニアの側から見たとき、この作品がそう見える可能性は高いにちがいないし、それはある程度正当なことでもある。ある日本の雑誌でのインタビューで、『反復』〔たぶん当時日本の読者の誰もハントケも『反復』も知らなかっただろうが〕に言及して、スロヴェニアの哲学者スラヴォイ・ジジェクは言っている。

ハントケの母というのはスロヴェニア人で、彼の芸術的宇宙の内ではスロヴェーニアは神話的な参照点、一種の母性的なパラダイスとして機能しています。そこは言葉が直接事物を指し示し、何やら奇跡的なやり方で商品化が回避されていて、人々はいまだにその風土のうちに有機的に根づいている、そんな国なのです。

「言葉」に関して言えば、ハントケにとってそれほど単純なことではないだろうが、今その点には立ち入らない。ジジェクが言っているのは、抑圧も理想化も同じメカニズムの発動であり、同じ結果を引き起こし、同じように困ったことだということだろう。「バルカン」という概念を拒否するハントケが、「バルカン」のイメージ(「火薬庫」、「民族の坩堝」)を弄ぶヨーロッパの一般の視点からさして遠いところにいるわけではないという批判は当然ありうる。ユーゴスラヴィアとは「南スラヴ人の国」の謂だったが、広くスラヴをヨーロッパ(要するにドイツ)と対比し、歴史や市民国家と無縁のものと見る見方は、ヨーロッパに古くからある。少なくとも十九世紀にはごく一般的な見方だった。たとえばエンゲルスは、スラヴ人についてこう言っている。「自分たちの歴史を持ったことが一度もなく、最も未開な文明段階にやっと到達するときにはもう異民族によって支配されている民族、あるいは異民族の圧政を通して初めて最初の文明段階に無理やり引きずりこまれた民族」。スラヴ人を「非歴史的」であり、国民国家樹立に無縁のものと見る点では、そしてまたそういうスラヴ人をドイツ人と対比する点では、ハントケもエンゲルスも同じだと言っていい。ただ価値評価の正負が全く逆なのだ。一九九一年、ハントケは『第九の国からの夢想家の別れ』という小冊子〔法政大学出版局「ハントケ・コレクション」第3巻に収録予定〕を書き、スロヴェニアの独立に疑義を申し立てている。これについて、ジジェクは言う。

独立国家としてのスロヴェニアという観念は、何か外部から押し付けられたもので、スロヴェニア民族の発展に内包されている論理の一部をなすものではないというのです。〔…〕結局のところ彼を悩ますものは、〔…〕現実のスロヴェニアが彼の私的神話に沿うようには振る舞おうとせず、かくして彼の芸術的宇宙のバランスをかき乱すという事実に過ぎないのです。

これは、『第九の国からの夢想家の別れ』の次のような一節を指すだろう。

それまで、何ものも、全く何も、スロヴェニアのくにの歴史で、国家となることを強いるものはなかった。決して、一度も、スロヴェニアの民衆は国家の夢といったものを抱いたことはなかった。〔…〕私は問う。一つのくに、一つのフォルクにとって、今日、直接に、自らの国家形成を宣言すること（紋章、旗、祝日、国境ゲートといった装置すべてを含めて）が可能、否、必然的なこととなのか――もしそれが自らに由来するものではなく、もっぱら何かに対する反動であり、おまけに何か外からのものであり、おまけに確かに〔ユーゴに属していることで〕時として何か不快なこと、苛立つようなことがあるとは言っても、本当にやむにやまれぬこと、本当に許しがたいことではない場合に。

ハントケにとって不利なことに、まず一つには、「外」との関係、「外」からのインパクトなしに成立する「独立国家」などそもそも存在しないということが言えるだろう。ユーゴ解体の、したがって現在のボスニアの泥沼の、控えめに言ってもきっかけとはなったスロヴェニアの独立は、そうした結果から見れば、諸手を上げて肯定できるものではないかもしれない。だがそれはひとまず措いて、『反復』の「僕」＝ハントケに関して言えば、彼はオーストリアないしドイツ人たちの「外」にいる。もちろん、ユーゴスラヴィアないしスロヴェニアに対しても「外」でしかあり得ない。まさしく「あいだ」なのだ（あえて言えば、「ケルンテンのスロヴェニア系住民」の立場に近いのだが、それも文字通りの意味で信じられてはなるまい）。その描き出すスロヴェニアが一種の「夢想」であり、そのスロヴェニア独立批判が自分の夢想に対するアリバイづくりとも読まれかねない微妙なところがあるにしても、とりあえずはオーストリア国籍を持ち、『反復』執筆当時ザルツブルクに住み、ドイツ語で書き、まずはドイツ語圏で読まれているからには、オーストリアないしドイツへの関係、つまり、オーストリアやドイツに対してその外にいるという立ち位置のほうが重要だと言っていいのではないか。『第九の国』にしても、まず第一には、ＥＣ〔のちのＥＵ〕を強引にスロヴェニアと、特にクロアチアの独立承認へと引っ張っていったドイツに向けられたものとして読まれるべきだろう。

『第九の国からの夢想家の別れ』というタイトル自体が、ジジェクも認めるように、かなりアイロニカルである。『反復』が、したがってまたそこに現れてくるスロヴェニアが、夢想された「第九の国」、つまり創作、フィクションであることはもとより否定すべくもないし、またその必要もない。というより、そのステイタス自体が本文そのものの中で再三問題にされていることは、読めばわかる。それはウィニコットの言う「イリュージョン」なのだ（ハントケ自身はそれを「イメージBild」と呼んでいる）。『反復』の「場所」が現実のユーゴスラヴィアやスロヴェニア抜きにはあり得ず、かつまた現実のそれらとは別のものであるということは、結局のところ前提に過ぎない。問題は、そういう物語が、それとして、どのような場所を持ちうるか、どのように機能してしまうかだろう。ハントケはそうした点についても相当に慎重ではあるのだが（蛇足だが、『反復』――“Ponovitev”のタイトルで一九八八年にスロヴェニア語版が出ている――は、当のスロヴェニアでは、概ね好意的に迎えられているようだ）。

＊

ケルンテン

ケルンテンのスロヴェニア系住民に関しても簡単に述べておく。註にも記したように、カラヴァンケ山脈を挟んだ北側、現在のオーストリア側のケルンテン地方も、もともとスロヴェニア人の居住地であり、ドイツ人が入ってきたのは八世紀以降のことである。その後、スロヴェニア人は（クライン――現在のスロヴェニア共和国の地域――も含めて）被支配階層となっていく。だがともかく、一九一八年十一月のオーストリア帝国の崩壊まで、ケルンテンもスロヴェニアも同じ帝国の一部だった。ナショナリズムの噴出は、主としてその後のことである。新たに建国された「セルビア人・クロアチア人・スロヴェニア人の王国」（のちのユーゴスラヴィア）は、ただちに南ケルンテンの領有権を主張し、スロヴェニアの義勇兵がケルンテンに入り、領有の既成事実化を図る。ウィーンからは何の援助もないまま、これに抵抗したのは、第一次大戦の戦地から帰ってきたばかりのケルンテン住民、ドイツ系スロヴェニア系を含めた住民たちだった。もっとも、ドイツ系が指揮をとり、スロヴェニア系の小農民が前線に立つという構図は相変わらずだった。しかしこの郷土戦線は、新設のユーゴスラヴィア正規軍がやってきて敗北する。ところがそこにイタリアの利害も絡み、イギリスが介入し、一九二〇年十月十日、南ケルンテンの帰属をめぐって住民投票が行われることになる。ハントケの『サント・ヴィクトワールの教え』（一九八〇年）には、このときのエピソードが見られる。

私の祖父は、一九二〇年に、建国されたばかりのユーゴスラヴィアへのオーストリア南部の併合に賛成して、そのためドイツ語を話す住民から殴り殺されそうになった（祖母が双方の間に身を投げ出すように入って止めた。事件の場所は〈畑の畝の角〉、スロヴェニア語で〈オザラ〉）。この後、公の出来事に対して、祖父はほとんど何も言わなくなった。

ちなみにこの祖父は『反復』の主人公の父のモデルであり、「畑の畝の角」というドイツ語とスロヴェニア語の並置も『反復』を予示する。その他にも、兄グレーゴルのモデル（母方の叔父）の姿など、『サント・ヴィクトワールの教え』には事後的には『反復』の萌芽とみなしうる部分が多い。ついでに述べておけば、『反復』はかなり自伝的な色彩の強い作品だが、主人公の父親がスロヴェニア人、母親がドイツ人ということになっているのに対して、作者自身は、先のジジェクの引用にも触れられていた通り、スロヴェニア人を母とし、実父はドイツ人、そしてやはりドイツ人の継父のもとで育っている。

話を戻せば、その十年前の調査で六十九パーセントがスロヴェニア系という地域で行われた投票は、しかし有権者の五十九パーセントがオーストリアへの帰属を選択するという結果になった。こうした結果がもたらされた理由としては、当時ウィーンの政権を取ったばかりの社会民主党が解放的な雰囲気を生み出していたこと、それに対してユーゴのほうが抑圧的な王国の姿をまとっていたこと、投票前にオーストリア側がスロヴェニア人の同権化を約束していたことなどが挙げられる。いずれにせよ、この数字から言って、南ケルンテンのオーストリアへの帰属が維持されたについては、ドイツ系住民はスロヴェニア系住民に多くを負っていることになる。この郷土戦線と住民投票はその後神話化され、現在でも十月十日はケルンテン州の祝日となっている。

だがこの結果にもかかわらず、ケルンテンのドイツ系住民には恐れと猜疑が染み付いてしまい、スロヴェニア系住民との間の関係はぎくしゃくしたものとなる。スロヴェニア人に対する公然の攻撃は、ファシズムの浸透を待たず、このときから始まっていた。二〇年代、多くのスロヴェニア系知識人がリュブリャナに移住したという。一九三八年にヒトラーのドイツによってオーストリア共和国が「併合」されると、スロヴェニア人に対する攻撃はますます強まる。ナチスによるドイツ化キャンペーンだが、ケルンテンでのこの動きは、当初はベルリンからの指示によるというよりは、むしろファナティックなドイツ系ケルンテン住民によるものだったという。『反復』の主人公の兄グレーゴルが、スロヴェニア語が禁忌となっていた家からマリボルの農業学校へ行ってスロヴェニア語を「発見」し、家族にもスロヴェニア語の使用を促して容れられなかったのはこの前後のことになる。

一九四一年、ナチスのユーゴスラヴィア侵攻後、ケルンテンのスロヴェニア系組織は禁止、スロヴェニア人の財産は没収、「国民と国家に敵対的な」スロヴェニア人は国外追放される。多くのスロヴェニア系ケルンテン人（グレーゴルはその一人ということになる）のみならずドイツ系のケルンテン人もユーゴのパルチザンに加わる。ハントケ自身が生まれたのは一九四二年のことで、『反復』の主人公フィリップについてもほぼ同じく設定されていると読める。「兄のほうは僕のことを、休暇で〔戦地から〕帰ってきたときにたぶん一度は見ているはずだ。だが僕のほうはまだ二歳にもならない幼児だったから、そのときのことではっきりと覚えていることは何もない」。

ナチス・ドイツが崩壊すると、イギリス軍とユーゴ軍がほぼ同時にクラーゲンフルトに入ってくる。ティトーは当然のように一九一九年の南ケルンテンのユーゴ（今度は共産主義国家の）への併合要求を改めて持ち出す。このとき結局ケルンテンが分割されずに済んだのは、再びイギリスの介入と、何よりティトーのスターリンとの決裂のおかげだった。ソ連は自らに「背いた」ユーゴの要求を支持せず、四八年のコミンフォルム除名以後、ユーゴのオーストリアに対する一切の領土要求は頓挫する。

こうしてケルンテンの「自由で一体」なる状態は保たれたわけだが、その後のスロヴェニア系住民の状況はどうか。一部の極右ドイツ人の時折の動きを除いて、ドイツ系とスロヴェニア系の関係は基本的には良好だとされている。一九五五年のオーストリア国家条約（憲法に相当）は、第七条に少数民族の保護を定め、教育機関での二言語併用、道標の二言語併記などが実現され、クラーゲンフルトにはスロヴェニア系ギムナジウムが設立された。しかしケルンテンの森を所有するドイツ人地主にスロヴェニア人の森林労働者といった決まり文句で表されるような関係に根本的な変化はないように見える。いずれにせよ、近代の国民国家の制度と少数民族問題とは不可分のものであり続けるのだろう。

＊

数多いハントケの作品の中で、本作『反復』は、質、量ともに、その前の『ゆるやかな帰郷』四部作と並んで、中期の代表作の一つと言えるだろう。ストーリー自体はこの上なく単純な説話的なものだ。さまざまな「問題」を抱えた、高校を卒業したての男の子が、郷里から「出発」し、スロヴェニアを旅して回る。その過程で言わば自分の「アイデンティティ」に関わるさまざまな「発見」をし（もちろん「援助者」もいれば「贈与」もあり、おまけに一種の「双子」まで登場する）、「問題」のある種の解決を得て帰郷する。それだけだ。しかしまず「問題」の厚みに対応して、この作品の時間は重層的である。

行方の知れない兄の跡をたどってイェセニツェに着いたときから、四半世紀が経った――あるいは一日が経っていた。

冒頭のこの一文がすでにそのことを簡潔な形で示している。今四十五歳である一人称の語り手フィリップ・コバルが、自分の二十五年前の旅、南ケルンテンの自分の村からスロヴェニアへの旅を、語ることによって反復していくのだが、この二十歳のフィリップの旅は、ずっと歳の離れた、フィリップが直接にはほとんど知らない兄の、二十歳のときの旅の反復である。その語りの間には、語り手の現在も、またさらに幼い頃の回想も織り込まれていく。旅の期間、そして旅と語りの間の二十五年間は、とりわけて経験が語りうるようになるのに要した時間としての意味を持つ。だからこの作品もまた、ハントケが繰り返し取り上げている「語り手の自己発見」、「作家の誕生」の物語でもある。

だがそうした枠組みにおいて『反復』が何より強調するのは、言葉の持つ喚起と保存の力、「別の言語」が与える認識能力、そしてそういう言葉に場所を与え、そういう言葉を生かす「物語」の力である。この点で、先の歴史的文脈のおさらいから明らかな批判性にかかわらず、作品の全体を支配しているのはむしろ肯定への意志であると言える。たとえば『幸せではないが、もういい』(一九七二年、元吉瑞枝訳は二〇〇二年、同学社刊)にはまだ見られたような言葉に対する否定的な関係が、ここでは変化している。ハントケ自身、この間に大きな「転回」があったことを認めている。

*

タイトルの"Wiederholung"は「くりかえし」という意味と「とりもどし」という意味を持つ。両者はアクセントによって区別されるのだが、書かれた場合にはどちらとも取れる場合が多い。実際、本作では、他の多くの言葉同様、両義的に用いられているとおぼしい箇所が多いのだが、訳文中では原則として「反復」で統一した。また随所で古めかしい言葉、雅語、卑俗な言葉がぶつけ合わされているのだが、そうしたニュアンスまで日本語に移すのは訳者の手に余った。翻訳にはズーアカンプ・ビブリオテーク版(一九八九年)を用い、クロード・ポルセルによる仏訳も参考にした。註の一つはこの仏訳から拝借した。地図を付け、註も思い切ってベタベタ付けた。それはハントケの作品がことのはじめから古典として振る舞っているせいでもある。註の多くが引用、場所、歴史に関わるものになった。引用は「反復」の一種として本書の根本に関わり、遠い場所にいる読者にとっては場所に関する補足が必要に思え、そしてこの言わば反歴史的な物語にとっても歴史が前提であることに変わりはないからだ。

＊

末筆ながら、私にこの翻訳仕事を勧めるという冒険をおかしてくださった池田信雄さん、遅い仕事ぶりに付き合ってくださった担当の並里典仁さん、さまざまな質問に答えてくださったリュブリャナのバルバラ・ロヴァンさん、日本語にも堪能《マイスターリヒ》で校正刷にも目を通して貴重な助言を賜ったカロリン・フンクさん、マンフレート・レーアさん他の方々に感謝します。

二〇二四年の追記

以上がおよそ三十年前に『反復』の翻訳を初めて出版したときの「訳者あとがき」である。訳文自体にもいくらか手を加えてあるが、この「あとがき」も少しだけ手を加え、かつ圧縮した（文中、〔　〕で括ったのは今回の追記）。一九九四年だったか、翻訳（の対象となる風景の確認）のために訪れた独立直後のスロヴェニアは、独立はしたものの、寄る辺ない不安げな印象を与えた。もう少し後のことだったか、ボヒン湖畔の観光案内所の売店にはスロヴェニア語で「スロヴェニアを助けて！」と書かれた缶バッジが売られていた。売店の若い女性に「どうやって助けるのですか」と尋ねると、微笑みとともに「お金で」と言下に答えが返ってきたものだ。『反復』を通じて「発見」したスロヴェニアに魅せられ、以後も二年に一度ほどの割合で、スロヴェニア（特にボヒン地方）を訪れたし、二〇〇六年には半年リュブリャナで暮らした。かなりのブランクがあって、二〇一八年夏、久しぶりにスロヴェニアを訪れた。時代の変化は早い。今やスロヴェニアはEUの一員であり、ユーロが流通する（クロアチアも昨年ついにユーロ圏に加わった）。ボヒンスカ・ビストリツァの草地の中のクリーム色の大聖堂は変わらないものの、〈黒土〉館はその後廃業し、廃屋と化した。だが近くのペンション兼食堂は拡充されて、今ではホテルを名乗っている。その向かい、ユーゴ時代からの映画館の前の広場では、かつて（一九九〇年代末から二〇〇〇年代初頭）は夏になると老爺がゴーカートを出し、子どもたちを遊ばせていた。〈黒土〉館に近い側のトウヒの林の下では、これも個人営業だっただろう、円形の軌道が敷かれ、豆機関車が子どもたちを乗せて走っていた。そのいずれも、近くに大きな資本による新たな温水プール施設が作られた際に撤退させられた。共存は十分に可能だったと思われるのだが。かつてペンション兼食堂だったホテルは、独立直後は外国からの客が多く、オーナー、家や従業員さんたちは英仏独伊の各国語を操った。今ではスロヴェニア国内からの客でいっぱいだ。そして温水プール施設に隣接して、さらに新たな「スポーツホテル」が建ち、賑わっている。こうしたことども、「訳者あとがき」という物語の中で保存するしかない。

『反復』はハントケ中期の代表作と呼ばれてきたが、ここまで作家のキャリアが長くなると時期的にはもはや初期に近い。それでも、最初期の言語実験的な色彩の強い諸作から、目立たぬものを言葉によって救い出し「物語」の中に保存する方向へという転換の時期を印しづける要《かなめ》の作品の一つという位置づけは変わらないものと思われる(同じ時期に属する作品として、『反復』より少し前に書かれた『ゆるやかな帰郷』四部作が挙げられる。先に挙げた『サント・ヴィクトワールの教え』も含む四部作のうち、『こどもの物語』だけが、拙訳で日本語になっている。同学社、二〇〇四年)。カバーならびに扉に使用した写真は、すべて訳者(阿部)の撮影したものである。

『作家の午後』について

一九八六年三月の『反復』の脱稿後、ハントケは『持続に寄せる詩』(*Gedicht an die Dauer*)の初稿を書き、そして四月には『しかし私は間《あいだ》にのみ生きているのです』(*Aber ich lebe nur von den Zwischenräumen*)のタイトルで刊行されることになるH・ガンパーとの長尺の対談に応じる。そして五月には『作家の午後』の初稿を完成させ、これは『反復』の翌年(一九八七年)に出版された。今回、『反復』と併せて初訳収録したのがこの作品である。マーティン・リュトケは『作家の午後』を『反復』の「小さな後奏曲」と呼んでいる。当時のハントケの自画像的な作品で、舞台も同時期ハントケが暮らしていたザルツブルクに設定されていると読め、多くの作品と同様、主人公が歩いていく道筋の多くも同定できる。『作家の午後』に書かれた「この生きた風景によって、観察者の中で、彼がいま書いている物語の夏の風景が開かれる」(三一五頁)という中の「いま書いている物語の夏の風景」とは、『反復』の風景のことであろうし、「さかのぼって、これまで、夏以来、成し遂げてきたことのすべて、ついさっきまでは彼の両肩に力を与えてくれていたものが、一瞬で無効宣告されてしまった」(三三七頁)という中の「夏以来、成し遂げてきたことのすべて」とは『反復』のことだろう。ハントケの創作ノートを見れば、この『作家の午後』で語られているエピソードの多くが、さまざまな折の実際の経験(を巧みに言語化したもの)に基づいていることが知られる。そうした経験の数々が、ある一日の午後という設定の中で見事に組み上げられ、やはり「保存」されていることになる。

『作家の午後』の翻訳に際しては、G・A・ゴルトシュミットによる仏訳とラルフ・マンハイムによる英訳も参照して大いに裨益された（そして両者共通に誤訳している箇所を見つけてあまり上品とは言えない笑みを浮かべたりした）。

今回の出版に際しては、法政大学出版局の赤羽健さんにお世話になりました。そもそもこの「ハントケ・コレクション」という形でのシリーズ刊行については、赤羽さんのご尽力によるところが大きいようです。記して感謝申し上げます。

二〇二四年二月

阿部卓也

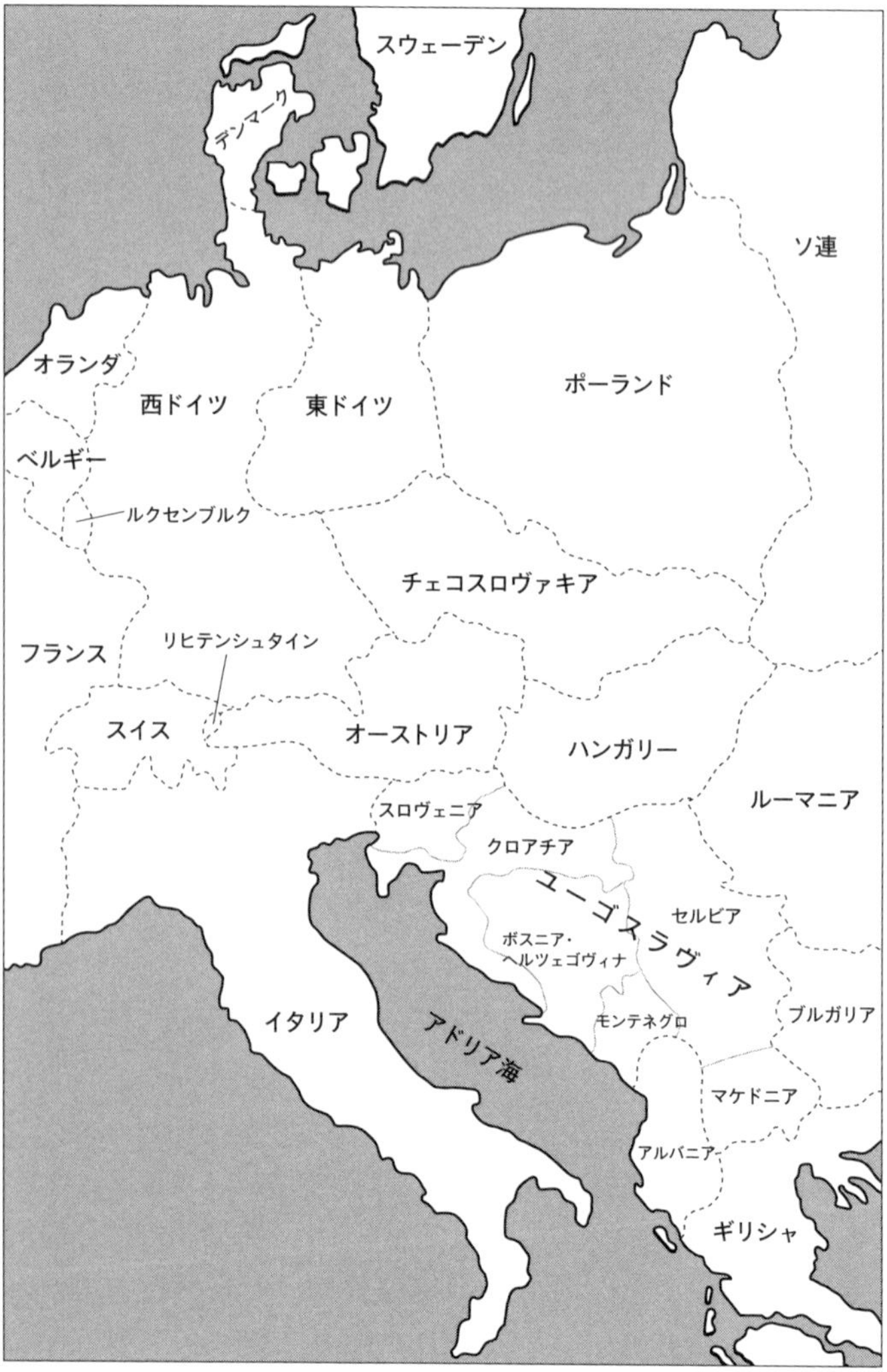
スウェーデン
デンマーク
ソ連
オランダ
西ドイツ
東ドイツ
ポーランド
ベルギー
ルクセンブルク
チェコスロヴァキア
フランス
リヒテンシュタイン
スイス
オーストリア
ハンガリー
ルーマニア
スロヴェニア
クロアチア
ユーゴスラヴィア
セルビア
ボスニア・
ヘルツェゴヴィナ
イタリア
アドリア海
モンテネグロ
ブルガリア
マケドニア
アルバニア
ギリシャ

（1986年当時）

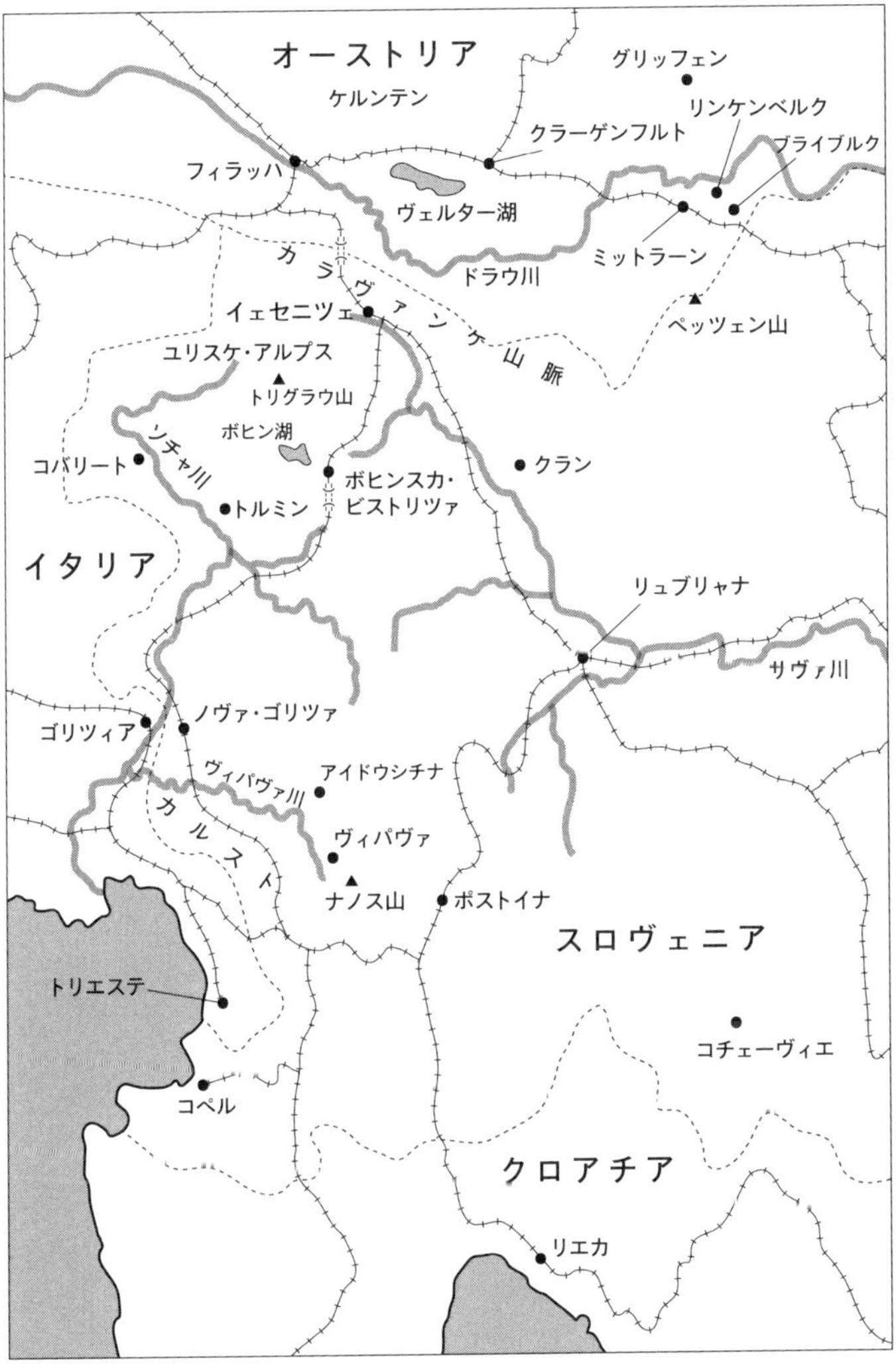
オーストリア
ケルンテン
グリッフェン
リンケンベルク
ブライブルク
クラーゲンフルト
フィラッハ
ヴェルター湖
ミットラーン
ドラウ川
カラヴァンケ山脈
ペッツェン山
イェセニツェ
ユリスケ・アルプス
トリグラウ山
ボヒン湖
ソチャ川
コバリート
トルミン
ボヒンスカ・ビストリツァ
クラン
イタリア
リュブリャナ
サヴァ川
ノヴァ・ゴリツァ
ゴリツィア
ヴィパヴァ川
アイドウシチナ
カルスト
ヴィパヴァ
ナノス山
ポストイナ
スロヴェニア
トリエステ
コペル
コチェーヴィエ
クロアチア
リエカ

ハントケ・コレクション 2

2024 年 11 月 11 日　初版第 1 刷発行

著　者　ペーター・ハントケ
訳　者　阿部卓也
発行所　一般財団法人　法政大学出版局
〒 102-0071 東京都千代田区富士見 2-17-1
電話 03（5214）5540　振替 00160-6-95814
組版　HUP ／印刷　平文社／製本　積信堂
装丁　緒方修一

ISBN 978-4-588-48612-8 C0097

著　者

ペーター・ハントケ（Peter Handke）

1942年、オーストリアのケルンテン州グリッフェンに、ドイツ人の父とスロヴェニア系の母とのあいだに生まれた。60年代、戦後西ドイツの文学を牽引してきた「グルッペ47」を批判、『観客罵倒』『カスパー』等の斬新で前衛的な作品で注目される。その後も『ゴールキーパーの不安』『ゆるやかな帰郷』『反復』『疲れについての試論』『無人の入江の一年』等、つねに新たな表現を模索しながら長短篇の小説、劇、詩、映画脚本等の多彩なジャンルにわたって、現在に至るまできわめて多作かつ実験的な手法で描き、現代ドイツ語圏文学の最も重要な作家の一人となった。ヴィム・ヴェンダースの映画『ベルリン・天使の詩』の脚本も書いている。90年代以降、旧ユーゴについての発言（ユーゴ解体に至る欧米諸国の対応、NATO空爆に対する抗議等）で激しい論議を巻き起こした。2019年、ノーベル文学賞を受賞した。

訳　者

阿部卓也（あべ・たくや）

関西学院大学教授。訳書に、ペーター・ハントケ『反復』、『こどもの物語』（以上、同学社）、『ドン・フアン（本人が語る）』（共訳、三修社）。

ハントケ・コレクション

（収録予定／2024年10月）

ハントケ・コレクション1

長い別れのための短い手紙（1972）	服部裕 訳
幸せではないが、もういい（1972）	元吉瑞枝 訳
ノーベル文学賞受賞講演（2019）	元吉瑞枝 訳

ハントケ・コレクション2

反復（1986）	阿部卓也 訳
作家の午後（1987）	阿部卓也 訳

ハントケ・コレクション3

第九の国からの夢想家の別れ（1991）	阿部卓也 訳
冬の旅（1996）	元吉瑞枝 訳
冬の旅への夏の補遺（1996）	元吉瑞枝 訳
空爆下のユーゴスラヴィアで（2000）	元吉瑞枝 訳
ダイミエルのタブフス（2006）	服部裕 訳

（　）内は原書刊行年です。